KB148178

슬도

50년 전
울산 동구 방어진은
어땠을까?

1960년대 울산 동구 자연부락

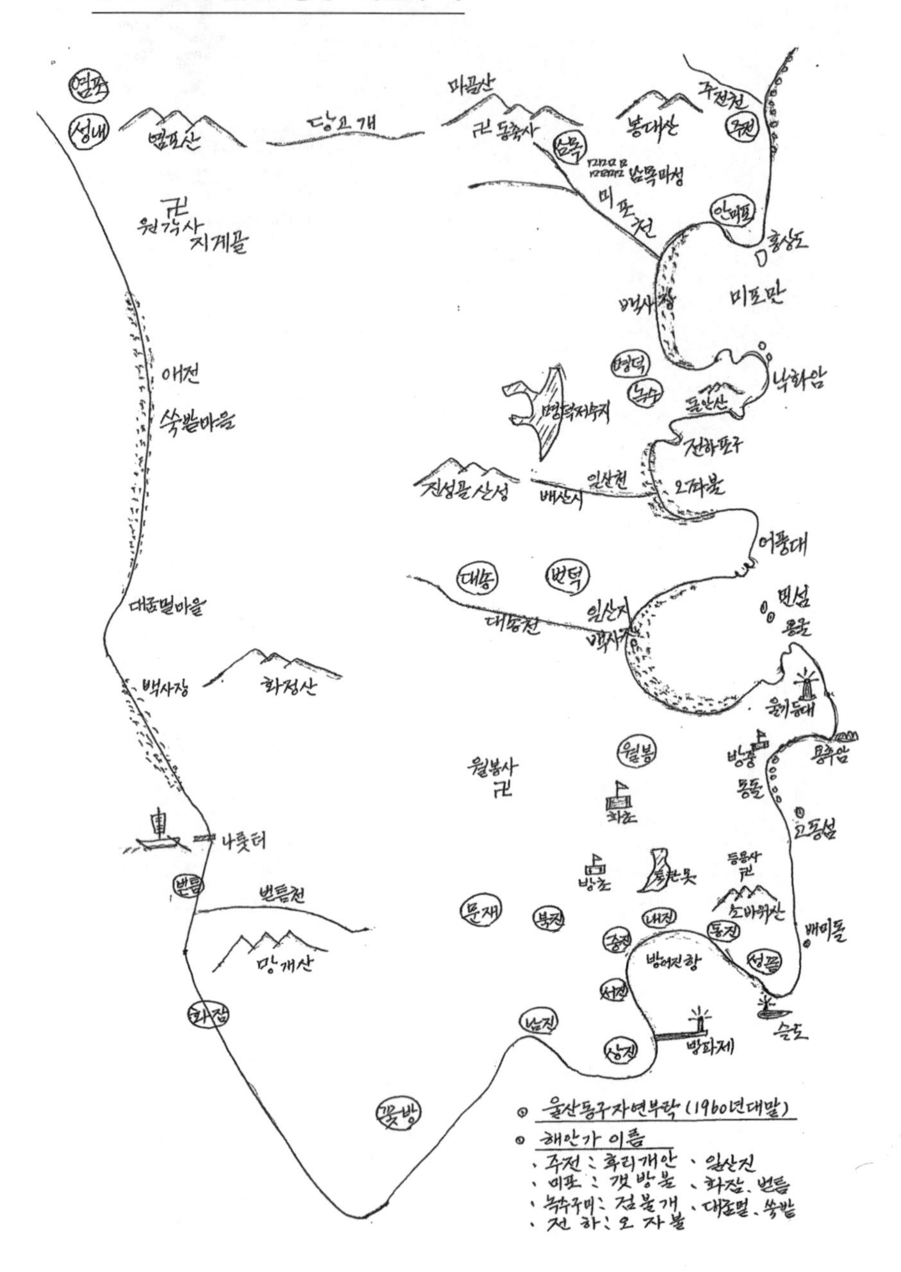

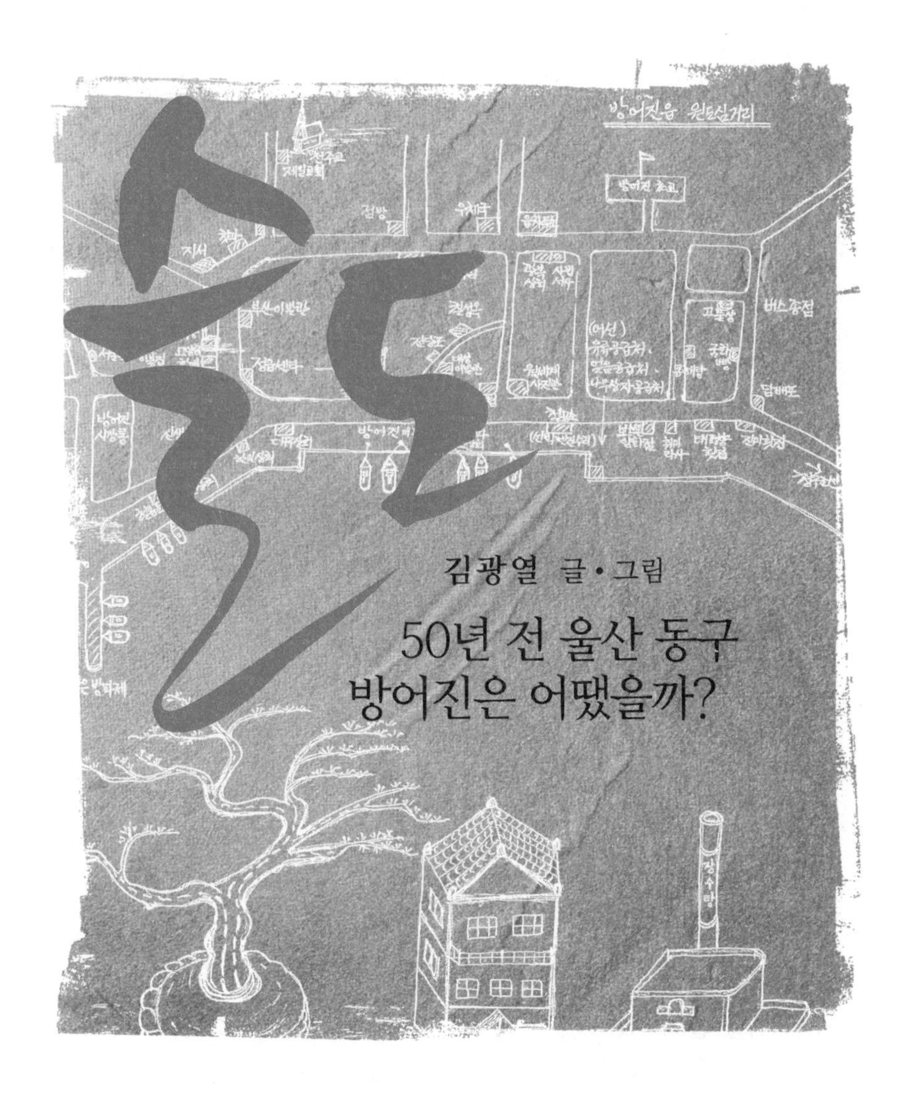

김광열 글·그림

50년 전 울산 동구 방어진은 어땠을까?

도서출판 더로드
The Road Books

Recommendation

추천의 글 ①

"추억과 공감의 선물"

반가운 책이다. 저자 스스로 밝혔듯이, 이 책은 "직접 경험한 내용"을 썼기에 힘이 있다. 이 책이 비록 방어진을 비롯한 동구라는 한정된 공간과 저자 개인의 경험과 기억을 책에 담았다는 한계는 있지만, 동시대 같은 공간에서 살아온 이들에게는 깊은 추억과 공감을 선물해준다.

또한 이 책은 같은 시기를 살아도 동구를 모르고 방어진을 알지 못하는 독자나, 당시를 경험하지 못한 이들에게는 반세기 전의 동구를 마치 영상자료처럼 선명하게 보여주어서 좋다.

그리고 저자는, 이 책을 쓰게 된 동기에 대해 "지역에 대한 애정과 관심"이라고 밝히고 있다. 하지만 단순히 애정과 관심만으로 누구나 책을 쓸 수 있는 것은 아니다. 저자는 "기록하면 역사가 되지만, 기록되지 않으면 휘발되어 날아가 버린다."라고 했다. 저자는 자신의 기억이 휘발되지 않도록 평소에 남다른 노력을 해 온 것이 틀림없다. 따라서 그 애정과 관심은 절대로 평범하지 않은 것으로 생각한다. 그렇지 않으면 이런 책은 쓸 수가 없기 때문이다. 저자의 지역에 대한 이 같은 각별한 애정과 그것을 책으로 담아낸 노력이 참으로 대단한 이유다.

이 책을 통해 많은 것을 배울 수 있다. 울산 동구 지역은 꼭 반세기 전인 1972년 현대조선소 설립 이후 격변했다. 개발 이후 세대는 물론, 이전 세대라도 개발 이후에 동구를 찾은 이들은 변화 이전의 모습을 알 길이 없다. 그래서 이 책 1장에서 다룬 옛 방어진 풍경과 미포, 오좌불, 낙화암, 전하 포구 등이 반갑다. 2장 내용은 더욱 흥미롭다. 어선 진수식과 배도방 이야기, 고래잡이, 댕구리배, 꽁치배 이야기와 해변 낚시와 해초 채취 이야기 등은 너무도 귀중한 기록이다. 3장 내용은 다른 지역에서 저자와 동시대를 살아본 사람에게는 닮은 점과 차이점을 들여다볼 수 있어서 좋고, 같은 내용으로 책을 써보고 싶은 마음이 생기게 해 준다. 저자가 직접 그린 다양한 삽화는 덤이다.

이 책은 본격적인 산업화 이전의 우리 자신을 알고 싶은 독자나 방어진과 동구 일대의 민속이나 전통어업, 과거의 경관에 대해 공부하는 전문연구자들이라면 반드시 읽어보기를 권한다.

한삼건 _ 울산대학교 명예교수, 공학박사

Recommendation

추천의 글 ②

"50년 전 울산 동구는 어땠을까?"

문득 '내가 살고 있는 이 동네가 옛날에는 어땠을까?' 라는 궁금증이 들 때가 있습니다. 그 해답을 담고 있는, 울산 동구의 지난 50년을 기록한 의미 있는 책이 나왔습니다.

울산 동구는 1970년대 현대중공업이 문을 연 이후 조선소 일자리를 찾아 전국에서 온 사람들로 급성장한 도시입니다. 파도가 잔잔한 해안을 메워 공장이 세워졌고, 한가로운 들판에는 도로가 뚫리고 다닥다닥 집들이 들어섰습니다. '세계 최고 조선산업도시' 라는 성장가도를 분주히 달리면서 동네 곳곳에 깃들었던 사람 냄새 가득한 이야기와 훈훈한 추억은 어느덧 흩어지는 듯했습니다.

1950년대에 태어나 자랐던 작가는 자신이 동구에서 성장하면서 보고, 듣고, 겪었던 이야기를 꼼꼼한 서술과 생생한 표현으로 기록했습니다. 그 당시를 경험하지 못한 독자들을 위해 직접 그림을 배워 섬세하고 사실감 있는 삽화도 담았습니다.

동네 어르신들이 탁배기 한잔하면서 풀어 놓았을 법한 추억담을 글과 그림으로 정리해 책으로 엮으니 우리 후손들에게 두고두고 전할 귀한 생활사 자료가 되었습니다. 기록의 위대함을 새삼 깨닫게 합니다.

이 책은 그 안에 담긴 이야기도 흥미롭지만, 무엇보다 옛 동네를 기억하는 분들에게 아련한 그리움을 불러일으킵니다. 책장을 넘기다 보면 오좌불, 미포만, 버텀나루 등 기억의 저편으로 사라져 버린 우리 동네 추억의 장소가 다시 생각납니다. 마치 어젯밤에 일어난 일처럼 친근하게 설명하는 작가 덕분에 우리는 50년의 시간을 거슬러 동진마을 댕구리배 진수식을 구경하고, 소바위산에서 토끼몰이를 하고, 일산진 바닷가에서 조개잡이를 하며 즐거운 시간을 보낼 수 있었습니다.

그 당시에는 '일상' 이었던 일들이 시간이 흐르고 나니 '역사' 가 되었습니다. 지금 우리가 살고 있는 시간도 훗날에는 '역사' 가 될 것입니다. 과거가 없었다면 현재의 우리도 존재할 수 없습니다. 지금 우리가 현재를 어떻게 이루어 가느냐에 따라 우리 후손들의 삶과 지역의 미래가 달라질 거라는 생각에 어깨가 저절로 무거워지며, 순간순간 최선을 다해야겠다고 스스로를 가다듬게 합니다.

우리 지역의 지나온 발자취를 알면, 앞으로 나아가야 할 방향을 가늠하는 데 도움이 될 것입니다.

동구를 사랑하는 작가의 삶이 반영된 스토리텔링이자 동구의 50년 역사를 담은 이 책의 발간을 진심으로 축하드립니다. 동구를 더 잘 알고, 이해하고 사랑하게 되는 데 큰 도움이 될 것입니다.

김종훈 _ 울산광역시 동구청장

Recommendation

추천의 글 ③

“싱싱한 아침 햇살 펄쩍거리는 동구”

동구가 가장 격변하던 시기, 기록하지 않으면 잊혀져 버리는 그 찰나의 순간을 우리 아들, 딸에게 전해줄 수 있는 반가운 책이다.

특히 저자가 직접 경험한 내용을 담았기 때문에 동시대를 살아온 나에게는 어린 날의 추억을 되새길 수 있어 더욱 특별한 의미로 다가온다.

어릴 때, 어스름히 해가 떠오르던 새벽이면 푸른 동해의 물결을 헤치면서 크고 작은 어선들이 아침 햇살을 이고 뭍으로 들어왔다. 배들이 항구에 정박해 밤새 잡은 싱싱한 물고기들을 바닥에 쏟아내면 펄쩍거리는 물고기들의 은빛 지느러미는 신기할 만큼 재미있고 진귀한 구경거리였고, 생선 등을 사기 위해 모여든 상인들의 시끌벅적한 대화는 바다의 생명력을 알리는 삶의 현장 그 자체였다.

산에 사는 사람은 산을 닮고 바다에 사는 사람은 바다를 닮기 마련이다. 어릴 적 동구는 바다의 풍요로움을 닮았던 것 같다. 저자는 가지기보다 내어주는 바다를 닮은 동구의 경험을 이 책에 글과 그림으로 담았다.

어린 시절 바다를 보며 꾸었던 수많은 꿈과 추억은 대부분 사라져 아련함만 가득하다. 태어난 순간부터 지금까지 군 복무를 제외하면 동구를 떠나본 적 없는 내게 이 책은 다시 한 번 순수하고 꿈 많은 나의 어린 시절로 돌아갈 수 있게 해주었다.

한 평생 동구에서 살아온 옆집 어르신과 이야기를 나누며 동네 구석구석 추억할 수 있게 해주는 이 책을 우리 동구 주민들은 물론, 동구를 알고 싶은 많은 분이 함께 즐겨주셨으면 좋겠다.

권명호 국회의원

Recommendation
추천의 글 ④

"소중한 우리 동구의 기록"

"인류는 기록이 있었기에 발전할 수 있었다."라는 저자의 말에 전적으로 동감한다. 기록의 방법은 많다. 글, 그림, 사진, 영상 등. 그중에서 가장 대표적인 기록 방법이 "글"이 아닌가 생각한다.

글은 무한한 상상력을 수반케 하고 그것이 바로 새로움의 동력이 된다. 김광열 저자의 "슬도"라는 기록을 접하고는 "이런 기록도 있구나!" 싶어 충격에 가까운 놀라움을 느꼈다.

한 지역을 대상으로, 한 시대를 꿰뚫으면서 모든 분야를 망라한 기록! 그것도 아마 기억에 의존한 기록일 진데 어떻게 이렇게나 담담하게 아니, 도도하게 서술할 수 있는지 놀라울 따름이다. 그것도 그림까지 곁들이면서.

저자의 사람 사랑과 지역 사랑, 기억력과 관찰력, 체계적인 정리 능력에 감탄하지 않을 수 없다.

저 역시 울산인이고 울산 동구와는 남다른 인연을 가지고 있다. 공직생활을 하면서 한때 동구청장 대행으로 근무한 적도 있다. 동구를 생각하면 항상 '자랑스러움'과 '안타까움'이라는 두 가지 감정이 교차한다. 조국 근대화에 가장 앞장섰던 현대중공업을 생각하면 한없이 자랑스럽다. 하지만 그런 변화의 과정에서 사라질 수밖에 없었던 한없이 아름다웠던 동구의 자연환경을 생각하면 너무나 안타깝기 그지없다.

저자는 아마 이런 안타까움에서 잊혀져 가고 있는 동구의 과거 모습을 기억의 편린이 사라지기 전에 기록으로 남기고 싶었으리라.

"슬도"를 읽어보면 꼭 울산 동구만의 기록은 아님을 알 수 있다. 저의 기억과 결부시켜 보면 "슬도"속에 등장하는 사회, 문화, 경제, 환경 등이 웬만한 다른 지역에도 거의 공통되는 외용이라고 본다. 그런 면에서 "슬도"는 참으로 소중한 우리의 지난 시대의 기록이다.

저도 읽으면서 한때 옛날 그 시절 그 생각에 젖기도 했다. 아무튼 심혈을 기울여 잊혀 가는 지난 시대 우리들의 삶의 모습을 기록으로 남겨준 김광열 저자에게 존경과 감사를 드린다.

아울러 감히 많은 분에게 일독을 권하고 싶다.

박맹우 _ 제3, 4, 5대 울산광역시 시장
제19, 20대 국회의원

Recommendation

추천의 글 ⑤

"세대와 지역을 관통한 감동과 아련함을 전해 줄 보석"

서울을 제외한 모든 지역에서 지방 소멸을 걱정하고 이런저런 대책을 궁리하고 있지만 별다른 대안이 없는 것이 현실이다. 울산은 한때 대한민국 산업의 심장이었지만, 그 울산도 지방 소멸의 파고에 직격탄을 맞고 있다. 그만큼 지방 소멸 문제는 수도권을 제외한 모든 곳의 현재진행형인 문제다.

울산의 소시민인 김광열 작가가 쓴 고향 이야기 '슬도' 를 처음 접하고 어쩌면 우리 지방의 살길이 여기에 있을지도 모른다고 생각했다. 작가 개인의 소소한 유년기 경험과 동네 이야기를 이렇게 기록으로 남겨 미래에 전달해주는 일! 울산의 지리적, 물리적이기만한 이야기가 아니라 그곳에 살았던 울산 사람의 삶과 경험과 기억을 공유하고 전승하는 일. 기억이 모이면 기록이 되고 그것이 울산의 역사가 되며 역사가 있는 도시는 정체성을 가지게 될 것이라 믿는다.

현재 모습의 동구만 알고 있고, 산업화로 공장이 들어서기 전의 울산 동구를 모르는 필자도 '아! 옛날 울산은 이랬구나!' 라며 현재의 모습과 비교하고 변화를 상상해 보는 과정이 무척이나 흥미로웠다.

이 책을 통해 부모님 세대의 삶을 엿보는 즐거움은 '슬도'가 지역에 갇힌 책이 아니라, 우리 모두에게 세대와 지역을 관통한 감동과 아련함을 전해 줄 것이라 믿어 의심치 않는다.

손글씨가 더 익숙한 세대의 작가가 기억을 손으로 또박또박 옮겨내고, 독학으로 익혀 그린 그림에는 그 시절 슬도 바다의 내음이 느껴진다.

손으로 기록하고 그려낸 다이아몬드 원석 같은 원고를 처음 받아들고 '유레카'를 외쳤던 환희를 독자들과 공유하고 싶다.

김광열 작가의 '슬도'와 같은 울산의 기억들이 계속 모여 내 고향 울산이 더욱 반짝이길 바란다.

빛나는 여정에 독자 여러분도 함께하시길!

김현정 _ 7대 울산 남구의원

Prologue
들어가는 글

"50여 년이 지난 지금은 추억으로 남은 옛 울산 동구 이야기"

기록하면 역사가 되지만, 기록되지 않으면 휘발되어 날아가 버린다. 인류는 기록이 있었기에 발전할 수 있었다. 여기 미력하나마 울산 동구의 한 시대 모습을 기록으로 남긴다. 이렇게 기록하지 않으면, 동구의 옛 모습도 세월과 함께 사라져 버릴 것이다.

울산 동구는 약 1세기 전 1910년 울산군 동면에서 출발해 1937년 울산군 방어진 읍으로 승격하고 1988년 울산시 동구로 개칭하여 1997년 7월 지금의 울산광역시 동구로 승격했다.

자연경관이 수려했던 동구는 산과 바다가 맞닿은 곳으로 수많은 사람의 발길이 잦았기에 다른 지역에 비해 이야깃거리가 많다. 그 중에서도 50여 년 전의 삶의 터전과 사람들이 살았던 모습을 기록해 알리는 것도 그 시대를 살았던 한 사람으로 작은 소임이라고 생각해 이 책을 썼다.

동구의 근 현대사를 조명해 볼 수 있는 사진집이 최근 발간되었다. 그것에 지난날 필자의 이야기를 더한다면 과거는 훨씬 더 생생하게 남게 될 것이다. 또한, 반세기 전 동구의 정치, 경제, 사회, 문화와 당시 청소년의 생활상과 놀이문화 등을 글로 엮어 자라는 미래 청소년에게 전해주는 것도 의미 깊은 일일 것이다.

제1장은 행정구역별 명소에 대한 추억담을, 제2장은 경제적인 면을 재조명해 당시 청소년의 삶의 현장 이야기를, 제3장은 사회 문화적인 생활 모습을, 제4장은 청소년의 방과 후 놀이문화를 담았다.

현대조선이 들어오기 전의 울산 동구는 동해안 최남단의 작은 포구로 해안선이 매우 아름다운 지형에 반농반어의 소읍이었다. 1960~70년대 우리에게 불어 닥친 경제개발의 기치는 경제성장의 원동력이 되기도 했지만, 한편으로는 동구의 많은 문화유산이 수난을 겪은 원인이 되기도 했다. 50여 년이 지난 지금은 필자의 어릴 적 추억으로 남은 옛 울산 동구의 모습은 흔적을 찾아볼 수 없을 정도로 변했다. 아쉽지만 세월의 흐름에 밀려간 과거는 어찌할 수가 없다.

하지만 기록은 할 수 있다. 지역에 대한 애정과 관심을 가지고 이 책을 썼다. 이 책이 하나의 콘텐츠가 되어 자라나는 청소년 교육에 소중한 자료로 활용되고 동구의 무궁한 발전의 토대가 되기를 바란다.

PS : 이 책이 50년 전 동구 전체를 표현했다고 말할 수는 없지만, 많은 부분 필자가 직접 경험한 내용임을 밝힌다.

2023년 2월

저자 **김광열**

Contents

차례

제2장 동구의 경제환경

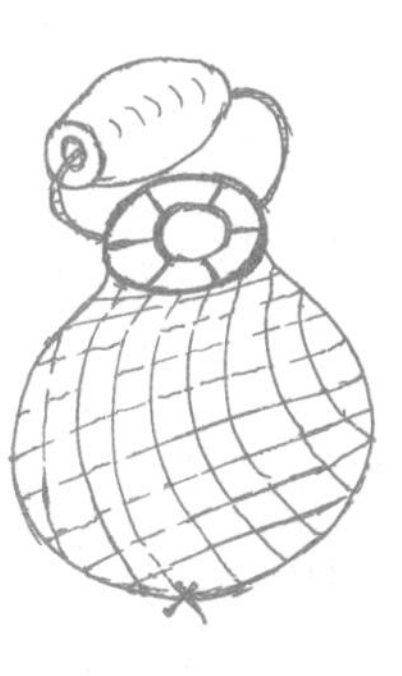

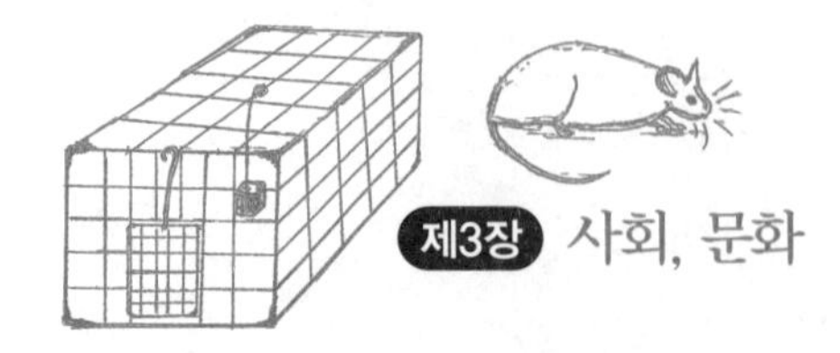

제3장 사회, 문화

제4장 방과 후 청소년 놀이문화

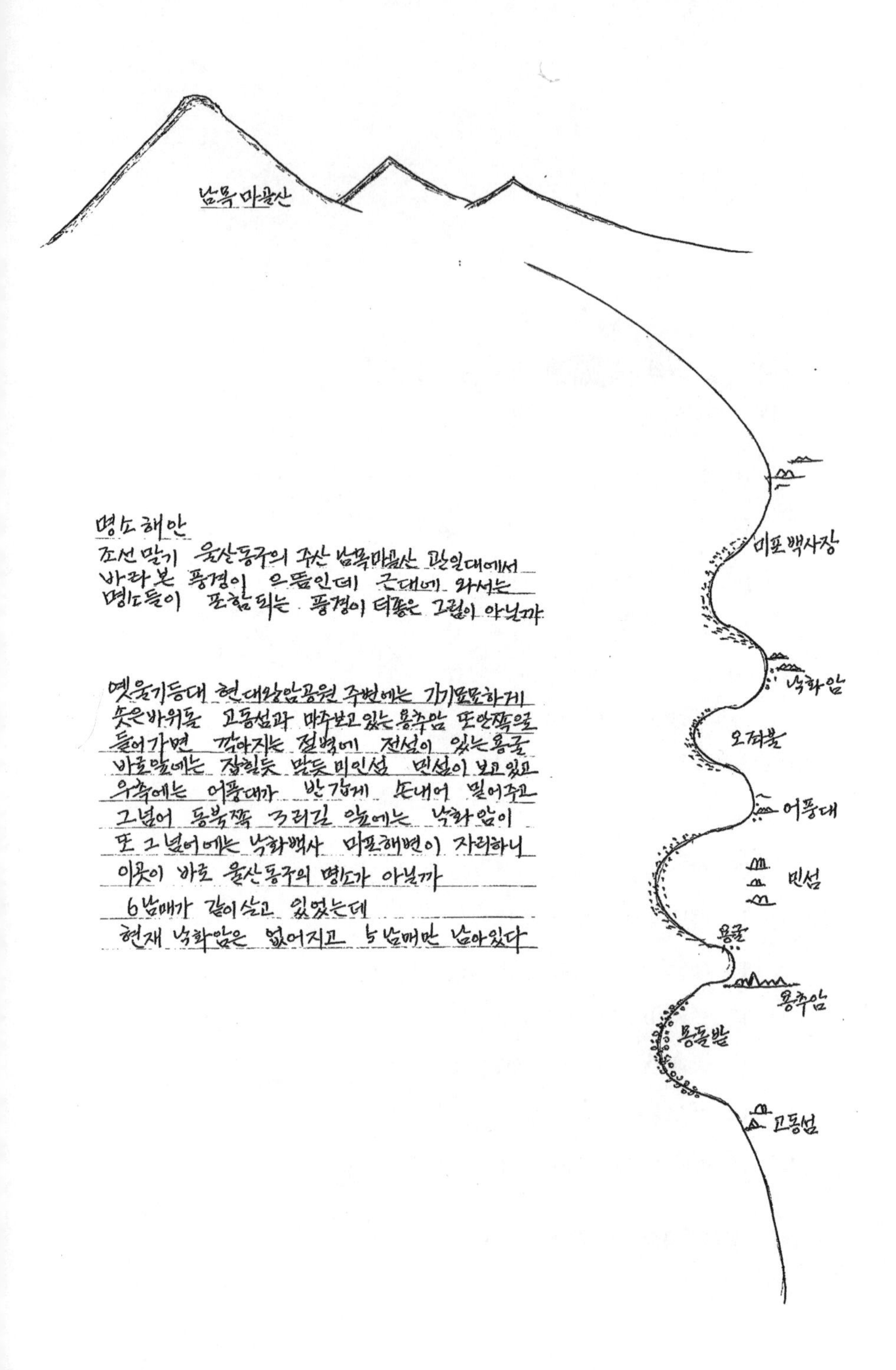

남목 마골산
명소해안
조선 말기 울산동구의 주산 남목마골산 관일대에서
바라 본 풍경이 으뜸인데 근대에 와서는
명소들이 포함되는 풍경이 더좋은 그림이 아닐까
옛울기등대 현 대왕암공원 주변에는 기기묘묘하게
솟은바위들 고동섬과 마주보고 있는 용추암 또안쪽으로
들어가면 깍아지는 절벽에 전설이 있는 용굴
바로앞에는 잡힐듯 말듯 미인섬 민섬이 보고 있고
우측에는 어풍대가 반갑게 손내어 밀어주고
그넘어 동북쪽 3리길 앞에는 낙화암이
또 그 넘어에는 낙화백사 미포해변이 자리하니
이곳이 바로 울산동구의 명소가 아닐까
6남매가 같이살고 있었는데
현재 낙화암은 없어지고 5남매만 남아있다
미포 백사장
낙화암
오좌불
어풍대
민섬
용굴
용추암
몽돌밭
고동섬

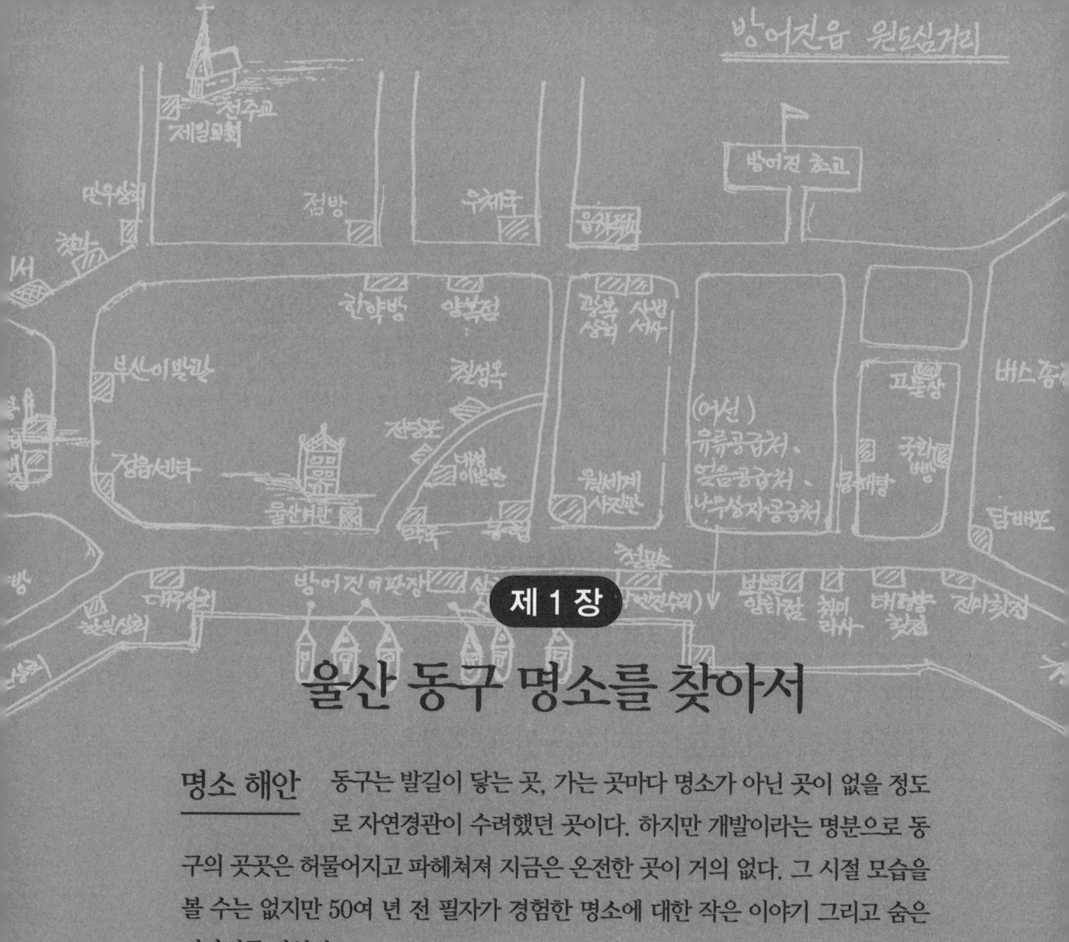

제 1 장

울산 동구 명소를 찾아서

명소 해안

동구는 발길이 닿는 곳, 가는 곳마다 명소가 아닌 곳이 없을 정도로 자연경관이 수려했던 곳이다. 하지만 개발이라는 명분으로 동구의 곳곳은 허물어지고 파헤쳐져 지금은 온전한 곳이 거의 없다. 그 시절 모습을 볼 수는 없지만 50여 년 전 필자가 경험한 명소에 대한 작은 이야기 그리고 숨은 이야기를 담았다.

01

상연극장

• •

1970년 즈음 상연극장은 방어진 유일의 문화공간이었다. 동진마을에서 상연극장을 가기 위해 방어진 읍내로 들어서면 처음 만나는 마을이 내진마을이고, 그곳을 지나면 중진마을이 나온다. 중진 마을을 지나 대구상회 앞 삼거리에서 좌측 시장통으로 들어서면 작은 방파제가 있고, 그곳을 지나 큰 방파제 입구에 들어서면 부근에 소방서와 방어진 철공 조선소가 있었다. 그 부근에서 가장 먼저 보이는 큰 건물이 바로 상연극장이었다. 울산 최초의 영화관으로 1924년경에 설립되었으며, 당시 읍내에서 1층 건물로는 가장 큰 건물이었다. 초등학생인 필자는 영화 관람은 엄두도 못 내고 근처에 가는 일이 있으면 극장 간판에 그려진 그림과 홍보 사진만 보곤 했다. 초등학생 관람가 영화는 상영을 잘하지 않았는데 한 번은 초등학생도 볼 수 있는 영화를 상영했다. 학교에서 단체로 그 영화를 보러 갔는데 당시로는 보기 드문 외화였다. 영화 제목이 '자바의 동쪽' 으로 요즘으로 치면 재난영화라 할 수 있다.

인도네시아 수마트라섬에서 바타비아퀸호라는 큰 배가 오래전 바다 밑에 가라앉은 난파선에 숨겨진 진주를 찾기 위해서 출항한

상연극장

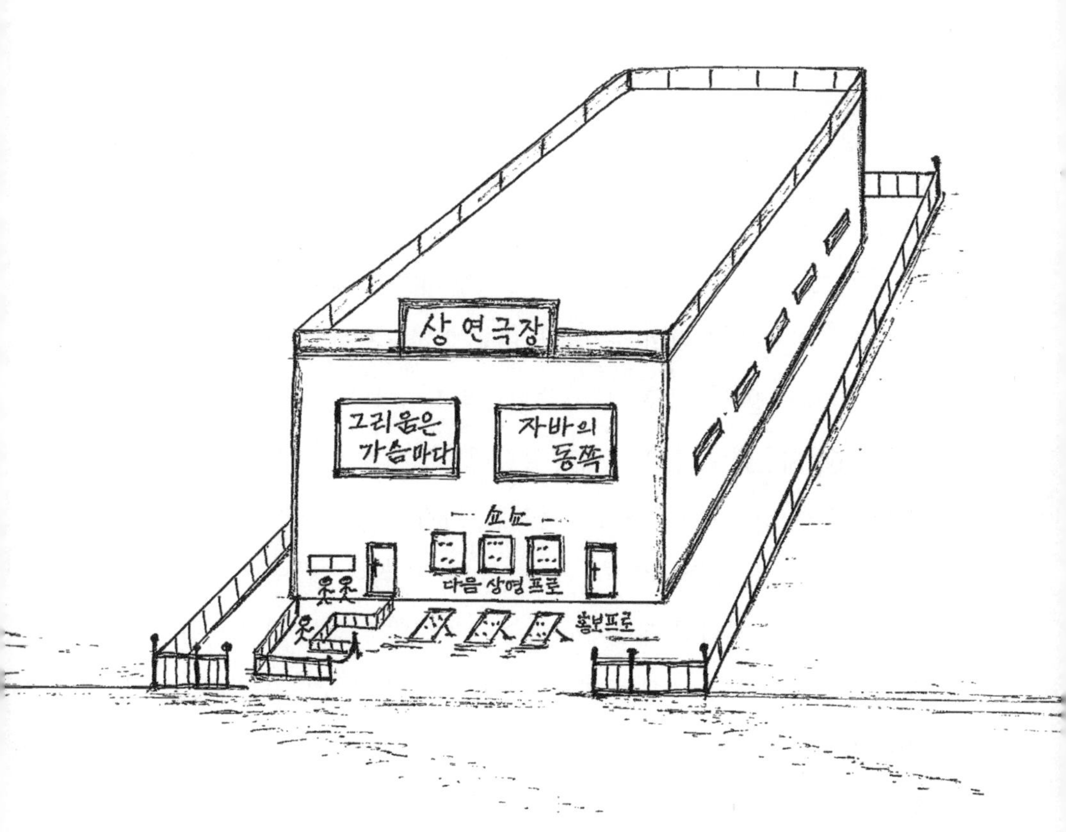

다. 항해 도중 크라카토아 화산폭발로 수마트라섬 서해안을 강타하는 장면이 나온다. 대형 스크린을 통해 성난 대자연의 힘을 실감나게 보았고, 나도 모르게 탄성을 질렀다. 꼬마의 놀란 눈망울로 대자연의 힘을 보았는데, 그때의 놀람과 감동이 지금도 생생하게 남아 있다.

'자바의 동쪽' 은 1889년에 실제로 있었던 크라카토아 화산폭발을 소재로 한 작품이다. 1968년 미국에서 제작된 이 영화는 전 세계적으로 흥행에 큰 성공을 거뒀으며 1970년 아카데미 기술상 후보에 오르기도 했다.

그다음에 본 영화는 '그리움은 가슴마다' 이다. 장일호 감독 허장강, 이대엽, 김지미, 윤정희 주연으로 상영 시간이 1시간 35분인 총천연색 영화였다. 영화의 줄거리는 1950년 한국전쟁 때 헤어진 모녀가 있었다. 딸은 장성하여 가수가 되었고 어머니는 그사이에 다른 남자와 재혼했다. 딸의 노래가 담긴 레코드가 날개 돋친 듯이 팔려나갔고 어머니는 딸의 노래를 듣지만, 자기 딸의 노래인 줄은 몰랐다. 딸이 공개 방송에 출연하던 날, 어머니가 라디오를 듣고 있다가 딸과 아나운서와의 대화에서 가수가 자신의 딸임을 알고 방송국으로 달려갔다. 그리하여 한국전쟁 때 헤어졌던 모녀가 감격스러운 재회를 하게 된다는 영화이다. 눈물과 감격으로 가슴 찡한 장면이 지금도 생생하게 떠오른다.

어느 날, 극장 간판에 붙어있는 펄시스터즈 쇼 포스트를 보았다.

펄시스터즈는 친자매로 당시 유명한 스타였다. 늘씬한 몸매와 당시 유행했던 나팔바지 스타일의 옷을 입은 모습이 포스터에 그려져 있었다. 공연을 꼭 보고 싶어 공연하는 날을 손꼽아 기다렸다. 드디어 공연하는 날이 되어 극장을 찾았는데 극장은 평소보다 많은 관람객으로 붐볐다. 많은 사람이 붐비는 틈을 이용해 입구 검표원의 눈을 피해 친구 한 명과 같이 극장에 몰래 들어가는 데 성공했다. 그때는 극장표 끊을 돈이 없었고 운이 좋으면 몰래 들어가는 것이 가능했다. 잠시 주변을 살피다 맨 앞줄에 가서 의자에 앉아 난생처음 쇼 구경을 하는데 너무 멋지고 대단했다. 맨 앞줄에서 보니 무대가 더 높아 보였다. 높은 무대에서 아가씨 2명이 나와 음악과 장단에 맞춰 춤추고 노래하는 아름다운 모습에 입을 다물지 못하고 넋을 놓고 구경했다.

펄시스터즈는 얼굴, 몸매, 율동, 노래 어디 한군데 빠짐없이 완벽했다. 데뷔곡이자 출세작인 '님아'와 '커피 한 잔'이 가요계를 강타하여 스타 반열에 오른 가수였다. 노래가 히트하자 그들은 곧바로 쇼 무대에도 진출했고, 지방 순회공연으로 울산 방어진 상연극장에 온 것이다. 1970년 즈음으로 기억되는데 그때가 상연극장의 전성기였다. 이렇게 상연극장은 내 기억 속에 아련한 추억으로 남아 있다. 지금 극장 건물은 흔적도 없어 아쉽다. 50여 년이 지난 지금 옛 극장 자리에는 요양병원 건물이 세워져 있다.

극장과 연예인 하니 생각나는 인물이 하나 있다. 울산 방어진 출신으로 문화예술계의 별이라고 칭해도 손색없는 쓰리보이다. 서라

벌 예술고를 나와 1959년 미8군 영내 행사인 '김시스터즈 쇼'에 MC로 데뷔해 60, 70년대에 맹활약을 하였고 한국연예협회장을 지내기도 했다. 원래 이름은 신선삼이다. 쓰리보이는 이름 영문 표기에 알파벳 S가 세 번 들어간다는 뜻에서 유래했다고 한다. 그 시절 원맨쇼의 대명사, 천의 입을 가진 사나이라 불리던 코미디언이었는데 지금은 작고했다. 자동차가 귀한 시절이던 1970년대 초, 중반 쓰리보이가 검정 세단에 서울 번호판을 붙이고 방어진에 나타나면 사람들은 온통 야단법석이었다. 키 크고 인물 좋은 쓰리보이를 한 번 보려고 사람들이 구름처럼 몰려든 것이다. 그는 한 시절을 풍미했던 방어진이 낳은 스타였다.

02

방어진 항구

방어진은 고려 말에는 왜적 침입이 빈번한 변방이었는데, 조선 초기부터 말을 방목하여 키우던 목장이 있었다. 목장 둘레는 47리, 말 360필을 방목하고 수초가 풍부하다는 기록이 있으며, 목장은 1894년 문을 닫았다.

방어진이 본격적인 어항으로 개발된 것은 1897년 무렵, 일본 어민이 들어오기 시작하면서부터다. 고등어와 삼치를 잡기 위해 일본 어민이 들어오기 시작했는데, 방어진은 일본의 고등어 어업의 근거지로 주목받았다. 이후 1903년 일본 오카야마 출신 후지모토를 비롯한 어부 40여 명이 어선 31척을 끌고 집단으로 이주한 이후 일본인이 점차 늘어났다. 1909년에는 후쿠오카에서도 일본 어민이 집단으로 이주해왔다.

1910년 강제 병합이 되면서 우편소 설치, 해안도로 건설, 하수구 정리 등이 이루어졌고 방어진은 점차 시가지로 변모하며 발전했다. 인구 증가는 어업 활성화에 따른 결과였으며 이러한 변화는 기반 시설 정비로 이어졌다. 조선인보다 일본인이 더 많은 적도 있었다고 한다. 주로 방어가 많이 잡혀 방어진이라 불리는 방어진항에

방어진항

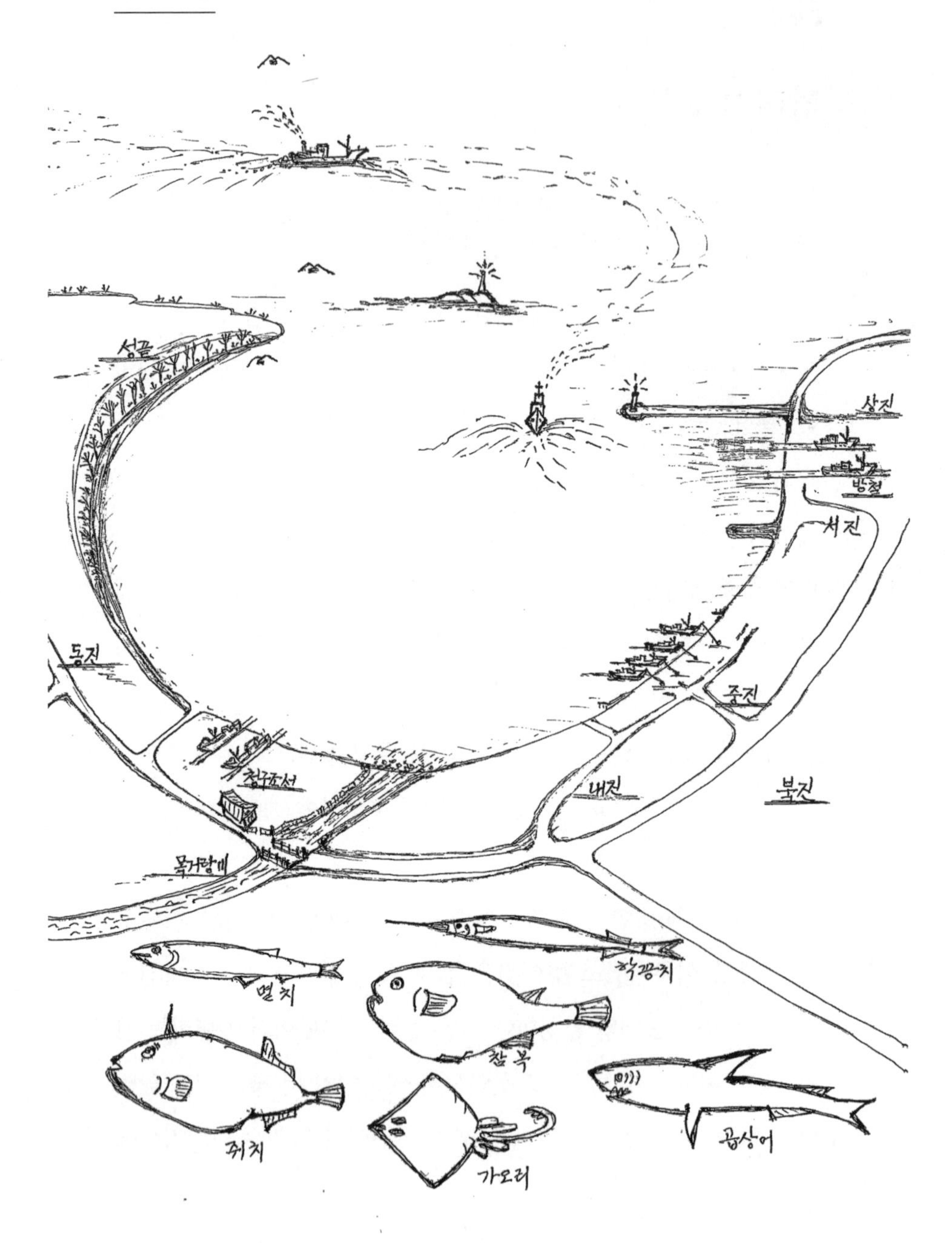

는 한때 수백 척의 배들이 드나들었으며, 동해안 최대 항구이자 부항으로 명성을 날렸다.

울산에서는 처음으로 방어진 시내에 청요리집과 극장(1924년)이 들어서는 등 부유하고 번성한 지역이었다. 방어진항 주변 중심가에 몰려 살던 일본인은 자신들에게 필요한 학교를 세우고 문화시설을 갖추기 시작했는데, 그때 극장과 목욕탕 등이 울산에 처음 생겼다. 가장 눈에 띄는 것은 1928년에 완성된 방어진항 축항(방파제) 사업인데, 동해안 최초의 방파제 건설 사업으로 1923년에 시작하여 1928년에 완공되었으며, 공사에 들어간 돈은 당시 70여만 원이라고 한다. 일본은 이곳을 조선의 명물로 선정하기도 했다. 이렇게 방어진에서 풍요롭게 살던 일본인은 1945년 8 · 15 광복을 맞이하면서 모두 일본으로 돌아갔다. 그들이 지었던 일본식 가옥 중 10채는 아직도 그 형태를 간직한 적산 가옥으로 남아 있다. 관할기관인 동구청에서 잘 유지, 관리해 주길 희망한다.

항구를 포함한 방어진 바닷가에 대한 추억이 많다. 첫 번째가 멸치잡이 배에 대한 기억이다. 1970년대 중반은 멸치잡이가 성황이었다. 방어진 항구에 멸치잡이 어선들이 빼곡히 들어왔다. 멸치 어황이 좋은 상황이라는 것을 한눈에 느낄 수 있었는데 비유하자면 시장통에 발 디딜 틈이 없을 정도와 같이 항 내에는 배들이 꽉 차 있었다. 항구에 정박 가능한 어선은 30%도 채 되지 않았다. 나머지 배 약 70%는 항구에 들어왔지만, 정박은 하지 못했다. 임시로 배들끼리 그룹을 만들어서 이중 삼중으로 얽어매어 닻(앵커)을 내리고 있었다. 대충 보아도 수백 척쯤 되었다. 정박을 못 하면 육지로 나갈 수 없고 출항 준비도 할 수 없었다.

육지와 임시 정박 중인 어선 사이는 거리가 좀 있었다. 수신호로 교감한 어선에는 우선 급한 필수품 몇 가지를 노 젓는 뗏마 배[1]로 가져다주었다. 어선의 선원은 손짓, 발짓, 수건 돌리기 등으로 육지와 소통했다. 그러면 육지에서는 한 어선에 선원들이 먹을 20kg짜리 쌀 2포대, 김장 김치 10포기 정도, 됫병 소주 2병, 간장, 고추장 등을 가져다주었다. 당시 화폐가치로 3만 원 정도의 장을 봐서 전달해주면 멸치 배 선원들은 너무 좋아했고 연신 고맙다는 인사를 했다. 물물교환 방식으로 멸치와 물품을 바꾸었는데, 3만 원 정도의 물품을 싣고 간 배는 20만 원 정도의 멸치를 싣고 육지로 돌아왔다. 하룻저녁에 2, 3번을 왕복하여 큰돈을 번 사람도 있었다. 하지만 아무나 할 수 있는 일은 아니었다. 하려면 첫째 뗏마 배가 있어야 한다. 둘째는 밑천(약 10만 원)이 좀 있어야 한다. 두 가지 요건을 갖추기가 쉽지는 않았다.

당시 필자는 요건을 갖춘 아저씨와 같은 동네에 사는 청년 학생이었다. 요즘으로 치면 며칠 저녁 아르바이트를 했다고 할 수 있다. 멸치 배들은 다들 어디서 왔는지, 방어진 항구는 멸치 어선으로 꽉 차 있고 항구 주변 선술집은 멸치 배 선원들로 넘쳐났다. 그런 항구

---

1) 노 젓는 작은 목선

의 밤 풍경이 어제 일같이 눈에 선한데 벌써 옛날 일이 되어버렸다.

두 번째 이야기는 배의 좌초에 대한 것이다. 울기등대 쪽에서 방어진항으로 항해하다 슬도 부근에서 배가 좌초되는 경우가 많았다. 해마다 1, 2건씩 발생했는데, 60년대 후반부터 70년대 초반까지로 주로 100t 이상 큰 배들이 사고가 났다. 물살이 세고 암초가 있어 선장의 실수로 사고가 빈번했다. 밀물 때는 성끝마을에서 슬도까지는 제법 멀어 보인다. 그 때문에 항로를 판단하기에 어려움이 있었다. 지금은 육지에서 슬도까지, 방파제가 놓여 있어 육안으로도 항로가 아님을 알 수 있지만, 당시 밀물 때는 선장의 판단오류로 어선이나 상선이 많이 좌초했다. 아침에 일어나서 바닷가 쪽 해변으로 나가보면 슬도 좌측 암초에 걸려서 배가 45도쯤 기울어져 있는 것을 보곤 했다. 배에 타고 있던 선원들은 날이 밝고 마을 사람들의 움직임이 있으니까 양손을 흔들고 수건을 돌려 구조를 요청했다. 그러면 난 '또 사고가 났구나' 하는 생각을 했다. 표준 항로는 슬도 섬 뒤쪽으로 항해하는 것인데, 캄캄한 밤에 선장이 모르고 슬도 앞쪽으로 지나가다가 쿠당탕하고 암초에 부딪힌 것이다.

우리는 아무것도 모르고 사고 현장 가까이 가서 구경했다. 지금은 선박용 GPS 시스템을 이용하면 항로 이탈로 인해서 암초에 걸리는 경우가 없겠지만, 당시에는 이런 사고가 연례행사였다. 사고가 난 작은 배는 보름에서 한 달 정도면 사고 수습이 되었지만, 큰 배는 수개월이 지나야 인양이 완료되고 처리가 종료되었다. 그런

사실로 유추해보면 당시 대한민국의 선박 인양 기술 수준을 가늠해 볼 수가 있다.

세 번째 이야기는 복어 이야기다. 방어진항 작은 방파제 쪽에는 10여 톤쯤 되는 "나가시"라 불리는 주낙배 10여 척이 조업하고 입출항하는 곳인데, 어느 날 사람들이 많이 모여 있는 것을 보았다. 가까이 가서 보니 방금 조업을 마치고 입항한 배의 갑판 위에는 상자마다 고기가 가득했다. 복어였다. 밀복도, 까치복도 아닌 씽씽한 고급 참복이었다. 조업을 마치고 항구로 돌아온 배마다 씨알 좋은 복어로 가득했다. 그야말로 복어 만선이고 복어 풍년이었다.

'웬 복어가 이렇게 많이 날까?' 생각하며 구경만 실컷 하다가 집으로 돌아왔다. 저녁을 먹고 있는데 어머니와 이웃 아주머니가 대화하는 소리가 들려왔다.

"일산지 마을에서 한 사람 죽었답니다."

"왜요?"

"복어 먹고 죽었다네요."

당시에는 해마다 복어를 먹고 죽는 사람이 있었다. 복어에는 독이 있어서 복요리는 전문 요리사가 해야 하지만, 비전문가가 집에서 대충 손질해서 먹다 보니 사고가 나는 것이었다. 아무튼 방어진항은 그때(60년 말, 70년 초)가 복어 조업 전성기였다.

네 번째는 쥐치 이야기다. 어느 날 우리 집 마당이 쥐치로 덮였다. 간밤 배 선장인 아버지가 입항할 때 가져온 다섯 상자가 바로 쥐치였다. 쥐치는 상하기 전에 빨리 손질을 해야 한다. 먼저 배 속 내장을 들어내고 좀 까칠까칠한 쥐치 껍질을 벗겨 낸다. 그다음에 머리와 꼬리를 자른 다음 물에 씻어내면 첫 번째 손질은 끝난다. 그 다음 과정은 한 번 더 씻고 발에 널어 건조한다. 우리 집에는 다용도로 쓰는 발이 10개 정도 있었다. 보통 발의 크기는 가로 1.3m 세로가 1.8m 정도 크기인데 각목으로 사각 틀을 짜고 각목에 그물을 덮어 못으로 고정하면 쥐치를 말리는 발이 완성된다. 이렇게 만들어진 발은 봄철에는 미역을 늘어 말린다. 때로는 씨알 적은 가자미도 손질해서 말리곤 했는데, 그날은 쥐치가 창고에 있는 발을 총출동시켰다. 쥐치를 장만해 늘어놓고 어머니는 잠시 어판장 부근에 볼일을 보러 갔다 돌아와서는

"어판장 안을 보니 전체가 쥐치고 쥐치고기 무더기가 군데군데 있더라."

라고 하셨다. 그때(1972~1974)는 동네 손수레마다 쥐치가 실려있었다. 방어진항 댕구리 배[2]는 쥐치고기가 만선이고 어판장에는 쥐치고기가 풍년이었다. 지금은 그 많던 쥐치는 다 어디 가고 복어의 복자도 쥐치의 쥐자도 보이질 않는다. 돌이켜 생각하면 그 시절이 무척 그립다.

---

2) 저인망 어선

다섯 번째 이야기로 방어진항에 적을 둔 선주의 숨은 이야기를 한 토막 소개하고자 한다. 중학교에 다닐 때였는데, 이른 새벽부터 동네 길을 꽉 메우고 횡대로 걸어가는 사람들이 있었다. 대충 봐도 7, 8명 정도는 되어 보였는데 1, 2명은 지팡이를 손에 들고 또 1, 2명은 멋진 중절모를 쓰고 울기등대로 해맞이하러 가는 사람들이었다. 우리 동네 동진 길을 거쳐 울기등대로 발걸음을 재촉하고 있었다. 60대 초반으로 건강해 보이고 밝은 표정의 노신사들은 몸이 좀 뚱뚱하고 배가 볼록하게 나왔다. 그들은 방어진 시내에서 부자 소리를 듣고 사는 댕구리 배 선주 또는 포경선[3] 선주들이었다.

그들은 새벽 운동 겸 울기등대로 해맞이를 하러 간다고 했지만, 각자의 내면 깊은 곳에는 자기 선박의 무사 안녕을 바다 용왕께 빌러 가는 것이라는 걸 한참 후에 동네 어른들끼리 오가는 대화 속에서 들었다. 듣는 순간 보통 분들이 아니구나 하는 걸 느꼈고 존경스럽다는 생각이 들었다. 7, 8명 일행 중에는 내가 아는 사람이 한 명 있었다. 수년 전 초등학교 때만 해도 우리 집 바로 뒷집에 산 분이었는데, 제주도에서 귀어해 온 사람에게 살던 집을 팔고 방어진 읍사무소 부근으로 새집을 지어 이사했다. 바로 댕구리 배 동해호 선주였다. 일명 '동진 큰 오상' 으로 통했다. 나중에는 배 사업이 번창했는지 방어진 시내에 제2호 목욕탕을 신축해서 동해탕이라고 이름 지어 개업했다. 50여 년의 세월이 흐른 지금 그 노신사들은 작

---

3) 고래잡는 배

고하고 안 계시지만, 성공한 분들의 생각과 행동을 보면 "부지런하고 성실하며 자신을 헌신해 주인의 도리를 실천하는 者"라고 말하고 싶다.

03

방어진 철공소

● ●

방어진 철공조선(주). 동구 방어동 204-2번지에 있던 이 회사는 1929년에 자본금 50만 원으로 나카베이쿠지로에 의해 설립되었다. 철제 선박을 건조하고 수리하는 조선소로 우리나라 조선공업의 시발점이 된 회사이다. 1945년 해방 후에도 꾸준히 조업을 계속하여 1994년에는 연간 생산량이 선박 건조 8,000t, 선박수리 20,000t 블록 생산 10,000t으로 당시 공장 규모는 6,371평, 종업원 수는 2,000명 정도였다.

방어진 철공조선 바로 뒤쪽 상진마을에는 철공조선 사장이 살고 있었는데, 그의 집은 일본식 전통 가옥으로 마당에는 향나무와 정원이 있었으며, 잘 다듬어진 작은 연못이 있었던 것으로 전해지고 있다. 20여 년 전만 해도 상진마을 현지인이 거주했는데, 지금은 일본식 전통 가옥이 헐리고 그 자리에 아파트형 빌라가 들어서 있다. 변화무쌍한 세월을 탓할 수는 없지만, 사라진 것에 대해 아쉬움이 남는다. 사택은 작은 언덕에 있었는데, 그곳에 사는 철공조선 사장은 상진 앞바다를 바라보면서 가까운 곳에 있는 철공 조선소로 출, 퇴근했다.

방어진 철공소

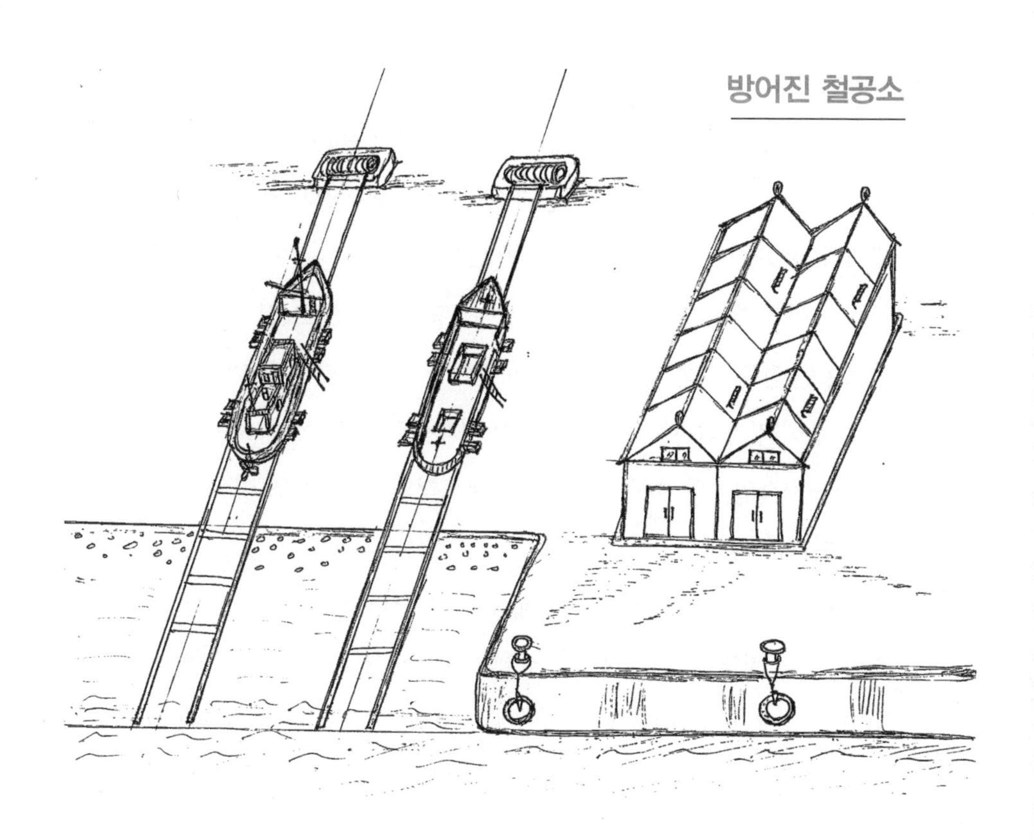

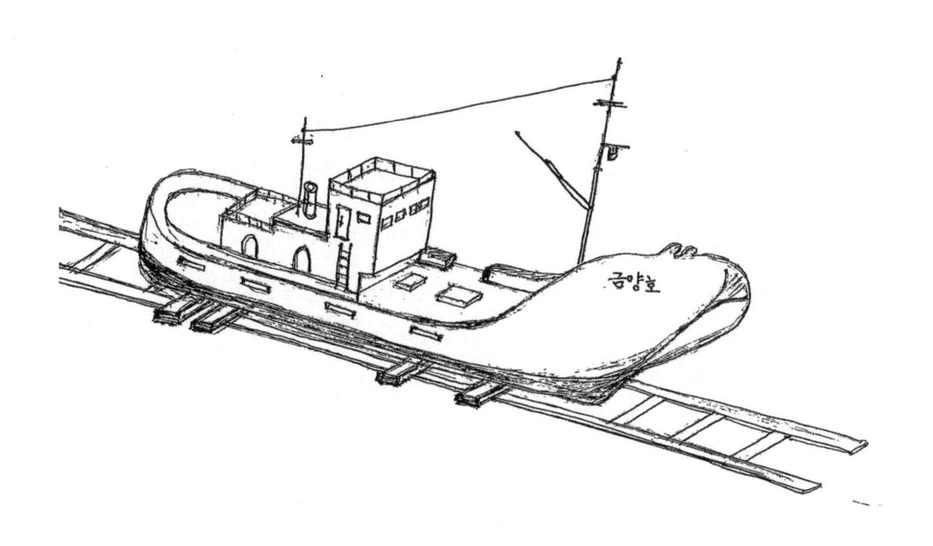

방어진 축항 큰 방파제로 가려면 철공조선을 지나야만 갈 수 있었다. 오가면서 봤던 1960년대 말에서 1970년 초까지의 철공조선 현장이 기억난다. 좌, 우측 두 군데를 바닷속까지 길게 레일을 설치해 두고 도크 장으로 사용했다. 레일 끝 최상단에는 2척의 배를 동시에 끌어올리고 내리는 큰 윈치4)가 세팅되어 있었고 윈치에는 그리스유를 잔뜩 묻힌 와이어 쇠줄이 감겨 있었다. 평상시 레일 상부에는 새로 건조되는 신조선을, 레일 하부에는 수리 중인 수리선을 세팅하고 작업했다. 바쁠 때는 동시에 4척의 배를 건조 및 수리할 수 있게 되어있었다.

1959년 9월 한반도를 강타한 태풍 사라호(최대풍속 초속 85m)는 특히 경상도 지역에 큰 피해를 남겼다. 전국적으로 사망이나 실종 849명, 이재민 약 37만 명, 총 1,900억 원의 재산 피해가 발생했는데, 그때 방어진 철공조선 도크에 있던 배가 태풍에 넘어갔다는 이야기를 동네 어른에게서 들었다.

방어진 시내 장수 목욕탕 입구 주변에 있는 여러 점포 중에는 고양이 할머니 집이 있었다. 자전거가 귀한 시절 그곳에 가면 자전거를 빌려서 탈 수가 있었는데, 당시 돈으로 2원을 주면 1시간을, 3원을 주면 2시간을 빌려주었다. 자전거를 탈 사람 2명이 각자 1원씩 내어 2원을 주고 1시간 자전거를 빌렸다. 그리고 평소 봐둔 상연극

---

4) 권양기라고도 하며 와이어 로프나 체인을 권동에 감아 짐을 달아 올리든가 끌어 당기거나 하는 기계

장 뒤 방어진 철공조선 공터로 갔다. 자전거 타는 걸 구경하고 싶다고 따라온 친구 2명 등 모두 4명은 초등학교 5학년 같은 반 친구 사이였다. 공터까지 자전거를 끌고 가는 데 애를 먹었지만, 공터에 도착하니 너무 좋았다. 학교 운동장보다도 크게 보였고 주변에는 아무도 없었다. 누군가 청소를 했는지 네모반듯하고 깨끗해 보이는 공터였다. '여기서 자전거 타는 연습을 하면 안성맞춤이겠구나' 생각하고 내가 먼저 타겠다고 친구에게 부탁했다. 양쪽 뒤에서 자전거를 꼭 잡으라고 하고 난생처음으로 자전거에 올라탔다. 그리고는 자전거 뒤쪽에서 앞으로 한 번만 세게 밀어달라고 했다. 마침내 처음 타본 자전거는 앞으로 조금 속도감 있게 나갔다. 가속도를 이용해서 페달을 힘차게 밟았는데 조금씩 앞으로 가다 그만 중심을 잃고 넘어졌다.

타고 넘어지고 또 타고 넘어지기를 네다섯 번 반복하다 보니 요령과 자신감이 생겨 넘어지지 않고 멀리까지 갔다가 원을 그리면서 돌아왔다. 구경하겠다고 따라온 친구는 손뼉을 치면서 자기도 한번 타보고 싶다고 했다. 여태껏 기다리고 있는 친구에게 자전거를 넘겨주고 앉아서 잠시 쉬는데 손바닥이 조금 이상해서 펴보니까 손바닥 상부 손목 근처에서 피가 나고 있었다. 여러 번 넘어졌으니 피가 난 것이다. 주변을 두리번거리다 연한 흙가루를 집어서 피나는 부위에 살짝 올려놓았다. 조금 전에 자전거를 넘겨받은 친구가 처음 타보는 자전거와 함께 넘어지는 소리가 났다. 이번에는 나처럼 손바닥이 아니고 무릎이 까진 것 같았다. 아픈 표정을 하고서 일어난 친구는 자전거를 일으켜 세우고 또 탔다. 구경 온 친구도 웃으면서 자전거를 잡아주고 밀어주고 했다. 그렇게 놀다 보니 자전거를 반납해야 할 시간이 되었다. 친구들과 한바탕 울고 웃고 놀았던 옛 방어진 철공조선의 빈터가 아련한 추억으로 남아 있다.

겨울방학이 돌아오면 앉은뱅이 나무 스케이트를 만드는데 나무는 이리저리 찾아보면 자투리 나무라도 구할 수가 있었다. 하지만 스케이트 밑바닥에 세팅할 강철철사는 구하기가 힘들었다. 철사를 부착해야 얼음 위에서 잘 미끄러져 나간다. 어디서 구할까 고민하다가 동네 형님에게 물어보니 답이 나왔다. 방어진 철공 조선 어디에 가면 철사가 많이 있다고 소상히 알려주었다. 다음 날 당장 가기로 마음먹었지만, 강철철사를 절단하기가 쉽지 않을 거란 생각이 들었다. 철사를 절단하는 커터기가 없던 시절에 표시가 나는 망치를 들고 갈 수는 없었다. 궁리 끝에 주먹 크기 정도 되는 차돌을 준비해 호주머니에 넣고 가기로 했다.

다음날 알려준 장소에 가보니 누군가 먼저와 끊어간 흔적이 있었다. 둘러보니 강철철사 뭉텅이가 있었고 그 옆에는 손바닥보다 조금 큰 납작한 돌이 있었다. 납작한 돌 위에 강철철사를 올리고 가져간 차돌로 자를 부위를 여러 차례 내리쳤다. 강철이 납작하게 쪼그라들었다. 납작해진 강철 부위를 집중해서 휘기를 수십 차례 하니 강철철사가 뚝 끊어졌다. 길이는 1.5m 정도였다. 이 정도면 스케이트 밑바닥과 송곳까지 만들고도 남겠다고 생각하고 철사를 가지고 집으로 돌아왔다.

겨울이 되면 논이나 연못이 꽁꽁 얼어붙었다. 그러면 동네 아이들은 앉은뱅이 스케이트를 만들어 얼음 위에서 놀았다. 단단한 얼음도 있었지만, 살얼음 고무 얼음도 있었다. 고무 얼음은 탄력성이 있어 그 위로 지나갈 때 약간 내려갔다가 다시 올라왔다. 스케이트 시합을 하기도 하고, 팽이를 치며 놀기도 했다. 손발이 시리고 얼굴이 얼어 빨갛게 되었으며, 입술이 파랗게 되도록 놀았다. 놀다 보면 얼음이 깨져 발이 빠지곤 했다. 바짓가랑이와 양말과 신발이 젖는 것은 당연했다. 그러면 불을 피워 불장난하면서 말리곤 했는데, 양말을 태워 먹기 일쑤였다. 불장난이 끝나면 서서 오줌을 싸며 불을 끄기도 했다.

04

방어진 원도심 거리

● ●

1. 노송(보호수) : 약 500살 정도 되는 곰솔은 옥황상제가 용이 승천한 용왕사 앞에 솔 씨를 내려보내 심도록 하였다는 유례가 있다. 용왕사 앞 나무는 나라의 재앙을 막아주는 수호신으로 전해지고 있다. (울산 동구청에서는 1994년 보호수로 지정해 관리하고 있다)

2. 울산여관 : 일제강점기 당시 조선 총독 사이토오, 미나미, 아베 등이 방어진을 방문하여 현 내진 길의 사누키야(훗날 울산여관으로 변경) 여관에 머물렀다. 방어진 읍내에서는 가장 높은 3층 건물이자, 일본인이 경영했던 고급숙박시설이었다.

3. 장수탕 : 1915년에 일본인이 설립한 목욕탕인 하리마야탕이 있다. 2차 대전에서 패망하자 모든 사업을 중단하고 부동산을 매각하거나 그대로 두고 일본으로 떠날 수밖에 없었다. 한 세기가 넘는 세월이 흘렀지만, 지금도 그 시절에 이용했던 목욕탕이 남아 있다. 바로 장수탕이다.

4. 상연극장 : 1924년 설립한 방어진의 유일한 문화공간이자, 울산 최초 영화관이며 당시 읍내에서 1층 건물로서는 제일 큰 건물이다.

방어진 원도심 거리

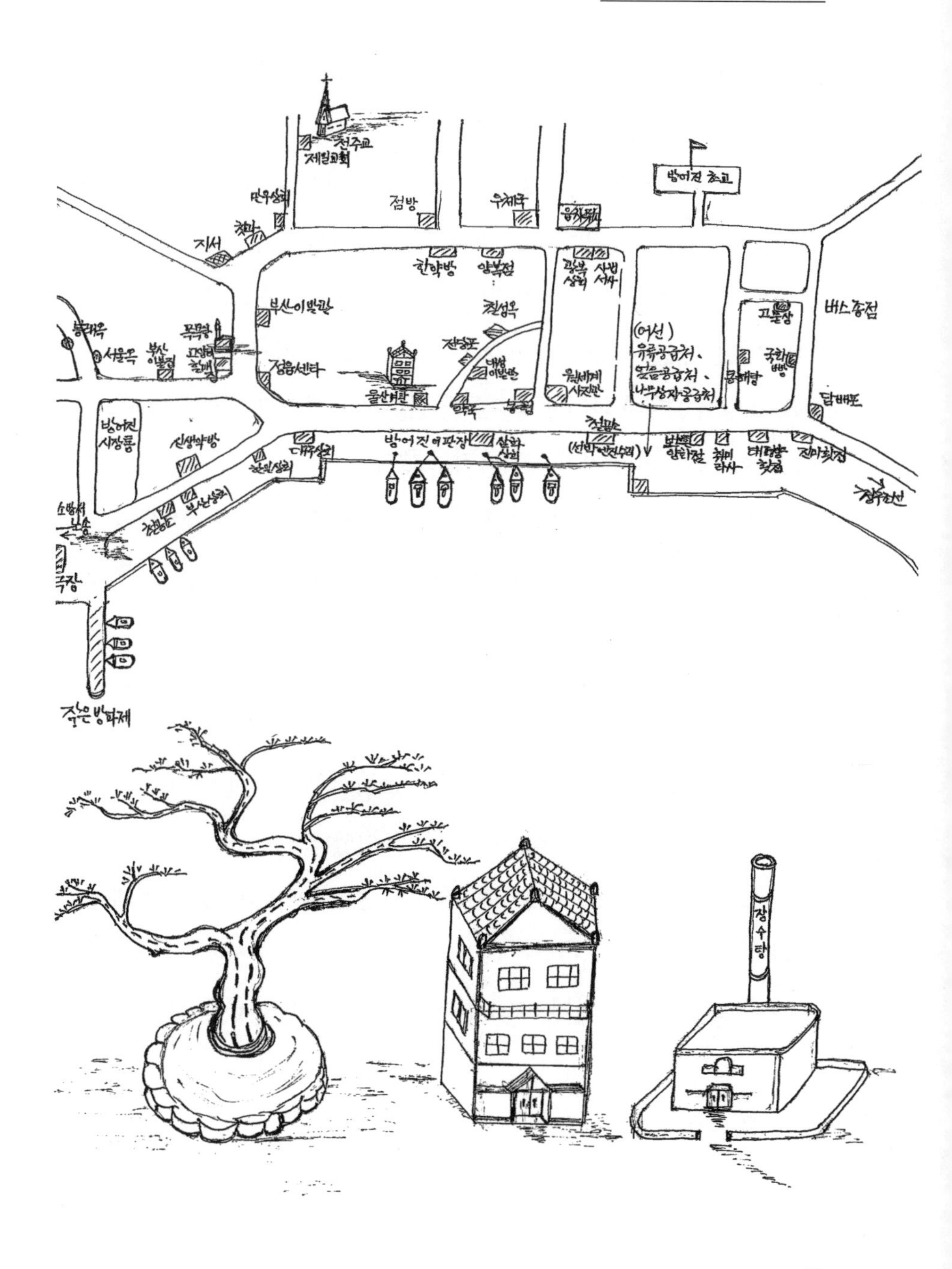

천주교
제일교회
점방
우체국
방어진 초교
지서
한약방
양복점
부산이발관
버스종점
고물상
국화빵
담배포
서울옥
목욕탕
정육센터
울산여관
전당포
약국
방어진 시장통
신생약방
대우상회
방어진 어판장
삼화상회
부산상회
(어선)
유류공급처、
얼음공급처、
나무상자공급처
작은방파제
장수탕

5. 읍사무소 : 읍내 행정, 각종 민원 통제 관리를 하던 곳이다.

6. 우체국 : 당시에는 동네마다 우체통이 설치돼 있지 않았다. 편지를 쓰고 붙일 때면 이곳 우체국까지 와야 했다. 긴급 상황이 발생했을 때 전보를 치러 우체국에 다녀온 기억이 있다.

7. 지서 : 읍내 치안유지와 통제 관리를 했다. 지서에 근무하는 사람을 순사라고 불렀다. 요즘으로 치면 경찰이다. 순사란 이름만 들어도 벌벌 떨 만큼 그 위세가 대단했다. 어릴 때 울고 있으면 어머니가 "순사 온다. 울면 잡아간다."라고 겁을 준 기억이 난다.

8. 소방서 : 읍내 화재 예방, 통제, 관리하던 곳이다. 차가 귀하던 어린 시절 붉은 소방차가 신기하기도 했다.

9. 교회 : 천주교와 방어진 제일 교회가 붙어있었는데 일제강점기 방어진 지역에 예수 그리스도의 사랑과 복음을 전파하고 교회를 통해 민족계몽 운동을 하던 곳이다.

10. 대성이발관 : 방어진 옛 어판장 앞 골목에 있었던 성인 고급 이발소다.

11. 봉래옥, 서울옥, 칠성옥 : 고급요정 간판 이름으로 당시에 귀했던 맥주와 장초 담배를 이곳에서 볼 수 있었다.

12. 대구상회 : 옷가게, 바지(코르덴 바지, 꼼보 바지), 잠바 등을 판매했다.

13. 한일상회 : 신발가게(고무신, 딸딸이[5]), 장화, 운동화 등을 팔았다.

---

5) 슬리퍼

14. 삼화상회 : 어선에 필요한 어구류를 판매했다. 낚시, 줄, 추와 종합철물점 역할을 하던 곳이다.

15. 한약방 : 여러 가지 한약을 제조해 약을 지어주던 곳이다.

16. 광복상회 : 참고서, 붓과 연필, 읍사무소 앞 각종 서식을 팔던 곳이다.

17. 만우상회 : 각종 잡화를 판매하던 곳이다.

18. 철공소 : 어판장 옆에서 선박 엔진 수리, 기계 선반, 용접작업 등을 하던 곳이다.

19. 전당포 : 급전이 필요한 사람이 물건을 맡겨놓고 돈을 빌려 가던 곳이다.

20. 고양이 할머니 집 : 자전거를 대여해 주던 곳이다.

05

청구 조선

울산 동구 방어진 동진마을 우측인 '방어동 175-1번지'에는 청구 조선이 있었다. 청구조선의 전신은 1939년에 설립된 무라카미 조선소였다. 해방을 한참 지난 1960년 6월 청구조선공업이란 이름으로 다시 창립하여 조업을 계속했다. 1997년에는 674억 원의 매출을 기록했는데, 당시 공장 규모는 2,590평, 종업원 수는 150명이었다. 1999년 INP 중공업으로, 다시 세광중공업으로 통합되었다가 조선공업 불황을 이겨 내지 못하고 부도가 났다.

1960~70년대 청구 조선은 철선을 건조한 것이 아니라 주로 작은 목선을 건조했다. 당시 항내 선박들은 대부분 작은 목선으로 '나가시, 댕구리 배, 포경선' 등이었다. 이들 선박은 1년 전후로 점검과 배 수리를 하기 위해 청구조선으로 들어왔다.

도크에 올린 배는 배 밑장에 붙은 각종 이물질을 제거한 후 일정 기간 말리고 건조해 수리한 후, 하단 밑장에 붉은 녹장 칠을 했다. 그러면 그동안 바다 밑에 잠겨 보이지 않았던 배 밑 선체 수리 작업이 마무리된다. 수리를 하는 중에는 선장, 갑판장, 기관장, 남

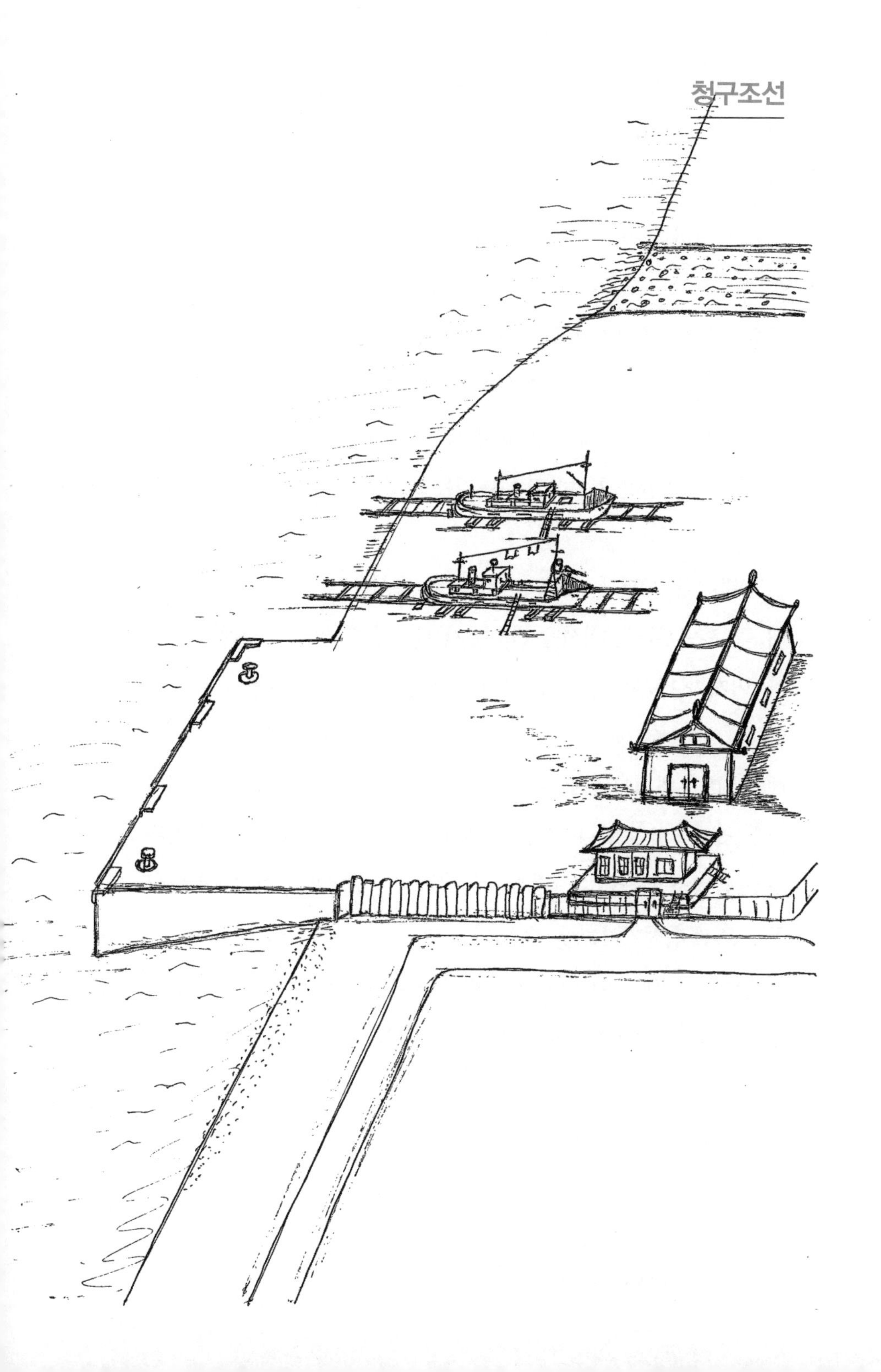
청구조선

방[6]이라는 직책을 가진 사람이 매일 조선소 도크 장으로 나와 수리할 부분을 찾아 점검한다. 주로 평소에 맨눈으로 볼 수 없고, 도크 장에 올려놓아야만 볼 수 있는 선미 쪽 스크루와 방향키 상태도 함께 점검한다. 이물질이 많이 붙어 상태가 안 좋아 보이면 이물질을 제거하고 스크루는 다시 가공해 탈부착하기도 한다. 형편이 좀 나은 선주는 선체 전부를 도색하기도 한다.

이러한 공정을 거치며 수리한 후에는 출항 준비를 한다. 대부분 어선은 성어기를 피해서 수리하는데 도크 장에 올라온 배들은 댕구리 배가 거의 반을 차지하고 나머지는 포경선과 나가시 배들이다.

60년대와 70년대 초반까지는 주로 목선을 취급했지만, 1970년대 중, 후반부터는 철선을 건조하기 시작했다. 바로 포경선 청구호다. 이때가 1975년쯤 된다. 방어진 포경선이 세대교체를 하는 시기였다. 그때까지 백경호와 동방호가 고래잡이에서 이름을 날렸는데, 낡고 오래되어 새로운 포경선을 건조할 필요가 있었다. 그래서 청구 조선에서 포경선 2척을 건조하게 되었다. 발주한 선주가 청구조선 김정하 사장이다. 이때(1975년)부터 1996년까지 약 20여 년이 청구 조선 전성기라고 볼 수 있다.

종업원이 100명이 넘고 조직체계를 갖추면서 계속 철선만 건조했다. 그리고 이제껏 만들어보지 못한 제법 큰 톤수의 배를 건조하

6) 2등 기관원

면서 청구 조선은 승승장구하며 발전했다.

청구 조선이 번성하다 보니 넓은 공장 야드가 점점 좁아지게 되었다. 면적을 좀 더 크게 할 수 있는 방법은 공유수면 매립밖에 없었다. 안벽 접안시설도 갖추고 공장 면적도 키우는 공사를 하면 일거양득이었다.

안벽 공사를 시행한 장소는 원래 우리의 놀이터였다. 여름철만 되면 수영하고 놀던 곳, 자맥질해 바다 밑을 살펴보면 원추리 비슷한 검붉은 뿌리가 있는 몰 밭이었다. 먹거리가 귀하고 돈벌이가 없던 시절, 성끝마을 사람들은 그 몰을 채취해 한 묶음씩 묶어서 방어진 시장에 내다 팔았다. 동진마을 쪽 바다 밑에는 작은 전복이 엄청 많아 여러 개를 잡은 기억도 있다.

당시만 해도 청구 조선과 동진마을을 구분 짓는 경계 담장이 없었다. 조선소 바로 옆 동진마을 쪽 해변에는 모래사장이 3, 40여 미터가 있었는데 지금은 그 흔적을 찾을 수가 없다. 아무튼 매립공사를 한 다음 안벽 공사를 마무리했는데 공사를 한 후에 공장 경계 담장이 설치되었다. 담장은 시멘트 블록이 아니라 나무판자로 만들었다. 이때가 1970년대 초쯤으로 기억된다.

목선만 수리하고 건조할 때는 철판 조각은 구경도 못 했는데, 철선 배를 건조하기 시작하고부터 고철 조각이 공장 안 여기저기에 뒹굴었다. 당시만 해도 공장 전체의 담장이 완전히 되어있지 않을 때라 몰래 들어가 철판 조각 몇 개는 들고 나올 수 있었다. 그것을 엿장수 집에 가져가면 엿으로 바꿔주었다. 당시 우리가 흔하게 보던 흰색 엿가락이 아니고 누룽지 색깔처럼 누렇게 보이는 달고 점성이 강한 물엿이었다. 이것을 굳히면 오래 먹을 수 있는 맛있는 깡엿이 된다. 값이 많이 나가는 좋은 고물을 가져다주니 엿장수 영감님이 비싼 깡엿을 건네주었다. 청구조선과 가까운 곳에 살았던 옛 친구들은 고물과 엿을 바꿔 먹은 추억 하나쯤은 가지고 있을 것이다. 나에게도 지난 시절의 아련한 추억으로 남아 있다.

청구조선 정문 앞에서 동진마을로 가는 길 초입에 작은 다리가 하나 놓여 있었다. 토탄 못 쪽에서 흘러내려 온 냇물은 다리를 거쳐 청구조선 옆을 지나 방어진항으로 흘러 들어갔다. 이 천이 바로 동진 목거랑 천이다. 뚝닥거래 라고도 불렀다. 하지만 지금은 그 흔적을 찾을 수 없다.

목거랑 천 옆에는 큰 공터가 있었는데 매년 서커스단이 1, 2개월 정도 머물면서 약을 팔았다. 서커스 천막 안 중앙에 무대를 설치해 놓고 하루에도 몇 차례씩 공연했다. 출입하는 출입구가 있었지만, 정식 출입이 안 되는 초등학생은 옆 구멍으로 살짝 들어가 보곤 했다. 서커스 천막이 있는 좌, 우에 내진마을과 동진마을이 있었다. 그곳뿐만 아니라 더 멀리 있는 마을 사람들에게도 구경을 오게 하고 약을 팔았다. 방어진항 주변에 돈벌이가 된다는 소문을 듣고 약을 팔러 왔고, 공연하고 약을 팔아보니 돈벌이가 되니 해마다 왔다. 이때가 1960년대 말쯤으로 기억된다. 당시 필자는 옆 구멍으로 살짝 들어가 보았는데 공중에는 아슬아슬하게 그네를 타고 땅에는 난쟁이가 묘기를 부리고 중앙무대에서는 노랫가락이 흥겹게 울려 퍼졌다. 흥겹게 울려 퍼진 노래 중에 내 마음 사로잡은 노랫가락이 '꽃마차' 다. 지금도 그 노래 가사를 다 외고 있다.

노래하자 꽃 서울 / 춤추는 꽃 서울 / 아카시아 숲속으로 꽃마차는 달려간다. / 하늘은 오렌지색 / 꾸냥의 귀걸이는 한들한들 / 손풍금 소리 들려온다. / 방울소리 울린다.

1939년에 반야월이 작사하고 이재호가 작곡했으며, 노래는 반야월이 불렀다. 반야월이 작사하고 불렀던 노래는 '꽃마차' 외에도 '불효자는 웁니다', '잘 있거라 항구야', '울고 넘는 박달재', ' 단장의 미아리 고개', '만리포 사랑' 등 수없이 많았는데, 경쾌한 노래가 당시 유행이었다. 옛날 방어진 서커스단 약장사는 필자의 기억에 이렇게 남아 있다.

06

토탄 못의 여름

울산 동구 방어진의 동진마을과 지금의 화진초교 사이에는 동뫼산과 토탄못이 있었다. '땅속에 묻힌 시간이 오래되지 않아 완전히 탄화하지 못한 석탄을 토탄' 이라고 말하는데 비료나 연탄의 재료로 사용했다. 토탄을 파고 난 뒤 비가 오게 되면 자연스럽게 작은 웅덩이가 생기고 그다음에도 또 비가 오면 작은 못으로 되었다가 여름철 많은 양의 비가 한꺼번에 오게 되면 큰 못으로 변한다. 우리는 이렇게 변모된 못을 토탄 못이라고 불렀는데, 지금은 매립되고 구획정리까지 되어 그 흔적을 찾을 수가 없다.

바로 그 토탄못이 초등학교 등하굣길 중간 길목에 자리하고 있었다. 등교하기 위해 동네를 뒤로하고 길을 따라 걸으면 좌, 우측에 작은 밭이 계단처럼 펼쳐졌고 작은 언덕을 지나 내리막길에 바로 토탄 못이 있었다. 못 주변에는 동뫼산이 키 큰 소나무를 데리고 멋있게 무게를 잡고 못을 바라보고 있었는데, 약간 우측에는 계단 논과 야산이 적당한 크기로 둘러앉아 있어 등하교하기에는 좋았다.

토탄을 작은 사각 삽으로 캐서는 일일이 쪼개 자연 건조하는데,

토탄못

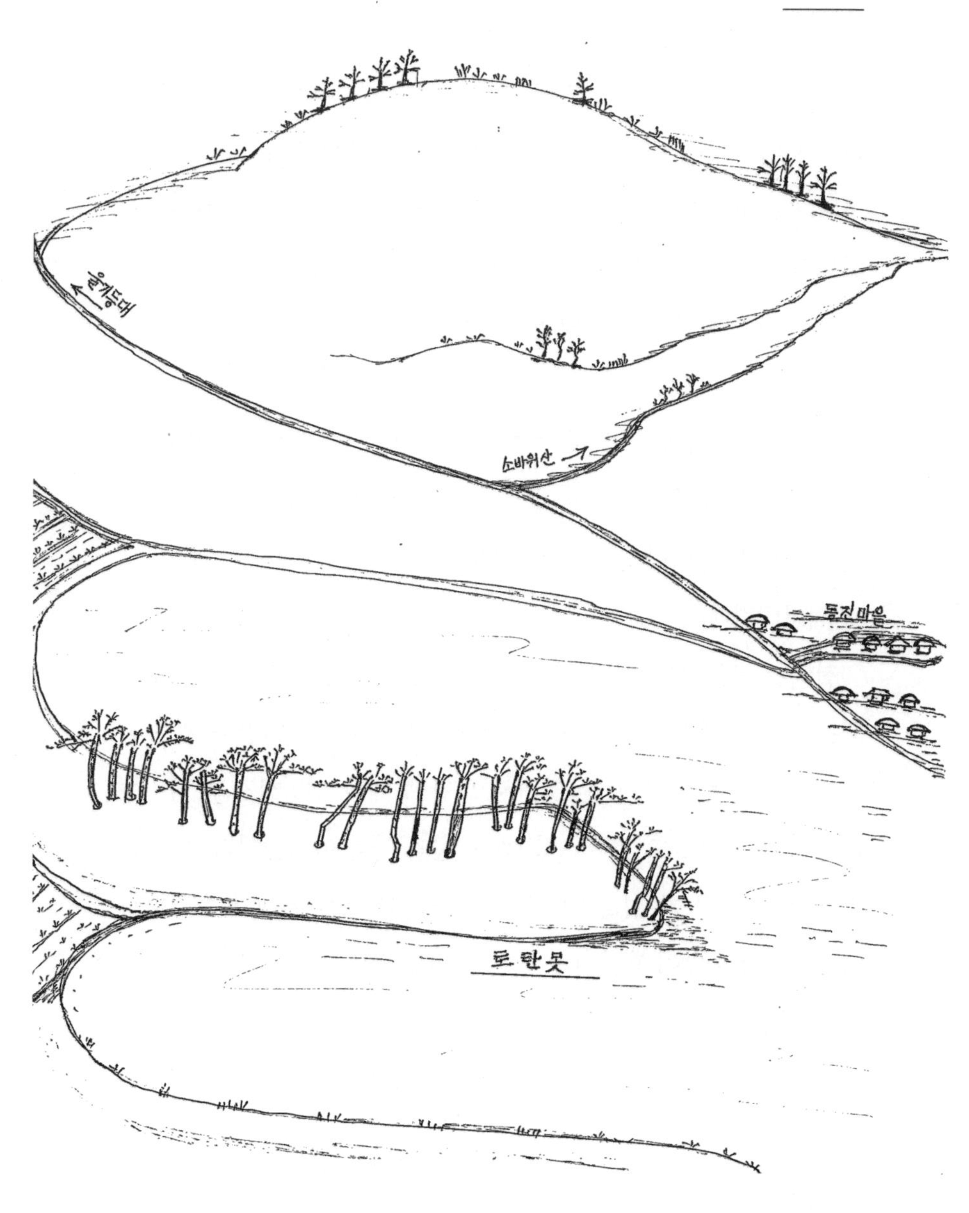

건조가 다 된 토탄은 나무판처럼 생긴 까꾸리[7]로 모아서 군데군데 무더기로 만들어 둔 것을 볼 수가 있었다. 마치 염전 밭에 소금처럼 한쪽은 펼쳐 쪼개서 말리고 또 다른 쪽은 건조가 다 되어 여러 무더기로 모아두었다. 오뉴월 땡볕 아래서 애써 일한 결과물인 토탄 무더기가 출하를 기다리는 것이다. 새 주인을 만나기 위해 토탄은 이집트의 피라미드처럼 도열해 있었다. 이러한 모습들이 1960년대 말 방어진의 일명 토탄 마당 풍경이다.

7, 8월 날씨가 덥다 보니 여러 친구 중에 유별나게 땀을 많이 흘리는 친구가 있었다. 성격이 급한 그 친구는 옷을 훌렁훌렁 다 벗어 던지고 달랑 팬티만 입고서 다이빙하기 좋은 곳에서 큰 토탄 못으로 뛰어내렸다.

철없던 시절, 특별히 원하던 것도 없던 시절, 놀이라고는 오직 더위를 식히며 즐겁게 웃고 노는 것뿐이었다. 큰비가 내린 후에는 웅덩이 다이빙이 소문이 난 것인지 토탄 못에서 수영하자고 덤비는 다른 동네 친구들도 있었는데 대송, 번덕 마을 아이들이다. 날씨는 덥고 못은 물이 차 넘실거릴 정도였다. 어느 날 한 애가 수영하다 허우적거리며 많이 혼났다고 하는 소리를 들었다.

"그럼 그러지, 큰 못에서 헤엄치는 것이 쉬운 것이 아닌데, 그것도 긴

7) 갈퀴의 경상도 방언 : 나뭇잎 · 검불 따위를 긁어 모으는 데 사용하는 연장(농기구)

코스는 더더욱 힘들지.”

죽을 뻔했다고 하는 이야기를 듣고는 다들 한마디씩 했다. 연못에서 놀던 아이들이 토탄 못처럼 큰 못에서 놀려면 바다 수영으로 단련하고 덤비든지 해야 했다. 뒷날 학교에 가니 토탄 못에서 수영하다 혼났다고 한 그 친구는 한동안 말이 없었다. 정말로 식겁(많이 놀람)을 했던 모양이다.

토탄 못은 큰비에 물이 가득하면 못의 폭이 길어지며, 수심도 깊어졌다. 깊은 곳은 매우 위험해 조심해야 했다. 그래서인지 얼마 후에 또 큰 비가 있었는데도 이번에는 수영하자고 덤비는 친구가 없었다.

토탄은 주먹만 하게 작게 잘라서 자연건조 시키는데 비가 오면 그동안 했던 일이 헛수고가 된다. 하지만 적은 비가 와서 물이 고였다 빠지면 건조하던 토탄 무더기의 형태는 그대로 있다. 이때는 다시 건조하면 별문제가 없다. 하지만 큰비가 오면 모아둔 무더기 토탄들이 큰물에 쓸려서 떠내려간다. 땡볕에서 애써 건조해 놓은 토탄 무더기들이 큰비로 소실되면, 이곳을 운영하는 탁 씨는 힘이 많이 빠졌을 것이다. 여름철만 되면 겪는 연례행사였고 우리의 등굣길은 길어지고 멀어졌다. 평소 오가던 등하굣길이 물속에 잠기면 빙 둘러서 가야 했기 때문이다.

이렇게 둘러서 다니다 보면 평소에 못 보던 것을 보게 되는데 바로 거지가 사는 거지 토굴이다. 당시 우리 동네에는 거지가 두 명이 있었는데 그중 한 명은 동진마을 해안가 굴뚝 밑 석박 굴에서 기거했으며, 또 다른 한 명은 토탄 못 쪽에서 기거했다. 동진 해안가 쪽에 있는 굴은 크기가 약 5평 정도 되고 토탄 못 쪽에 있던 굴은 약 2평 남짓해 작은 편이었다. 어쩌다 석박 굴 주변을 지나다 궁금해서 내부도 보고 뭘 하고 있는지 둘러보곤 했는데, 거지가 있으면 짓궂은 친구는 말을 걸기도 했다. 노래 한 번 하면 먹을 것을 준다고 속여 노래 한 곡조 하는 것을 듣기도 했다. 그때 그 거지가 불렀던 노래가 '아리랑' 이다.

"나를 버리고 가시는 임은 심리도 못 가서 발 병난다."

여자 거지는 그렇게 노래까지 우리에게 들려주었는데, 도탄 못 쪽에서 생활하는 거지는 덩치도 있고 인상도 고약한 늙은 남자라서 말 한 번 못 걸어보았고 얼굴 윤곽만 기억한다. 이렇게 토탄 못에는 여러 추억이 담겨있다. 이 밖에도 몽당연필 치기, 전학 온 학생 골탕 먹이기 등 이 모두는 못 주변 등하굣길에서 일어난 일들이다. 하지만 50여 년이 지난 지금 이제는 그 토탄 못도, 토탄 못 다이빙도, 토탄 못 거지도, 건조하던 토탄도 모두 볼 수가 없다. 하지만, 나의 머릿속에는 아직도 선명하게 남아 있다.

07

성끝마을

● ●

조선 시대 때는 주변에 말들을 붙잡아 두기 위해 마성을 쌓아두었는데 마을이 성의 끝에 자리하고 있다 하여 성끝마을이라 불렀다. 성끝마을은 일제강점기 정어리 공장이 있어 사람들이 모여들어 마을을 이루었다. 현재는 300여 명의 주민이 거주하고 있다. 마을 주변 대부분이 국유지였던 탓에 환경이 좋지 못했는데 이러한 점을 개선키 위해 구청 자치 센터에서 몇 년 전 재능 기부로 벽화를 그렸다.

타관 객지에서 동진마을로 이사 오는 것이 싶지 않을 때, 셋방을 얻어 쉽게 정착할 수 있던 곳이 동진마을의 외딴곳 성끝마을이다. 공터가 있으면 움막을 짓거나 아니면 시멘트 블록을 간단히 쌓아 슬레이트 지붕을 올려서 정착했다. 땅은 대부분 기획 재정부 소유의 국유지다. 성끝마을은 1970년대 초부터 하나둘 무허가 건축물이 들어서면서 만들어진 자연부락으로 현재 117개 동 152세대가 거주하고 있다.

성끝마을에서 동북쪽 해안가는 당시 일반돌과 배미돌이라는 자연산 미역 돌이 있었다. 해마다 봄이 되면 수십 명의 조합원이 모여

성끝마을

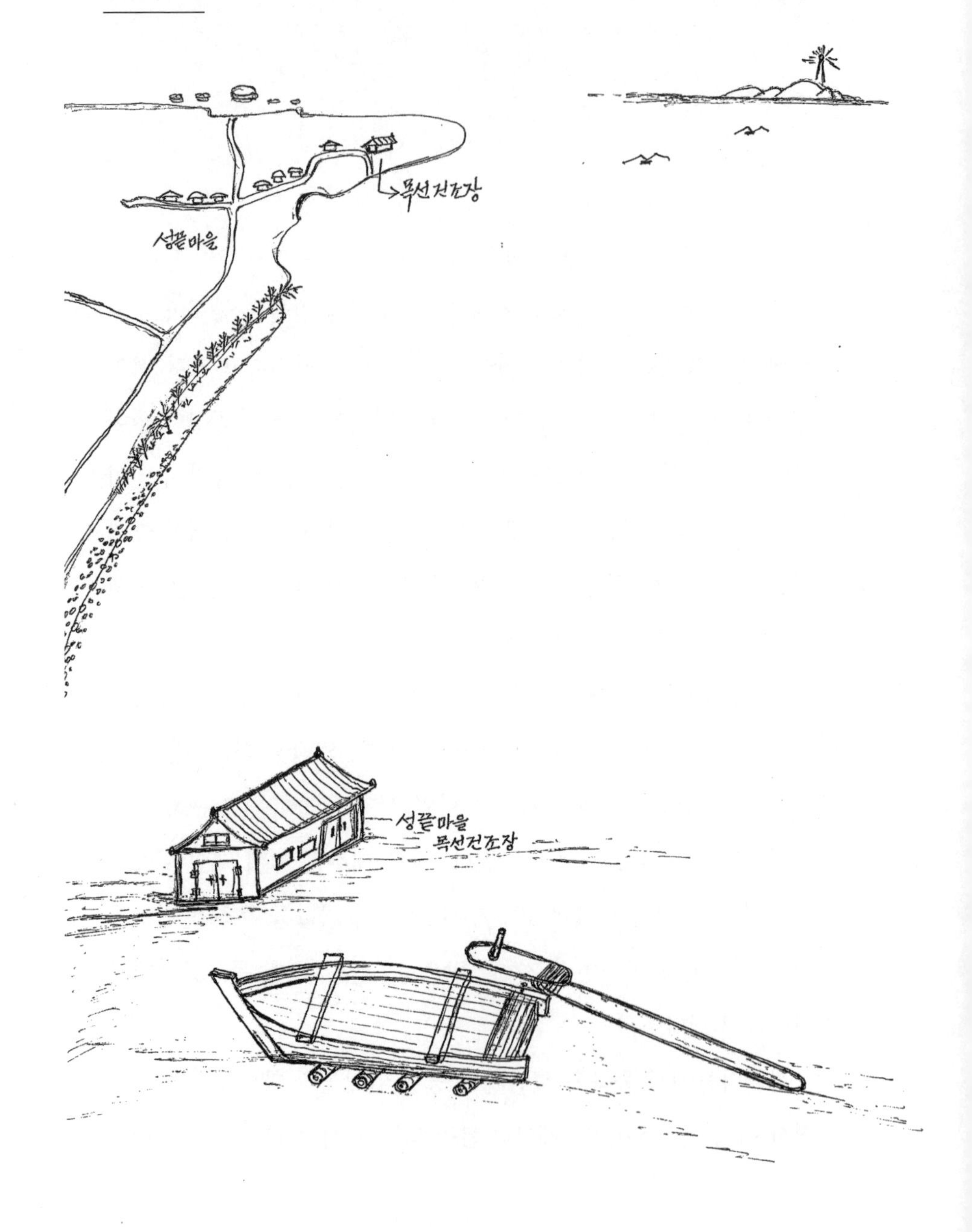

미역을 합동 재취해서 똑같은 양으로 배분하고 현장 건조해 각자 집으로 가져갔다. 당시 미역은 집집마다 큰 수입원이었고 실제 경제적으로 살림에 많은 보탬이 되었다.

성끝마을 언덕 위에는 도단 지붕의 창고가 하나 있었는데, 그곳이 바로 목선 뗏마 배를 만드는 목선 건조장이다. 말하자면 목선 조선소다. 사장은 이곳 성끝마을에 살지 않고 이웃 동진마을 사는 오씨 집안의 어른이었는데, 1세대 창업자라 할 수 있다. 원래는 제주도 사람인데 방어진으로 이주해 동진마을에 사는 뗏마 배 건조장 큰 목수가 된 셈이다. 한 번은 건조장에 우연히 들어갔는데, 톱질과 대패질을 아주 정교하게 하는 것을 보았다. 자질과 현도 마킹도 정확하게 맞추고 하나씩 마무리해 나가는 솜씨가 아주 좋았다. 거의 마무리가 다 된 뗏마 배는 새 주인을 만나서 근해에서 조업할 텐데 좋은 결실이 있기를 기원도 했다. 이와 같은 풍경과 모습들이 지난 반세기 전에 있었던 성끝마을 모습인데 창고 건조장도 당시 톱질하던 큰 목수도 세월의 뒤안길로 사라져 가고 없다. 밀려오는 파도와 노래하는 갈매기는 예나 지금이나 변함이 없다.

08

동진산 밑 이야기

동진마을과 성끝마을 사이에는 경사가 심한 비탈진 산이 있었는데 보통 부르기를 동진산 밑이라고 부른다. 산 밑과 바다가 맞닿아 있어 접근하기 쉽고 이것저것 바다 먹거리를 구할 수 있었던 곳이다. 썰물 때 물이 빠지고 나면, 산 밑 갯가 돌 밑에는 말똥성게와 고동 등이 붙어있었다. 돌 위에는 자연산 굴이 붙어있는데, 나팔처럼 생겼다.

여름밤 횃불을 들고 산 밑 갯가에 나가보면 썰물 때 미처 빠져나가지 못한 낙지와 해삼과 제법 큰 고기가 보이고 얕은 웅덩이에는 횃불에 놀라 도망치는 붉은 게들이 보였다. 또한, 바다 군소는 큰 바위 밑에 파래와 같이 있든지 아니면 파래를 뒤집어쓰고 있었다. 바위에 붙은 해초를 먹기 위해서 바위틈이나 주변을 기어 다니는데 바위가 많고 파래가 많은 곳이 군소가 서식하기에는 최고의 조건이다. 군소는 배를 갈라 내장과 색소를 빼내고 물에 삶아서 주로 초장에 찍어 먹는데 말랑말랑하면서 탄력도 있어 식감이 좋은 술안주로 제격이다.

동진마을이나 성끝마을에 뗏마 배를 가지고 있는 집은 모두 합

동진산 밑

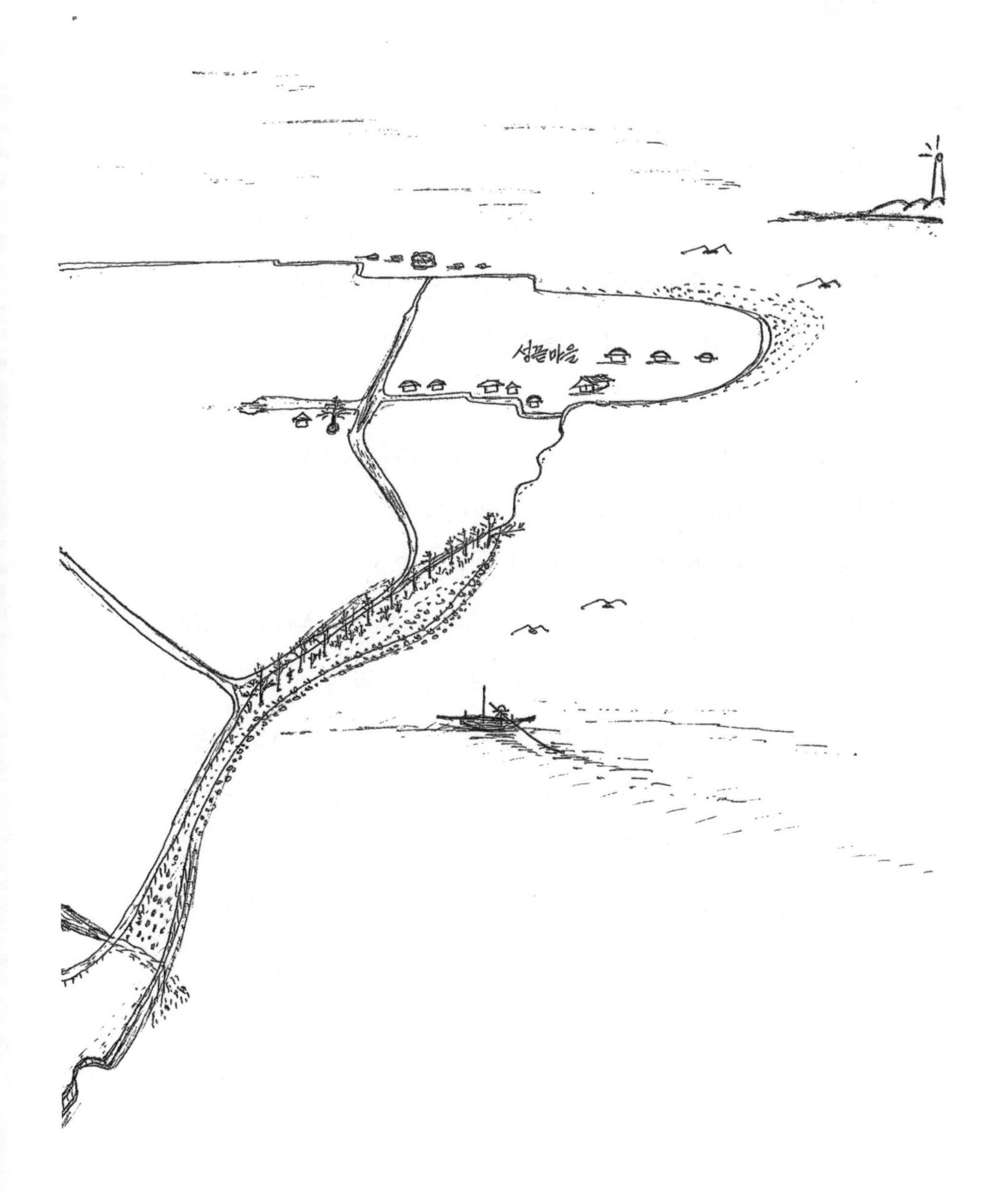

쳐 열 집 미만이었다. 해마다 여름밤이면 바다 장어인 붕장어 낚시를 했는데 필자도 한두 번 따라가 본 적이 있다. 동진산 밑에서 약 100미터쯤 나간 바다 밑 지점은 동네 어른의 말을 빌리면 뻘밭도 있고 모래층도 있는 포인트였다. 포인트를 잘 잡은 밤은 대박이고 엉뚱한 곳에서 낚시하면 밤새 붕장어는 구경도 못 했다. 배 주인이라고 포인트를 다 안다고 할 수 없었다. 일부만이 포인트를 알고 해마다 붕장어를 잡으며 여름밤을 즐겼지만, 50여 년이 지난 지금은 매립과 환경오염으로 붕장어는 어디 갔는지 찾아보기 어렵다.

바람 불고 파도가 거칠게 칠 때 산 밑 갯가에 아침 일찍 나가보면, 파도에 파래와 미역, 곰피 등이 밀려와 있다. 이때 긴 장대 끌치기를 갖고 있으면 좋겠지만, 이런 도구는 우리 집엔 없었다. 그냥 망태기 하나 달랑 들고 남보다 일찍 가서 맨손으로 주워오곤 했다.

산 밑에서 동진마을 쪽으로 오다 보면 굴뚝 밑에 조그만 굴이 있었다. 동진 거지가 그곳에 살았다. 바람 불고 파도가 거칠 때는 굴 속에까지 파도가 들이친다. 그런 날은 거지가 보이지 않았다.

굴 좌측 20여 미터 떨어진 곳에는 실개천이 있었는데, 맑은 물이 바다로 흘렀다. 우리는 이곳을 바다 수영 후 몸 헹구는 곳으로 자주 이용했다. 많은 세월이 흘러, 지금은 다 매립되고 그 흔적을 찾기 어렵다. 그곳은 현 방어진 어판장 부근이다.

09

슬도의 추억

● ●

슬도(瑟島)는 방어진항으로 들어오는 거센 파도를 막아주는 바위섬이다. 바람과 파도가 바위에 부딪칠 때마다 거문고 소리가 난다고 하여 거문고 슬(瑟)을 붙여 슬도라 불렀다. 또한, 슬도를 바다에서 보면 시루를 엎어놓은 것 같다고 하여 시루섬, 섬 전체가 꼼보 돌로 덮여있어 꼼보섬 이라고도 부른다.

1950년대 말에 세워진 무인 등대가 홀로 슬도를 지키고 있으며 이곳에는 다양한 어종이 서식하고 있어 강태공의 발길이 끊이지 않고 있다.

방어진 방파제 쪽과 마주하는 슬도 서쪽에는 여러 군데 작은 바위가 있는데, 밀물 때는 물속에 잠겨 있다가 썰물 때 물 위로 나왔다. 이때를 맞춰 가면 바윗돌에 붙어있는 따개비 고동, 서실, 톳나물 등을 채취할 수가 있었다. 한 번은 노 젓는 뗏마 배를 타고 아버지와 동네 아주머니, 나 셋이 슬도에 갔다. 2월 말이나 3월 초쯤이었을 거다. 이때가 바다 서실 맛이 최고 좋을 때라 뱃머리를 서쪽 바위 쪽으로 바싹 붙이면서 아버지는 아주머니에게 바윗돌에 살짝 내리라고 했다. 파도가 없고 바윗돌은 물 위에 나와 있고 주변을 둘

슬도

러보니 수면 위로 올라온 바위마다 서실과 톳이 지천으로 바윗돌에 붙어있었다. 바윗돌 위에 내린 아주머니는 재빨리 몸빼 옷 아랫부분을 걷어 올리고 서실과 톳을 채취하는데 삽시간에 큰 바구니에 서실과 톳이 가득했다. 슬도 섬의 서실은 끓는 물에 살짝 데쳐서 초장에 찍어 먹으면 그 맛이 일품이다.

슬도는 성끝마을과 마주 보고 있어 헤엄쳐 갈 수 있었다. 헤엄쳐 가기 가장 좋을 때는 여름철 썰물로 바닷물이 빠졌을 때다. 아니면 날씨가 좋고 바람이 없는 날 노 젓는 뗏마 배를 타고 들어가도 좋다.

어느 날, 슬도에 들어가니 감탄사가 절로 나왔다. 마을과 마주하는 쪽에 길이 약 15m 폭 3~4m 정도 되는 작은 백사장이 있는데, 아무도 들어온 흔적이 없어 보였다. 새하얀 모래와 작은 조개껍질이 무지개를 만들었는데, 눈이 부시게 곱고 아름다웠다. 슬도 앞바다 또한 거울처럼 맑고 깨끗했다.

며칠이 지난 후 집 앞, 길 건너에 사는 여자 친구에게 일요일에 슬도로 놀러 가자고 했다. 슬도의 아름다운 백사장에 대해 말하고, 그곳에서 예쁜 조가비를 가져올 수 있다고 하니 여자 친구는 반쯤 승낙하고는, 자기 친구와 함께 갈 수 있다고 했다. 나는 친구 한 명과 함께 가기로 했다. 말하자면 2대 2 청춘남녀의 소풍이다.

남학생 쪽에서 밥 할 준비를 하기로 했다. 밥은 산 밑 갯가에서 한두 번 해봤지만, 배를 타고 섬에 가서 밥 해 먹는 것은 처음이었다.

가장 중요한 숙제는 뗏마 배 준비였다. 같이 갈 친구에게 쌀과 김치를 부탁해두고 나는 밥 할 냄비와 작은 물통 그리고 고추장과 마른 미역, 미역귀를 준비해 보자기에 싸서 몰래 뒷간에 숨겨 놓았다.

그런데 디데이가 하루 앞에까지 왔는데 아직 뗏마 배를 준비하지 못했다. 고민하다 '슬도와 가까운 성끝마을에 있는 배를 타면 어떨까?' 생각하고는 단숨에 성끝마을로 뛰어갔다. 덕만 형님 막냇동생(후배)이 배를 대고 육지에 막 밧줄을 매고 있는 것이 눈에 들어왔다. 다가가서 웃으면서 내일 배 사용할 계획이 있냐고 물어보니 섬 쪽에 낚시를 간다고 했다. 순간 되었다 싶어 자초지종 이야기를 해주고 배를 같이 타고 가면 어떻겠냐고 하니 후배도 여학생 2명이 온다고 하니 기분이 좋은 기색으로 오케이 했다.(그 후배를 수년 전에 한 번 만났는데, 부산에서 선원 생활을 한다고 했다.)

이렇게 배를 구해 남학생 2명, 여학생 2명, 뱃사공 1명은 그렇게 학수고대하던 슬도로 소풍을 갔다. 밥 할 땔감은 현지 조달하고 준비해 간 선학표 냄비에 쌀을 넣고 밥을 했는데 이게 웬일인가 냄비 뚜껑을 열어보니 소복하게 밥이 멋지게 잘된 것이 아닌가? 물 맑고 약간은 이국적인 슬도 섬이 다들 좋다고 야단인 가운데 밥 먹을 시간이 되었다. 그런데 순식간에 밥도 반찬도 동이 났다. 이때가 1970년대 중반 초봄이고 당시 유행한 팝송이 있었는데 '뷰티플 선데이' 다. 날씨도 좋고 파도까지 없으니 배 놀이하기는 너무도 좋았던 노랫말 그대로 아름다운 일요일이었다. 그날이 그리워진다.

여름방학 때면 방어진 읍내 삼화상회에 가서 구입한 25원짜리 수경을 착용하고 며칠 정성을 쏟아 만든 작살 창을 갖고 슬도 섬 물속에 들어가 자맥질을 하면 붉은 산호, 해초가 알록달록하고, 바닥에 새하얀 모래와 크고 작은 바위들, 물속은 환상적이고 장관이었다. 동진 앞 바닷속은 비교가 안 되었다. 그만큼 슬도 주변 바닷속은 맑고 깨끗하고 아름다웠다.

10

일산지 보성학교

● ●

울산 동면(현 동구)의 항일운동 터전으로 보성학교는 모두 두 차례 설립되었다. 1차는 1909년 일산리에 세워졌지만, 일제강점기의 규제를 받아 폐교되었다. 2차는 3 · 1 운동으로 독립운동이 고조되고 민족교육 열기가 확산되던 1920년에 성세빈 선생의 제안으로 재설립되었다.

사립학교 인가가 나기 전 기부를 받아 야학을 운영하다 1922년 정식으로 개교했다. 여러 독립운동가들이 교사가 되어 학생들을 가르치며 항일 의식을 드높였다고 한다.

"학기는 4월 1일부터 다음 해 3월 31일까지이며, 만 6세 이상부터 입학하고 5년제와 4년제가 있었다. 학제별, 학년별 60명 정원에, 교과목은 조선어, 일본어, 산술, 이과, 기술교육 등 주 3~4시간에 수업료는 매달 60전이며, 졸업생 499명 총 21회로 기록되어 있다."

보성학교는 당시 교육의 혜택을 받지 못했던 빈곤한 사람에게 교육의 장을 마련해 주는 등 동구 지역의 교육 발전에 지대한 공헌

일산지 보성학교

을 하였다.

해방 이후 동구 지역에는 공립 초등학교인 동면 공립보통학교와 화진 공립보통소학교, 그리고 일본인 학교였던 방어진 초등학교가 있었다.

약 반세기 동안 깜박 잊고 있다가 2019년에 동구청에서 동구 역사 회복 차원에서 옛 보성학교 터에 사료관을 건립했다. 옛 흔적이나마 기록하니 다행스러운 일이다.

11

고동섬의 다이빙

대왕암과 마주 보고 있는 고동섬 앞 언덕에 서면 항상 가슴이 확 트였다. 바다와 접한 언덕의 높이가 10m쯤 되는데 마을 동네는 기껏 해봐야 5m 미만에 주변은 시야를 막고 있어 확 트인 느낌을 가질 수 없다. 그런데 고동섬은 언제 와도 맑고 푸른 바다가 보이고 확 트여있다. 바닷가로 내려가는 좁은 길이 90도 직각에 가까울 정도로 가팔라서 오르내리기가 힘이 들지만 내려가면 일부분은 몽돌로 깔려 있고 바다로 들어가면 다른 곳보다 수심이 깊다.

여름이 다가오는 6월 말, 7월 초가 되면 친구와 같이 고동섬의 몽돌 앞바다에서 자맥질하며 놀았다.

고동섬 몽돌 밭에서 잠시 누워 몸을 말리는데 앞에 보이는 고동섬 바위 꼭대기 위에서 사람이 움직이고 있는 걸 본 적이 있다. 미군 부대에서 근무하는 미군들이다. 바위 꼭대기까지 올라가는 것을 보지도 못했는데, 미군 2명이 바위 꼭대기 9부 능선에서 다이빙하는 모습이 눈에 선명하게 보였다. 키가 큰 백인이고 체격도 좋은 군인이 양손과 머리가 먼저 바다에 닿게 입수하는 표준 다이빙을

고동섬

하는데 몸동작이 정말 멋있게 보였다. 아마도 본국에서 다이빙을 좀 했던 병사가 아닌가 싶다. 아무튼 해안선을 따라 찾아봐도 이만한 다이빙 장소가 없다고 생각했다. 7~8m 높이 바위에서 다이빙하는 모습은 아마추어는 아니고 준 프로 수준급이라 할 수 있을 정도로 실력이 좋아 보였다.

당시 울산 동구에 유일한 중학교는 방어진 중학교다. 수업을 마치고 하교 때 한 번씩 해안선을 따라 집으로 갈 때가 있었다. 바로 운동장 옆 고동섬에서 시작해 슬도 부근까지다. 그때 미군들은 철수해 본국으로 가고 육군이 해안 쪽에 군 막사를 짓고 있었는데 근무 중인 군인들은 지나가는 중학생을 불렀다. 같이 가던 친구와 가보면 군용 건빵을 던져주었다. 먹거리가 귀한 시절 출출했던 하굣길에 최고의 간식이었다. 건빵을 받고 두 번 세 번 고개 숙여 인사를 했는데, 명찰을 보고서는 어디 김가냐고 물어 경주 김씨라고 대답했던 기억이 지금도 생생하다. 50여 년 전 고동섬 및 섬 주변에서 있었던 추억담을 이렇게 기록한다.

12

방어진 중학교와 몽돌 밭

• •

방어진 중학교는 1947년 수산중학교로 개교해 1959년 방어진 중학교로 개편(공립)하여 2022년 2월 현재, 72회 졸업과 총 졸업생 21,000여 명을 배출한 울산 동구의 명문중학교다.

천혜의 자연환경 속의 중학교. 일만 오천여 그루의 해송이 감싸고 품은 울기공원 속에서 호연지기를 키우며 면학했다. 점심시간이 되면 몽돌 밭 해안 주변 소나무 아래에서 친구들과 함께 도시락 까먹던 기억이 어제 일처럼 선명하게 떠오른다. 그러했던 방어진중학교는 1990년 신축한 현 울산 동구 화정동 207번지로 이전했다.

중학교 시절 대부분 학생이 도보로 등교했다. 어느 봄날, 아침부터 봄비가 세차게 내렸다. 등교하려는데 우산이 보이질 않았다. 우리 집 우산은 2개인데 학생이 3명이었다. 막내는 아직 학교에 다닐 나이가 아니었다. 초등학교에 다니던 두 동생이 먼저 챙겨간 뒤였기에 우산이 보이지 않았다.

당시에 비가 올 때면 우산이 없어, 비를 맞고 등교하는 학생이 가

방중과 몽돌 밭

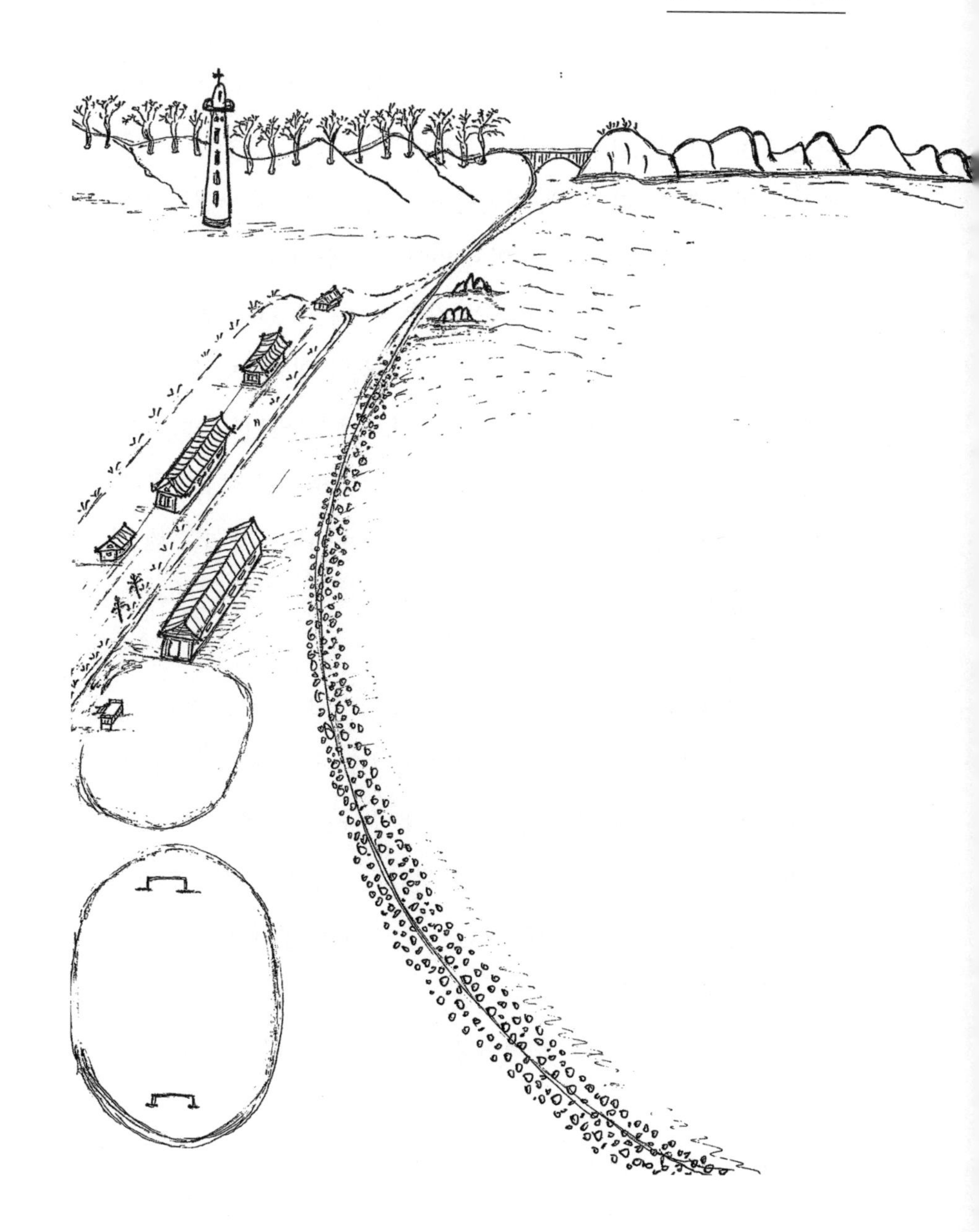

끔 있었다. 우산이 없으니 어쩔 수가 없어 필자도 비를 맞고 등교했는데 창피하다는 생각은 별로 들지 않았다. 당시에는 1회 용 비닐 우산을 쓰고 다니는 사람도 있었는데, 우산살은 가는 나무로 만들어 바람이 세차게 불면 망가져 못쓰게 되기도 했다. 그 우산이 바로 하늘색 비닐우산이다. 학생, 일반인 구분 없이 10명 중 2~3명이 사용했는데, 지금은 생산하지 않아 추억이 된 우산이다.

대왕암공원은 또 하나의 비경을 감추고 있는데 바로 옛 방어진 중학교 밑에 있는 몽돌 해안이다. 맑고 깨끗한 해변으로 좌측에는 대왕암이 있으며, 우측에는 고동섬 바위가 있는 반원형으로 굽은 해안이다. 오랜 시간 파도에 깎여서 만들어진 몽돌은 잡으면 미끄러질 듯 윤기가 난다. 바닷물에 적셔진 몽돌은 바다가 만들어 낸 예술 작품이었다.

50여 년 전 학교 밑 몽돌 밭은 길고 넓은 면적을 갖고 있었는데, 지금은 그때의 약 절반 정도 크기로 줄어져 있어 마음이 찡하다.

몽돌 밭 너머 앞바다에는 게르치, 떡지, 수들뱅이 등을 따닥 그물[8]로 잡았다. 학교 밑 몽돌 앞바다에서 잡았던 싱싱하고 씨알 좋던 고기들은 지금은 예전처럼 잡히지 않는다. 어부가 놓던 따닥 그물도 뗏마 배도 볼 수가 없다.

여름방학 때가 되면 동네 형이랑 친구와 함께 낚시를 가곤 했는

8) 높이 1.5m X 길이 40m 정도 되는 그물, 서너 틀을 놓고 고기를 잡았다.

데, 낚시 갔던 장소가 바로 중학교 밑 몽돌 밭이 끝나는 좌측 바다 쪽에 돌출되어 나온 바위였다. 장대 낚시가 아닌 던진 바리 낚시를 했던 기억이 있다. 던진 바리 낚시는 보통 25m 내외 되는 긴 줄 끝에 봉돌과 낚시 바늘 2개 정도를 매단다. 낚시 바늘에 창거 또는 갈거(갯지렁이의 일종) 미끼를 끼우고 준비가 완료되면 바른 자세로 일어서서 긴 줄에 매달린 봉돌을 서너 바퀴 원을 그리면서 돌려 그 원심력을 이용하여 바다로 던진다. 봉돌과 바늘이 함께 날아가서 바닷속으로 빠진다. 다 풀어 던진 낚시도구 긴 줄 끝을 잡고서 잠시 기다리고 있으면 반가운 입질 신호가 온다. "툭툭, 두루룩욱"하는 소리가 나는데, 이때 얼른 잡고 있던 줄을 앞쪽으로 한 번 쳐 주고 당기면 입질한 고기를 놓치는 일이 거의 없다. 당시에 주로 잡힌 어종은 게르치 노래미였으며, 가끔 깜바구도 올라왔는데 모두 씨알이 좋았다. 바닷물은 맑고 깨끗했으며 낚시 도구를 준비해 던져 넣으면 입질을 했다. 하지만 그 당시 낚시 도구 채비는 지금 기준에서 보면 형편없었다. 납을 사용해야 하는 납 봉돌이 없어 돌을 주워 비닐에 싸서 봉돌 대용으로 사용하기도 했다. 낚시 바늘도 귀할 때라 딱 2개만 매달아서 사용했다. 낚시 바늘을 구매하려면 방어진 읍내 어판장 옆 삼화상회에 가야만 살 수 있었다. 그렇게 어렵게 낚시 채비를 하고 낚시를 했던 그 시절, 같이 낚시 갔던 같은 동네 창식이 형은 지금 울산 시내에서 보일러 설비업을 40년째 하고 있으며, 친구는 아직 동구에 살고 있다. 십 대의 나이가 시간이 훌쩍 흘러 곧 칠순을 앞두고 있으니 세월의 빠름이 달리는 백마와 같다. 지나간 시절이지만, 그 옛날 면학했던 송림 속의 옛 방어진 중학교나 몽돌 해변은 늘 조용히, 새롭게 다가와서 나에게 살아가는 지혜 한 수를 가르쳐주는 장소가 되었다.

13

용추암의 전설

대왕암공원 울기등대 끝 수중에는 댕바위 혹은 용이 승천하다 떨어졌다 하여 용추암이라고도 하는 큰 바위가 있다. 그 바위에 얽힌 이야기다.

[삼국통일을 이룩했던 문무왕은 평소 지의법사에게 나는 죽은 후에 호국대룡이 되어 불법을 숭상하고 나라를 수호하려고 한다고 말하곤 하였다. 이후 문무왕이 재위 21년 만에 승하하자 신하들은 유언에 따라 동해구 대왕석에 장사를 지내 그가 용으로 승화해 동해를 지키게 하였다. 그 뒤 사람들은 그 큰 바위를 대왕바위라고 불렀고 세월이 흐름에 따라 말이 줄어 댕바위라 하였으며 또한 용이 잠겼다는 바위 밑에는 해초가 자라지 않는다고 전해오고 있다.
한편 대왕이 돌아가신 뒤 그의 왕비도 세상을 떠난 뒤 용이 되었다. 문무왕은 죽어서도 대룡이 되어 그의 넋이 쉬지 않고 바다를 지키거늘 왕비 또한 무심할 수 없었다. 왕비의 넋도 한 마리 큰 호국용이 되어 날아 울산을 향하여 동해의 한 대암 밑으로 잠겨 용신이 되었다고 한다.]

용추암

대왕암공원 해안은 기기묘묘한 바위들이 절경을 이루고 있어 제2의 해금강이라 불리는 곳이다. 대왕암에 다가갈수록 상서롭고 영험한 분위기가 감도는 붉은 바윗덩어리가 동해를 향해 쭈욱 뻗어 있어 마치 용의 등뼈처럼 보인다. 감포 대왕암의 전설과 어울려 왕비의 수중 능으로 알려져 있지만, 그와 함께 자연의 멋진 경관도 일품이다.

동해를 보고 뻗어있는 대왕암 끝부분 바위 쪽에는 예부터 물살이 세고 파도가 높았다. 그 주변을 항해하던 배는 대왕암 바위 쪽으로는 항해하지 않고 멀리 떨어져 항해했다고 한다. 바람이 불고 파도가 거칠 때는 더욱 조심해야 한다고 이곳 동구 방어진항에 적을 둔 선장들은 말하곤 했다. 몰아치는 파도에 거친 바닷길은 선장이 판단해 잘 아는 방향으로 항해해야 한다.

대왕암 해변 부근에서 물질하던 해녀가 뭍으로 걸어서 올라온다. 저마다 망싸리에 성게, 전복, 소라 등을 짊어지고서 파라솔 아래에 털썩 내려놓는다. 대부분 제주도가 고향인 해녀들은 이곳 울산 동구 남자와 결혼해 동구 사람으로 살아왔지만, 이제 나이가 너무 많아 이런저런 이야기를 나누며 싱싱한 해산물을 먹는 호사를 누리고 있으니 보기 좋아 보인다. 파라솔 바로 옆 돌 바위에 걸터앉아 해삼과 전복, 육안으로도 맛나게 보이는 멍게를 한 젓가락 집어서 초장에 찍어 먹던 중년 신사가 소주 한 잔을 권했다. 해녀는 엷은 미소로 고맙다는 인사를 하면서도 소주잔을 사양한다. 음주 물질은 절대 하면 안 된다고 한다. 이것이 화창한 날에 대왕암 해변 풍경인데 노해녀의 현명한 판단을 높이 평가하면서 과연 이런 모습을 앞으로도 볼 수가 있을까? 젊은 해녀가 없으니 아마도 못 볼 것 같다. 대왕암의 하이라이트는 저녁 석양인데 해가 질 무렵 용의 등 척추처럼 바다로 뻗은 붉은 바위는 더욱 선명하게 석양에 물들어 무척 아름답다. 바위 전체에 조명을 비추어서 대왕암 바위가 사진을 찍을 준비가 되었다고 알려주는 것 같다.

대왕암은 수십 년 전만 해도 멀리서 떨어진 곳에서만 볼 수 있었다. 대왕암 바위를 밟아볼 엄두도 내지 못했다. 그러다 울산 동구에 있는 현대중공업이 다리 구조물을 만들어 놓았기에 이제는 밟을 수 있다. 한 번 철거하고 다시 놓았는데 인공적인 구조물 다리지만, 대왕암과 잘 조화된 멋진 모습이다.

한편으로는 사람의 발길이 닿으면, 대왕암이 훼손되지 않을까? 또한, 바다가 만든 대작의 품격에 누가 되지 않을까 하는 우려하는 마음도 생긴다.

어릴 적 한 번쯤 들어가 보고 싶어도 못 들어갔던 곳인 용추암. 동진마을 어른들은 이곳을 용지섬으로 불렀다.

한여름 동진마을에 사는 대 총각이 대나무 장대를 들고 낚시채비를 하고 동네를 걸어가면 총각을 잘 아는 동네 아줌마, 아저씨는 어디에 가는 길이냐고 묻는다. 대 총각은 울기등대 용지섬 입구에 고기 낚으러 간다고 말하곤 했다. 사람의 발길이 뜸했던 곳이며 물살이 세고 수심이 깊어 배가 없으면 접근하기 어려웠다. 그곳에는 게르치, 노래미 어종이 아닌 청수들뱅이와 붉은 떡지가 잡혔는데 이빨이 보통이 아니었다. 고기 뼈도 강한 어종인데 물살이 센 바닷속에 사는 고기라 횟감으로도 좋지만, 배 따고 소금을 쳐 약간 말려서 구워 먹으면 그 맛은 일품이다.

이렇게 용지섬, 용추암으로 불리다 지금은 대왕암으로 불린다. 어린 시절에는 멀고도 험한 곳이었는데, 반세기가 지난 지금은 가까운 곳에서 늘 기다리고 있어 주니 세월의 변화무상함을 또 한 번 느끼게 한다.

14

일산해수욕장

울산 동구 일산동에 있는 일산해수욕장은 백사장 면적 90㎢ 길이 600m 너비 40~60m 평균 수온 차 21.2도 수심 1~2m 대왕암공원 입구에 있다. 그리고 주변에 현대중공업이 위치해 있다. 깨끗한 모래로 된 사빈 해안으로 수심이 얕고 경사가 완만하며 반달처럼 생겼다. 어촌인 일산마을에서는 해마다 마을의 전통 행사인 일산진 풍어제를 100년 넘게 해오고 있다.

어릴 적 일산지 마을하면 백사장도 좋았지만 먼저 조개가 떠오른다. 일산지 마을 아이들은 백합조개, 맛조개를 잡아 학교 교실까지 가져와서 자랑하곤 했다. 가져온 조개는 껍질이 빛이 나서 윤기가 있고 아래위 껍질 사이로는 조갯살이 나와 보였다. 긴 막대기처럼 생긴 맛조개는 싱싱하게 살아서 연붉은 조갯살이 보였다. 내가 사는 동진마을 바닷가에서는 찾아보기 힘들었는데, 일산지 마을 해변에는 엄청 많다고 그곳에 사는 친구가 말했다.

"그래! 그 말이 참말이제? 학교 수업 마치고 일산지 바닷가에 가서 확인해보자."

일산해수욕장

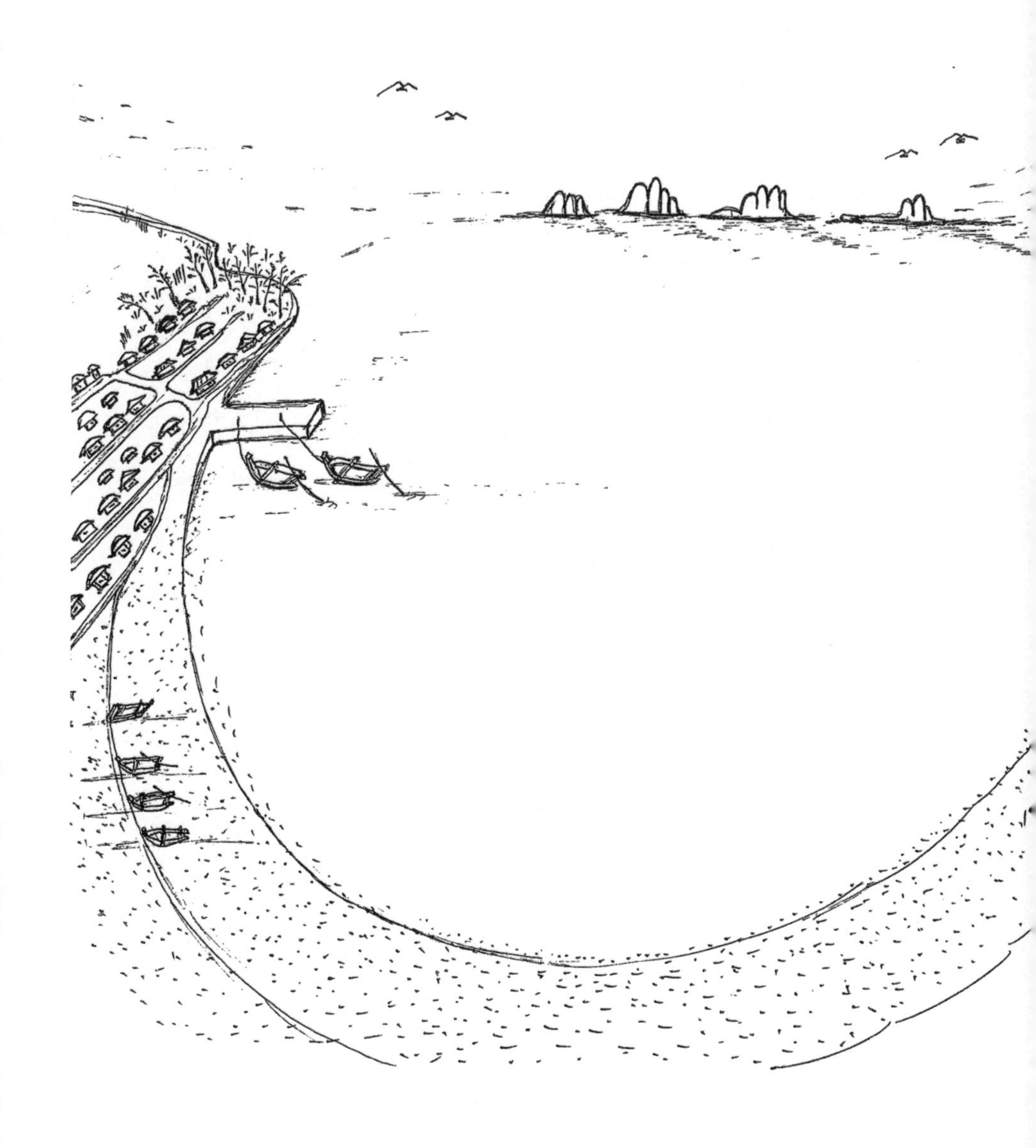

그 자리에서 바로 약속하고 수업이 끝나기를 기다렸다. 수업이 끝나는 종소리가 반갑게 울리고 우리는 단숨에 일산지 마을 바닷가로 달려갔다.

책보자기를 백사장 위에 내팽개치고 신발을 벗고 바지는 걷어 올리고는 모래사장을 지나 물속으로 몇 걸음을 걸어서 들어갔다. 먼저 일산지 친구가 바닷속을 안내하면서 들어가고 내가 뒤따라 들어갔는데 1~3m 앞 바닷속에 펼쳐진 모습은 대단했다. 맑은 바닷물 속 여기저기에서 백합조개가 모래 속에 반쯤 나와 있었고, 그 옆에는 맛조개가 모래 위로 올라와서 모래를 품어대면서 있는 것이 보였다. 내 뒤를 따라 들어오던 친구는 물이 차갑다고 들어오다가 나가버렸다. 당시 일산해수욕장은 왜 그렇게도 물이 차갑던지 뼛골이 시릴 정도였다. 직접 두 눈으로 확인하니 일산지 바닷가는 백합조개와 맛조개로 덮여있는 것처럼 보였다. 이때가 1960년대 후반이었는데, 당시 환경이 살아 숨 쉬던 순도 99%의 일산지 바닷가 모습이었다. 우리가 조개를 확인한 그곳은 해수욕장 사거리에서 바닷가 쪽으로 흐르는 대송천 바로 우측이었고 그곳이 학교에서도 가까웠다. 그런데 지금은 그곳이 없어졌다.

일산지 친구들 하면 떠오르는 것이 또 있다. 달리기와 운동장이다. 당시 운동회는 전교생의 축제다. 기마전과 텀블링, 줄 당기기와 오자미[9] 던지기도 있었지만, 하이라이트는 가을하늘에 펄럭이는

9) 콩이나 모래를 집어넣은 '놀이주머니'를 가리키는 일본말에서 유래

만국기 아래서 벌어지는 단거리 100m 달리기와 릴레이경기다. 100m 달리기는 운동장 한 바퀴를 도는 경기인데 6, 7명의 선수가 출발선에 서 있다가 출발신호와 함께 힘껏 달린다. 3, 4, 5 등은 달리다 힘이 점점 빠지는데 1, 2 등을 달리고 있는 선수는 힘차게 치고 나간다. 그들이 바로 일산지 마을 출신들이다. 릴레이 계주도 마찬가지다. 일산지 마을 출신 아이들이 완전히 휩쓸어 버렸다. 왜! 그럴까. 동진, 화진, 월봉, 대송, 번덕, 배산시, 오자불에 사는 아이들은 100m 단거리 1, 2 등에는 들지 못했다. 필자가 2~3학년일 때 5, 6학년 선배의 달리기는 대부분 일산지 출신들이 1등을 차지했다. 일산지 마을에는 평소 달리기 연습을 할 수 있는 훈련장이 있었기 때문이 아닐까? 그 자연 훈련장이 바로 길게 뻗은 길이 600m 모래 백사장이다. 달리면 조금씩 모래가 내려앉는 느낌일 텐데 운동장 맨땅 위에서 달리니 더 잘 달릴 수가 있었을 것이다. 모래사장에서 기초훈련이 다져진 아이들에게는 맨땅에서의 달리기는 그저 먹기가 아니었을까. 아무튼 일산지 마을 친구들은 남녀 모두가 달리기를 잘했다.

비교적 조용했던 당시 일산해수욕장의 여름은, 동구 주변 해안가에서는 잘 볼 수 없는 일명 놀이 배 오아시스 보트가 있었다. 양쪽에 고정된 작은 노를 저을 수 있게 만들었고, 뗏마 배의 4분의 1 정도 크기의 아주 작은 배로 2명이 앉으면 딱 맞았다. 호흡을 잘 맞춰 노를 저으면 빠르게 갈 수 있도록 배 폭에 비해서 날렵하고 길었다. 여름 바다 백사장 해안에서 한 쌍의 남녀가 타고 놀기에 안성맞춤이었다.

당시 해수욕장 한두 곳에서는 네다섯 척 정도의 배를 소유하고 영업한 업소도 있었다. 1시간짜리, 2시간짜리로 구분해 대여했는데, 그 보트가 오아시스 보트다. 한번 타보고 싶었는데 대여비가 없어 그냥 구경만 하곤 했다. 배의 앞머리에는 배 이름이 적혀 있었는데, 백조 No.1부터 백조 No.5까지가 나란히 보였다. 이런 방식의 영업은 약 10년 정도 지속되었다. 그 후 70년대 후반부터 공기 넣는 튜브와 모터보트가 등장하면서 더 이상 일산해수욕장에서 오아시스 보트를 볼 수가 없었다. 이것이 1970년 초 현대중공업이 들어오기 전의 일산지 해수욕장 여름 풍경이다.

현대중공업, 현대 자동차가 생긴 후부터 울산에 인구가 늘면서 일산지 해수욕장에는 발 디딜 틈도 없이 많은 사람이 모였다. 그곳에서 유명 가수가 출연하는 해변 노래자랑대회가 열리기도 했다. 1974년 발표된 히트곡 "나에게 애인이 있다면" 연이어 75년 초 발표된 인천 출신 가수 박상규의 "조약돌"이 해변에 울려 퍼졌다.

"꽃잎이 한잎 두잎 바람에 떨어지고 / 짝 잃은 기러기는 슬피 울며 어디 갔나 / 이슬이 눈물처럼 꽃잎에 맺혀 있고 / 모르는 사람들은 제 갈 길로 가는구나 / 여름 가고 가을이 유리창에 물들고 / 가을날에 사랑이 눈물에 어리네 / 내 마음은 조약돌 비바람에 시달려도 / 둥글게 살아가리 아무도 모르게 /

아무튼 1970년대 중반까지는 울산 동구 일산해수욕장의 생태계는 살아 있었다. 하지만 지금은 옛날의 백합조개, 맛조개 등은 찾아보기 힘들다. 관계기관에서는 소홀함이 없도록 철저히 환경관리를 해주었으면 좋겠다.

15

어풍대

일산해수욕장에서 바다를 따라 북쪽으로 가면 일산지 마을이 나오고 그곳을 지나면 바다에 돌출한 작은 반도가 있는데 그곳이 어풍대다.

신라가 삼국통일을 이루고 태평성대 시대가 되자, 임금들이 전국 명승지를 찾아 풍류를 즐겼는데 여름철만 되면 이곳을 찾았다고 전해지고 있다. 신라 경주와는 백 리가 안 되는 가까운 거리이며, 시원하고 아름다운 절경지이기에 자주 찾았다고 전해진다. 왕은 연회를 연 뒤에는 어풍대에 올라 기암괴석으로 이뤄진 절경을 마음껏 감상했으리라. 어풍대의 기암괴석과 미인섬, 그 너머 청룡이 살았다는 용골과 대왕암이 동해를 지키고 있으니 신라 임금들이 이곳을 찾은 것이다.

전국에는 어풍대라는 지명을 가진 곳이 여덟 곳이다. 어풍대란 말 그대로 고기가 많고 풍량이 좋아서 구경하기 좋은 곳이라는 의미를 지니고 있다. 하지만 임금과 관련된 이야기가 있는 곳은 일산진 어풍대뿐이다. 아름다운 경치로 인해 당시 꽃나루라는 지명으로 불렸는데 지금의 화진이라는 명칭이 여기에서 유래됐다고 한

어풍대

다. 어풍대에서 바라보면 보이는 바위섬을 민섬 또는 미인 섬이라 부르는데, 용왕님의 딸이 달밤에 머리를 빗고 앉아 있었다는 전설이 전해진다.

제5경 어풍귀범[10]은 방어진 12경 중 한 곳으로 아래와 같이 어풍대에 대해 기록하고 있다.

[일산지의 동쪽 끝에 바다로 돌출된 바위 언덕 어풍대를 향해 고기잡이 갔던 어부들이 저녁 황혼 녘에 만선의 꿈을 안고 돌아오는 범선을 묘사한 것으로 한 폭의 진경산수화를 연상케 한다. 어풍대는 울산 바닷가에 있는데 남쪽 최고운의 해운대, 이목은의 관어대와 함께 경승을 겨루어 고금에는 유람하는 자가 많았다. 그런데 이곳은 이름이 없으니 어찌 크게 잘못된 일이 아니겠는가. 이에 이름하여 어풍대라 하니 감히 최고운 이목은과 비교하려는 것은 아니고 그 뜻을 따를 뿐이다.]

"천년을 바다 밑에서 살아온 붉은 소라는 푸른 파도를 토했다 마시며 돌무더기 배를 채웠다네. 아롱진 푸른 껍질엔 이끼 먹은 흔적 있고 붉은 노을 머금고 아침햇살에 번쩍이네. 어부들 전복 캐러 외로운 배 떠나가네. 울릉도 가장 깊은 물속이라네. 우연히 이 소라 움켜잡아."

---

10) 일산동의 동쪽 끝에 바다로 돌출된 바위 언덕 어풍대를 향해 고기잡이 갔던 어부들이 저녁 황혼 녘에 만선의 꿈을 안고 돌아오는 범선 세상이 몰라볼 정도로 바뀐 것을 비유하는 말이다.

"돈대 바깥의 동으로는 바다인데 돛단배를 타고 가도 끝이 없다네. 간혹 울릉도에 이른다는 소문도 있다네. 기울어진 바윗돌은 반만 꽂혀 천만번 물결에 부딪치고 키 작은 소나무는 기울어져 만 리 바람을 맞이하네. 우습다, 너는 신선을 기다리지만, 나는 이미 대자연의 기운을 맞이한다네."

조선 후기 울산 감목관 홍세태가 남긴 시 두 구절인데, 어부들이 바친 울릉도 붉은 소라로 만든 잔으로 술을 먹으며 소일하는 멋스러운 풍취를 느낄 수 있다. 떠나갔던 배 돌아오는 배 모두가 이곳 어풍대 앞바다로 입출항하지 않았을까? 현재의 어풍대 주변 언덕 위에는 현대중공업 교육연수원과 현대중장비 사업부 공장들이 빼곡히 들어서 있다.

최근에 와서는 이곳 풍경이 좋아서 정착해 맛집을 운영하는 곳이 있는데 바로 중화요리 전문집이다. 한두 번 가서 맛도 보고 풍광도 구경해 보았는데 천 년 전에 오고 갔던 신라의 왕처럼 잠시 생각에 잠겨보았다. 먼저 맛집 바로 앞 해변은 크지 않는 작은 해변으로 바다의 중앙과 좌우 쪽에는 크고 작은 바위들이 도열해 있어 예사롭지 않다.

바로 그 너머에 민섬이 자리하고 있다. 또 그다음에는 용이 승천하다 떨어졌다는 전설을 갖고 있는 용추암과 대왕암이 동해를 향해 길게 뻗어있다. 대왕암과 서로 마주 보고 있는 고동섬이 마지막 외곽을 지키고 있는 형국으로 어풍대는 오겹으로 둘러싸여 있다.

오 겹으로 쌓인 형국의 경치와 절경을 갖춘 곳은 드물다. 해안선을 따라 포항까지 올라가 봐도 오 겹에 싸인 형국의 기기묘묘한 절경은 없다. 그러하므로 이곳 울산 동구 일산지 어풍대가 신라왕들의 여름 최고 피서지였을 것이다.

16

민섬은 수석 작품

● ●

초등학교 시절 늦은 봄날 방과 후, 학교 친구들과 함께 일산지 마을로 놀러 갔다. 초대한 친구는 배 타고 민섬에 간다고 했다. 처음 들어본 섬 이름이고 처음 가보게 될 섬이었다. 학교에서 일산지 마을까지 약 1km 정도 걸어서 일산지 바닷가 마을에 도착하자마자 책 보따리도 내려놓지도 않은 채 작은 뗏마배에 조심히 올랐다. 우리 동네에 있는 뗏마 배보다는 많이 작아 보였다. 초대한 친구는 자기 집 배라고 했고 민섬까지 왕복 노 젓는 것을 자기가 한다고 했다. 초대된 우리는 좌우 2명씩 의자 비슷한 널빤지 위에 책 보따리를 꼭 안고 앉았고 배 주인 아들인 친구는 서서 민섬까지 노를 저었다. 날씨도 좋고 바닷물도 잔잔해서 뱃놀이 하기가 딱 좋았다.

민섬에 도착한 순간 잠시 출렁거렸다. 그런데 뛰놀 공간도 하나 없는 작은 산처럼 생긴 돌섬이었다. 섬에는 친구 한 명만 내렸다. 민섬에 부딪힌 파도는 작게 부서지고 있었는데, 순간 하얀 파도 속에서 내가 사는 동네에서 가끔 보았던 홍합이 보였다. 많이도 붙어 있고 크기도 컸다. 그 옆에는 거북손이 보였고 슬슬 움직이는 고동

민섬

도 보였다. 해초를 입고 있어 처음에 못 알아봤는데, 가만히 보니 고동이었다. 사람이 없으니 이렇게 많이 자라 우리를 반갑게 반기는 것 같았다.

노 젓는 뱃사공인 친구는 민섬에 수도 없이 많이 와봤다고 했다. 섬에 가는 것도 섬에 내리고 올라타는 것도 능수능란하게 잘해 보였고 안내도 잘했다. 섬에 내리지 못한 우리를 위해서 섬 주변을 한 번 더 구경시켜주고 민섬을 뒤로하고 다시 일산지 마을로 향해 노를 저어 가는데 나는 조금 놀랐다. '어린 녀석이 어쩌면 저렇게 노를 잘 젓는지' 하고서 혼자 중얼거렸다. '다음에 올 때는 나도 노 젓는 것을 배워서 와야지.' 생각했지만, 그날 이후 노 젓는 배를 한 번도 타지 못했다.

그때 같이 갔던 친구도 나와 같은 생각을 했을까. 50여 년의 세월이 흐른 지금 일산지 마을도 천지개벽해 변했지만, 돌섬은 일산 앞바다에 개발되지 않은 채 그대로 있다. 사람의 발길이 잘 닿지 않는 돌섬으로 보이지만, 우리가 뱃놀이 갔던 그 민섬은 마치 수반 위에 올려놓은 수석 작품처럼 아니면 수석 대회의 당선작처럼 떠올려보곤 했다. 그뿐인가 사람이 가공하지 않은 자연 그대로 돌바위로써의 아름다움을 간직하고 있다. 크지도 작지도 않게 주변과 조화를 이루고 있으며 연한 감색으로 중후함도 있어 한 폭의 그림이다. 충북 단양의 도담삼봉이 남한강의 수면을 뚫고 솟은 수석이라면, 이곳 울산 동구 일산지 민섬은 바다에 솟은 수석이라 할 수 있다. 특히 해무가 있을 때는 더욱 멋진 풍경을 연출한다. 어느 것이 더 대작인지는 평가할 수 없지만, 둘 다 수면에 올려놓은 아름다운 수석임엔 분명하다.

아무튼 그 옛날 친구와 함께 뱃놀이 갔던 민섬은 동구 일산 앞바다에 개발되지 않고 옛 모습 그대로 남아있다. 앞으로도 그대로 남아있기를 바란다.

17

금모래 해변 오좌불

● ●

오좌불 백사장

동구는 예부터 많은 모래사장이 있었다. 특히 오좌불 모래는 상급으로 쳤다. 예전 대구멀 백사장, 화잠 마을 백사장, 오좌불 백사장, 일산해수욕장 백사장, 미포만 백사장 등이 있었지만, 모래의 질은 오좌불 백사장 모래가 으뜸으로 많은 사람이 너도나도 와서 퍼갔다고 동네 어른들이 들려주었다.

오좌불 하면 떠오르는 것이 1960년대 중반 울산 동구 오좌불 해안에서 발생한 간첩 침투 사건이다. 6 · 25 때 북으로 갔던 사회주의 항일운동가 박두복이 오좌불 해안으로 침투했다. 박두복의 고향은 울산 동구이고 당시 인근에 아내인 사회주의 항일운동가 이효정이 살고 있었다. 정부 발표에 따르면 당시 박두복이 간첩으로 오좌불 해변으로 들어온 후 보성학교 동창이자 친구인 천경록이 경영했던 과수원으로 찾아가 동생 두진을 불러줄 것을 요청했다. 이때 천 씨가 두진을 데리고 오겠다는 약속을 어기고 방어진 지서로 가서 박두복이 나타났다고 신고하는 바람에 동구 전체에 비상

오좌불

이 걸렸고 이를 눈치챈 박두복이 다시 북으로 도망갔다. 이때 경찰이 동생 두진을 연행하려고 하자 두진은 농약을 마시고 극단적 선택을 했다.

이 사건 이후 일산지 해변 일대에는 철조망이 쳐지고 오랫동안 군인들이 경비를 섰다. 이 일로 하여 일산진에 살았던 박두복 가족과 친인척, 밀양 박씨들까지도 사회생활에 많은 제한을 받았다. 한편 오좌불 백사장 해안은 1970년대 초 현대 조선이 들어서면서 사라지고 그 흔적이 없다.

50여 년이 지난 지금 옛 흔적을 더듬어 본다면 당시 오좌불 백사장 바닷가 쪽으로 흘러 들어가는 천이 있었으며 그 천위에는 외길 신작로와 연결되는 작은 다리가 놓여 있었다. 그 작은 다리 위치가 현재의 현대중전기 정문으로 추정된다.

1980년대 중후반까지도 현대중전기 정문 앞에는 맑은 물이 흐르는 천이 있었는데, 지금은 덮어서 도로로 사용하고 있어 볼 수가 없다.

외길 신작로와 연결되는 오좌불 작은 다리를 건너면 전하, 녹수 초입에 들어서고 건너지 않으면 일산, 대송, 번덕 마을을 지나 오좌불 마을 입구에 닿는다. 낡고 작은 콘크리트 다리가 하천과 함께 보였는데, 천을 건너기 직전 우측에는 솔밭이 길게 뻗어있었고 솔밭 너머는 백사장과 마을이 있었다. 그 마을은 몇 가구 되지 않는 오좌불 마을이었다. 겨울방학 때 내가 살던 동진마을에서 땔감을 구하려면 땔감이 풍부했던 남목까지 가야 했다. 동네 형, 누님을 따라 나무하러 간 적이 있는데, 거리상 중간지점이 이 다리였다. 봄철에 낙화암으로 소풍을 가곤 했는데, 오자불은 학교와 낙화암 중간 정도에 있었다. 이처럼 익숙하게 보고 건너던 오좌불 작은 다리는 이제 더는 볼 수가 없고, 오좌불 주변과 작은 다리가 추억으로 남았다.

18

전하 포구

전하동 전하 포구는 둘안산 남쪽 바닷가로 주변 해안선이 아름다운 작은 어촌이었다. 이 마을 사람들은 이곳을 바드래라 불렀는데 바드래는 밭 아래를 발음 나는 대로 표현한 것이다. 즉 밭 아래 마을이라는 의미다. 전하동 동북쪽 둘안산의 능선과 포구에 자리하고 있던 마을이 녹수 마을인데 옛날 이 마을의 조금 북쪽에 있는 낙화암에 유람 왔던 처녀가 그만 바다에 떨어져 익사했다. 얼마 후 죽은 처녀가 입고 있던 녹색의 비단 저고리 소매만 이곳으로 떠밀려 왔다고 한다. 그리하여 그곳을 녹수금의라 부르게 되었으며 이것이 줄어져 녹수가 되었다. 1970년 당시 녹수 마을에는 67가구 250여 명의 주민이 살고 있었다. 지금은 그 자리에 현대중공업 1, 2 도크가 있다.

녹수 마을과 전하마을을 이어주던 둘안산은 해발 41m로 현재 현대중공업 영빈관이 자리 잡고 있다. 이 산은 해풍으로부터 녹수, 전하마을을 보호해주는 역할을 했는데 산등성이에는 아름드리소나무가 우거져 있었고 동쪽 언덕의 잔디밭은 놀이터와 휴식공간으로 이용했다. 특히 이곳에서 진행한 정월 대보름 달집태우기는 이

전하 포구

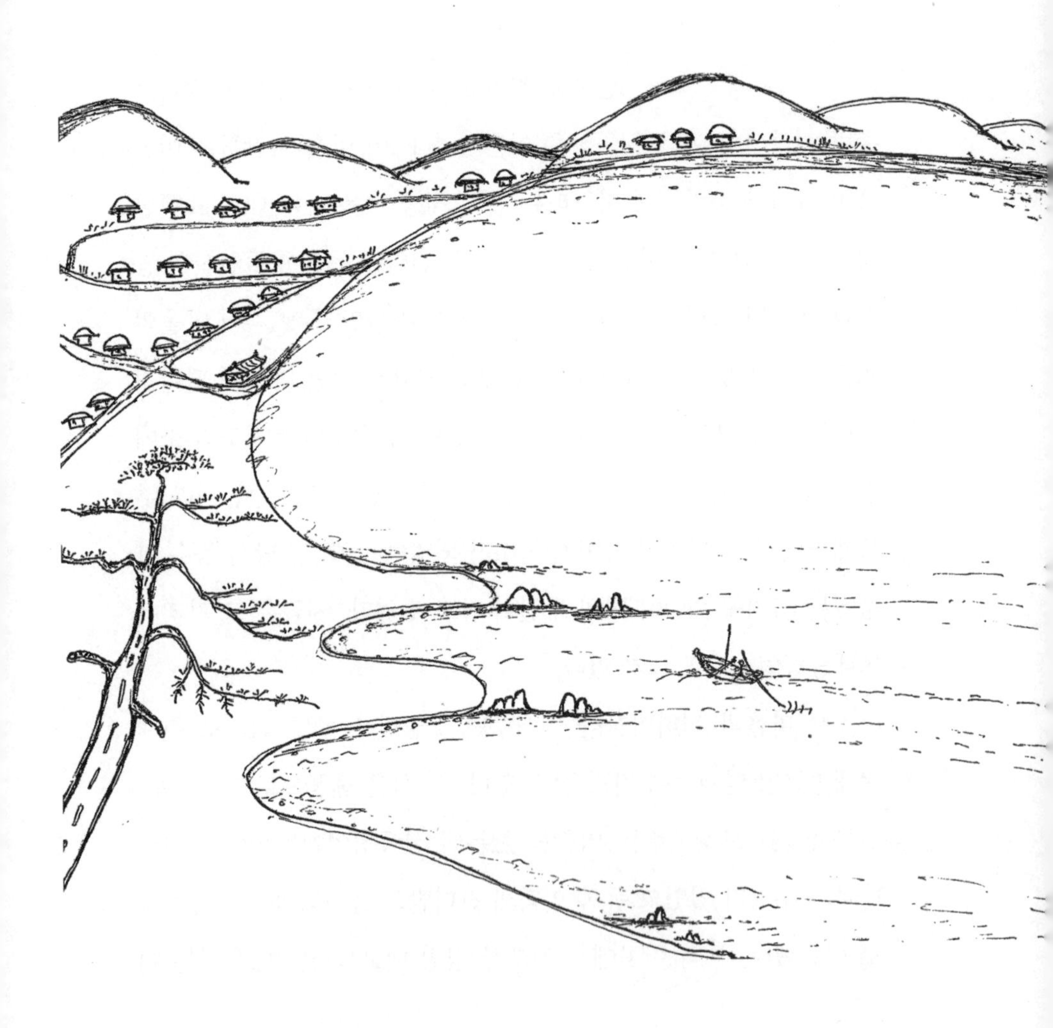

고장의 이름난 행사였다.

이 산 밑 바닷가는 해산물이 풍부했으며 특히 미역이 유명했다고 한다. 둘안산과 녹수만 사이에 퇴적물에 의해 생성된 목섬이 있었는데 바닷가 목섬은 밀물 때는 섬이 되고 썰물 때는 육지와 연결되었다. 목섬에는 정어리 공장이 있었고 그 이후에는 멸치 건조 공장으로 사용했다. 그리고 그곳에는 노송이 있어 그네뛰기를 하기도 했던 곳이다. 그 앞바다를 목섬 바다라 하였으며 이곳에 있었던 두꺼비 모양의 바위를 두꺼비 바위라 하였다.

이와 같이 전하동은 일산동과 마찬가지로 산지뿐만 아니라 바닷가를 끼고 있어 다양한 바위가 바다와 함께 어우러져 뛰어난 경치를 자랑했던 곳이다.

임진왜란 때 의병들이 일본 침략군을 물리친 골짜기라 하여 전승골이라 불렀는데 이것이 변해서 진성골이 되었다. 지금의 울산 동구 동부경찰서 일대를 말하며 이 골짜기에 있었던 성을 진성골 산성이라 했다.

범잔채골은 구 다이아몬드 호텔 북쪽 골짜기로 범(호랑이)이 잔치를 벌인다는 데서 유래된 이름이다.

돌안골은 지금의 울산대학병원 바로 위에 있는 명덕 저수지 일대를 말한다. 이 골짜기로부터 시냇물이 발원하여 병원과 중공업 정문을 지나 바다로 흘러 들어가는데 이 천이 명덕천이다.

명덕마을은 바닷가에서 떨어진 산간마을이었는데 농업을 위주로 하던 이 마을의 당산나무가 현재 현대중공업 본관 앞에 있는 노송이다. 건설 당시 이 나무를 베어 버리려 했으나 정주영 회장의 지시로 남게 되었는데 1년에 한 번씩 신 목제를 올리고 있다.

이와 같이 아름다운 경관과 여러 이야기를 갖고 있던 전하마을 일대는 1970년대 초부터 삽시간에 공장으로 변모하였다. 특히 현대조선의 착공식이 있던 해 1972년에는 담장이 없어 공장 경계도 분명치 않았다. 동구 방어진에서 출발해 당시 울산 종점 옥교동까지 가는 버스는 공장 안으로 들어가 흙먼지를 날리면서 달리는 진풍경이 벌어지기도 했다. 지난 세월이 어제 같은데 허물고 밀고 깎던 공사는 이제 다 아물어지고 굳어져서 제자리 잡은 지가 반세기를 넘었다. 그 옛날 조용했던 작은 전하포구는 이제 그 모습을 영영 볼 수가 없고 만날 수가 없다.

하나 더, 일산동 끝자락과 전하동 시작점이 현재의 중전기 정문 앞 부근인데 이곳을 기점으로 바닷가 쪽은 오좌불 백사장 해변이고 그 반대편 산 쪽은 배산시 마을이라 했는데 그곳 배산시 마을은 유독 배 과수원이 많았다.

당시 방어진 일대는 배 과수원은 고사하고 배나무 구경도 하기 어려운 시절이었다. 특히 동진, 내진, 서진 등 방어진 항구와 가까이 있던 자연마을은 아예 배나무를 볼 수가 없었다. 그래도 농사가 있던 번덕, 대송 등 산지마을 쪽에는 서너 군데 작은 수의 배나무 밭이 있었다. 하지만 배산시는 수천 평, 수만 평의 배 과수원들이 모여서 당시로서는 보기 드물게 대량으로 배를 재배했다. 나는 처음 배 밭을 보고 배 열매를 종이로 덮어 놓은 것이 궁금해 왜 그렇게 해두었냐고 물어보기도 했다. 언젠가 그 배 맛을 볼 수 있었다. 친구 집이 배산시 마을에서 과수원을 크게 했는데, 책보자기에 배를 싸서 가지고 왔다. 배는 색깔도, 크기도 좋은 상급품 배였다. 먹어보라고 하여 한입 베어서 먹어봤는데 물이 많고 달고 맛이 좋았다. 배를 귀하게 여기던 그 시절, 그 배 맛을 잊을 수가 없다. 이후 이곳 일대는 10년도 못 가고 공장용지와 주택지로 변모해 수십 미터, 아니 수백 미터 줄을 서 있던 배나무들이 흔적도 없이 사라졌다. 이제 더는 배꽃이 만발하던 배산시 과수원을 볼 수 없으니 형언할 수 없는 아쉬움이 솔솔 피어난다.

19

낙화암 소풍길

낙화암의 위치는 행정상 울산군 방어진 읍 서부리(명덕)이다. 방어진 사람들은 명덕 낙화암이라 부르지 않고 미포 낙화암이라고 불렀다. 울산군 동면 8경 중에 낙화백사란 경구가 있다. 미포만의 해안을 따라 펼쳐져 있던 명사십리 모래불과 백사장 가운데 우뚝 솟아있던 그곳을 낙화암이라 불렀다. 동구민의 쉼터 역할을 했고 화전 놀이터였고 초등학교 때 소풍을 갔던 명소였다.

낙화암의 기록은 울산 최초의 읍지인 학성지(1749년)에 파연암으로 소개하고 있다. 어풍대의 북쪽 6~7리에 있는데 물이 드나드는 수구가 열렸다 닫혔다 하는 곳으로 갑자기 바닷속으로 들어가는 경사지이다.

위쪽의 평탄한 기슭에 쌓인 돌이 기이하여 경치가 어풍대보다 빼어나지만, 바다를 관망하는 멋은 거기에 미치지 못한다. 동쪽 1리쯤에는 석굴이 있어서 배를 타고 들어갈 수는 있지만, 돌리기는 어려운데 그 석굴의 이름이 청룡굴이다. 파연암은 일명 여기암이라고도 한다. 또 낙화암을 영남읍지(1871년)에는 신라 때 풍류를 읊

낙화암

던 곳인데 속칭 여기암이라고 한다고 되어있다. 울산 승람(1955년)에는 미포리 낙화암은 울산 부자가 풍류를 즐기며 놀 때 취한 기생이 실수하여 물에 떨어져 죽었음에 낙화암이라 이름 지어졌다고 한다. 아무튼 예부터 지체 높은 관리들의 풍류적 감성을 자극하기에 충분했던 곳이라 짐작한다.

미포만 백사장 서편 해송림이 우거진 곳에 바위 석대가 우뚝 솟아 동해를 품은 듯한 기암절경은 예부터 시인 묵객의 왕래가 많았다. 시인 묵객으로는 울산 목장의 감목관인 홍세태와 원유영이란 자가 있다. 홍세태가 자신의 문집인 〈유하집〉에 많은 시를 남긴 것에 비해 원유영은 울산 동구 낙화암 등 동구 지역의 바위에 암각시를 남긴 사람이다. 낙화암의 암각시 중 일부를 소개하면 다음과 같다.

"꽃이 떨어진 것은 어느 해였던가. 봄바람 불어오니 꽃은 또다시 피건만 바위에 봄이 찾아와도 사람은 볼 수 없으니 쓸쓸한 푸른 바다의 달빛만을 바라본다네"

"새벽부터 구름 짙게 끼더니 밝은 달이 바위 앞에 떠올랐네. 예나 지금이나 비추었던 사람들 가고 없건만, 맑은 봄빛은 온 하늘에 가득하네."

"홀연히 바닷가 마을 여인을 만났는데 합장을 하고 마고할미 부르더니 몰아치는 고래 등 같은 파도 건너편으로 가서는 푸른 바위에 다시는 나타나지 않네"

위와 같은 시가 있는데 마지막 시 구절에서는 마고할미에 대한 언급이 나온다. 마고는 중국에서는 여신 혹은 여자 신선으로 신성성과 숭고함을 지닌 존재이다. 우리나라에서도 마고할미에 관련된 전설이 있다. 마고할미는 거인 신이자 천지창조의 여신으로 불리고 있다. 우연의 일치인지는 몰라도 거대한 배를 만들고 있는 세계 최고의 조선소인 현대중공업과 창조의 여신 마고할미는 혹 어떤 연관을 갖고 있는 것은 아닐까. 어찌 되었던 이러한 마고할미가 기록된 낙화암이 있던 곳에 현대중공업이 자리한 것은 매우 흥미로운 일이라 하겠다.

동구 낙화암은 지역의 전설로 남겨진 녹수, 홍상도 등의 지명과 연관이 있다. 낙화암과 관련된 여인은 평범하지 않았으며 보통 사람이 아니었을 것으로 보인다. 당시 낙화암은 사방이 바다였을 것으로 추정되나 1970년대 초 한가운데 우뚝 솟아있었던 것으로 미루어 볼 때 낙화암에서 떨어져 죽은 여인과 관련된 사건은 상당히 먼 과거에 있었던 일로 보인다. 이러한 이유로 낙화암은 아름다운 경치의 가치보다는 문화적인 가치가 더 큰 것으로 여겨진다.

세상에 전해지기를 옛날에 기생이 있었는데 여기에 놀러 왔다 빠져 죽었다. 붉은 치마를 뒤집어쓴 채 수중고혼이 되었다. 며칠 후 어린 기생의 붉은 치마폭이 파도에 실려 떠돌다가 미포 앞바다 바위섬에 걸리니 이 바위를 홍상도라 불렀다. 소매 자락이 파도에 밀려 나온 포구를 녹수금의(푸른 저고리가 내밀린 백사장)가 됐다는 지명 유래가 전해지는 곳이 바로 낙화암 쌍바위다.

경제개발은 성장의 원동력이 되기도 했지만, 그것으로 인해 이 땅의 수많은 문화유산이 수난을 겪기도 했다. 낙화암은 현대조선 건설 당시 모두 파괴되고 한시가 새겨진 일부 바위들만 남아있다. 쌍바위는 한국프랜지 명예회장댁 정원에 옮겨져 있다가 동구청의 요청으로 대왕암공원 입구로 옮겨졌다. 쌍바위를 받치고 있던 아래 석암 일부는 현대중공업 내 영빈관 뜰 앞 대밭 속에 나뒹그러져 있었는데 한 노동자의 제보를 받고 동구 지역사 사무소 위원들과 함께 현장답사하고 그 바위에 새겨진 한시를 탁본했다. 옛 낙화암은 모두 파괴되고 사라지고 없지만, 그 위치는 지금의 현대중공업 영빈관 뒤쪽으로 추정되고 있다.

초등학교 시절 소풍 때가 되면 우리는 같은 반 친구에게 서로 물어보곤 했다.

"이번 소풍은 어디에 간다고 하더노?"

"낙화암에 간다고 하던데."

손꼽아 기다리던 소풍날 낙화암에 가면 잔디밭 경치는 너무 좋았고 주변 환경은 더 멋져 보여 감탄사가 절로 나왔다. 특히 너무 높지도 않고 그렇다고 너무 낮지도 않은 절벽이 인상적이었는데 절벽 밑 바닷물이 너무 맑고 깨끗해 고기 노는 것도 문어(3, 4월 진달래 필 때가 제일 맛이 좋을 때다 돌문어 또는 진달래 문어라고 부른다)가 노는 것도 보였다.

하지만 이젠 옛이야기로 남겨야 하니 지난 시절이 그리워진다. 상전벽해[11]가 따로 없고 이것이 상전벽해라 하겠다. 봄 소풍으로 학교에서 10리 길을 걸어서 도착한 낙화암. 어린 초등학생을 감동시킨 주변의 자연경관은 어느 유명장소와 비교해도 손색이 없는 절경이었다. 다시는 볼 수가 없고 다시는 만날 수가 없으니 무어라 표현할 길이 없다.

11) 뽕나무밭이 변하여 푸른 바다가 된다는 뜻으로, 세상일의 변천이 심함을 비유적으로 이르는 말.

20

남목마성

• •

남목마성의 행정상 위치는 울산 동구 동부동 산 197-1번지 일대에 소재하고 있으며, 1998년 10월 19일 울산광역시 기념물 제18호로 지정되었다. 마성은 말이 도망가는 것을 막기 위해 목장 둘레를 돌로 막아 쌓은 담장이다. 조선 시대에는 나라에서 쓸 말을 기르기 위해 주로 해안가와 섬 등을 중심으로 200여 개의 목장을 설치했다. 울산지역에는 조선 전기 방어진 목장, 방암산 목장, 이길곶 목장 등 모두 3개를 설치하려 했는데, 두 곳은 완성하지 못하고 바로 폐지된 것으로 보인다.

울산에 있는 목장은 중앙의 사복시 소속의 목장으로 경상도 속찬 지리지(1469년)에 의하면

"방어진에 목장이 있었으며 여기에서 키운 말이 360 필 그 둘레는 47리다."

라는 기록이 있다. 또한 해동제국기(1471년)에 실려있는 염포 지도에는 염포와 양정의 경계선을 따라 심천곡을 거쳐 성골에서 강

동동의 경계에까지 마성이 있었다고 기록되어 있다.

남목마성은 염포동 중리와 성내 경계 지점에서부터 남목으로 넘어오는 도로 남쪽 산기슭을 지나 동쪽으로 미포에까지 5.1km에 이르고 있다.

성벽은 내벽과 외벽으로 된 협축이 기본인데, 현재 너비 1.8~2m 높이 1.5~2m 정도 남아 있다. 신마성과 관련한 기록 중 1651년 칠읍갱축이라 하여 마성을 쌓을 때에 울산, 문경, 청도, 밀양, 영천, 경주의 주민들이 동원되었음을 알 수 있다. 또한 성벽에서 언양, 청도, 흥해 등의 지명이 새겨진 성돌이 발견되어 구간을 나눠 축성하였음을 알 수 있다. 이 남목마성은 1897년(고종 34년)에 폐지되었다.

현재 마성 터널 위 봉대산과 현대공고 뒷산에는 제2 마성의 유구 일부가 남아 있다. 이곳에서 확인된 석재는 인두석 크기의 화강암이다. 제1 마성 유구로는 북구 양정동 심청골과 동구 동부동 성골 일대에 돌담장이 남아있다.

조선 시대 조정에서 필요로 하는 말을 공급하는 지방 목장은 처음엔 각 고을 수령이 관리했다. 그러다 군사적으로 말의 수요가 증가하자 전임 감목관을 배치하기에 이른다. 방어진 목장의 경우에도 초기에는 전임 감목관을 두지 않고 있다가 효종 5년(1654년) 이후에 배치하여 고종 31년(1894년) 목장이 폐지될 때까지 운영했다. 그 당시 말은 오늘날의 군사적으로 비교하자면 미사일, 전투기, 전차와 맞먹는 역할을 했다. 세계전쟁사에 나타난 기마군단의 역할이

이를 잘 증명해주고 있다. 역사상 전무후무하게 가장 넓은 땅을 점령한 몽골족은 아시아는 물론 유럽에 이르기까지 광대한 영토를 점령했다. 그 원동력은 날렵한 기마군단이었고 인도의 무굴제국의 광활한 영토 확장도 역시 기마군단이 있었기에 가능했다.

오늘날 남목마성은 숲 속 여기저기 흩어져 있어 초라하고 보잘 것없는 돌무더기로 보일지 모른다. 그러나 옛 울산 동구 방어진은 산골짝 여기저기서 말발굽 소리와 목자의 호령 소리가 쟁쟁했던 곳이다. 이런 것을 종합해 볼 때 울산 동구는 예부터 지금까지 이러한 기상이 있었던 것은 분명해 보인다.

울산 목장의 감목관 가운데 유명한 사람을 몇 손꼽아 본다면 홍세태 감목관과 원유영 감목관이 있다. 둘 다 시인 묵객으로 이름을 날렸던 감목관으로 기록되고 있다. 그중 홍세태는 우리나라를 대표하는 문인이었다. 조부와 아버지는 모두 무공으로 벼슬을 받았다. 홍세태는 효종 4년(1663년)에 태어났으며 어릴 때부터 시재에 뛰어났다. 성장 후에는 당시 유력한 사람들과 교류하기도 했다. 숙종 8년(1682년)에는 통신사를 따라 일본에 갔는데 일본사람들이 길을 가로막아 그의 글을 받아 집안의 가보로 여길 정도였다고 한다. 당시에 이미 일본에까지 이름을 날렸던 것으로 보인다. 또한 왕의 칙명으로 경종 3년(1723년)에는 청나라 사신의 부채에 시를 적어줄 정도로 나라에서도 이름난 시인이었다.

홍세태가 울산 감목관으로 부임한 것은 큰 의미가 있다. 울산의 문풍을 크게 발전시키기도 했지만, 울산지역의 생활 모습을 기록한 120수나 되는 한시 작품을 남겼기 때문이다. 홍세태의 시들은 울산 목장과 울산을 비롯한 주변 지역의 지역사를 연구하는데 귀중한 자료이다.

홍세태는 1719년 무렵에 울산 감목관으로 임명되어 3년간 남목에 살았다. 시로 이름이 알려지면서 김창협, 김창흡, 이규명 등의 사대부들과 절친하게 지냈다. 홍세태가 울산 재직 중에 남긴 시는 동구와 연관된 시가 대부분이다.

> "울산 목장을 집으로 삼고 쓸쓸한 동헌에서 일찍 일을 마치네. 작은 재주 믿고서 세월을 보내더니 임금께서 오히려 고기, 새우 먹게 하셨네. 낮잠 자리 숲 속에는 새소리 들려오고 가을 정취 담장 아래에는 국화가 피었구나. 바다와 산을 보니 푸른빛이 눈에 가득하여 이 몸이 어느새 하늘 끝에 온 줄 알았네. 한겨울 황폐한 마을은 새들조차 굶주리고 찬 바람 부는 교목에 저녁연기 어리는데 짧은 치마 붉은 머리카락 누구 집의 딸아이인가? 바위틈 물결 밟으며 김은 끓고 있구나"

위 시는 가난하고 고단했던 한 어민의 생활을 함축적으로 표현하고 있다. 그러면서도 난방과 소의 죽을 끓이기 위해 피운 연기일지도 모르는 매섭고 추운 겨울에 집집마다 피어오르는 연기를 보며 그래도 따뜻한 일상을 담백하게 그리고자 한 그의 시선을 볼 수가 있다.

그가 남긴 시를 통해서 울산 목장과 바닷가 주민의 생활상을 생생히 엿볼 수 있다. 1720년 무렵에 지은 것으로 보이는 마골산 관일대에서 해돋이를 보는 시가 있다. 이러한 정황으로 볼 때 울산 동구의 관일대는 예부터 유명한 일출 명소였음을 알 수가 있다.

한편 원유영은 1828~1830년 사이에 울산 감목관을 지낸 것으로 추측되며 1829년 울산 낙화암에 암각시를 남겼고, 같은 해 동축사 뒤 관일대 바위에 [효상부채]라는 명필을 음각으로 남겨 일출의 아름다움과 신성함을 나타내었고 후에 함창 현감으로 승진되어 갔다고 한다. 이렇게 울산 목장을 관리했던 감목관의 집무처는 남목에 있었는데 오늘날 남목 초교 자리다. 여기에는 동헌, 내아, 하리청, 사령청 등 관청과 창고, 수미고 등 여러 시설이 있었다.

또한 남목에는 호랑이 출몰이 많아서 목장 내에 호랑이 잡는 부서가 별도로 있었다고 한다. 1700년대 중반까지는 마골산에 호랑이가 많이 있어 자주 남목마성 쪽으로 출몰했다고 한다. 말이 집단으로 서식하고 있는 남목마성을 호시탐탐 노리는 호랑이들이 사냥꾼에 호되게 당했다. 어느 날 사냥에 능한 사람이 하루에 호랑이 5마리를 포획하여 관에 고하니 벼슬 1품이 올랐다고 전해지기도 한다.

그러고 보니 울산은 말과 관련한 인연이 있어 보이는데 현대자동차 최초의 자동차 국산 1호가 포니1, 포니2이다. 우리말로 하면 조랑말1, 조랑말2이다. 조선 후기에 남목 감목관과 목자들은 부처님에게 기르는 말을 잘 지켜 달라는 축원을 올렸다고 전해오는데, 제를 올린 곳은 아마도 동축사가 아닌가 추정한다.

초등학교 시절 한겨울 추위를 해치고 남목마성 주변까지 나무하러 갔던 일이 몇 번 있었는데 당시 우리는 마골산에서 내려온 옥류천 하류 지금의 한국프랜지 뒤편에서 주로 나무를 했다. 당시 옥류천 하류 바닥은 온통 굵은 마사로 뒤덮여 있었고 갈수기라서 천이 흐르는 것은 볼 수가 없었다. 하지만 물기가 아직 남아있고 여기저기에 작은 물웅덩이가 있는 곳에는 얼음이 얼어 있는 것을 볼 수가 있었다. 천 주변은 오리나무, 산태목, 낙엽 등 썩은 나무뿌리가 지천에 늘려 있었는데 함께 간 동네 형들은 산 위에까지 올라가서 질 좋은 나무를 해오곤 했다. 또 돌무더기가 있는 곳까지 갔다 왔다고 했는데 그때는 몰랐지만, 지금 생각하니 그 돌무더기가 바로 남목마성터로 보인다.

현대조선이 들어오기 전 조용한 산골이었던 남목 산에, 방어진 동진마을의 처녀, 총각과 꼬마까지 땔감을 구하러 와서는 해 넘어가기 전에 돌아왔다. 땔감 나무를 총각들은 지고, 처녀들은 머리에 이고 아침에 왔던 길을 다시 걸어 방어진 동진마을로 가던 그 발걸음들, 이제는 아득한 추억이 되었다.

21

남목 동축사

● ●

울산 동구 남목 동축사는 오래된 고찰로 창건 시기는 신라 시대인 573년(진흥왕 34년)이다. 힘들게 계단을 올라 동축사에 들어서면 제일 먼저 삼층석탑이 세월의 무게를 보여주고 있다. 울산광역시 유형문화재 제11호이며, 신라의 전형적인 석탑이다. 화강암으로 된 기단은 면석이 모두 없어져 원래의 정확한 높이를 알 수가 없다. 탑신부는 탑신과 옥개석이 모두 한 개의 돌로 되어있으며, 탑신의 사방에는 우주를 모각하고 탑신부의 옥개 받침은 1, 2층은 5단이나 3층은 3단으로 조각되었다. 상륜부는 노반과 보개만 얹혀 있는데 돌의 재질이 탑신부와 다른 사암 계통이어서 이 석탑이 여러 차례 걸쳐 고쳤음을 알 수 있다. 기단부 일부는 부재를 첨가하여 복원했다. 삼층 석탑은 높이 3.4m로 부분적으로 훼손이 심해 안전성과 전통적인 석탑의 가치를 상실하고 있지만, 이곳 울산지역에서는 가장 오래된 석탑으로 인정받고 있다.

동축사 주변에는 많은 바위가 여기저기 있지만, 가장 으뜸은 동축사 뒤편에 있는 관일대이다. 두꺼비 모양의 바위들이 모여 있어 섬암이라고도 한다. 방어진 12경에는 섬암모운, 동면 8경에는 섬암

남목 동축사

상품으로 불리는 경승지로 해맞이 명소이다. 도심을 잠시 벗어나 심신의 여유를 가질 수 있는 유서 깊은 곳이다. 이곳에서 동해를 바라보며 아름다운 절경을 볼 수가 있다.

관일대 바위에는 '부상효채' 라는 음각이 있는데 이것은 울산 남목 감목관을 지낸 원유영의 글씨로 1829년에 조각한 것이다. '부상효채' 란 해 뜨는 동쪽 바다에 있는 아름다운 빛을 내는 신성한 나무라는 의미이다.

마골산 골짜기에서 맑고 시원하게 흐르는 계곡이 바로 옥류천인데 한겨울이 지나고 봄이 오면 골짜기에서 얼었던 시냇물이 녹아 흘러 바위 사이를 돌아서 미포만으로 흘러 들어가는데 마치 옥구슬이 구르는 것 같다 하여 옥류천이라 불렀다고 한다.

지금은 동축사 입구 상류에서만 그 모습을 찾아볼 수가 있고 하류는 콘크리트로 덮여있어 옛 모습을 짐작하기 어려울 정도로 변해있다. 그나마 옛 모습을 간직한 상류는 계곡을 따라 물이 흐르고 있어 산세 좋은 남목 뒷산 마골산의 위신을 세워주고 있다.

도심 가까이에 힐링할 수 있는 복 받은 곳이며 동구민에게는 큰 선물이라 할 수 있다. 동구 소리 9경 중 3경이 이곳에 모여 있는데 마골산 숲 바람 소리와 동축사 새벽 종소리, 옥류천 계곡 물 흐르는 소리이다. 예부터 이름 있는 고을인 남목. 이름값을 하려고 마골산 기슭에 동축사가 앉아 있고 골짝 계곡은 옥류천이 흐른다. 사찰과 천을 감싼 병풍은 마골산이요. 마치 형제자매처럼 서로 보완해주는 역할을 하고 있다. 마골산과 옥류천과 동축사는 어느 한 곳이 빠지면 안 되는 삼각 편대를 이루며 서로 받쳐주고 있다.

22

화정 월봉사

● ●

월봉사는 대한불교조계종 제15교구 통도사 말사로 울산 동구 화정동 함월산에 있는 도심 속의 전통 사찰이다. 신라 930년(경순왕 4년) 승려들에게 계율을 가르친 성도 율사가 창건한 사찰로 1,000년이 넘는 고찰이다. 일제강점기인 1919년 승려 조왕해가 화주가 되어 탱화불사를 하였다. 1936년 영산회상도를 조성할 때는 90명이 넘는 시주자가 동참하였고 1999년 4월에 울산시 전통 사찰 제8호로 지정되었다.

옛날 어느 한 고승이 방어진 바닷가를 거닐던 중 우연히 눈을 들어서 이곳을 보니 분명 바다에 그림자를 드리우고 있어야 할 달이 그곳 산 위에 동그라니 걸려 있었다. 길지라 여겨 수풀을 헤치고 가서 바라보고는 먼 훗날에 대찰이 들어설 자리라고 예언했던 곳이 바로 함월산이다. 아마도 그때 고승이 예언한 대찰이 지금의 월봉사였을 것이다. 근대에 와서 현대화에 밀려서 산중사찰의 분위기는 옅어졌지만, 창건 당시는 인근에 이처럼 수려한 자리는 없었던 듯하다.

1960년대 말 현대조선이 동구에 들어오기 전, 추운 겨울이 되면

화정 월봉사

학교 교실 난로용 땔감이 늘 부족했다. 학교에서는 땔감 준비도 해야 하고 불을 가까이하기에 불조심도 해야 하는 시기였다. 학교는 목조 건물에 판자 골마루, 책, 걸상 등이 전부 인화성이 강한 나무였다. 학교 내 불조심주간을 선포하고 칠판 끝에 세로로 "자나 깨나 불조심"이란 표어가 붙었다. 또 미술 시간에는 불조심 그림을 그렸고, 왼쪽 가슴에는 불조심 리본을 달고 다녔다. 당시 우리가 다니던 학교는 방어진 동부 초등학교였는데 이후에 변경되어 지금 교명은 화진초등학교이다.

겨울이면 교실 난로용 땔감으로 화력 좋은 작은 석탄 덩어리를 사용했는데 그것마저 공급이 중단되는 경우가 많았다. 이럴 때 급우들은 학교에서 조금 떨어진 뒷산에 가서 솔방울을 주워왔다. 학교에서 가장 가까운 곳이 바로 함월산 아래 월봉사 주변 야산인데 추운 겨울 산 솔가지에 붙어있는 솔방울, 소나무 밑에 떨어져 있는 바싹 마른 솔방울을 반 보자기 또는 한 보자기를 주웠다. 학교에 가져와 창고에 모아두고 그날 사용할 솔방울을 학급 주번이 소사 아저씨에게 받아와 교실 난로 땔감으로 사용했다. 그때 솔방울을 줍기 위해 갔다가 알게 된 사찰이 바로 월봉사이다.

초여름날이면 월봉사 뒷산으로 망개 열매를 따러 갔는데 지천에 망개나무가 널려있었다. 당시 1960년대 말 70년대 초쯤에는 아름드리 소나무는 없었고 작은 소나무가 드문드문, 키 작은 굴참나무, 억새, 나머지는 망개나무로 뒤덮여 있었다. 싱그러운 푸른 열매가 여기저기 많이도 달려있었는데 망개를 왼손으로 따고 오른손으로 입에 넣어 먹었던 기억이 난다. 당시에는 효능을 몰랐지만, 이후에 망개나무의 어린잎은 나물로 먹고 떡을 싸서 찌면 망개떡이 되고 뿌리는 또 뿌리대로 차를 끓여서 마시면 여러 효능이 많은 토복령이란 걸 알게 되었다.

망개 뿌리가 항암과 해독에 좋다는 것이 알려지자 망개 뿌리를 찾는 사람이 많아졌다. 망개나무는 맹감나무 또는 명감나무로 불리기도 하며 경상도 지방에서는 경남 의령 망개떡이 유명하다. 옛날에는 망개떡을 여름에나 맛보았을 뿐 겨울에는 망개 잎을 구할 수가 없으니 한겨울 망개떡을 모르고 살았는데, 지금은 여름에 채취한 망개 잎을 염장하여 사용함으로써 사시사철 망개떡을 먹을 수 있게 되었다. 의령지역에서는 5월 단오 때부터 한겨울까지 만들어 먹는 전통음식으로 국산 팥을 사용해 만든 '수제 의령 부자 망개떡' 이 유명하다.

고1 여름방학 때 말로만 듣던 텐트를 처음 접했다. 경주로 유학 간 친구가 경주 친구 2명을 데리고 이곳 월봉사 뒷산 정상 부근에 텐트를 치고 1박 한다며 필자를 초대했다. 초등학교 시절부터 친하게 지낸 친구인데 경주로 유학 가고 난 뒤에는 서로 교류가 없었다. 만나보고 싶었는데 때마침 보자고 하니 기쁜 마음으로 월봉사 뒷산 정상 부근으로 단숨에 찾아갔다. 멀리 텐트가 보이고 친구는 반갑게 마중을 나왔다. 주변을 둘러보며 친구에게

“좋은 곳에 자리 잡았네.”

라고 하자 친구는

“이 주변은 어린 시절 소먹이던 아지트였어. 그래서 이곳 주변 지형을 잘 알아. 저쪽 동쪽으로 내려가면 첫 마을이 우리 집이 있는 대송마을이야.”

토지구획정리 사업으로 자연부락인 대송마을이 없어진 지 오래다. 많은 세월이 흐른 지금 월봉사 주변은 도심과 접해 있어, 옛날 고즈넉한 사찰 느낌은 덜하지만, 사찰 뒤쪽은 그래도 옛 모습이 남아있다. 월봉사 뒷산 주변은 필자의 추억이 남아있는 곳, 또 어떻게 변할지 알 수 없다.

23

방어진 화장장

● ●

방어진 공설화장장은 울산 동구 화정동 국궁 활터인 청학정이 있었던 자리 근처에 있었는데, 외벽이 붉은 벽돌인 동향 건물이었다. 2구 화장로가 있는 작은 규모의 화장시설이었는데, 점화는 장작을 쌓고 석유를 뿌리는 방식으로 했다.

1970년대 울산의 산업화가 빠르게 진행되면서 인구가 늘어났고, 화장 장례 수요 또한 증가했다. 이에 울산시는 1973년 화장장을 동구 봉수로 29-1(화정동 산 165-1)로 옮기고 최신집전 시설과 건축물을 신축해 이전하면서 화장장의 이름도 방어진 공설화장장에서 울산 공설화장장으로 변경했다. 2013년 3월 1일부로 울산 공설화장장을 울주군 삼동면 보삼길 550(조일리) 정족산 자락으로 옮겼으며 명칭도 울산하늘공원으로 변경했다. 한편, 1973년부터 40여 년 동안 운영되다 폐장된 울산 동구 화장장 부지는(대지:7,539㎡, 건물:622㎡) 한때 교육연수원 이전 부지로 추진되다 무산된 뒤 시설물을 철거한 후 빈 곳으로 방치되다 최근 울산 동구 반려동물 놀이터로 변신해 있다.

화장장에 대한 글을 쓰고 있으니 인생에 대해 생각해 보게 된다.

방어진 화장장

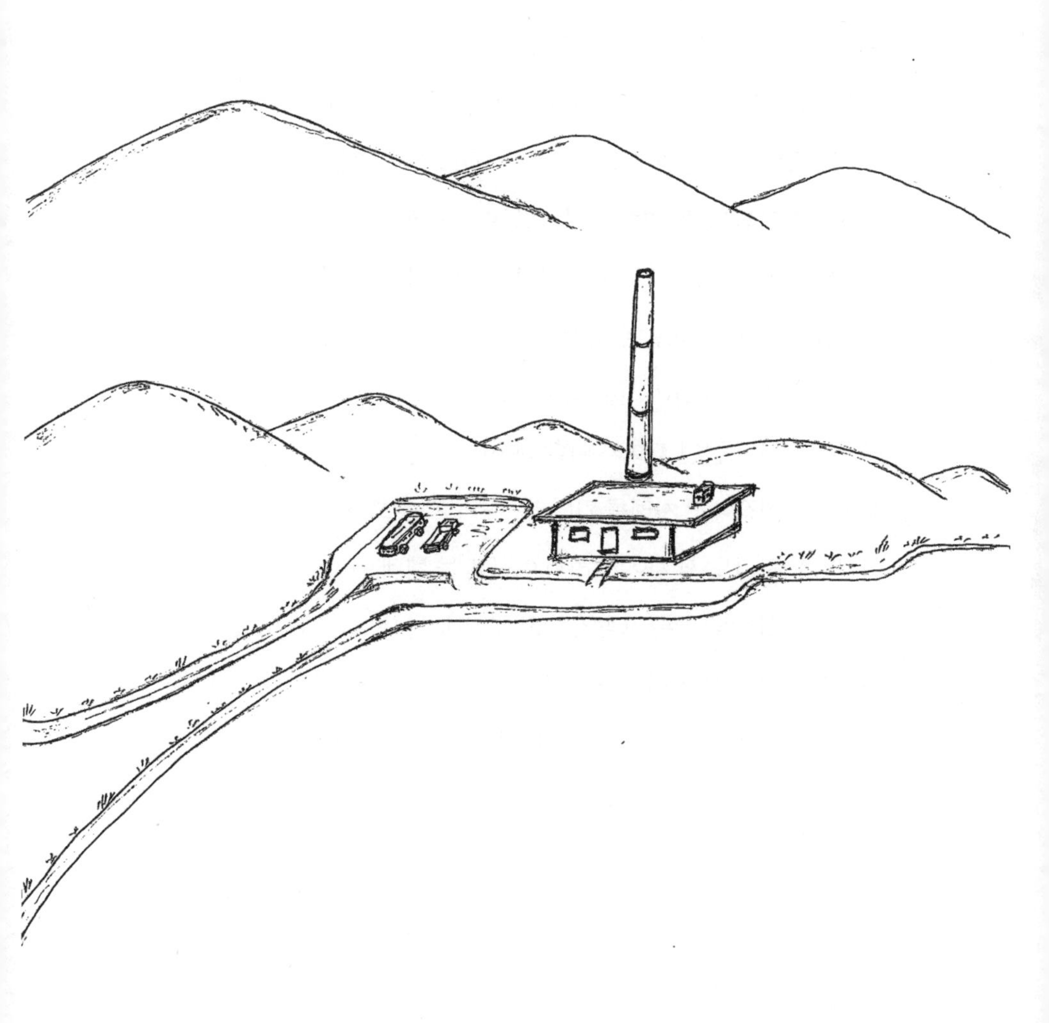

울산 공설화장장이여, 안녕.

장의차로 운구된 관,

수골 실에서 화장하면 한 줌 재가 된다.

훌륭했던 사람도, 바보 같은 사람도 마지막 길은 같다.

잘난 척해도 한 줌의 재, 못난이도 똑같은 한 줌의 재.

마지막 길, 화장터에 가면 모두 다 한 줌의 재 되더라.

생명이 끝나는 순간 돈도 명예도 한 줌 재로 변해

더러는 봉안당, 더러는 땅속, 더러는 바람에 날려간다.

그렇게 끝나는데 평생 왜 그리 힘들고 괴로워하는지.

산다고 수고 많았네, 편한 세상으로 잘 가시게.

인생무상, 너도나도 그 누구도 한 번은 거쳐야 하는 곳.

화장장 죽음의 길, 피할 수 없네.

살아생전 좋은 일 하며 사는 삶이 후회 없는 삶일 진데

하고픈 일하고 살면 후회가 덜할 텐데.

화장장 주차장에서 차례를 기다리는 영구차를 보며

언젠가 너도나도 저 차에 실려서 이곳에 올 텐데.

울산 공설화장장이여, 그동안 수고 많았네.

또 세월에 밀려 바통터치를 하네.

받아주게, 울산 울주군에 있는 하늘공원이여, 수고해 주시게.

24

안개 낀 울기등대

태백산맥의 끝머리가 방어진 반도에 꼬리를 감춘 곳. 기기묘묘한 바위들이 해안의 절경을 이루고 있어 제2의 해금강이라고 불리는 우리나라 동해안 최초의 등대 방어진 울기등대. 울산 동구 등대로 155에 있으며, 등대가 건립된 것은 1906년 3월이다. 높이 6m의 백8각형 등탑으로 만들어졌다.

조선 시대, 현재의 울기 공원은 말을 기르던 목장이었는데 러일전쟁 이후 해군부대가 주둔하면서 1만 5천 그루의 해송을 심었다. 그 후 등대 주변 해송들이 자라 하늘을 감싸 안아 등대의 불이 보이지 않게 되자 1987년 12월 기존위치에서 50m를 옮겨 촛대 모양의 아름다운 등대를 24m 높이로 새로 건립했다. 현재 울기등대는 동해안을 따라 항해하는 선박들의 길잡이 역할을 하고 있다. 특히 예전의 등대는 구한말 건축양식을 간직하고 있어 해양수산부 등대문화유산 제9호 및 등록문화재 제106호로 지정 보존되고 있다.

큰 소나무의 경관과 잘 어울리는 하얀 등대 모습도 장관이지만, 두 개의 크고 작은 등대가 형제처럼 가까이 이웃하는 등대도 특별한 모습이라고 말할 수 있다.

울기 등대

삼면이 바다인 우리나라 등대는 등 부표를 포함해서 총 5,289개의 등대가 있는데 그중 유인 등대는 38개이다. 또한, 국토해양부가 선정한 한국의 아름다운 등대 16경이 있는데 울기등대도 16경에 포함된다. 참고로 아름다운 등대 16경은 서해 쪽에는 소청도, 인천 팔미도, 옹도, 어청도, 홍도 5경과 동해 쪽에는 속초, 독도, 호미곶, 울기등대, 간절곶 5경과 남해 쪽은 제주 마라도, 우도, 오동도, 소매물도, 오륙도, 영도 6경이다.

16경에는 울기등대를 다음과 같이 소개하고 있다.

"1906년 3월 24일 봉수대와 목조 등대를 갖추고 건축되었다. 등대 위치는 울산광역시 동구 등대로 155, 등대 높이 24m, 백8각 콘크리트, 구등 탑은 문화재청 등록문화재 제106호로 지정되어있으며, 해양부 등대 문화유산 제9호 지정, 기타 울산 12경 중 하나인 대왕암공원 내에 위치하고 울창한 송림이 우거진 관광명소이다."

우리나라 근대적 의미에서 최초의 등대는 한국전쟁 당시 인천상륙작전의 불을 밝힌 역사를 지닌 서해안 팔미도 등대다. 인천광역시 지정 유형문화재 제40호이며 구등 탑은 해양부 등대 문화유산 제1호로 지정되어있다. 이렇게 우리나라 등대는 의미 있는 역사를 가지며 오늘에 이르고 있다.

국제등대 색 표준은 항구로 들어오는 선박 기준으로 빨간 등대는 우측을 조심하고 흰 등대는 좌측을 조심하라는 표시로, 울기등대는 흰색이기에 좌측을 조심하는 의미가 있다.

50여 년 전 이곳 울기등대에 봄이 오고 벚꽃이 만발해 새가 울면 엄청난 인파의 상춘객이 모여들었다. 당시 상춘객은 지역을 가리지 않고 전국에서 찾아왔는데 방어진 종점까지 와서는 울기등대까지 대부분 걸어서 가고, 일부는 작은 마이크로버스를 타고 갔다. 당시 울기등대 가는 길은 아주 좁았는데, 방어진 종점에 내려서 청구조선 앞길을 따라 동진마을 길을 거쳐 울기등대로 가는 길이 유일했다. 버스가 다니기에는 옛 마을 길이 협소하다 보니 항상 동진마을 혼마치[12] 사거리를 지날 때는 버스 기사가 애를 먹었다. 90도 좌회전을 해야 하는데 도로 폭이 좁아 2~3회를 앞으로 갔다 뒤로 갔다를 반복해야 겨우 지나갈 수 있었다. 좁은 길에 좌측에도 전봇대, 우측에도 전봇대가 길 안쪽에 있어 우회전하기가 어려웠다. 당시 전봇대는 나무로 만든 검은색 전봇대였다. 이때 우리는 속도를 내지 못하는 버스 뒤꽁무니 범퍼에 매달려 보고는 차 한 번 타봤다고 으스대는 꼬마 녀석들이었다. 또한, 버스 뒤쪽 마후라 연통에서 뿜어져 나오는 매연을 보고는 "우화와아~" 하고 연기 냄새가 좋다고 너도나도 냄새 맛보았냐고 버스가 떠난 뒤 서로 물어보기도 했다. 이러한 광경이 상춘객을 태우고 동구 방어진 동진마을을 지나가는 당시 버스의 모습이다.

---

12) 번화가

오후가 되면 상춘객이 돌아가기 위해 울기등대에서 방어진 종점까지 나왔다. 동진마을 혼마치(번화가) 길까지 오려면 들판 길을 한참 지나야만 한다. 동진마을을 지나면 청구 조선 다음이 방어진 버스 종점이다. 들판 길 좌측과 우측 전부가 다 보리밭이었다. 넓지 않은 비포장 길을 5~6명씩 그룹을 지어서 장구가락에 징과 꽹과리를 치면서 흥겹게 춤을 추며 내려오곤 했다. 여성들의 옷차림은 대부분 한복에 허리띠를 동여매고 있는 모습이었다. 팔과 손을 허공에 저으면서 울기등대 봄나들이를 즐기고 버스 종점을 향해 내려왔다. 이러한 광경들이 해마다 반복되다가 차츰 자취를 감췄다. 상춘객들이 최고 많을 때는 1960년 중반부터 1970년 초반까지였다. 이후 월봉사거리에 큰 신작로가 생기면서 이러한 문화가 사라졌다. 이런 것들이 50여 년 전 울기등대 봄놀이 상춘객의 모습이라 말할 수 있다.

초등학교 때 초여름날이었다. 동네 형 두 명과 꼬마 두 명은 대나무로 만든 낚싯대를 어깨에 메고서 울기등대 솔밭을 걸어서 한참 들어갔다. 바다 안개가 솔밭으로 계속 밀려오는 것을 느낄 때쯤, 또 등대까지는 불과 100여 미터 가까이 걸어왔을 때 갑자기 "뿌우웅~ 뿌우웅" 하는 큰 소리가 났다. 에어 사이렌 소리에 놀란 어린 꼬마 둘은 눈을 동그랗게 떴는데 그 순간 동네 형들이 말했다.

"너거들 등대 빵구 소리에 날라간데이. 빨리 눈을 감고 소나무를 잡아, 그래야 안 날라가."

꼬마 둘은 아무것도 모르고 동네 형들이 시키는 대로 눈감고 소나무를 안고 있으니, 자기들끼리 새끼줄 빨리 가지고 오라고 이야기했다. 꼬마 녀석 둘이 날아가기 전에 빨리 소나무에 묶어야 한다는 것이다. 동네 형이 거짓말로 한 번 해 본 소리인데, 잠시 연극을 한 것인데, 그것을 믿었다. 당시 얼마나 순진했으면, 그 말을 믿고 시키는 대로 했을까 생각하며 미소 짓게 된다. 지금은 울기등대 '빵구'에 대한 추억으로 남아있다.

울기등대 해안가에는 거북바위, 탕건바위, 할미바위 암막구직, 용굴 등 각양각색의 바위들이 있다. 방어진중학교 재학시절 졸업사진을 찍을 때 우리는 경치 좋은 해안가 아니면 좀 위험하지만 동해가 확 트인 절벽 부근에서 그룹을 지어 사진을 찍었다. 필자는 3학년 C반 58명 중 끝 번호에 가까워, 8~9명이 그룹으로 사진을 찍었다. 학교에서 나와 도보로 경관 좋은 곳을 찾아서 가다 보니 절벽까지 온 것이다. 당시는 몰랐는데 바로 울기등대 용골 부근에서 사진을 찍었다. 중3 젊은 혈기에 무서움도 없을 때라 조금 비탈진 장소로 갔다. 사진사 아저씨는 안전을 고려했는지 앞줄 학생들은 반쯤 앉은 자세를 취하라 했다. 그래서 앞줄은 반쯤 앉은 자세 뒷줄은 서 있는 자세로 사진을 찍었는데 멋있게 잘 나왔다. 용골은 청룡이 갇혀있다고 전해지는 천연동굴이다. 이곳에 청룡 한 마리가 살면서 오고 가는 뱃길을 어지럽히자 화가 난 동해의 용왕이 굴속에서 다시는 나오지 못하도록 큰 돌로 막아 버렸다는 전설이 있다.

울기등대는 울산 동구의 크고 작은 이벤트 행사를 많이 개최하는 곳이고 또 그런 장소로는 안성맞춤이라고 할 수 있다. 동구민에게는 매우 친숙한 장소이다. 그 옛날의 봄날 상춘객들은 없지만, 이 지역 많은 학교에서 봄, 가을 소풍으로 즐겨 찾는 장소다.

그뿐만 아니라 여름철이 되면 8 · 15 축구대회를 울기 공원 내 구 방어진중학교 운동장에서 개최한다. 방어진항에 적을 두고 있는 저인망어선 일명 댕구리 배는 당시 매년 6월 초가 되면 한해 총결산한다. 그러고 나서 선장, 선원 가족 그리고 선주, 사무장 등 30명 내외 인원이 낮에 울기등대에 모인다. 일 년 중 하루는 먹고 마시고 노는 회식을 하기 위해서다. 남녀노소 선원 식구들이 다 모인 가운데 장구치고 징을 울리며 놀다가 해가 질 무렵 장소를 옮겨 또 이어가는데 보통 선장 집에 집결하는 경우가 많다.

장구와 춤을 추며 한바탕 신명 나게 한두 마당을 놀고 나면 대충 끝이 나는데 그때 단골 술안주는 고래 고기를 삶은 오배기다. 썰어서 삶은 오배기를 찬물에 담갔다가 건져서 한 접시씩 받아 초장에 찍어서 먹으면 그 맛이 일품이었다.

방어진의 이러한 문화는 1970년대 말까지는 있었는데 지금은 거의 사라지고 없다. 추운 겨울날 간밤에 바람이 세차게 불면 수만 평의 울기등대 솔밭에는 솔잎이 떨어졌다. 그러면 어머니의 행동은 평소보다는 빨라진다. 새벽부터 나무하러 갈 채비를 하기 때문이다. 보통 이웃에 사는 아주머니와 함께 갔다. 대문 밖에서 만나서가면 되는데 가기도 전에 먼저 걱정부터 했다. 혹여나 등대지기인 등대 장이 솔잎을 긁어가는 것을 보면 어쩌나 하는 걱정이었다. 좋지 않은 일이 생길 수도 있으니까 조금은 무거운 마음으로 방문을 열고 나가셨다. 바깥바람이 아직도 세찬 이른 새벽 현장에 도착한 두 사람은 재빨리 간밤에 떨어진 솔잎을 긁어모아 각자 한 무더기씩 만들었다. 그리고 적당한 크기의 직사각 형태로 짐꾸러미를 만들어 머리에 이고서 집으로 왔다. 그런데 그 일을 새벽에 한 번이 아니고 두 번 정도 했다. 이웃 아줌마와 우리 어머니는 보통 분이 아닌 것 같다고 생각한다. 땔감이 귀하고 부족하던 시절 바람이 세차게 부는 날을 기다리다 그날이 오면 겨울 새벽 나무를 하러 가시던 우리 어머니와 이웃 아줌마. 이렇게 땔감 구하기 풍경은 1970년대 초까지만 해도 있었던 풍경이다. 울기등대 바로 아랫마을 땔감 구하기 풍경인데 바로 동진마을이다.

25

화암추등대

울산 동구에 있는 화암추등대는 방어진 반도 최남단에 있는 해상교통의 요지이다. 해안마을 바다에 돌출된 검회색 바위 위에 꽃무늬를 연상시키는 무늬가 하얗게 있어 꽃바위라 불렀고 그 마을의 지명을 꽃방 마을이라 불렀다. 아침 해가 떠오를 무렵 바닷물이 만조를 이루었을 때 출렁이는 물결에 드리워진 꽃무늬가 아름다운 절경을 이루고 저녁 무렵 바닷물이 썰물로 빠져나가면서 바닷속에 잠겨 있던 바위들의 모습이 드러나며 만물상을 이루어, 이곳을 화암 만조라 부른다.

방어진 12경 중 1경으로 꼽기도 하였으나 1989년 항만 축조와 매립 사업으로 모두 사라져 지금은 그 모습을 볼 수가 없다. 안전 항해를 기원하는 거북이 모양의 화암추등대는 꽃바위 마을 끝단에 1983년 1월에 최초 점등했다. 하지만 이후 주변 환경의 변화와 항만 축조로 매립되고 바다 쪽으로 등대를 옮겨야 할 필요성이 제기되었고 낮아진 등고를 보완하고 울산항을 출입하는 선박들의 길잡이 역할을 수행하기 위해서 높은 등대 설치가 필요했다. 1994년 12월 등대 높이 44m 원형 콘크리트 구조로 현재 자리에 세워졌다.

화암추 등대

건립 당시에는 유인 등대였으나 현재는 무인 등대로 운영되고 있으며 울기등대에서 원격으로 조정하고 있다. 동양에서 가장 큰 등대로 알려져 있는데 내부에 승강기가 설치되어 있고 등대 역사를 전시하는 해양 수산 홍보관이 있다. 울산항의 주 출입구 역할을 담당하고 있으며, 울산항을 한눈에 볼 수 있는 전망대에서는 생동감 있는 울산항의 24시간을 느낄 수 있다.

1960년대 말 1970년대 초, 이곳에 화암추등대가 세워지기 전의 꽃방 마을은 조용하고 아름다운 작은 포구였다. 높지도 낮지도 않은 높이의 언덕 여기저기에 밭들이 있는 가운데 중간높이 언덕에 가로로 외길이 나 있었고 길 주변에는 드문드문 외딴집이 있었다. 한두 그루씩 아름드리 소나무가 서 있었는데, 그 길을 따라 꽃방 마을까지 심부름했던 기억이 있다.

그때 고개를 돌려 잠시 바닷가로 시선을 돌렸는데 작은 포구 앞바다에는 2~3척의 뗏마 배가 줄에 묶여 있고 그 뒤쪽 바다에는 뗏마 배에서 어부가 일을 하고 있었다. 어부는 노를 저으면서 꽃방 마을 해안가에서 수경발이 걸치기를 하고 있었던 것이다. 페인트칠이 벗겨진 낡고 작은 뗏마 배의 긴 장대 끝에 달린 갈고리와 어부가 꽉 안고 있는 사각 통 모양 나무 수경이 보였다. 아마도 군소와 돌문어 등을 잡고 있었을 것이다. 그리고 작은 뗏마 배 주변은 그 유명한 화암 만조에 나오는 바위들이 늘어서 있었다. 한 폭의 풍경화였다.

이 모습이 바로 50여 년 전 화암추 등대 주변 꽃방 마을 작은 포구의 참모습이다. 지금 그 모습은 흔적도 없다. 당시 꽃방 마을은 방어진 읍 시내와는 많이 떨어져 있는 작은 포구였지만, 50여년이 지난 지금은 방어진 시내를 능가하는 발전된 모습으로 변모해 있다.

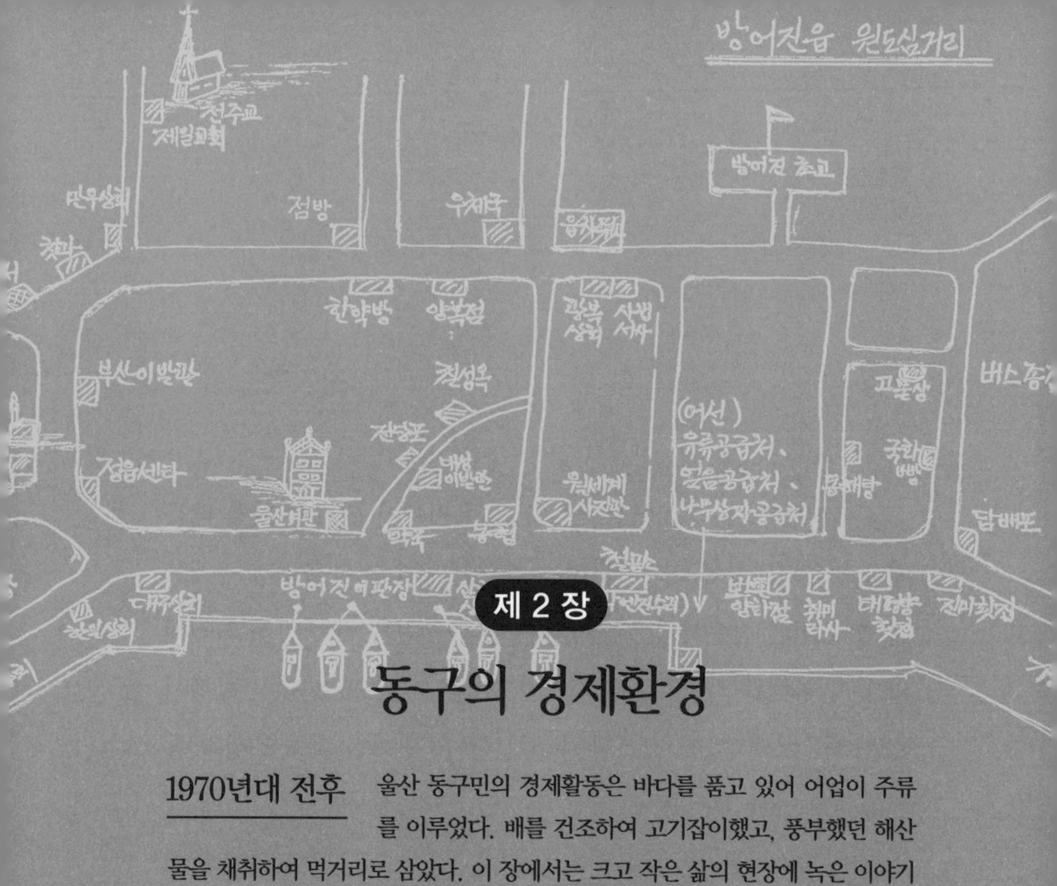

제 2 장

동구의 경제환경

1970년대 전후 울산 동구민의 경제활동은 바다를 품고 있어 어업이 주류를 이루었다. 배를 건조하여 고기잡이했고, 풍부했던 해산물을 채취하여 먹거리로 삼았다. 이 장에서는 크고 작은 삶의 현장에 녹은 이야기들 담았다. 당시 동구의 경제환경과 생생한 삶의 현장을 엿볼 수가 있다.

01

어선 진수식

어선 진수식은 육지에서 건조를 마친 배를 처음으로 바닷물에 띄울 때 하는 행사인데 오랜 옛날부터 전해오는 풍습이다. 진수식에는 선박과 선원의 안전을 비는 안전 기원제와 무사 항해를 기원하는 의식 등이 진행된다. 1960년대 후반에서 1970년대 초반, 배를 건조할 수 있는 곳은 방어진 철공 조선과 동진마을 초입에 있는 청구 조선 정도였다. 각 선사에서 일 년에 몇 번 정도 하는 행사라 진수식 하는 날은 동네가 요란하고 사람들이 많이 모여서 웅성거렸다. 오방색 떡은 언제 던져주는지, 떡 속에 돈이 있는지 옹기종기 모여 이야기를 주고받았다.

조선소 내 육상에서 배 건조 작업을 마친 선박은 뱃머리 좌우에 배 이름을 새겼고, 선상 구조물에 매달린 만국기들은 바람에 펄럭이며 진수식을 기다렸다.

진수식에 차리는 음식은 술, 돼지머리, 떡, 과일, 오방떡이었다. 진수식의 하이라이트 음식은 오방색 떡이었는데, 바구니마다 수십 개씩 담아 놓았다. 선원과 진수식을 진두지휘하는 관계자 모두가 승선하면 바로 진수식을 진행했다. 진수식을 하는 시간은 보통 오

어선 진수식

전 11시 정각 또는 12시 정각이었다. 건조 완료된 배는 빠른 속도로 레일 위를 미끄러져 물살을 가르면서 바다를 향해 내려갔다. 내가 본 날의 진수식 주인공은 목선 댕구리[13] 배다. 진수식의 하이라이트는 오방색 떡을 행사장과 바닷가 주변에 있는 구경꾼을 향해 마구 던지는 것이다. 선수에 서서 오방색 떡을 던지는 사람은 선주도 선장도 아닌 힘 있고 패기 넘치는 조선소 현장소장이었다.

어떤 떡은 해변에 어떤 떡은 바다에 떨어졌다. 던져진 떡을 줍기 위해 구경꾼은 일제히 "와아아" 하며 해변으로, 바다로 뛰어갔다. 처녀, 총각, 학생, 꼬마 할 것 없이 먼저 줍는 사람이 주인이었다. 어떤 사람은 세 개, 어떤 이는 두 개, 어떤 사람은 하나를 주워 쥐고는 함박웃음을 터뜨렸다. 오방색 떡 속에는 돈이 들어있었다. 보통 1원에서 3원까지 들어있는데, 어떤 떡 속에는 5원짜리도 가끔 들어있었다. 그것을 주운 사람은 횡재한 것이라 할 수 있었다. 당시 초등학교 소풍 때 받는 용돈이 2~3원 정도였을 때라 5원이면 큰돈이었다.

배고픈 시절이라서 목이 빠져라 기다렸던 진수식은 짧은 시간 순식간에 벌어지는 축제였다. 동작이 빠르지 못하거나 앞사람이 먼저 주워버리면 떡을 한 개도 못 줍는 때도 있었다. 어쩔 도리가 없었지만, 떡 맛은 볼 수가 있었다. 앞, 뒤, 옆에서 주워온 떡을 쪼개고 갈라서 떡 속에 돈을 찾느라 정신이 없는 상황에서, 빈손으로

---

13) 저인망 어선

있는 사람을 보면 누군가 떡 쪼가리를 건네주었다. 많은 떡이 바다에 던져져 바닷물이 묻었지만, 짠맛은 별로 느끼지 못할 정도였다. 바닷물에 빠지자마자 건져낸 탓도 있겠지만, 당시 바닷물이 깨끗했기에 맛에 영향을 미치지는 않았다. 또한 먹을 만한 간식거리가 부족한 시절이었기에 무엇을 먹든 다 맛있었다. 그야말로 건네받은 오방색 떡은 꿀맛이었다.

이것이 울산 동구 방어진 동진마을 어선 진수식 때의 모습이다. 당시 현대 조선이 들어오기 전의 진수식이고 그 당시 청구 조선은 주로 목선을 건조했다. 그때까지만 해도 방어진항의 댕구리 배는 목선이 대부분이었고, 목선의 전성기라 할 수 있었다.

02

포경선 고래잡이

세계 포경업의 선구자는 노르웨이다. 일본이 그것을 배웠고 우리가 그걸 또 배웠다. 그래서 포경선에서 사용하는 언어는 일본어를 많이 쓰고 영어도 좀 섞여 있었다.

포경선은 무리를 지어서 다니지 않고 단독으로 움직이며, 새벽에 출항해서 해가 지기 전까지 고래를 찾아다닌다. 망루 망토에 두 사람이 올라가서 고래를 찾는데, 불과 몇 초 사이에 고래가 나타났다 사라지기에 정신을 바짝 차리고 바다를 살펴야 한다.

일본 강점기 울산 장생포 포경업이 일본과 조선을 통틀어 허가 제1호이다. 일본보다 장생포에서 포경이 먼저 시작되었음을 의미한다. 노르웨이 방식인 포살식에 대해 일본이 먼저 라이선스를 땄지만, 당시 일본은 포경할 여건이 안 되어 울산 장생포가 포경 사업권을 먼저 취득했다.

장생포 포경선이 주로 잡은 고래는 참고래, 밍크고래, 돌고래 등이다. 방어진에서는 참고래를 나가수, 밍크고래는 닝꾸고래, 돌고래는 곱시기라 불렀다. 밍크고래는 5월에 나가수는 6월에 많이 잡혔다.

포경선

포경 선원의 직급은 군대 계급처럼 포수, 선장, 기관장, 갑판장, 1등 세라, 2등 세라, 3등 세라 등 체계적으로 나누어져 있었다. 포경선에서는 포수가 대장이었고 실질적인 책임을 졌으며, 보수도 괜찮았다. 선장도 포수에게는 힘을 못 썼다. 포수는 총을 잘 쏘는 기술을 가진 사람보다 망망대해를 보면서 고래를 잘 찾는 사람이다.

배를 처음 타는 선원은 항해할 때는 밥 짓는 일을 하며, 입항하면 배를 지키는 일을 한다. 보통 1년 정도 한 후 그다음 단계인 최말단 갑판원이 된다. 이런 식으로 포경선 내의 직급 체계는 한 단계씩 밟아서 올라가는 구조였다.

보통 열한두 명 정도가 승선 인원이다. 포경선은 다른 어선보다 날렵하고 날씬하게 만드는데 엔진은 보통 700마력 정도다. 속도가 빨라서 해경이 따라잡지 못했다는 이야기도 있다. 또 한창때는 1년에 포경선 한 척이 적게는 50마리 많게는 100마리씩 잡기도 했다. 고래가 입수할 때 꼬리를 끄떡 든다. 그때 총을 쏘는데 경험 많은 포수는 맞추지 못할 때가 없다고 한다. 포경선에 부착된 총은 50(m/m)에서 90(m/m) 크기까지 있었다.

등급이 좀 낮은 목선은 50~60(m/m)를 사용했는데, 보통은 70(m/m)가 많았다. 70(m/m)는 일제 때 쓰던 것을 부산에 가서 수리해 썼고 80(m/m)는 울산에 있는 공업사에서 만들었으며 90(m/m)는 1950년 말 우리 해역에 넘어온 일본 포경선에서 압수한 것을 철선에 부착해 사용했다고 한다.

포경선의 원조가 장생포였지만, 1960년대 중반에서 70년대 초에는 방어진 포경선이 장생포를 능가할 정도로 호황기를 맞았다. 포경선 선주도 여러 명이 있었고 포수, 선장, 기관장도 방어진 출신이 많았다. 이러한 연유로 포경선이 자주 방어진항을 입출항했다. 그때 목선인 창명호가 고래를 잡아 배 옆에 묶어서 입항하는데, 지나가는 사람들이 그 광경을 목격하고는 "와~~ 와~~" 하는 탄성을 질렀다. 고래가 엄청나게 크기에 좋은 구경거리가 된 것이다. 술집, 다방 등이 문전성시였던 시절, 포경선 선주는 동네에서는 재벌로 불렸다. 큰 고래를 잡아 배에 만선 깃발을 달고서 고동 소리를 울리며 항구에 들어설 때의 기분이 어떠했을까? 그때 필자는 초등학교에 다녔다.

방어진항에 입항한 고래 배는 여러 척이 있었지만 제일 기억에 남는 배는 창명호다. 그다음에는 백경호, 동방호다. 좀 낡은 철선이었는지만 속력은 대단했다. 마지막으로 건조한 배가 청구호인데 방어진 청구조선소에서 직접 건조했다. 최신 엔진과 기기를 탑재했지만, 포경업을 10여 년밖에 못 하고 고철로 변해버렸다. 1986년 국제 포경위원회(IWC)는 고래잡이를 전면금지하는 상업 포경 금지령을 내렸다. 그때부터 포경업이 내리막길을 걸었고 포경선에 종사하던 사람들이 하나둘씩 떠나며 고래잡이는 중단되었다.

이후 36년이라는 긴 세월이 흐른 지금 국내에서 유일하게 남아 있는 포경선이 제 6진양호이다. 울산 남구 장생포 고래박물관 옆에 전시되어 있다. 가끔 남구 장생포에 갈 때마다 한 번씩 보는데 옛날 방어진항을 주름잡던 포경선들이 떠오른다. 고래 고기는 잔칫날 빠지지 않는 방어진 사람들이 즐겨 먹었던 음식이었다.

이웃에 사는 동네 후배가 상급학교에 진학하지 못하고 한 해 놀고는 15살 때 들어간 첫 직장이 고래 배였다. 한 3개월 어청도로 조업 갔다 오면 고래 고기를 가지고 왔다. 요즘처럼 비닐봉지가 흔하지 않은 때라 마땅하게 담아서 올 그릇이 귀할 때였다. 고래 고기를 가방에 넣어 들고 올 수도 없어 신문지에 둘둘 말아서 가져왔다. 두 뭉치 중 한 뭉치를 필자의 집에 가지고 온 것이다. 고래 고기가 풍년인 시절 당시만 해도 동네 인심이 좋을 때라 "칭찬은 고래도 춤추게 한다"는 말이 있듯이 칭찬을 두 번 세 번 넘치게 해주었다. 펼쳐서 보니 마치 두부를 서너 개 합쳐놓은 듯 네모반듯하게 잘려있었는데, 빛깔이 좋고 선도가 좋아 육회로 먹을 수 있는 참고래였다. 조금씩 썰어서 고추장에 찍어 먹으니 입에서 살살 녹았다. 참고래 고기 맛은 정말 일품이었고 그 맛을 지금도 잊을 수 없다.

장생포는 우리나라 포경의 전진기지로 한때는 이름을 날렸는데, 그처럼 방어진도 포경이 호황일 때가 있었다. 상업 포경 금지가 결정되면서 고래잡이는 옛말이 되고 말았다.

울산광역시는 장생포 고래잡이를 울산을 대표하는 축제로 만들어, 울산 지역문화와 연계시켰다. 관할 구청인 남구청에서는 매년 5~6월경 울산 장생포 일대에서 고래축제를 개최해 장생포 고래잡이 역사를 되새기고 있다. 또한, 울산 장생포 일원을 고래문화 특구로 지정했으며, 고래박물관과 고래연구소를 설립하여 관광객을 유치하고 있다.

03

댕구리 배 고기잡이

방어진항에 적을 두고 있는 저인망어선 일명 댕구리 배는 약 20여 척 정도가 있었다. 연근해에서 조업했으며, 1960~70년대 방어진 경제의 한 축을 담당했을 정도로 돈벌이가 좋았던 사업이다. 당시 대부분 목선이었고 50t에서 80t 크기로 엔진 마력이 구형의 경우 120마력, 신형의 경우 150마력이었으며, 좋은 배는 180마력이었다.

주로 잡는 어종은 대구, 가자미, 가오리, 물메기, 곱상어, 문어, 홍게, 고동, 명태, 도루묵, 쥐치, 조기, 아까모치[14] 등 연근해서 나는 어종 전부였으며, 가끔은 고급 어종을 잡을 때도 있었다.

댕구리 배 선원직급체계는 최고 대장은 역시 선장이고 그다음이 기관장, 갑판장, 남방, 아부라사시[15], 선원, 화장(조리원) 순이며, 선원 전체 구성원은 총 12명이 기본이었다.

기관실 인원은 3명인데 책임자가 기관장 그다음이 남방, 최말단이 아부라사시로 기관실 내 잡일, 궂은일을 도맡아 했다. 갑판 위에

14) 눈이 크고 붉은색을 띤 타원형 고기
15) 기관실 말단 직급

댕구리 배

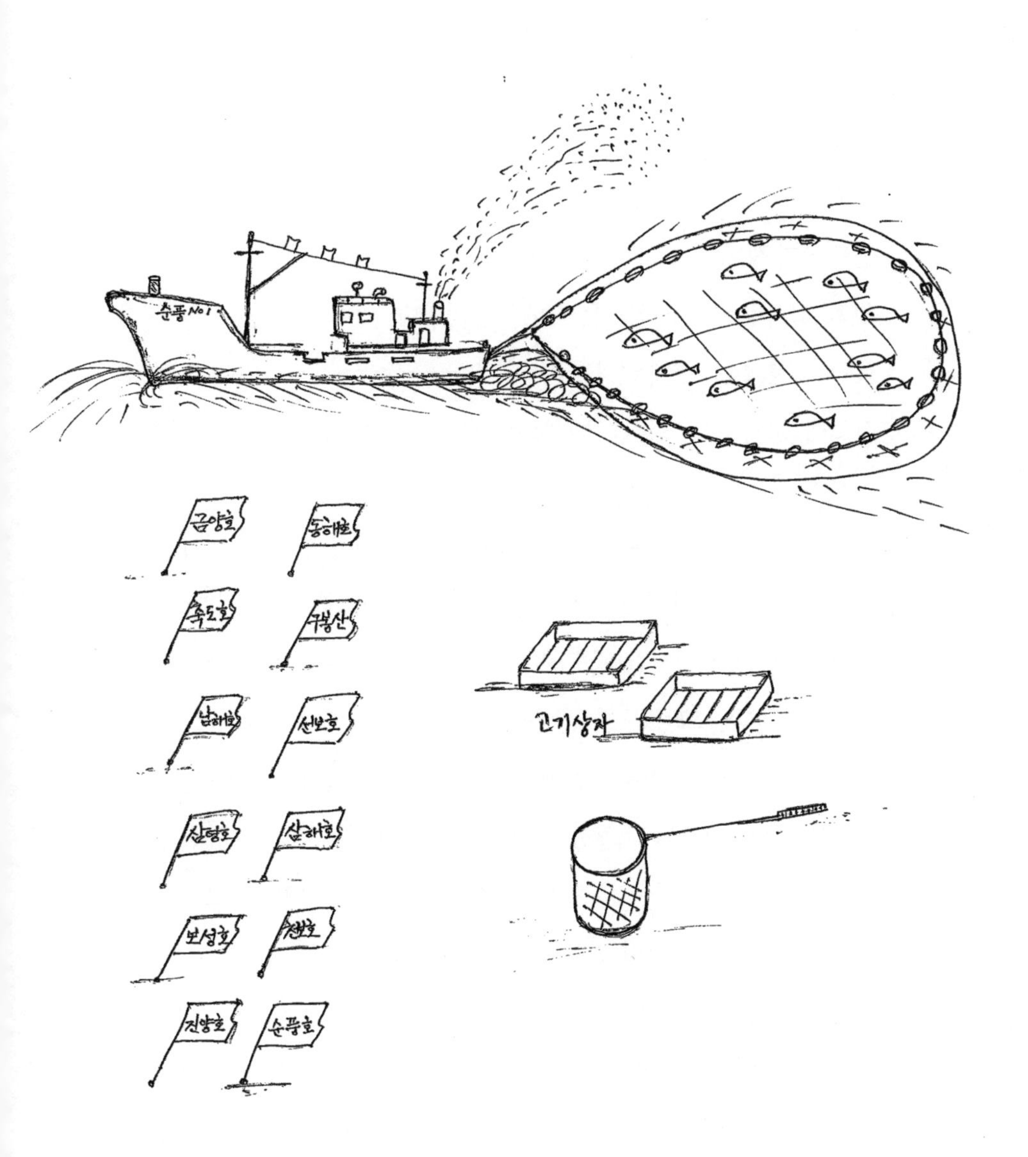

서는 갑판장이 최고 직급이고 여러 선원을 통솔했다. 화장은 전체 선원 식사 담당자로서 양식 및 부식 재료 일체를 관리했다.

출항하기 전에 준비를 완벽히 해야 했는데, 다음은 출항 전 준비 사항이다.

첫째, 엔진 기관실에 기름을 일주일 정도 사용할 양을 채워둔다.

둘째, 7일 정도 먹을 양식, 부식 일체를 준비한다.

셋째, 고기를 넣을 빈 상자를 충분히 준비한다.

넷째, 담불(배밑장 칸)에 얼음을 가득 부어 넣어둔다.

다섯째, 고기 잡는 그물을 점검하고, 예비용 그물도 준비한다.

출항 전날 저녁까지 준비를 완료해야 한다. 다음 날 새벽 4시경 전원 승선 완료가 확인되면 선장은 출항을 지시한다. 항구에서 출항한 배는 보통 4~5시간 정도 바다로 나가 조업 장소에 도착해 조업을 시작하는데, 그물을 한 번 바다에 내리고 난 후 2~3시간을 끌고 다니다가 그물을 걷어 갑판에 올린다. 그물에 걸려온 고기를 종별로 선별해 상자에 담고 얼음을 덮어 보관실에 넣으면, 한 번의 작업이 마무리된다. 그다음 두 번째 그물을 넣는다. 그런 방식으로 하루 두세 번 그물을 놓았다 거둔다.

특별한 경우도 있는데 고급 어종이 많이 잡힐 경우다. 이때는 만선기를 꺼내 달고 입항한다. 만선은 고기잡이 어선 선장, 선원들의 희망이고 최고의 날이다. 만선의 기준은 딱히 정해진 바는 없지만,

고급 어종인 부세[16], 아까모치를 4~500상자 이상 잡을 경우 만선으로 본다. 당시 고급 어종은 상자당 가격이 8만 원 이상 호가했다. 그러면 만선 금액이 3,000만 원 이상이다. 엄청난 큰 금액으로 거의 대박 수준이다.

한번 출항해서 다녀오면 보통 250만 원에서 400만 원 상당의 고기를 잡는데 비해 3,000만 원 이상을 잡으면, 선주와 사무장은 좋아서 입을 다물지 못하고 어판장에도 소문이 쫙 깔린다. 그와 반대로 출항해서 고기를 못 잡고 입항하는 때도 있는데 사고가 있거나 기타 여러 가지 사정으로 공치는 경우다.

일주일 정도 조업을 마치고 입항한 배들은 보통 하루 이틀 정도 쉬었다가 출항한다. 잡아 온 고기 입찰도 보고 출항을 위해 다시 준비해야 하기 때문이다. 이틀 쉬는 날을 대비해 입항할 때 각 개인에게 싸끼도리(외상)[17]로 5상자 내외씩 나누어 준다. 이때 싸끼도리(외상) 해간 고기는 어판장 바깥에 있는 고기 장사 아주머니에게 넘겨주고 현금으로 받는다. 이 돈으로 객지에서 온 선원, 노총각 선원들은 목욕탕에도 가고 이발소, 대폿집에 가기도 한다.

선주 측에서 바로 회계하여 임금을 주지 않고 보통 3개월쯤 미루어 계산한다. 그동안 선원들은 돈이 궁해 가불하기도 한다. 이런 현실을 감안해 선원들에게 많게는 10상자씩 적게는 5상자씩 잡은 고기를 입항하면서 싸끼도리해 주는 것이다. 이것으로 선원들은 조

16) 배 부분이 황금색을 띠고 있으며 상급 조기류.

17) 값은 나중에 치르기로 하고 물건을 먼저 가져감

금이나마 숨통이 트인다.

회계는 선주집에서 하는데 회계 뒷날은 보통 출항을 안 하기 때문에 술도 한 잔씩 돌리면서 3개월 동안 잡은 어획량 보고와 출항을 위한 경비 지출 내역, 선원들이 가불한 금액, 싸끼도리 해간 고기 상자 수량 등 기타 공제할 항목을 제하고 회계해 선원들에게 급여를 지급한다.

당시 방어진 댕구리 배의 조업은 보통 8월 초, 중순을 시작으로 다음 해 5월 초순까지 한다. 5월 하순부터 7월까지는 그동안 미루어오던 배 엔진 수리, 선체 부분 수리, 선체 부분 도장, 스크루 점검, 어구 및 그물 손질 등 전체적인 점검 및 보완을 한다. 이 기간 책임자는 현장에 있어야 하니 바쁘고 선원은 일하지 않으니 한가히 시간을 보낸다.

고기가 많이 잡히던 시절이라서 출항하면 요비끼[18] 작업을 많이 하며 엔진과 선체 이용을 무리하게 사용했다고 봐야 한다. 따라서 점검할 부분도 많다. 소규모이지만 어판장 주변에 있던 엔진 수리 철공소, 공작소는 늘 기계 소리가 요란했는데 용접불꽃과 선반 돌아가는 소리였다.

필자가 한 번씩 읍내 심부름 갔다 오다 어판장 옆에 있던 철공소 안을 들여다보면 철공소에서 일하는 작업자는 기름때 묻은 장갑을

---

18) 뜬눈으로 밤을 새다

끼고 땀을 흘리면서 열심히 뭔가를 만들고 가공하고 있었다. 여름 방학 할 때쯤 되었으니 7월 중순이라 댕구리 배[19]를 수리 및 점검하는 것이었다. 여러 척의 엔진 수리를 의뢰받은 철공소는 눈코 뜰 새 없이 바쁘게 보였다. 빨리 수리를 마쳐야 8월 초, 중순에 첫 출항을 할 수 있기 때문이다.

이렇게 조업 휴무 기간에 배의 수리를 마쳐야만 다음 공정인 조업 준비를 하고 출항할 수 있게 되는 것이다. 모든 것이 순조롭게 진행되어야 출항할 수 있는데, 그렇지 못할 때는 선주와 선장은 애간장이 탄다. 어구 준비, 배의 수리, 선원의 준비 등 삼박자가 맞아야 순조로운 출항을 할 수 있다.

이것이 50여 년 전 방어진 댕구리 배의 모습이다. 많은 세월이 흐른 지금은 그 모습을 찾을 수가 없다. 추석 명절날 방어진 항구에 정박해 있던 그 많은 댕구리 배들, 그 많던 선원들, 고기 장사 아줌마들은 이제 볼 수 없는 광경이다. 또한, 만선의 기쁨으로 함박웃음을 짓던 선주와 사무장도 이제 더는 볼 수가 없다.

---

19) 저인망 어선

04

꽁치 배 선원

꽁치 배는 동력선과 무동력선 2척의 배가 한 세트가 되어 조업하는데, 한 세트를 보통 한 틀로 부른다. 방어진항에 정박하지 않고 마을 포구에 정박하는데 이곳 동진마을에는 두 틀의 꽁치 배가 있었다. 선원이 부족해 선주는 사람을 구하려 늘 동분서주했다.

꽁치 배는 다른 어종은 잡지 않고 꽁치만 잡는다. 연중 최고 성어기는 2월 초부터 4월 하순까지다. 여름과 가을에는 꽁치 조업을 하지 않는다.

꽁치 배 선원직급체계는 모든 조업을 총지휘하는 최고 대장을 선두라고 부른다. 그다음이 기관장, 선원, 화장(조리원) 순으로 내려가며 소형목선이라 갑판장은 없다.

기관실에도 기관장 1명, 전체 선원 식사 조리 및 부식 일체를 관리하는 꽁치 배 최말단직급이 화장 1명이다. 좁은 목선 갑판 위에서 일어난 모든 상황 판단은 최고 직급인 선두가 결정한다. 동력선 전체 구성원은 선두, 기관장, 화장, 선원 등을 합하여 6명 내외이며, 무동력선에는 선원만 6명이다. 2척의 배는 출항하기 전의 준비

꽁치 배

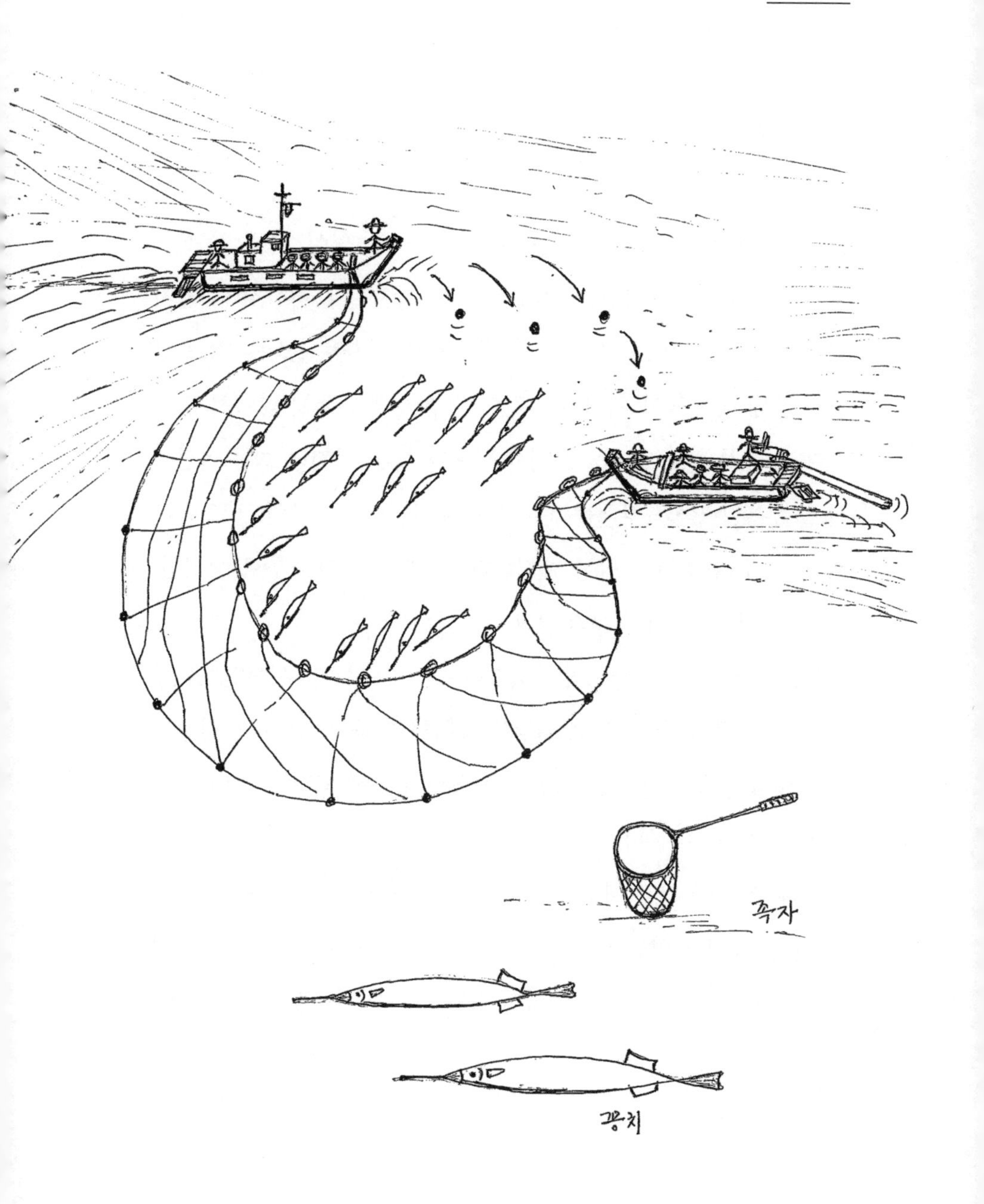

가 다른 어선에 비해 특이한 면이 있다. 동력선 엔진 기관실에 기름을 급유하는데 많이 채우지 않는다. 멀리 출항하지 않고 근해에서 조업하고 해가 지기 전에 입항하기 때문에 하루 이틀 정도 사용할 양만 채운다.

부식도 하루 먹을 부식만 준비하여 오전 참, 점심, 오후 참 정도만 준비한다. 보통 어선은 고기 담을 빈 상자를 준비하지만, 꽁치배는 살아있는 활어를 잡아 오기 때문에 빈 상자는 필요치 않고 갑판 가운데 바닷물이 채워진 공간인 일명 이께수[20]에 넣어서 입항한다. 따라서 별도 얼음을 준비할 필요가 없다. 하지만 보통 어선에서 볼 수 없는 돌과 장대를 준비해 간다. 돌 크기는 계란 정도 크기로 큰 바구니에 가득 담아 준비한다. 장대는 긴 대나무로 동력선, 무동력선에 각각 서너 개씩 갖고 다닌다.

모든 조업 준비가 완료되면 출항하는데 동력선이 무동력선을 밧줄로 묶어 끌고 간다. 조업 현장에 도착하면 동력선과 무동력선을 묶은 밧줄을 푸는데, 무동력선은 동력선의 부선 역할을 하면서 동력선의 지시를 따른다.

꽁치 배는 한 시간 내외 정도 바다로 나가서 조업 장소를 물색한다. 통상 꽁치가 많이 노는 주전, 정자 앞바다와 온산 앞바다 근해 바위 주변이 조업 장소다. 조업이 시작되면 선두는 뱃머리 맨 앞에

20) 활어 보관 장소

서서 육안으로 꽁치 떼를 찾는다. 꽁치 떼가 많이 보일 때 오케이 사인을 한다. 그러면 그물을 놓고 바구니에 담아 간 돌을 쥐어 잡고 기다리고 있다가 돌을 던져 고기 떼를 그물 쪽으로 들어가게 몰이 하는 방식이다. 이때 동력선은 꽁치 떼가 도망을 못 가게 재빨리 그물을 내리면서 원을 그리고 난 다음 동력선의 엔진을 멈추고 선원 모두는 퍼져있는 그물을 재빨리 당기면서 고기가 도망가지 못하도록 한다. 한편 무동력선도 재빨리 노를 저어 동력선 쪽으로 그물을 당기면서 서로 마주 보게 된다. 그물을 당기며 배를 가까이 붙이게 되는데 이때 동력선과 무동력선의 간격이 4~5m 정도 떨어져 있다. 마지막 그물을 당길 때쯤 그물 속에는 꽁치 떼가 펄떡펄떡 몸부림을 친다. 그러면 고기 뜨는 큰 뜰채로 꽁치를 떠서 바닷물을 채워 둔 갑판 중앙부에 있는 이께수 칸에 재빨리 옮겨 넣는다. 뜰채로 서너 번 뜨면 그물 속에 있던 꽁치는 거의 다 옮겨지고 첫 번째 조업 작업이 종료된다. 이런 방식으로 여러 번 그물을 놓는데 고기가 많이 잡힐 때는 그 회수가 많아진다.

꽁치 배 최하위 직급인 화장으로 선원 생활하던 동네 후배가 한 명 있었다. 초봄 어느 날 그 후배는 필자의 집으로 허겁지겁 와서는 선원이 부족하니 며칠 임시 선원을 해달라고 졸랐다. 요즘으로 치면 아르바이트를 해달라는 것이다. 그때는 2월 하순으로 마침 봄방학 때고 일주일 정도 집에 있을 때였다.

꽁치 배 선원은 늘 부족했다. 타 어종에 비해 조업 기간이 3개월 정도로 짧았기에 선원들은 선뜻 꽁치 배를 타려 하지 않았다. 동생

체면도 있고 해서 며칠만 배를 타기로 했다.

내가 탄 배에는 힘 좋은 청년은 없었고, 중년 아저씨조차 없는 전부 나이가 든 노인이 전부였다. 동네 노인을 데려다 꽁치 잡이를 시켰는데, 늘 한두 명의 선원이 부족해 펑크가 났다. 그중 한 자리를 필자가 대신한 것이다. 그 자리는 동력선의 선원 자리였다. 동네 후배는 나와 가끔 대화도 하고 먹을 것도 챙겨 주었는데, 후배는 배 일은 않고 오직 식사 준비만 했다. 오전 참, 설거지, 점심, 설거지, 오후 참, 설거지로 부엌 조리장인 셈이었다. 참은 대부분 주먹밥과 꽁치회로 간단히 해결했다. 점심은 그래도 흰쌀밥에 무를 빗어 넣고 끓인 시원한 꽁치 국이었는데, 배가 고파서 그런지 맛이 아주 일품이었다. 화장 조리 솜씨가 좋은지 금세 밥 한 그릇을 뚝딱 먹었다.

서둘러 점심을 먹고는 온산 달포, 당월 쪽으로 이동해 해안 가까이에서 꽁치 떼를 쫓던 중, 해안 초소에서 경계 근무하던 군인이 예고 없이 꽁치 뱃머리 쪽으로 여러 발의 총을 쏘았다. 순간 배 안은 긴장감이 흘렀고 조용했다. 동력선 뱃머리에 서서 꽁치 떼를 찾던 선두는 즉각 군인에게 사인을 보냈다. 더 이상 해안 가까이에서 조업을 않겠다고 좀 더 멀리 떨어져 조업하겠다는 신호를 보냈는데, 초소 경비병이 허락한 것으로 보였다. 순간적으로 일어난 상황을 정리하고 뱃머리를 돌리는데 꽁치 오사리[21]가 엄청 떼를 지어 놀고

21) 꽁치 중 최고 큰 꽁치

있었다. 선두는 얼른 그물을 내리게 했고 동력선은 재빨리 그물을 원 형태로 내려서 꽁치 오사리가 도망가지 못하게 했다. 무동력선도 바빴다. 노를 저어 동력선 쪽으로 그물을 당기면서 가까이 붙이고 있었다. 떨어져 있던 동력선과 무동력선이 점점 가까워지고 마지막 그물을 당기는데 그물 속은 오사리 꽁치가 가득 차 있었다. 대박이다. 준 만선 수준이며 운이 좋은 날이었다. 당시 1970년대 초중반 온산 해안가에는 군인 해안 초소가 있어 해안 경계 근무를 하고 있던 시절이라 수칙에 따라 민간 선박에도 예외 없이 뱃머리를 향해서 엄호사격을 한 것으로 추정된다.

당시 그 자리는 해안선이 아름답고 드문드문 있는 해안 초소에는 군인이 경계 근무 중이었다. 지금 그 자리는 매립되어 온산 공단이 조성되어 있어 그 흔적을 찾을 수가 없지만, 달포 앞바다인 것으로 추정된다.

다음날 출항은 전날과는 정 반대 방향인 정자, 주전 쪽으로 가서 조업하는데 오후가 되니 바람이 불기 시작하고 파도가 세차게 일기 시작했다. 선두는 날씨 상황을 판단했는지 전 선원들에게 조업을 중단하도록 지시를 내렸다. 더는 조업할 수 없는 날씨 상황에 선원들은 서둘러 무동력선을 동력선 선미에 밧줄로 단단히 묶었다. 기관실에 내려간 기관장은 엔진을 살려 기관 엔진 소리가 요란스럽게 들렸다. 무동력선이 묶이고 선상 정리가 다 된 것을 확인한 선두는 기관장에게 항구로 입항하라고 지시를 내렸다. 순간 엔진 출력을 높였는지 "탕탕탕탕"소리를 내며 동력선은 무동력선을 끌고 항구로 가는데 파도 높이가 보통이 아니었다.

항구로 입항하라는 선두의 지시가 내려진 지 20여 분이 지날 때쯤 동력선과 무동력선이 울기등대 대왕암 부근을 지나가고 있는데, 저 멀리 집채보다 큰 파도가 전속력으로 배 쪽으로 밀려왔다. 그리고는 뱃머리에 파도가 부딪쳐 선상 갑판에 소나기 오듯 떨어졌다. 숨죽이고 있던 선원들은 선미 쪽 기관실 옆으로 피해서 몸을 낮게 숨겨 보지만, 이미 온몸은 파도에 젖어 버렸다. 한두 명은 모자 달린 우의 비슷한 가빠[22]를 입고 있어 조금 덜했다. 세찬 바람에 더욱 거칠어진 파도는 금방이라도 배를 덮칠 것 같은 기세지만, 동력선은 그 높은 파도를 헤치고 전속력으로 항해를 했다. 또 20여 분 지날 때쯤 방어진항 입구에 있는 슬도가 보이기 시작했다. 하지만 방심할 때는 아닌 것 같았다. 망망대해에서 밀려오는 파도는 아직도 거칠고 높았다.

슬도 뒤쪽 바위에 부딪힌 파도는 하얀 거품을 만들어 내면서 그 크기와 높이가 보통 때와는 비교가 안 될 만큼 높고 넓게 보였다. 슬도를 돌아가면 방어진 항구였다. 도착할 시간이 얼마 남지 않았다. 날씨 때문에 오후 조업을 못 하고 꽁치를 조금밖에 못 잡았지만, 항구에 입항하니 마음이 놓이고 긴장이 풀렸다. 당시 꽁치 배에서 잡은 꽁치 종류는 학꽁치, 중싸리, 오싸리 3가지 종류다. 학꽁치는 25cm 내외, 오싸리는 40cm 내외 크기로 꽁치 중에 최고 큰 놈

---

22) 비닐로 만든 어부 작업복

들을 오싸리라고 불렀다. 꽁치배 선원의 하루 조업 평균 돈벌이는 딱히 정할 수는 없지만 2~3,000원 정도 되었고 운이 좋아 만선 할 때에는 하루 벌이가 만원이 넘었다. 필자는 꽁치 배 동력선 임시 선원으로 2,000원이 3일 2,500원 2일 준 만선 1일 해서 총 6일간 출항하고 조업해 당시 학비에 보탰다.

이렇게 조업하고 꽁치를 잡았던 방어진 동진 포구의 꽁치 배들은 이제 찾아볼 수가 없고 슬도만 그 자리를 지키면서 갈매기 떼를 반기고 있다.

05

배도방 이야기

방어진항에는 저인망어선 일명 댕구리 배 20여 척이 조업하고 있었는데 어선 한 척당 12~13명의 선원이 승선해 새벽 일찍 출항했다. 선원 12명 이상이 일시에 새벽시간에 맞춰 이상 없이 출항하는 일은 쉽지 않다. 때문에 〈도방〉이라는 연락책을 두고 이런 문제를 해결했다. 방어진 사람들은 이러한 일을 하는 사람들을 도방재이(도방쟁이)라고 불렀다.

도방이라는 직업이 언제부터 생겼는지는 정확하지 않다. 아마 일제 강점기를 지나 해방 이후 일본인이 본국으로 떠나고, 방어진 사람들이 연근해 고기잡이 어선이 필요했을 때, 일본인이 남기고 간 배를 이어받아 사용하면서 도방 문화가 생기지 않았을까 추정한다. 1940년대 후반부터 1980년대 후반까지 약 40여 년 이어져 왔던 방어진 댕구리 배 도방 문화를 더듬어 보면 태동기에서 정착기를 거쳐 최고조에 달했을 때는 역시 60~70년대라 생각된다. 길지 않은 역사를 갖고 있던 방어진 댕구리 배 도방 문화는 최고조를 지나 자연스럽게 퇴출되었다. 그 이유는 연근해 어획량 감소와 사업성 저하로 인해 댕구리 배 퇴출이 이어지고 결국 도방 직업도 함

어판장

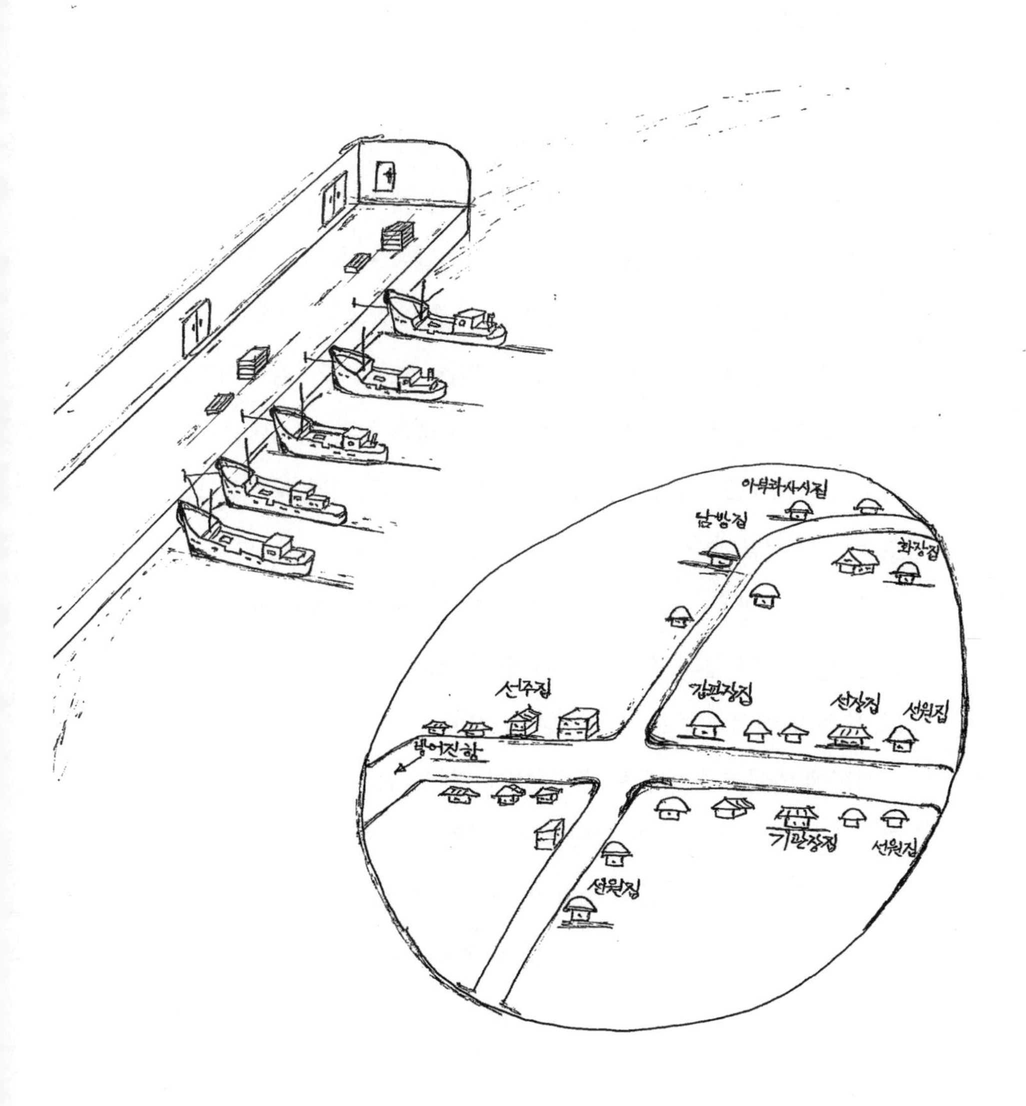

께 사라진 것이다. 그 당시 도방을 한 사람들은 방어진 읍내에서 나름 주름을 잡고 다녔다. 인물 좋은 멋쟁이들이 도맡아서 했던 직업 분야다. 선주 바로 밑에서 배 전체 살림을 보는 사무장과의 관계는 평소에 소통이 원활해야 하며 전체 선원 신상 리스트를 갖고 있는 선주와 사무장의 직속 연락책으로 보면 될 것 같다.

도방의 주요 업무는 방어진항 댕구리 배가 출항하는 날 새벽에 선원 전체의 집집마다 도보로 방문해 잠을 깨우고 기상시켜 곧 출항한다고 통보하러 다니는 것이다. 즉, 전달할 내용을 전해주고 오는 일인데 예를 들면 "선장요, 배 나감더 빨리 오소"기관장 집에 가서 "기관장요, 배 나감더 빨리 오소", "갑판장요, 배 나감데이 빨리 오소"와 같은 말을 2번을 반복해서 크게 불러준다. 당시에는 자전거도 귀하고 티코 승용차는 상상도 못 했던 시절이라 무조건 도보로 걸어서 전달했다. 메시지는 정확하고 또렷했다.

당시 집은 방음 기능이 없어 바로 가까이에서 말하는 것처럼 들렸는데, 필자의 집의 경우 대문과 방이 15m 정도 떨어져 있었는데도, 바로 앞에서 부르는 소리처럼 들렸다.

이렇게 가가호호 방문해 출항한다는 메시지를 전하는 일인데 정확하게 빠짐없이 하려면 전날 밤에 선원들의 행적을 미리 파악해두어야 한다. 예를 들면 노총각 박 씨는 배에서 취침한다. 객지 생활하는 최 씨도 배에서 잔다고 한다. 전체 선원의 집 위치 약도를 알아두면 10집만 방문해서 메시지를 전달하면 된다. 이러한 방법으로 미리 파악해 두면 시간 절약과 전체 선원 관리에 도움이 되며 최종 이상 없음이 확인되면 선장은 출항했다.

도방은 주로 새벽 시간대에 하는 일이다. 너무 빨라도 또 너무 늦어도 안 되는 새벽 3시경부터 4시경 사이에 다들 잠든 시간에 메시지만 통지하고 짧은 시간 잠깐 머물다 간다. 그래서 도방하는 사람을 한 번도 직접 보지 못했다. 얼굴을 보지 못하여도 우렁찬 목소리, 통지, 시간이 촉박하니 빨리 승선해 달라는 메시지는 강하고 확실하였다. 이른 새벽 필자의 집 대문에도 도방하는 사람들이 왔다 갔다.

필자의 집은 선장 집이다. 정확히 2번 불러 메시지를 전달하고 또 다른 집으로 가는데, 아버지는 벌써 기상한 지가 오래고 집을 나설 채비를 마치고 앉아계셨다. 필자는 새벽까지 잠에 빠져 있었는데, 도방의 목소리 "선장요, 배 나감데이 빨리 오소. 선장요, 배 나감데이 빨리 오소"소리에 잠을 깼다. 살며시 눈을 뜨면 방안은 환하게 불이 켜져 있고 어머니와 아버지는 대화를 나누고 있었다. 이것이 방어진항 댕구리 배 도방직에 종사했던 도방의 활동 모습인데, 지금은 이러한 도방 문화는 사라지고 없다.

메시지전달 문화가 완전히 180도 바뀌면서 밤, 낮 가리지 않고 전달되었던 전화와 삐삐시대가 가고 휴대폰으로 진화되더니 지금은 스마트폰의 카톡으로 옮겨져서 초고속 전달문화로 변모했다. 그 옛날 걸어서 전달했던 방식이 사라진 지 오래고 이제 울산 동구 방어진에서 다시 볼 수 없는 풍경이 되었다. 기약 없이 떠난 도방 문화를 다시 만날 수 없어 타임머신에 태워 과거로 보낼까 한다.

06

댕구리 배 선장 집

댕구리 배 선장은 전체 선원을 통제하고 관리하는 일을 한다. 그것도 중요하지만, 더 중요한 업무는 고기를 많이 잡아 어획량을 높이는 것이다. 어획량이 많아야 선주와 선원들로부터 신뢰를 받고 권위가 선다. 선장이 되려면 먼저 최말단 선원부터 시작해야 한다. 선원 생활에서 잔뼈가 굵어지면 동료와 주변 사람으로부터 승진해 갑판장을 해도 되겠다는 말이 나오기 시작한다. 갑판장이 되면 상하 중간 역할을 잘해야 하는데 위로는 선장과의 소통을 아래는 선원들을 잘 통솔해야 한다. 이때 고기 잡는 기량도 닦아 놓아야 최고 위치인 선장까지 승진할 수가 있다. 또한, 항해 면허를 취득해야 하는 시기다. 선원에서 선장까지는 보통 20년 정도가 걸린다. 아니면 다른 길로 갈 수도 있다. 기관부 생활인데 댕구리 배 기관장이 되는 것이며, 그것 역시 최말단인 아부라사시[23]부터 시작한다.

말단 선원인 아부라사시는 기관실 청소부터 한다. 그러면서 기

---

23) 말단 기관원

항구 입항

계를 닦고 조이는 각종 공구류와 사용되는 기름 등의 이름과 사용법을 배우고 엔진작동 원리를 터득하고, 엔진을 항상 이상 없도록 깨끗하게 유지 관리한다. 이렇게 기관실 내 청결과 엔진작동원리를 배워 기초를 다지며 8~9년 정도 고생하면 내부에서 승진하든지, 아니면 다른 배에 자리가 생기면 승진해 갈 수도 있다. 그 직급이 남방이다. 기관부 내 중간직책이며 기관장과 원활한 소통을 해 기관 기술을 최고까지 습득해 면허를 따야 기관장이 될 수 있다. 보통 기관실 남방 직책을 8~9년 성실히 해야 기관장으로 승진하거나, 외부에서 스카우트 제의가 들어오거나 한다.

어선에서 최고직책인 선장과 기관장이 되기까지는 많은 노력과 인내가 필요하며 그 결실은 면허취득으로 증명한다. 선장은 어획량을 높여야 하며, 기관장은 기관실 내 엔진 고장 없이 유지관리를 해야 한다. 유지관리를 제대로 못 하면 일찍 하선하게 된다. 다시 말하면 권고사직 당하는 것이다.

필자의 아버지는 댕구리 배 선장이었다. 아버지는 나에게 노트에 조업한 날(년, 월 일)에 대해 어획량 현황을 조목조목 적게 했다. 예를 들면, 가오리 70상자, 도루묵 180상자, 가자미 80상자, 곱상어 90상자 물꽁 50상자 등이다. 이렇게 기록한 것이 10회 이상 넘어갈 때쯤이면, 다시 점검해 회계 준비를 했다. 물론 사무장이 전체 어획량을 보고하겠지만 만에 하나 이상이 있을 시 근거자료로 활용하기 위해서였다. 만약 어획량이 맞지 않을 시, 선원들 편에서 대

변했던 것으로 추정된다. 또한, 선장의 장부는 고기잡이 시에 백데이터로 활용했다. 출항하면 보통 5~6일 또는 일주일 정도 있어야만 입항하는데 입항하게 되면 늘 뱃머리로 오라고 하여 조업한 날과 어획량을 알려주어 나에게 기록하게 한 것이다.

한 번은 도방 아저씨에게서 통지가 왔다. 반찬할 고기를 가져가라며 뱃머리로 오라고 했다. 조금 전에 입항해 갑판 위에는 네, 다섯 명 정도의 선원이 반찬 고기를 분배하고 있었다. 보통 입항하면 선원들에게 반찬 고기를 나누어주는데 바쁜 일부 선원은 먼저 분배된 고기를 갖고 하선한 후였다. 나머지 선원들이 자기 몫을 챙겨 하선하려 할 때 필자가 간 것이다. 선원 중에는 필자를 알아보는 선원이 있었는데 동료 선원들에게 선장 아들이라고 소개해 주었다. 그 사람은 노총각 아부라사시인 창덕이 아저씨다. 옆에 있단 화장 아저씨는 쌀밥에 생선국이 있다고 식사를 권했다. 잠시 갑판 주변을 살피다가 배 엔진을 보고 싶다고 창덕이 아저씨에게 부탁했다. 아저씨는 갑판 위에 놓은 자기 몫의 고기를 그물에 싸서 한쪽 옆에 두고서는 곧장 나를 데려갔다. 그런데 엔진이 있는 기관실이 아닌 취사실로 들어가는 것이 아닌가. 알고 보니 기관실로 가려면 먼저 취사실을 지나야 했다. 취사실에서 움푹 파인 지하실 같은 공간으로 수직 사다리를 타고 내려갔다.

창덕이 아저씨는 그곳을 엔진 기관실이라고 설명해 주었다. 처음 본 댕구리 배 엔진은 크고 신기하게 생겨서 한참이나 바라보았다. 윤이 나서 반짝반짝했고 크기는 길이가 약 2m, 폭이 1m 남짓,

높이가 1.5m 정도 되는 큰 엔진이었다. 바로 이 엔진이 방어진 항구의 새벽을 깨우며, "탕탕탕탕탕 탕탕탕"하는 요란한 소리의 주인공이었다. 엔진 구경을 하다 보니 시간이 제법 지난 느낌이 들어 선원 아저씨들에게 구경 잘하고 간다는 인사하고 챙겨놓은 반찬을 갖고 하선했다. 귀갓길에 취사실 내부가 떠올랐다. 우측공간은 취사원이 밥 짓고 요리하는 곳이며, 동서쪽에는 긴 의자가 있었고 가운데는 사각 식탁이 있었다.

남쪽에는 솥이 두 개가 걸려 있었으며 식기류도 보였다. '다음에는 선장실을 보고 싶다고 해야지' 라고 생각하며 걸었다. 그때는 다 궁금했던 공간이었다.

항해는 선장 각자마다 방식의 차이가 있었는데, 만선에 대해 들은 이야기가 있다.

"동남 방향으로 5시간 항해 후에 그물을 내리고 난 뒤, 한참 그물을 끌고 다니다 올렸더니 당시 최고 고급 어종 중 하나인 아까모치가 많이 잡혔다. 나무상자에 담아서 세어보니까 무려 450상자가 되더라."

그것은 뭇 선장들이 희망하는 최고의 성과였다. 길을 찾고 길을 내려고 부단히 노력했던 댕구리 배 선장들이 여럿 있었다. 그런 개척정신 있었기에 희망을 갖고 목표 달성을 할 수 있었다. 이런 선장을 방어진 어판장 사회에서는 일류 선장이라고 불러주었다.

또 한겨울 새벽 한창 잘 시간에 늦게 입항한 아버지는 잠자고 있는 필자와 동생들을 모두 깨우고는 붉은색 알이 꽉 찬 홍게를 삶아 방으로 들고 와서는 먹으라고 했다. 깊은 겨울밤, 아들에게 싱싱한 홍게를 먹이려고 가지고 와서는 바로 삶은 것이다. 잠에 취해 있는 동생, 눈을 지그시 뜨는 동생, 눈을 비비는 동생 모두 삶은 홍게 앞으로 모여들었다. 어머니는 먹기 좋게 잘라 홍게 다리를 하나씩 주었다. 동네에서도 흔치 않은 일이며 제철에 맛을 본 홍게 맛은 일품이었다. 그것을 먹었던 그날 밤, 그 풍경, 그 맛을 지금도 잊을 수 없다.

방어진 댕구리 배는 보통 5월 하순부터 7월 하순까지가 비성어기다. 매년 8월 초, 중순부터 조업을 시작해 다음 해 5월 초 중순이 되면 1년 조업을 마감하면서 마지막 회계를 하고는 긴 시간 배수리 작업을 한다.

보통은 회계 다음 날은 울기등대에서 선원 가족, 사무장, 선주 등이 총집결을 해서 야유회 겸 회식을 한다. 여기에는 장구와 꽹과리, 징이 등장하고 저녁에는 선장집으로 장소를 옮겨 마지막 휘날래를 장식하는데 선장집 마당에는 득시기[24]가 깔리고 술과 음식이 한상 가득 차려진 가운데 춤을 추며 흥겹게 노래한다.

그때 선원 아저씨가 불렀던 노래가 '잘 있거라 부산항/작사 손로원, 작곡 김용만, 노래 백야성 1964 발표' 가 기억난다.

---

24) 멍석 자리

"아아아아 잘 있거라 부산 항구야 미스 김도 잘 있어요, 미스 리도 안녕히, 온다는 기약이야 잊으랴마는, 기다리는 순정만은 버리지 마라, 버리지 마라, 아아아아 또다시 찾아오마, 부산 항구야"

이런 노랫말인데 뱃사람의 정서와 애환을 표현한 항구에 얽힌 사랑 노래로 당시 마도로스가 많이 불렀던 곡이다. 그날 밤 선장 집 회식도 이 노래를 2절까지 불러서 히트를 쳤다. 이렇게 선장 집은 항상 열려 있었고, 특히 타관 객지 선원이 기상이 나빠 출항하지 못하면 선장 집에 놀러 왔다. 술 한잔할 때도 있었고, 밥상을 같이 하기도 했으며 때로는 어려운 부탁을 할 때도 있었다. 그 부탁은 선주 모르게 소액을 가불하고 회계 때 제일 먼저 갚아주는 일이다. 50여 년 전 동구 방어진 댕구리 배 선장 집의 토막 이야기는 아련한 옛 추억으로 남았다.

07

소바위 해변 낚시

그물을 사용하지 않고 하는 던진 발이 낚시와 장대 낚시를 가장 많이 하던 해변 바위가 몇 군데 있었다. 며칠 전부터 준비해야 가는 곳과 언제든지 갈 수 있는 곳이 있었다. 언제든 갈 수 있는 곳은 접근성이 좋은 소바위 해변이다. 해변 군데군데 바위가 솟아있고 재래식 낚시도구를 사용하기 딱 좋은 곳이다. 또 다른 곳은 접근성은 불편하지만, 낚시 포인트는 좋은 곳이 있는데 슬도와 울기등대 학교 밑이다. 당시 슬도는 지금처럼 다리가 놓여 있지 않았으며 노 젓는 작은 댐마 배가 있어야만 들어갈 수가 있었다. 울기등대 학교 밑은 좌우 측에 바위가 있는 곳이 포인트인데 가려면 하루 이틀 전에 한두 명 정도 사전 약속을 해야 원거리 낚시를 심심하지 않게 다녀올 수가 있었다. 그래서 가장 많이 갔던 곳이 소바위산 아래 해변 낚시터다. 도보로 혼자 가기도 하고, 갈 사람이 있으면 같이 가기도 했다. 소바위 해변은 슬도 북동쪽 배미돌부터 시작해 일산동 경계 지점 주변까지다.

요즘은 해변 쪽으로 올레길이 나 있어 접근하기가 쉽다. 잡히는 어종은 낚시하는 곳마다 조금씩 차이가 있지만 거의 비슷했다. 슬

낚시

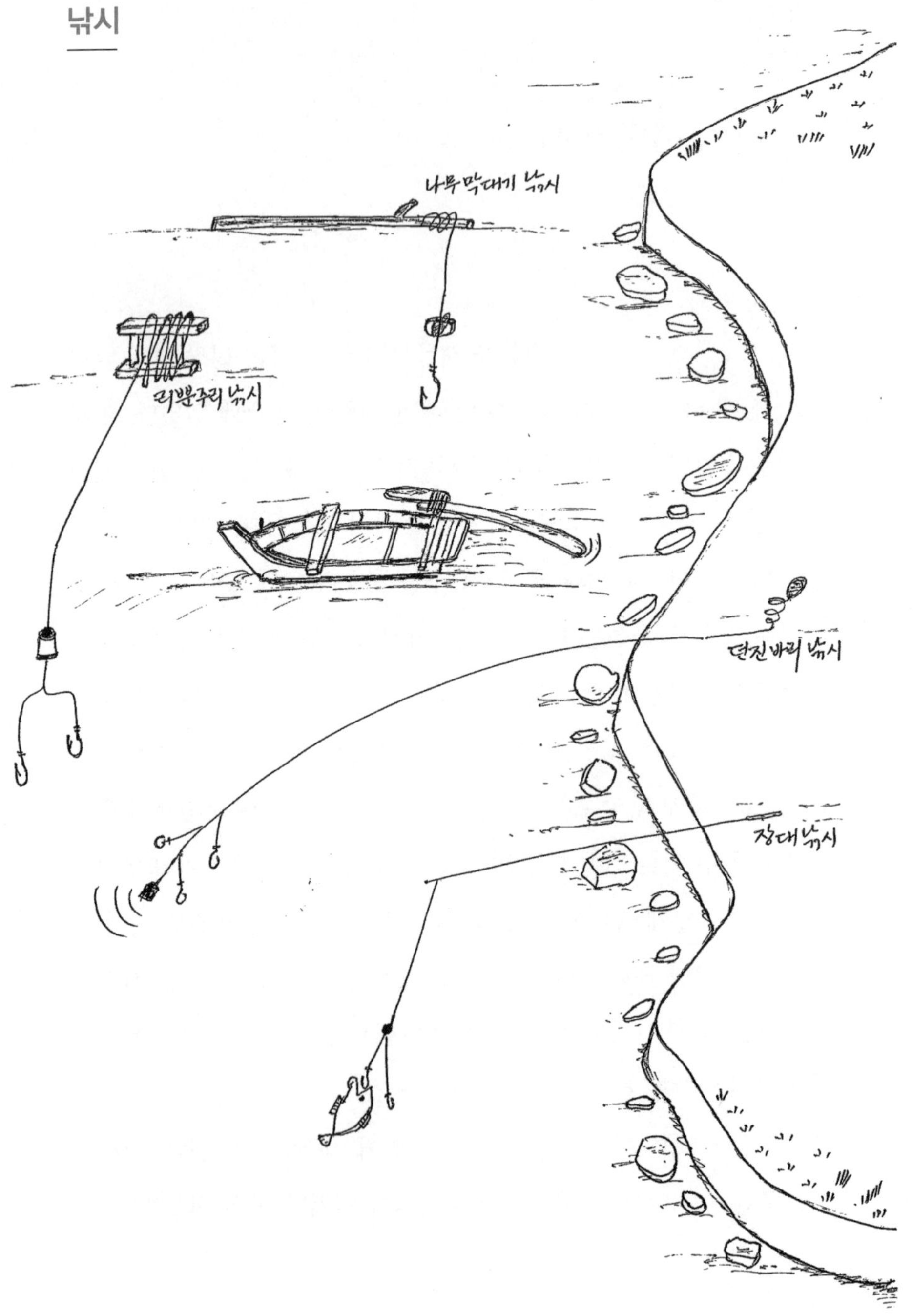

도 쪽은 수들배이, 놀래기가 소바위 해변은 깜바구, 놀래기가 울기 등대 학교 밑은 떡지, 게르치 종이 주로 올라왔다. 던진 발이 낚시나 장대 낚시는 항상 준비된 상태였기에 누군가와 약속이 되면 미끼 준비만 하면 갈 수가 있었다.

던진 발이 낚시는 낚싯대는 없이 줄만 사용하는 낚시 방법이다. 2~30m쯤 길이의 낚싯줄 끝에 추를 달고 추 주변에 낚싯바늘 2~3개를 달아서 손으로 줄을 잡고 서너 번 돌리다가 바다 쪽 적당한 곳으로 던져 놓는 방법이다. 기다리다 입질이 오면 얼른 낚싯줄을 당겨서 고기를 잡는다. 장대 낚시도 비슷한 방법으로 장대 끝에 낚싯줄을 장대 길이 정도 되게 묶고 낚싯줄 끝부분에 추를 달고 낚싯바늘 두 개쯤 달아서 사용했다. 여름철에는 장대를 손에 잡고서 낚시하지 않고 낚싯바늘 두 개에 미끼를 끼워두고 장대를 바다 멀리 그냥 던져 놓는다.

그동안 성게 잡고 고동 잡고 헤엄치며 놀다가 2~30분 후에 던져 놓은 장대를 건지면 낚싯바늘 2개에 고기가 모두 물려있다. 그 당시는 고기도 많았고 씨알도 좋았는데 바로 몰째피 밭이나 진저리 밭 주변에 던져 놓는다. 여름철에는 이런 방법으로 낚시하면 지겹지도 않고 재미가 있었다.

또 다른 낚시 방법은 배낚시다. 배가 있어야만 할 수 있는 낚시인데 나무 자새에 낚싯줄을 감고 낚싯줄 끝부분에 봉돌을 묶는다. 낚싯바늘은 보통 2개 정도로, 배 갑판 위에서 바로 바닷속으로 낚싯줄을 내리고 장대 없이 맨손으로 낚싯줄을 잡고서 올리고 내리고 반복하다 보면 입질이 세게 온다. 이때 줄을 당기면 고기가 잡힌다. 이렇게 하는 것을 리뿐줄이 낚시라고 한다.

배를 타고 하는 낚시라 배를 빌려야 가능한데, 그것은 쉽지 않았다. 낮에는 배 주인이 배를 사용하니 배를 못 빌린다. 야간에는 주인이 사용하지 않기 때문에 그나마 배를 빌릴 수가 있는데 그것도 배 주인을 잘 아는 사람을 중간에 넣어서 말을 잘해야 잠깐 빌릴 수 있다. 포인트는 동네 근처 동진산 밑 바다다. 그곳 바다 밑은 수심도 깊지만, 바닥이 자갈밭, 돌밭이 아니고 모래층 모래밭으로 되어 있어 잡히는 어종이 주로 바닷장어나 붕장어였다. 주로 여름 야간 낚시에만 잡힌다. 서너 명 정도 가는데 두 명은 배 좌측 앞뒤에서 또 두 명도 배의 우측 앞뒤 갑판에서 리뿐줄이 낚시를 했다. 거의 바다 밑바닥에 닿게 낚싯줄을 풀어 내리고 맨손으로 낚싯줄을 잡고서 오르내림을 반복하는데, 이때 입질이 온다. 붕장어는 힘이 좋아 입질이 세게 온다. 여름밤 붕장어 낚시가 리뿐줄이 낚시의 정수이다. 50년이 흐른 지금 그곳 바다는 매립이 되어 어판장과 회센터로 변해있다.

낚시하다 보면 의외의 경우가 발생한다. 바로 통고리(낚시 추, 낚싯바늘까지 몽땅 바위틈에 끼어서 세게 당기면 줄만 달랑 올라오고 아무것도 없어 더는 낚시를 할 수 없는 상태)되는 경우다. 이때 임시방편으로 하는 낚시가 즉석에서 막대기를 구해서 하는 나무 막대기 낚시다. 해변 주변에 굴러다니는 짧은 나무 막대기를 주워와서 즉석에서 통고리되고 남은 낚싯줄을 칭칭 감아 매고, 낚시 추는 작은 직사각형 돌을 주워서 만든 나무 막대기 낚시도구는 요즘으로 치면 일회용 낚시도구다. 예비로 가져간 낚싯바늘 한 개만 묶어서 얇은 곳 해초가 무성한 바위틈에 넣어 낚시하면 좋은 성과를 낼 때가 종종 있었다. 세게 입질해서 보면 제법 큰 놈이 물곤 했다. 검회색을 띠고 있는 깜바구다. 매운탕이나 구이로 요리하면 일품이다.

1970년대 초 해안가와 방파제 낚시 인구는 손가락으로 꼽을 정도로 드문드문 보였다. 그것도 봄, 여름철만 보이지 가을과 겨울이면 해안가와 방파제는 낚시꾼이 거의 없었다. 더군다나 릴낚싯대는 이야기만 들었지 구경하기가 힘들었다. 릴을 사용하는 사람이 없던 시절이라서 가장 흔한 낚시가 장대 낚시와 던진 발이었으며 특히 여름철이면 동네 꼬마 녀석도 장대 낚시를 했다. 읍내 낚시점에 가야만 4단 5, 6, 7단까지 뽑아서 가늘고 길게 쓸 수 있는 장대 낚싯대를 볼 수 있었는데, 사는 사람은 흔하지 않았다. 대부분 동네 집 뒤 대밭에서 대나무를 잘라서 다듬어 사용했다. 낚싯대 하나 제대로 된 것을 사용하지 못한 낚시꾼의 형편을 짐작할 수가 있다. 고급 장대 낚싯대를 보면 한참을 쳐다보고 있었는데 그것도 방어진 방파제에 가야 가끔 볼 수가 있었다.

읍내 낚시도구 파는 곳은 당시 어판장 주변 삼화상회였다. 대개 낚싯바늘 몇 개, 낚싯줄 끝에 매달아 사용하는 봉돌 한두 개, 낚시줄용 본선 3m, 낚싯바늘 매는 가는 심 1m 정도면 멋진 장대 낚싯대를 만들 수가 있었다. 낚시할 채비를 갖추고서 고기를 잡아도 가정경제에 큰 보탬은 못되고 한 끼 반찬거리 정도는 되었다.

08

미역밭 이야기

중국 당나라 때 서견이 지은 백과사전 초학기에 따르면 "고래가 새끼를 낳은 뒤 미역을 뜯어 먹어 산후의 상처를 낫게 한다."라고 되어있다. 고려 때의 문헌에 산모가 아이를 낳으면 미역국을 먹었다는 기록이 있다. 처음 먹는 미역국을 첫 국밥이라고 했는데, 미역은 몸의 노폐물을 몸 밖으로 내보내고 피를 맑게 해주는 역할을 하며, 칼슘 성분도 많아 아이를 낳은 산모에게 꼭 필요한 음식이다. 미역은 양식 미역과 돌미역이 있는데, 말 그대로 자연산인 돌미역이 맛과 영양에서 우수하다.

돌미역 중에서는 전라남도 진도, 독거도, 맹골도, 곽도에서 자라는 미역을 최고로 꼽았다고 전해지며 동해안 최남단 울산 동구 방어진 미역도 한때는 유명했던 것으로 알려져 있다.

매년 3, 4월이 되면 방어진 동진마을 주민들은 댐마 배를 타고 공동으로 미역을 채취하며, 채취한 돌미역은 볕이 좋은 해안에서 일정한 크기로 널어 붙여서 건조했다. 많은 양을 채취했을 때는 해안에 널지 않고 회원 수대로 똑같이 분배하여 각자 집으로 가져가서 자기 집 마당에 늘어 건조하기도 했다.

미역밭 움막

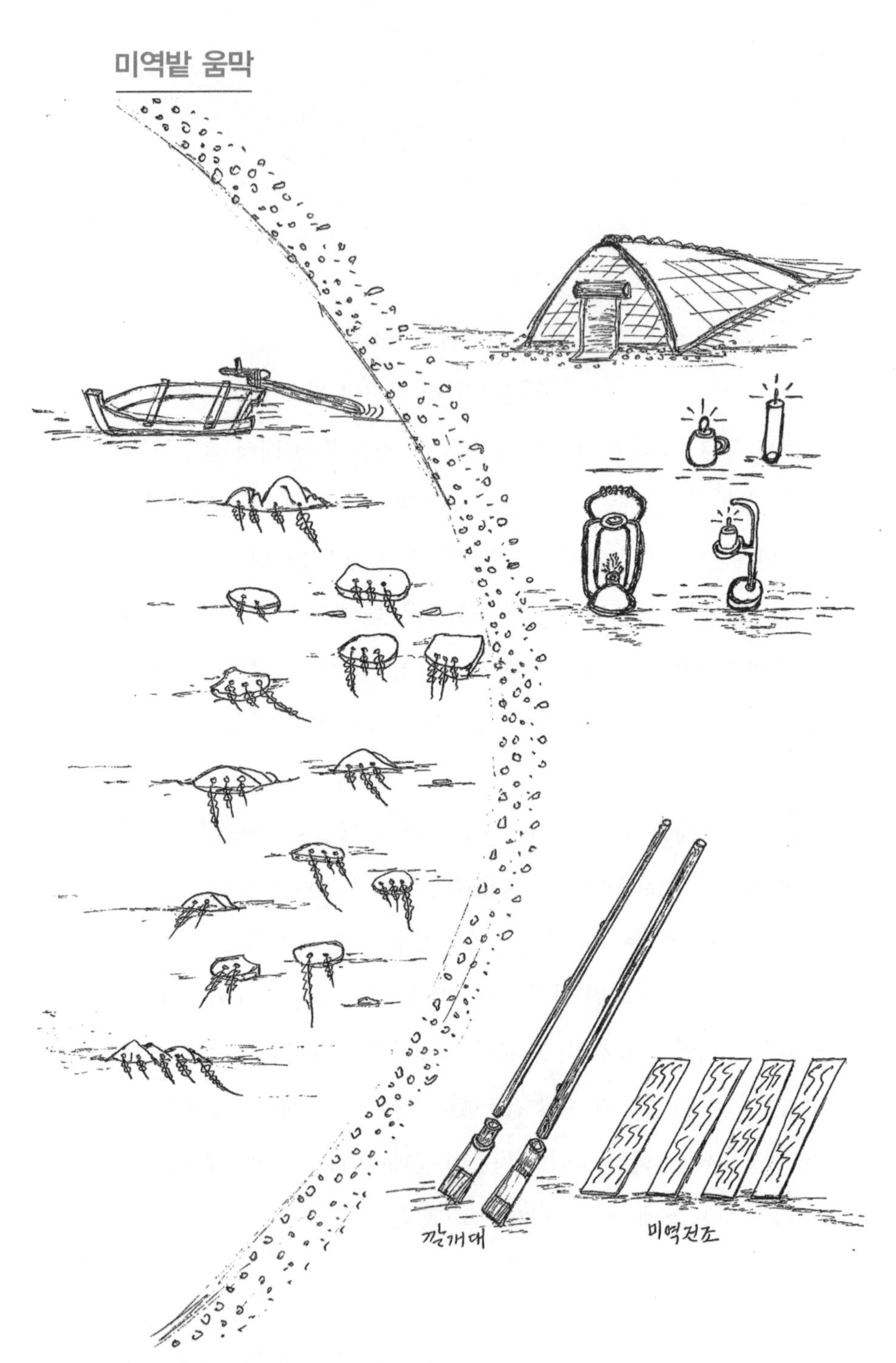

돌미역을 채취하려면 자격을 갖추어야 하는데 기본 조건은 첫 번째 어업에 종사해야 한다. 둘째 가족 중에 해녀가 있으면 조건이 된다. 그리고 기타 몇 가지 조건이 맞아야 어촌계 회원이 될 수 있으며, 미역 채취에 참여할 수 있다. 동진마을의 경우 두 군데 구역으로 갈라서 회원 배정을 했는데 일반돌과 배미돌로 이름 붙여 구분했다. 한 구역 당 어촌계 회원 수는 25호 내외이고 두 구역 전체는 50호쯤 되었다. 매년 추첨해서 미역밭(일반돌, 배미돌)을 새로 배정했다.

어촌계원이 되어 회원자격이 주어지면 미역밭 배정을 받아서 본격적인 미역밭 공동관리에 들어간다. 대체로 초겨울부터 시작해 다음 해 3월 초까지 미역을 키워 공동 채취할 때까지 공동관리하게 된다.

그 첫 번째 작업이 깔개라는 도구를 갖고 갯바위를 긁어 문지르는 작업이다. 당시에는 겨울만 되면 바다에서 갯바위를 닦고 있는 해녀와 마을 주민을 볼 수 있었다. 해녀들은 물속에서 주민들은 물이 빠져 드러난 갯바위에서 삽처럼 생긴 도구를 갖고 갯바위를 긁고 문질러서 미역 포자가 잘 붙도록 잡초를 제거하는 깔개질(갯닦기 작업)을 했다.

초겨울 찬 바닷바람에 회원 모두가 참여해서 작업하는 깔개질은 미역 농사의 시작을 알린다. 미역밭이 논밭처럼 소중하다 보니 관리하는 것도 굉장히 중요한 일이었으며, 회원들이 공동관리했다.

그렇게 키운 미역은 회원들의 봄철 주 소득원이 되었다. 또한 미역은 바다에서 나는 것 중에 부가가치가 높아서 돌미역을 담보로 돈을 빌리기도 했다. 빌린 돈으로 자식들 학교 기성회비를 내기도 하는 등 당시에는 돌미역이 효자 상품이었다.

좋은 돌미역이 자라는 곳은 거친 파도가 치는 바위이다. 이런 바다에서 자란 미역은 줄기와 잎이 가늘고 맛이 좋아 최상품으로 쳐준다. 소바위산 아래 바다에서 자란 미역도 파도가 거칠게 칠 때마다 쉬지 않고 움직이기 때문에 식감 좋은 최상품의 돌미역이라 생각한다.

초겨울이 지나가고 1월 하순으로 접어들면 미역이 제법 많이 자라서 바닷물이 빠지는 썰물 때가 되면 육안으로 확연히 보인다. 하루하루가 다르게 돌미역 자라는 속도가 빨라질 때쯤 어촌계원들은 구역별로 순번을 정해 돌아가면서 미역밭 지키는 일을 하기 시작한다. 미역밭 지키는 일은 저녁 일몰 때 시작해 다음 날 일출 때까지 계속된다. 정해진 구역에서 외부인 침입을 감시하는 지킴이 역할인데 순번이 돌아오면 하룻밤을 움막에서 지킴이를 해야 한다.

이때쯤이면 미역밭이 있는 일반돌과 배미돌에는 벌써 움막집을 지어 놓고 준비가 끝난 상태다. 움막은 바다 해안선과 가까운 곳을 피해 좀 떨어져서 평평한 곳에 짓는다. 움막 크기는 폭 1.8m 높이 1.8m, 전체 길이 2.8m 정도다. 하룻밤 지킴이를 하려면 매번 준비물을 챙겨서 가야 한다. 준비물은 이불과 석유 등잔불(호야등), 호롱불, 양초 등이다.

겨울 추위를 견디려면 외투 또한 단단히 입고 가야 한다. 2월 초 필자의 집도 지킴이 순번이 되었는데, 갈 사람이 없었다. 한참을 고민하던 어머니는 나에게 가면 어떻겠냐고 물었고, 나는 혼자는 못 가고 남동생과 같이 가면 가겠다고 했다. 어머니는 수락하셨다. 그렇게 해서 미역밭 지킴이를 하게 되었다. 당시 필자는 중학교 2학년이었다.

동진마을에서 소바위 해변 배미돌 움막까지는 1km 내외의 거리인데, 걸어서 가면 30분 정도 걸렸다. 동생은 호야 등을 들고 필자는 이불 보따리를 어깨에 메고서 움막에 도착해 안으로 들어갔다. 잠시 안을 둘러보니 전날 밤에 사용한 흔적이 있는 호롱불 받침대가 있었고 양초 동가리, 바닥 구석에는 짚단 2묶음 정도가 보였다. 움막 출입구는 가마로 막아놓아 들어갈 때와 나올 때는 손으로 밀어야 했다. 가져온 이불 보따리를 풀고 짚단 한 묶음을 풀어 돌바닥 위에 깔고 앉으니 움막 내부는 춥지 않고 견딜 만했다.

밤을 움막에서 보내려니 낯설기도, 무섭기도 했다. 움막 바깥으로 나가서 주변을 둘러보았다. 소바위 해변 배미돌의 주변에는 인적이 없고 겨울바람과 파도 소리만이 들릴 뿐이었다. 정면에서 밀려오는 파도는 해변에 닿으면서 하얗게 부서지고 있었다. 몇 번이나 움막을 들락거리다 보니 시간은 자정을 넘은 지 오래였다. 잠깐 눈을 붙이고 일어나니 등짝이 쑤시고 아팠다. 움막 바닥에 돌멩이가 깔려 있으니 잠깐 자는데도 등짝이 아팠다. 정신을 차리고 밖으로 나갔는데 동트기 직전이었다.

밤사이에 바닷물이 확 빠져나갔고 멀리까지 바닥이 드러나 있었으며 바위가 솟아있었다. 해변 가까이 가보니 돌미역이 바윗돌에 붙어 힘없이 늘어져 있는 것이 여기저기서 보였다. 미역 잎과 줄기, 미역귀, 미역 포기가 수십 개 아니 수백 개가 보였다. 말 그대로 돌미역이 밭을 이루고 있었다. 완전히 다 자란 미역이 아니기 때문에 더욱 자세하게 볼 수가 있었다. 소바위 해변 배미돌 미역밭 새벽 광경은 장관이었다. 필자가 운이 좋은 것 같다고 해야 할까? 우리 집의 당번 날에 딱 맞춰서 바닷물이 가장 많이 빠지는 썰물 때가 그날 아침 새벽인 것 같았다.

돌미역 수확 철이 다가오고 있었다. 다라이[25], 지게가 바쁘게 될 것이고 우리 집 마당과 장독대는 미역으로 도배가 될 것이다. 많은 세월이 흐른 지금 그곳은 올레길이 있고 봄이면 유채꽃을 볼 수 있는 곳으로 변했다.

25) 고무로 된 대야, 함지박

09

해초와 청각

● ●

초등학교 5~6학년 시절 7월 초 더위가 찾아오고 여름방학이 가까워질 때쯤 우리는 토요일 오후, 일요일이면 어김없이 친구와 같이 고동섬 앞 해변으로 천초[26]를 채취하러 갔다. 동네에서 고동섬까지는 약 2km, 땀을 흘리며 30분 정도 걸으면 현장에 도착할 수 있다. 준비물이라고는 망사리와 수경뿐이다. 당시 울산 동구 해안가 특히 슬도에서 고동섬까지 해안에는 천초가 풍부했으며 여름철이 되면 성수기라고 할 수 있다. 하지만 마음대로 아무나 바다에 들어가서 천초를 채취할 수는 없다. 동진마을에서는 해녀가 천초 채취 시기를 통제 관리하기 때문이다. 그 때문에 슬도 주변이나 동진산 밑 주변 바다에 들어가 천초를 채취하다 적발되면 문제가 생긴다. 천초 채취 허가가 나야 바다에 들어갈 수 있다. 그래서 우리는 친구와 같이 통제구역이 아닌 멀리 떨어진 고동섬 앞 해변에 천초를 채취하러 간 것이다. 주로 채취하는 해초는 천초(우뭇가사리), 깐도바리[27], 도박 등이며 가끔 청각군락을 발견할

---

26) 우뭇가사릿과에 속한 바닷말
27) 천초 이름

해초와 청각

때도 있었다.

그동안 채취해온 천초를 건조하려고 마당 한구석에 널어놓았는데 그것을 아버지께서 보았다. 야단을 칠까? 아니면 칭찬을 할까? 생각하는 중에 대뜸 바다 물질하는데 도구는 제대로 갖추고 하는지를 물으셨다. 천초 옆에 놓인 망사리를 보고는 바꾸어야겠다고 하면서 당장 튼튼하고 멋있게 만들어주시던 아버지의 기억이 아직도 남아있다.

방학이 시작되고 처음 고동섬 해변에 갔는데 시간이 많아서 평소보다 좀 더 깊은 곳까지 들어가 채취했다. 해초보다 청각을 더 많이 채취했다. 친구의 망사리에도 해초와 청각이 비슷하게 담겨있었다. 한번 물질을 하고는 물 밖으로 나와서 햇볕이 강하게 내리쬐는 몽돌밭에서 몸을 말리고 있는데 한 아주머니가 머리 위에 다라이[28]를 보자기에 싸서 이고 우리 쪽으로 다가와서 말을 걸었다.

"학생 총각 따끈따끈한 찐빵이 있는데 청각하고 바꾸어 먹어 보소."

하는 게 아닌가. 순간 귀가 솔깃한 우리는 얼른 대답을 못 하고 있는데 손이 빠른 아줌마는 벌써 반씩 쪼게 우리에게 건네었다. 돈 달라고 안 할 테니 맛이나 보라고 하면서 내밀었다. 덥석 받아서 맛을 보니까 꿀맛이었다. 점심시간도 지나고 물질을 방금 하고 나왔

28) 고무로 된 대야, 함지박

으니 배가 고플 만도 했다. 할 수 없이 조금 전 채취한 청각을 주고 친구와 나는 찐빵 2개씩을 받고 물물교환을 했다. 아주머니는 이제 볼일을 다 봤다고 일어나더니 "찐빵 사소~ 찐빵 사소~" 하며 또 다른 해변으로 갔다. 친구와 나는 찐빵 2개를 양손에 잡고 얼마나 맛있게 먹었는지 서로 마주 보며 찐빵 맛이 좋다고 말했다. 50여 년 전 고동섬 앞 몽돌 해변에서 친구와 같이 먹었던 따끈따끈한 찐빵 맛은 지금도 잊을 수가 없다.

이렇게 8월 초까지 채취한 천초를 햇볕에 바싹 건조하여 동네에 있는 천초 도매상으로 가져가 팔았다. 약 한 달 동안의 결과는 당시 돈으로 3,000원 정도다. 값이 나가는 천초는 우뭇가사리고 깐도바리와 도박은 우뭇가사리의 반 값도 쳐 주지 않았다. 그 돈으로 필자는 학용품도 사고 용돈으로 쓰기도 했다. 그렇게 채취했던 우뭇가사리는 한천[29]의 원료로 쓰였는데 미네랄, 요오드, 칼슘이 풍부한 저 칼로리 식품으로 알려져 다이어트 식품으로 적합하며, 피부미용, 노화 방지에도 도움이 된다고 알려져 있다. 한천은 잼, 젤리, 양갱[30]을 만들 때 쓰는 원료다. 우뭇가사리 묵은 여름철에 시원하게 얼음을 띄어 먹으면 그 맛이 일품이다.

청각은 사슴뿔 모양을 닮았는데 얕은 바닷속 바위에 서식하고 있는 녹조류다. 생청각을 물에 데쳐서 초장에 찍어 먹기도 하고 청각 냉국을 만들어 먹기도 한다. 또한 우리 몸을 건강하게 하는 여러

---

29) 우뭇가사리와 같은 홍조류를 끓인 다음 식혀서 굳힌 가공품

30) 엿에 설탕, 팥, 우무 따위를 넣고 반죽하여 바짝 끓인 후에 식혀서 굳힌 과자.

효능을 가지고 있어 바다의 녹용이라고 불린다.

특히 심혈관질환 예방, 빈혈 예방, 변비 개선에 좋아 제철에 많이 먹어두면 좋다. 채취한 청각을 집에 가져오면 어머니는 청각 냉국을 만들어 주셨다. 세월이 가도 그 맛을 잊지 못해 그리워진다.

10

창거, 갈거 채취

낚시는 어종과 장소, 때에 따라서 최적의 미끼를 선택하여 사용해야 한다. 바다낚시 미끼 종류에 창거와 갈거라고 부르는 것이 있는데 창거의 표준말은 참갯지렁이 또는 혼무시라 하고 갈거의 표준말은 청갯지렁이, 청개비라 부르는데 이곳 울산 동구 방어진에서는 개무시라고도 부른다.

바다낚시 때 가장 쉽게 접하는 것이 생미끼이다. 낚시점에서 생미끼를 살 때 상태를 육안으로 확인해 신선도를 측정할 수 있다. 좋은 미끼를 고르는 것이 낚시 고수가 되는 지름길인데 쉽지 않다. 먼저 약간 흔들어 보고 움직임이 활발한 녀석이 좋다. 반대로 미끼 상태를 눈속임하는 톱밥, 기타 부재료가 많이 들어있는 것은 피하라고 일러두고 싶다. 현장에서 통을 열어보면 미끼는 몇 마리만 있고 온통 부재료뿐일 때도 있다.

여기서 미끼의 대명사 혼무시를 채취한 이야기를 하려고 한다. 혼무시는 주로 갯가에서 잡는다. 쉽고 간편하게 채취하려면 썰물 때가 가장 좋다. 바닷물이 확 빠지고 나면 여기저기 군데군데 물웅덩이가 있는 넓은 공간이 나타난다. 이때 한번 채취했던 곳은 피해

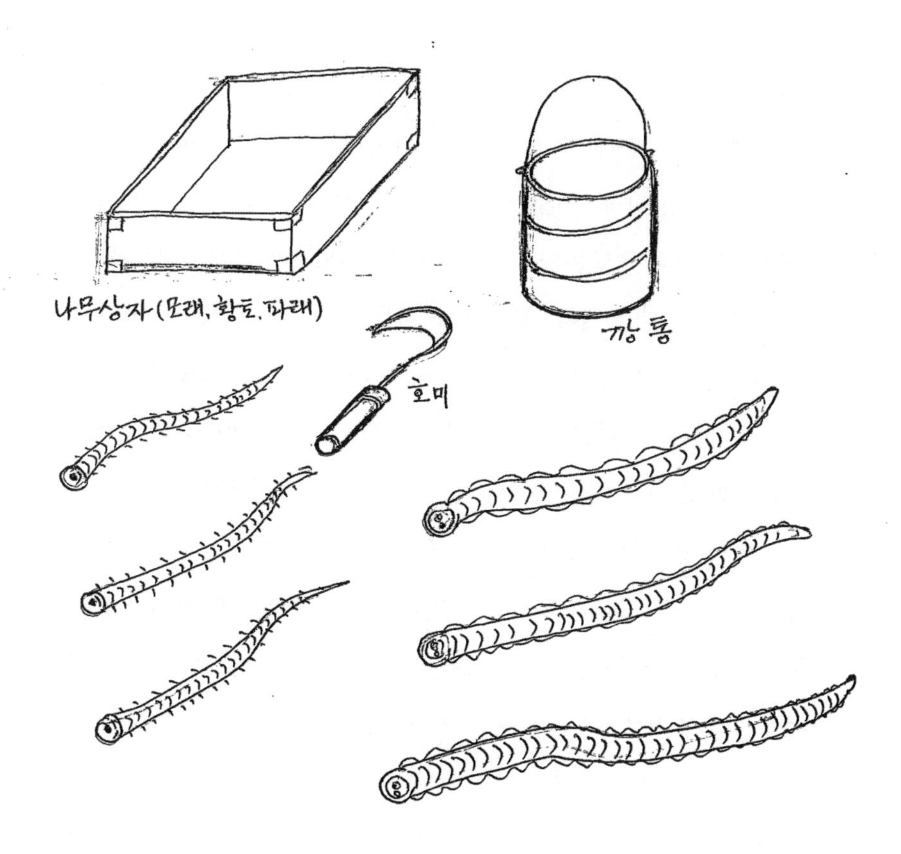
나무상자(모래, 황토, 파래)
깡통
호미

서 적당한 자리를 정하고 작은 돌부터 시작해 큰 돌까지 치워준다. 이때 호미는 필수이고 작은 곡괭이가 있으면 더욱 좋다. 계속 원을 그리면서 파고 들어가면 구덩이가 생기고 좀 더 파면 작은 절벽이 생긴다. 이때 절벽 면을 보면 혼무시 몸통과 꼬리 부분 일부가 보이면서 꿈틀거리기 시작한다.

혼무시가 사는 집 대문이 열린 것이다. 한두 마리 혼무시는 이때 바로 잡을 수 있는데 급하지 않게 천천히 벽면을 허물며 파고 들어가야 혼무시를 상처 없이 잡을 수 있다. 열심히 좌, 우측 벽면을 파고 허물면 수십 마리 정도는 잡을 수가 있다. 반대로 때를 잘못 맞춰서 허탕을 칠 때도 가끔 있다. 열심히 돌 치우고 파고 자리 잡아 절벽까지 만들어 놓았는데 금세 밀물이 밀려들기 시작할 때다. 그렇기에 타이밍을 잘 잡아서 혼무시 채취를 해야 한다. 보통 동진마을 산 밑에서 채취할 때도 있고 넓은 공간이 있고 확 트인 성끝마을(현재 소리 체험관이 있는) 앞바다에서 채취하는 경우도 있다. 또 다른 채취 방법은 바닷속으로 헤엄쳐 들어가 자갈과 모래가 아닌 석박(딱딱한 연황토색 흙)을 찾아서 망치를 이용해서 한 자(30cm) 내외 크기로 깨고 조각내면 그 속에 혼무시가 움직이는 것이 보인다. 석박이 혼무시가 사는 집인 셈이다. 석박은 흙도 아니고 돌도 아닌 흙과 돌 그 중간 정도의 딱딱한 연황토 흙으로 표현할 수 있다. 바닷속에 있는 석박을 찾아 지리대와 망치를 사용해서 석박을 깨면 석박의 단면에서 혼무시가 보인다. 보이는 혼무시부터 먼저 채취하고 그다음에 석박 속에 있는 혼무시를 잡는데 상처 없이 잡으려면 석박을 깨는데도 요령이 필요하다.

하지만 바닷속에서 석박을 찾기가 쉽지 않다. 동진마을 앞 바닷속 몇 군데만 분포되어 있다. 성끝마을, 소바위 해변, 울기등대 쪽 바다에는 석박을 찾을 수가 없다. 아무튼 석박 속에 사는 혼무시가 오리지널 혼무시라 생각된다. 윤기가 있고 탄력이 있으며 살이 쪄 탱탱하다. 미끼를 낚싯바늘에 끼워서 사용해 보면 입질도 좋고 갯가의 혼무시보다 더 오래 사용할 수가 있다.

혼무시 채취에서 성끝마을 움막집 이야기가 빠질 수 없다. 지금은 그 흔적을 찾아볼 수가 없지만 50여 년 전 현재 소리 체험관 앞과 바다 사이 돌밭에는 허름한 초가 움막이 한 채 있었다. 그곳에는 아버지와 아들, 딸 모두 세 식구가 살고 있었는데 아버지는 턱수염을 깎지 않고 항상 길게 하고 다녔으며, 움막집 노인으로 불렸다. 노인은 날마다 해변에 나가서 파도에 떠밀려 나오는 천초류, 곰피[31] 등을 주워 팔아서 생활하는데 바람이 불거나 세찬 파도가 칠 때는 갈고리 달린 긴 장대를 갖고 바쁘게 움직이며 각종 바다 해초를 주웠다. 아들도 날마다 집 앞 갯가에 나가서 참갯지렁이(혼무시)와 청갯지렁이를 잡았다.

바닷물이 들어오는 밀물 때나 만조 때를 제외하고는 갯가에서 살다시피 했다. 직업이 갯지렁이 잡이라 할 수 있을 정도였다. 채취한 갯지렁이는 며칠씩 모아 낚시점에 내다 팔았다. 당시 움막집 딸

31) 다시마목 미역과의 다년생 대형 갈조류

은 초등학교 6학년이었고, 아들은 19살쯤 되었다. 아마 동진마을, 성끝마을 통틀어서 날마다 갯지렁이를 잡는 사람은 성끝마을 움막집 노인 아들 한 명뿐이었다. 당시 1970년대 초는 직업 갖기가 쉽지 않을 때라 주어진 환경 속에서 나름대로 열심히 살았다. 그런데 움막집 세 식구 집의 위치가 아슬아슬하게 바다 가까이에 있어 태풍이라도 불면 쓸려나갈 것 같았다. 오가는 사람마다 불안해하며 집이 있는 자리가 위험해 보인다며 한마디씩 했다.

필자도 가끔 혼무시와 개무시를 채취했는데 종일 채취하면 혼무시 30마리, 개무시 20마리 정도 잡을 수가 있었다. 이틀 정도 잡아 울산 시내 제일 낚시점에 가져가서 팔았다. 혼무시는 한 마리당 6원 개무시는 2원을 쳐주었다. 이틀 작업한 용돈벌이가 500원 정도였는데, 당시 방어진에서 울산 옥교동까지 버스요금이 15원이었다. 이틀 동안 채취한 혼무시와 개무시를 팔고 집으로 들어갈 때 집 입구 구멍가게에서 하나에 15원 하는 술빵을 사가기도 했다. 찐빵은 속에 팥 앙꼬가 있지만, 술빵은 찐빵과 비슷하지만 앙꼬가 없고 표면에 드문드문 양대콩이 박혀 있다. 사간 술빵을 막냇동생에게 주면 맛있다고 싱글벙글했다.

이렇게 혼무시, 개무시를 잡던 그 시절이 아련한데 방어진 동진산 밑은 매립이 되었고 성끝 앞 바다는 슬도까지 다리가 놓여 있어 옛 모습을 찾아볼 수가 없다. 지금은 서식지가 많이 사라져 예전처럼 갯지렁이를 많이 잡을 수가 없다.

11

엿치기와 엿장수

엿은 지방마다 생산되는 곡물에 따라 고유의 첨가물이 들어가 엿의 이름이 결정된다. 경상도는 호박이 첨가되는 호박엿, 충청도는 무채를 넣었다고 무엿, 전라도는 고구마를 넣어 고구마엿으로 불린다.

엿은 달라붙는 진득한 점성으로 인해 이런저런 풍습을 만들어냈다. 조선 시대 출세 수단인 과거시험에서 합격하면 엿의 성질을 비유하여 "붙었다."라고 했고 불합격하면 "떨어졌다."라고 했다. 시험장소 초입에는 착 달라붙으라고 엿장수, 떡장수가 있었다고 전해진다. 이런 풍습은 지금까지 이어져 수능 시험 칠 때 합격 엿, 합격 떡을 먹기도 한다. 또한 혼례 의식 때 폐백 엿은 시집간 딸이 그 집안의 일원으로 착 달라붙어 잘 지내라는 친정어머니의 소망이 들어있다.

설날과 대보름날 등의 명절이나 특별한 날에는 엿을 만드는데, 그것을 복엿이라 하며 소원을 빌고 먹었다. 또한 반대의 경우도 있는데 상대에게 욕으로 쓰는 "엿 먹어라"가 있고 뭔가 직성이 풀리지 않을 때는 기분이 "엿 같다"도 있으며 난처한 상황이면 일이 "엿

엿치기와 엿장수

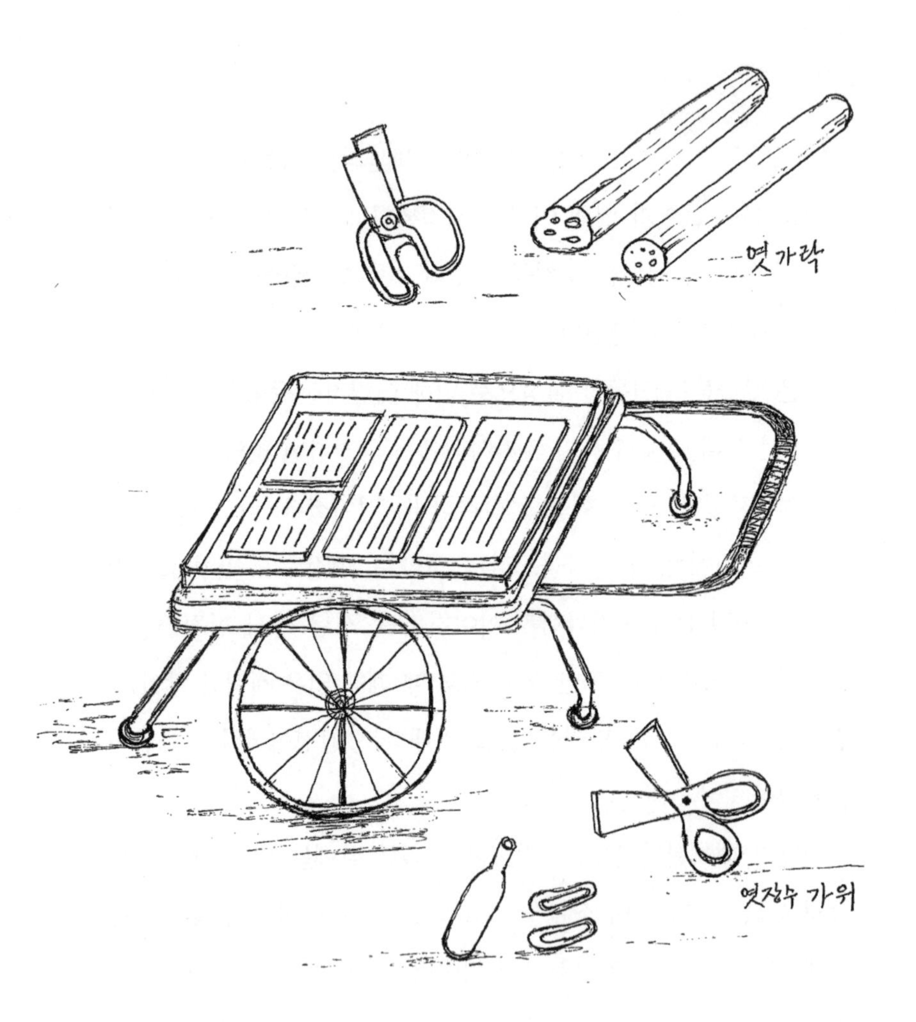

같이 되었다"로 표현한다. 이처럼 엿에는 긍정적인 의미와 부정적인 의미를 가지며 우리 생활과 엿처럼 붙어있다.

먹을 것이 부족했던 시절 엿장수의 철컥거리는 가위소리만 들려와도 반가워했으며 꼭 엿을 사지 않아도 엿장수 엿판 주변에는 사람들이 모여들었다. 필자의 동네에 오는 엿장수는 내진마을 토탄못 옆 작은 초가집에 사는 나이가 좀 많은 할아버지였다. 키가 큰 편이어서 옷차림은 늘 흰 광목 옷을 입었고 모자는 연 황토색 중절모를 썼다. 말이 흰옷이지 사실은 누렇다고 표현하는 것이 더 맞을 것이다. 갖고 다니는 가위는 컸고 소리는 "철컥득 철컥득"요란했다. 그 소리는 헌 신발, 헌책, 구멍 난 양은그릇, 우산, 구리, 쇳덩어리 등 집에 있는 고물들을 다 가지고 나오라고 하는 신호였다.

커다란 엿판에 넓적한 쇠를 대고 엿가위로 툭툭 치면 엿 조각이 떨어졌다. 얼마 안 되는 양이지만 많이 주고 안 주고는 그날 엿장수 마음이었다. 손수레에 엿판을 싣고서 손가락처럼 짧은 엿, 조금 긴 엿, 아주 긴 엿, 몇 종류의 엿판을 싣고 동진 동네 가장자리에 와서는 바로 엿장수 특유의 가위소리를 냈다.

어느 날 동네 청년들이 엿판 가까이 가서 엿치기 게임을 했다. 게임 방법은 흰엿을 동시에 부러뜨려 엿 속에 난 구멍 크기를 비교하는 것이다. 엿값 내기를 하는데 증인은 엿장수와 필자, 주변에 있는 초등학교 꼬마였다. 증인 겸 구경꾼을 두고 엿치기를 시작했다. 흰 분가루를 손바닥에 약간 묻히고는 부러뜨릴 엿을 고른다. 어느 엿가락이 구멍이 클까? 고수는 잘 고른다. 하수는 엿가락 구분이 조금 미숙하다. 또한 고수는 흰 엿가락을 폼이 나게 부러뜨려 입으로 불고는 구멍을 보여준다. 하수는 엿가락을 잘못 골랐는지 부러뜨려 놓고는 말수가 적어진다. 이제 판가름이 나고 진 사람은 엿값을 치르면서 다음에 또 한판 하자고 한다. 엿치기하고 남은 동가리 엿은 이긴 사람의 것이지만, 증인 겸 구경꾼인 꼬마와 필자에게 맛이나 보라고 한두 동가리씩 건네주었다. 이긴 청년은 윗동네에 사는 정길이 형이다. 필자와 꼬마도 엿 동가리를 받아 들고 마주 보며 맛나게 먹었다. 엿장수가 사라진 요즘 엿치기하는 모습은 찾아볼 수 없고 지난 그 시절 엿 맛은 잊을 수가 없다.

12

버텀골 나룻배

나룻배는 나루와 나루 사이를 오가며 사람과 짐을 실어 나르는 작은 목선을 말한다. 50여 년 전 울산 동구에는 나룻배가 있었다. 울산만을 건너는 교통수단으로 방어진 사람들이 많이 이용했던 버텀 나룻배와 나루터는 지금 그 흔적을 찾을 수 없다. 그 자리에는 현재 중형선박 분야 세계 시장 점유율 1위를 기록하고 있는 현대미포조선이 들어서 있다. 많은 세월이 흘렀지만, 아직도 어릴 적 나루터가 생각나고 나룻배라는 말만 들어도 마음은 동심으로 돌아간다.

우리나라 팔도에는 요충지마다 나루터가 있었다. 서울 경기지방은 마포나루가 있어 소금과 젓갈을 수송하였으며, 전라도 지방에 있던 섬진강 나루터는 내륙의 교통수단으로 이용했다. 낙동강 700리에 마지막에 있던 삼강 나루터는 삼강주막 내성천과 금천, 낙동강이 합류하는 곳에 위치해 수륙교통의 요지 역할을 했다. 버텀 나루터는 울산 동구 방어진 버텀 마을에서 울산만을 건너 장생포 대일 마을까지 각종 짐과 사람을 수송했다. 엔진 없는 무동력선으로 돛과 노를 이용했다. 당시 장생포 주변에는 대일시장이 있었고 규

나룻배

모도 제법 큰 편이었다. 시장 근처에는 홍등가와 번화가가 있었으며 방어진과 장생포 대일시장은 사람들의 왕래가 빈번했다. 이후 현대조선, 현대자동차 등 근로자 증가와 대중교통 발달로 버텀 나루터는 없어졌고 대일 마을과 시장에도 변화의 바람이 불었다. 1990년대 초, 인근 공단의 공해 문제로 장생포 일부와 대일 마을 전체가 철거되었다.

버텀 나룻배와 대일시장이 함께 사라졌지만, 필자에게는 아직 풀지 못한 나룻배에 얽힌 이야기 보자기가 있다. 초등학교 6학년 여름이었다. 어머니는 고구마 밭고랑 귀퉁이에서 키운 열무와 무를 시장에 내다 팔려고 했다. 어머니 혼자 들고 가기에는 양이 많았고 필자에게 도움을 청했다. 그런데 가까운 방어진 읍내시장이 아니고 버텀 나루터까지 들어달라고 했다. 멀긴 하지만 장생포 대일시장에 내다 팔려고 마음먹은 것이다. 필자는 열무와 무를 지게에 지고 어머니는 무를 머리에 이고 버텀 나루터로 갔다.

짐과 사람을 실은 나룻배 뱃사공은 흥이 나는지 노를 젓는 모습이 힘차 보였고 필자는 장생포 대일로 가는 나룻배를 보고는 빈 지게를 지고 집으로 향했다. 무더운 여름, 버텀 고개 넘기는 쉽지 않았다. 오르막길에 이르렀는데, 우측에는 망개산 좌측에는 계단 논들이 짧게 짧게 이어져 있었고 산 아래는 계곡물이 흘렀다. 필자는 빈 지게를 길 옆에 세워놓고 잠시 계곡물에 손을 씻고 발을 담갔다. 계곡은 폭이 좁고 깊지 않았다. 굵은 마사와 그 위로는 유리처럼 투명한 맑은 물이 흘렀는데, 뭔가 움직이는 것이 보였다. 가재였다. 1급수에만 산다는 가재 몇 마리가 맑은 물과 푸른 이끼, 굵은 마사와 함께 한가로이 놀고 있었다. 한참을 보다 빈 지게를 지고 계곡을 나와 오솔길을 걸어 조금 더 올라갔다.

계단 논들이 끝나고 평지가 나왔는데 평지에는 묘지가 여기저기 보였고 우측에는 산꼭대기가 보였다. 바로 그때 산꼭대기 쪽에서 작은 돌이 떨어졌다. 산꼭대기 쪽으로 쳐다보니 짐승 두 마리가 필자를 쳐다보면서 내려 보고 있었다. 사람이 지나가니 돌을 내려보낸 것이다. 순간 깜짝 놀라 등골이 오싹했고 진땀이 흘렀다. 빨리 현장을 벗어나야겠다는 생각으로 빠른 걸음으로 뒤도 돌아보지 않고 도망쳤다. 멀리 외딴 민가가 보였고 조금 더 가니 문재 마을이 나와 그제야 마음이 놓였다.

열무와 무를 지게에 지고 버텀 나루터로 어머니와 함께 가던 때가 엊그제 같은데 반세기가 훌쩍 흘렀다. 그때 그 나루터는 흔적이 없고 나룻배보다 수백 배나 큰 선박이 건조되고 있으며, 바다 위에는 울산대교[32]가 놓여 울산 남구 매암동과 동구 방어동을 이어주고 있다.

격세지감이라고 아니할 수 없다. 세월의 빠름을 우리 인생에 비유했던 촉나라 장수 강유의 말이 생각난다.

"문틈 사이로 백마가 지나가는 것처럼 우리 인생은 빨리 지나간다."

---

32) 울산대교는 우리나라에서 세 번째로 긴 도로 교량이다. 울산대교의 길이는 1,150m이고, 총 폭은 25.6m이며, 유효 폭은 16.5m, 높이는 64.9m로 양방향의 왕복 4차선으로 이루어져 있다. 교량의 상부 구조는 현수교이다.[네이버 지식백과]

13

정월대보름 찰밥

음력 1월 15일은 한국의 전통명절이며 한해의 첫 번째 보름날이자 작은 설이라고 부르는 정월대보름이다. 새벽 귀밝이술을 마시고 부럼을 깨물며 찰밥, 약밥, 나물을 먹으면서 한해의 건강과 소원을 달에 빌었다.

음식은 오곡밥, 귀밝이술 부럼은 호두, 땅콩 같은 것을 깨 먹었는데 그것이 부럼 깨기이다. 일 년 동안 무사태평하고 만사가 뜻대로 되어 부스럼이 나지 않도록 바란다는 의미가 있었다.

정월대보름에 만들어 파는 조리는 복을 가져다준다고 해서 복조리[33]라 불렀는데 새벽부터 조리 장수가 조리를 팔기 위해 전날 밤부터 조리를 사라고 동네를 돌아다녔다. 밤에 미처 사지 못한 사람은 이른 아침에 샀다. 일찍 살수록 좋다고 믿었기 때문인데 조리는 쌀을 이는 도구이므로 그해 행복을 조리로 일어 얻는다는 뜻에서 이 풍속이 생긴 듯하다. 각 가정에서는 몇 개를 한데 묶어 방문 앞이나 부엌에 매달아 두었다. 이렇게 조리는 우리와 친숙한 생활 도

33) 조리는 대나무나 싸리가지의 속대를 엮어 만들어 쌀을 이는 용구이다. 조리를 일어 그해의 복을 취한다고 하여 '복 들어오는 조리' 라는 뜻에서 복조리라 부른다

구였다.

정월대보름만 되면 작년 재작년에 쓰던 헌 조리를 하나 구해 들고서 동네 여러 집에 보름 찰밥을 얻어먹으려고 돌아다녔던 기억이 있다. 1960년대 말, 같은 동네 사는 한 해 밑 아우와 같이 보름 찰밥을 얻어먹기 위해서 헌 조리 한 개만 달랑 들고서 몇 집을 돌았는데 복조리에는 찰밥과 나물이 가득하게 담겼다. 얻어온 찰밥을 어디서 먹을까 주변을 살피고 두리번거리다가 양지바른 대밭 밑에 가서 앉아 먹기로 하고 그쪽으로 갔다. 조금 전만 해도 바람이 불었는데 자리를 잡고 앉으니 바람도 없고 양지바른 곳이라 찰밥 먹기에는 너무 좋았다. 자리를 잘 잡은 것 같아 서로 쳐다보고는 좋다는 표정을 지었다.

배가 고픈 필자와 아우는 각자 얻어온 찰밥과 나물을 한입 넣어보았는데 밥은 떡처럼 쫄깃하며 달고 나물은 입에서 살살 녹았다. 정월대보름 양지바른 대밭 밑에서 먹는 찰밥과 나물은 꿀맛이었고 그 맛을 지금도 잊을 수 없다.

배고픈 시절이고 동네 한 바퀴 돈 후 배고플 때 먹으니 그랬겠지만, 찰밥과 나물은 금세 동이 나 빈 복조리만 남았다. 평소에 먹었던 꽁보리밥과 비교할 수 없을 정도로 그날 먹었던 찰밥과 나물은 최고급 밥상이라고 이름을 붙여도 될 것 같다.

당시만 해도 어린 꼬마가 복조리를 들고 찰밥 얻으러 가면 주인 아주머니는 정지(부엌)에 들어가 별 군말 없이 찰밥 한 주걱을 복조리에 담아주었다. 아득한 옛이야기로 치부하자니 아쉬움이 남지만, 세월 따라 모든 것이 변하니 어쩔 도리가 없다.

14

기와집과 초가집

초가집은 볏짚으로 지붕을 엮어 만든 집이다. 서민들이 짓고 살았던 주택 형태인데 큰 초가집은 보통 정지(부엌)가 1개 방이 2개인 구조였고, 작은 초가집은 정지(부엌) 1개 방 1개 구조였다. 대부분 단층으로 한 방에서 가족들이 엉겨 붙어서 살았다. 추운 겨울을 나기 위해서는 온돌이 필요했다. 그 때문에 2층 이상으로 짓기에는 무리가 있었을 것이다. 때로는 썩은 지붕 지푸라기에서 지네가 떨어져서 마당에 기어가고 있는 것을 볼 때도 있었다.

당시 울산 동구 방어진 동진마을에는 약 100호 내외가 살고 있었는데 70호 이상이 초가집이었다. 필자의 집도 초가였는데 당시 동네에서 최고 큰 초가집이었으리라. 본채 외 아래채가 있었고 마당 안에 텃밭과 본채에는 뒤양간이라 불렀던 뒷마당이 있어 다른 집보다 넓었다.

다양한 형태의 초가집이 있었는데 주로 볏짚으로 엮어 지붕을 만들었다. 하지만 볏짚을 구하기 힘든 일부 지역에서는 볏짚보다는 덜 썩는 갈대와 억새를 사용하기도 했다. 그것들은 볏짚으로 만

기와집과 초가집

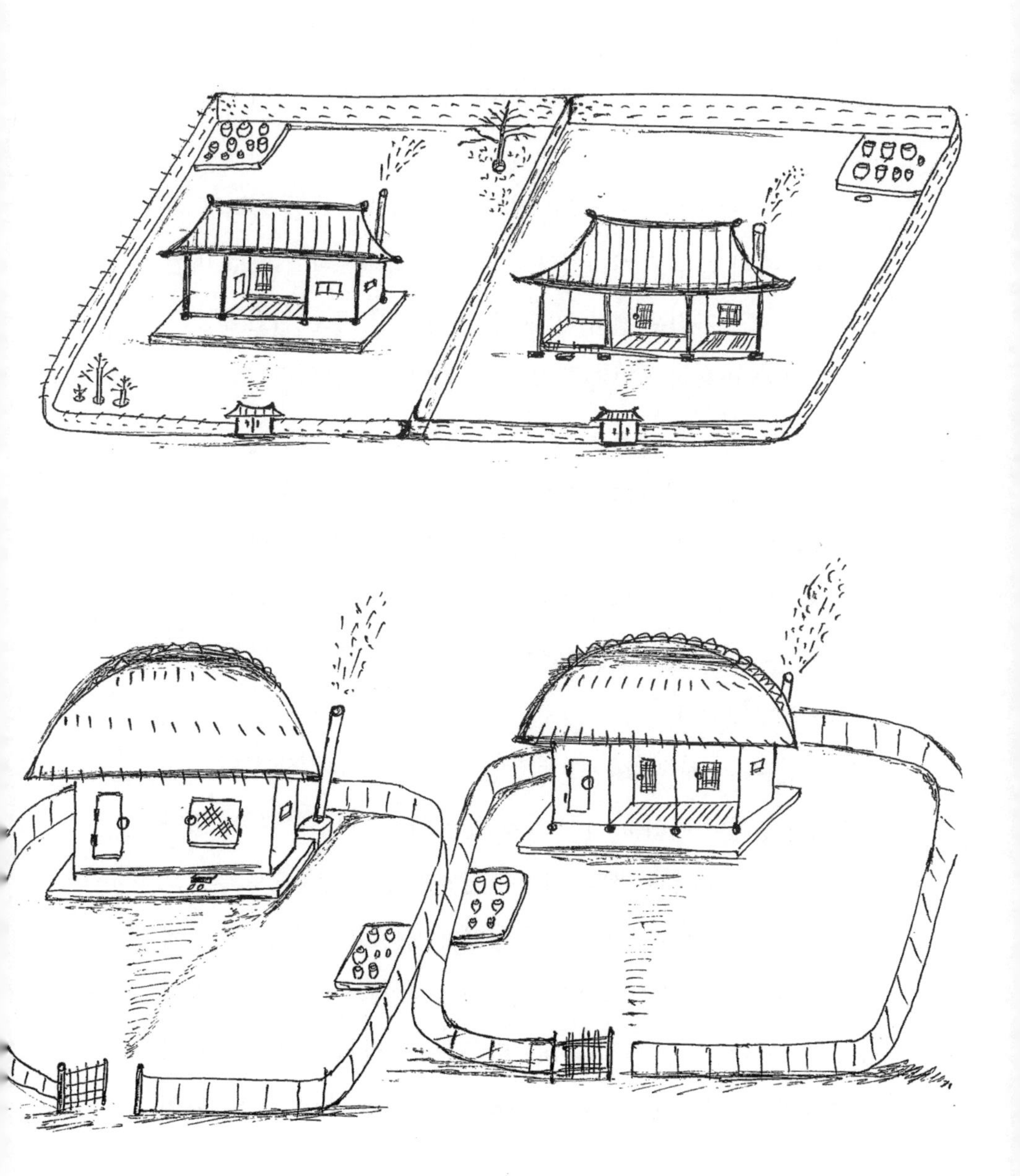

든 초가와는 비교도 안 되게 오래갔다. 초가는 1년에 한 번 지붕을 교체해 줘야 하지만 억새나 갈대의 경우 잘 이으면 10년 이상 간다고 한다. 다만 지붕에 얹을 만큼 갈대와 억새를 대량으로 구하기 어렵다는 단점이 있다. 이를 '샛집'이라고 하는데 지리산 지역에 주로 지어졌다.

1970년대 초가집은 가난의 상징이었다. 새마을 운동으로 그 많던 초가집들이 대부분 사라졌다. 지붕이 슬레이트나 기와로 바뀐 것이다. 현재 초가집은 경북 하회마을, 양동마을, 전남 낙안읍성 같은 일부 전통 마을이나 민속촌 같은 곳에 가야 볼 수 있다.

지난 시절 초가집 대청마루에는 다듬잇돌과 방망이가 있었다. 옷감의 구김을 펴고 반듯하게 만드는 여성이 주로 사용한 도구였는데, 해가 질 무렵 밖에서 놀다 대문 안에 들어서면 어머니가 다듬잇돌을 두드리는 소리가 들려왔다. 필자에게는 많은 추억이 담긴 소리라 잊지 못한다.

동진마을에는 작은 초가집에 살았던 친척이 다섯 집이 있었다. 그중에서 형편이 어려운 친척 집에 설날 아침이면, 아버지는 필자에게 심부름을 보냈다. 설날 아침에 남자가 먼저 대문으로 들어오면 그해 그 집은 번창한다는 말이 있었기 때문이다. 남아선호 사상의 단면이다. 그런 뜻이 숨겨져 있었다는 사실을 한참 지나서야 알았다. "가난할수록 기와집을 짓는다."라는 속담이 있다. 가난하다고 주저앉고 마는 것이 아니라 어떻게든 살아보려고 용단을 내어

큰일을 벌인다는 의미다. 초가에 살아도 노력하면 결과가 좋다는 뜻으로 가슴에 새겨둘 교훈이다.

초등학교 4~5학년 때 필자는 초가에 사는 친구 집에 놀러 간 적이 있다. 그런데 필자가 생각한 것과는 정반대의 풍경을 보고는 조금 놀랐다. 대문 앞 싸리문에 들어서는 순간 마당은 비로 쓸어 깔끔하게 청소가 된 상태라 감동을 받았고, 정지(부엌) 아궁이에는 불을 땐 흔적이 있었지만, 정리정돈이 잘 되어있었다. 아직 훈기가 남아있고 검은 무쇠솥은 윤이 나게 닦아 반질반질했다. "초가에서도 이렇게 깨끗이 해 놓고 윤이 나게끔 살림살이를 하네." 하고 혼잣말로 중얼거렸다. 아침 일찍 울산 장에 가고 안 계시는 친구 엄마를 주부 살림 9단으로 쳐주고 싶었다.

기와집 지붕을 기와로 덮어 마무리 한 집을 부르는 명칭이 기와집이다. 기화는 흙을 주재료로 틀에 부어서 가마에서 구워낸다. 또한 구울 때 청색 유약을 발라 청기와를 만들기도 하며 흙이 아닌 금속 재질로 기와 형태를 만들어 집의 지붕을 마무리하기도 한다. 방어진 동진마을에는 기와집이 10호 내외 정도 있었는데, 그 절반은 일본인이 살던 일본식 가옥이며 절반은 전통 한옥이었다. 그중 최고 잘 지어진 집에 놀러 간 적이 있었다. 초가보다는 크고 높아서 웅장해 보였다. 특히 연기 나오는 굴뚝이 처음 보는 모양이었다. 붉은 벽돌이 아닌 연한 검은색으로 쌓아 올린 굴뚝이 멋져 보였고 벽돌 사이사이에는 흰색 메지로 마감되어 색상이 조화로웠다.

또 다른 면은 마루에서 방으로 들어가는 구조였다. 바깥에서 바로 마루에 갈 수 없는 구조였다. 지붕 처마 밑에 길게 뻗은 레일 위에 4짝 문이 미닫이 형태로 있어 밀어야만 마루에 올라가 방으로 들어갈 수 있는 구조였다. 또한, 비, 바람을 막아주는 목재 유리문이 달려있었다. 초가에서는 볼 수 없는 구조물이었다. 주위를 살피다 마당을 보았는데 군데군데 이끼가 잔뜩 끼어있었다. '이 집주인은 마당 청소를 자주 안 하는구나!' 하며 위를 쳐다보았는데 지붕 기와에도 이끼가 잔뜩 끼어있었다. 친구 집의 깨끗한 초가집과 여기 소개된 이끼 낀 기와집이 대비되었다. 어디에 살더라도 생활 자세가 중요하다는 걸 깨달았다.

기와집은 장점도 있고 멋도 있지만, 집 관리를 잘해야 한다. 여러 가지를 점검하고 보완하고를 반복하면서 관리해야 한다. '기와집 짓고 살려면 관리 역량도 함께 갖춰야 하겠구나!' 하는 생각이 들었다. 이제 거의 사라지고 없어진 동네 기와집. 하지만 지방마다 아직도 남아있는 고택이 있어 옛 정취를 느낄 수 있다. 시간이 흐르면서 한옥이 변화하여 기와 형태는 유지하고 있지만, 시설은 편리함을 더한 형태로 진화되었다. 600년이 넘는 역사를 자랑하는 서울 북촌에는 지금도 수백 채의 기와집이 남아있다.

참고 : 동진마을 가옥 분포(1969년)

양옥집 2채, 기와집 10채, 양철(스레트집 포함) 집 13채, 초가집 80채, 창고 1곳(일본 적산), 공동우물 1곳, 방앗간 1곳, 놀이터 1곳(국유지), 동네 가게 (점방) 2곳, 골목길 9곳, 동네 밭 8곳, 들판유지(못) 4곳

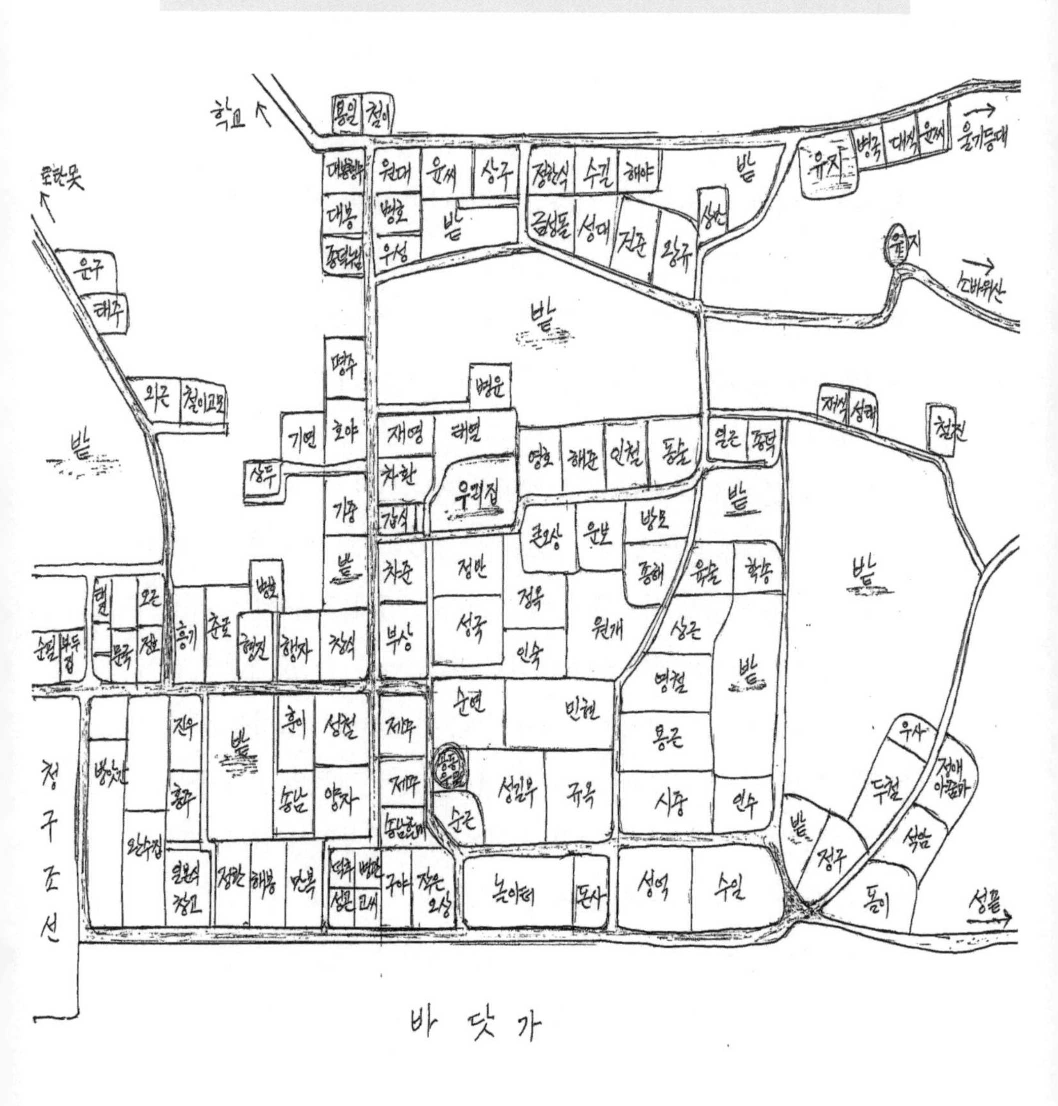

15

나무하러 가는 날

울산 동구 방어진은 땔감 구하기가 다른 지역보다 어려워 겨울나기가 힘들었다. 땔감이 없는 집 정지(부엌)에는 아궁이만 입을 벌리고 있었다. 땔감은 산에서 채취하는 나무, 낙엽, 풀 등이 있는데 수시로 들락거리며 나무를 하기에 가까운 산은 벌거숭이가 되었다. 그래서 멀리 떨어진 곳까지 가서 나무를 해오기도 했다.

생솔가지를 낫으로 쳐서 불을 때면 검은 연기가 나서 불 때던 사람은 매운 연기에 눈물을 철철 흘리기도 했다. 마른 솔가지는 화력이 좋아 좋은 땔감으로 사용되었다. 소나무 열매를 솔방울이라고 한다. 솔씨가 여물면 벌어져 속에 있던 씨가 빠져나가 빈 껍질만 남고 해가 지나면 떨어진다. 어린 꼬마들은 망태기에다 솔방울을 주워 담았는데, 솔방울은 화력이 좋은 땔감이었다. 잡목의 잎을 통틀어서 가랑잎이라고 하는데 동구 지역은 남목 가랑잎이 질이 좋은 편이고 계곡과 하천 주변에 많이 쌓여있었다.

북데기는 산소 주변이나 나무가 없는 잔디밭 등을 갈고리로 긁어모은 것이다. 불을 지피면 금방 타 없어지므로 헤프고 질 낮은 땔

나무할 때 도구

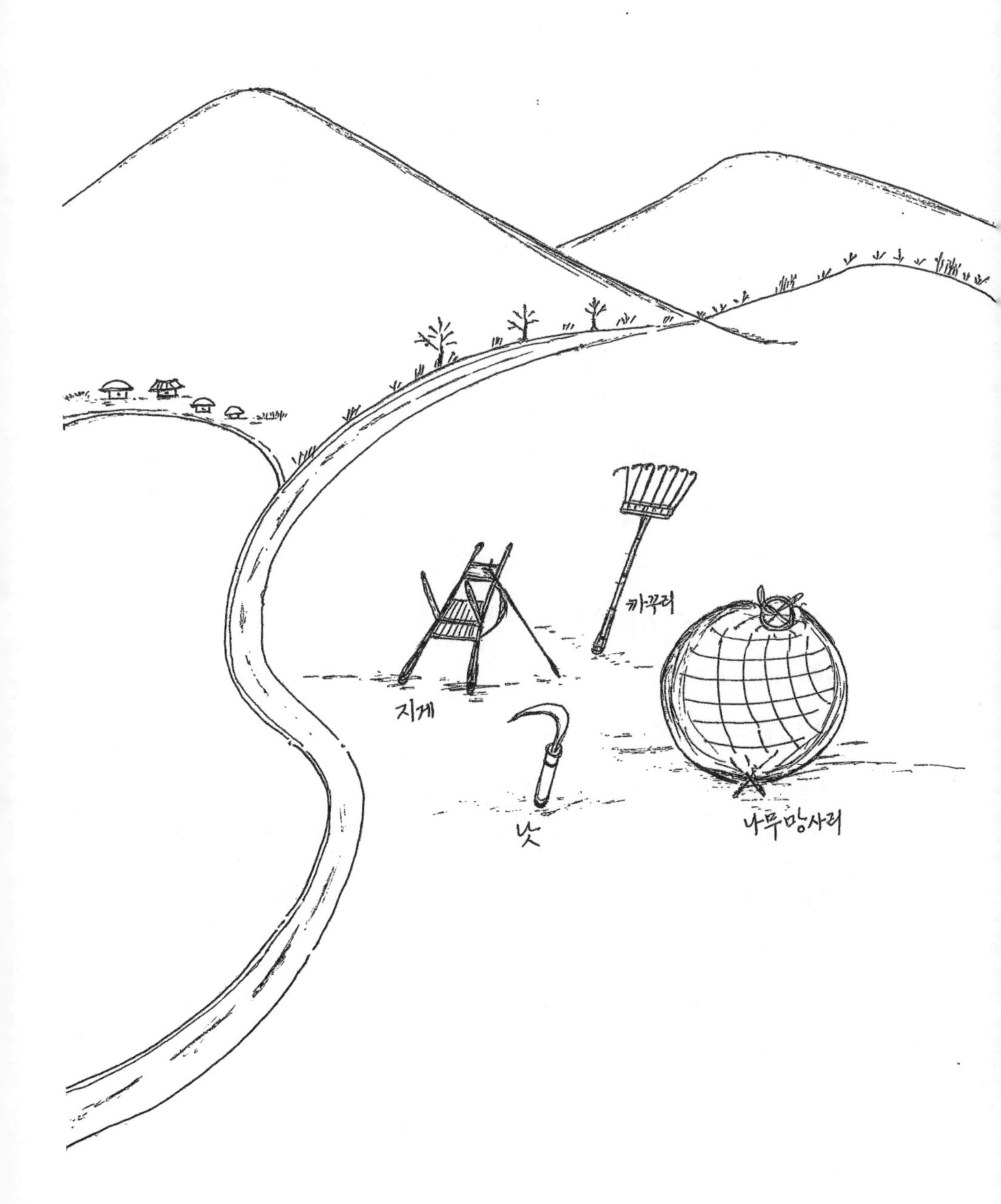

감이다. 하지만 당장 땔감이 없을 때는 북데기라도 해 와야 밥을 지을 수가 있었다.

장작은 통나무를 한자 반 정도의 길이로 자른 다음 도끼로 쪼갠 것인데 땔감 중에 가장 고급이다. 장작불을 때고 나면 채 타지 못한 불덩이가 남는데 이를 화로에 담아 보조 난방으로 긴요하게 사용하였다. 한번 타다 남은 불덩이에 물을 부어 끄면 검은 숯이 되는데 이를 모아 다리미에 넣어 불을 붙여 빨래를 다릴 때 사용하기도 했다.

그 밖에 썩은 나무 밑둥치 깔둥거리(그루터기의 방언)와 소나무 잎을 솔깝(소나무 잎)이라 했는데 솔깝(소나무 잎) 등이 이곳 동구 지역에서 많이 사용했던 땔감이다. 겨울만 되면 연례행사가 산에 나무하러 가는 일이었다. 도구를 준비해서 가야 하는데 완벽하게 갖추지 못하면 그저 보조 역할만 할 수 있었다. 도구로는 지게, 망사리, 까꾸리(갈퀴의 방언)는 기본이고 도끼, 톱, 낫 등도 함께 가지고 가야만 좋은 땔감을 해올 수가 있었다.

겨울밤을 따뜻하게 보내기 위해서는 좋은 땔감을 미리 준비하여 저녁이면 아궁이에 군불을 때야 하는데 대부분 가정이 좋은 땔감이 없어 따뜻한 겨울을 보내기가 쉽지 않았다. 형편이 좀 나은 집만이 땔감 장수가 소달구지에 잔뜩 싣고 다니는 장작을 살 수 있었다. 그렇게 산 장작은 아궁이가 있는 정지(부엌) 구석에 쌓아두고서 겨우내 불을 때고 살았다.

그 당시 땔감 장수는 대송, 번덕, 전하마을 사람은 보이지 않았고 대부분 남목에서 왔다. 어떤 날에는 소나무 장작을 또 어떤 날에는 화력 좋은 참나무 장작을 가지고 왔다. 보통 아침 무렵 동네에 도착했고 대부분 빨리 팔고 가는데, 어떤 날은 가지고 온 장작을 일찍 못 팔고 점심시간이 훌쩍 지난 오후에 팔고 갈 때도 있었다. 그마저도 가지고 온 장작을 다시 가져가지 않고 방어진 쪽에서 팔고 가니 다행한 일이었다.

남목 땔감 장수의 가장 큰 나무 소비처가 이곳 방어진 지역이었다. 필자가 살던 동진마을에는 약 100호 정도 되는 자연부락이 윗동네와 밑 동네로 분포되어 있었다. 당시 소달구지는 힘이 센 황소가 앞장서서 끌고 왔는데 고삐 줄을 잡고 온 사람은 땔감 장수집 아들쯤 되는 까까머리 중, 고생이었다. 땔감 장수는 덩치가 있고 키가 큰 남목 아줌마였다. 달구지가 안 올 때는 남목 아줌마가 혼자서 솔깝(소나무 잎) 1단을 머리에 이고 왔다.

남목 지역에는 땔감이 풍부해 땔감 장수가 많았으며 겨울마다 필자의 동네로 오곤 했다. 필자도 겨울이 되면 동네 형, 누나들을 따라 남목까지 나무를 하러 간 적도 있었다. 아침 일찍 출발해서 일산지, 번덕, 오좌불다리, 전하, 명덕마을을 지나서 조금 더 가야만 목적지인 남목에 도착한다. 추운 겨울 나무할 채비를 해서 처녀, 총각 4~5명 정도, 초등학생 2명 등 총 6~7명이 걸어서 가고 오곤 했다. 그때 필자는 초등학생이었다.

목적지가 현재 한국 프랜지 공장 뒤 계곡쯤으로 추정된다. 하천 좌우에는 보통 산태목이라고 부르는 오리나무들이 서 있고 겨울 갈수기라 하천 바닥은 물길이 없었다. 군데군데 물이 고인 곳은 얼음판이 투명하게 얼어있었다. 높낮이가 있는 계곡에는 썩은 깔둥거리(그루터기)와 가랑잎이 수북이 쌓여있는 것을 볼 수가 있었다. 하천은 폭이 넓고 자갈은 보이지 않았으며, 전부가 다 굵은 마사였다. 그때는 몰랐는데 전국에서 알아주는 유명한 울산 남목 마사가 그것이었다. 옥류천 하류로 추정되는 곳이다. 이런 광경은 방어진 쪽에서는 볼 수 없는 광경이었다. 그야말로 땔감이 풍부하게 늘려 있었다. 다들 이곳저곳 다니면서 열심히 나무를 했다. 점심나절을 지나고 다들 마무리해야 하는 시간이 다가오고 있었다. 겨울 해는 짧으니 서둘러야 했다. 아침에 준비해 간 참 먹을 시간이 되었다. 참을 먹고 나면 곧바로 귀갓길이다. 필자는 삶은 고구마 큰 놈 한 개를 참으로 가져갔다. 보온이 안 되는 시절이라 고구마는 차가웠다. 그래도 배가 고프니 요기는 되었다. 현대 조선소가 들어오기 전 그때 그 시절 동구 남목까지 나무하러 갔던 날을 더듬어 기억해 보았다.

16

우물에 빠진 동전

여름날 아침부터 더위가 몰려왔다. 엄마는 먼 길 갔다가 오려면 땀 꽤나 흘리겠다면서 걱정하며 필자에게 심부름을 시켰다. 낮에 재 넘어 버텀 마을로 갔다 오는 일이다. 초등학교 3학년인 남동생이 여름방학 때라 함께 갔다. 작은 보따리만 가져오면 되는 단순 심부름이었다. 버텀 마을은 바다 건너 매암동과 장생포를 마주하고 있으며 나루터가 있는 마을이었다. 몇 해 전 처음 갔을 때의 느낌은 마을 입구부터 대부분의 집들이 기와집이었고 담장도 기와가 얹어져 있어 조금 당황하기도 했다. 기와집, 기와집 또 기와집으로 이어지고 연결된 동네는 그때 처음 보았다. 필자가 사는 동진마을은 대부분 초가집이고 기와집과 기와집이 붙은 집이 딱 한 곳이 있었는데 일본 가옥이었다. 아무튼 버텀 마을은 부촌으로 보였다. 동생과 함께 가는 심부름 길은 편도 약 2km는 넘지 않았다. 동진마을에서 출발해 목거랑 다리를 지나 화진마을, 문재 삼거리를 지나면 버텀 마을이었다.

문재 마을쯤 가야 반 정도 간 거리가 되었다. 문재 마을은 집들이 모여 있지 않고 드문드문 흩어져 있었다. 가구 수도 10가구 미만인

우물가

작은 마을이며 방어진항에서 멀리 떨어져 있는 언덕 위에 조용한 외딴 마을이었다. 이곳에서 서쪽 방향 버텀마을로 가다 보면 길 우측에는 작은 우물이 하나 있었는데 우물가에는 수양버들과 두레박이 있어 보기만 해도 정겨움이 느껴졌다.

무더운 날씨에 버텀 마을에서 문재 마을까지 걸어 올라가야 하는데 지나는 나그네가 가장 먼저 찾는 곳이 아마 이곳 우물가가 아니었을까. 두레박 줄을 손에 잡고 번갈아 세 번 정도 올리면 물맛을 볼 수 있는 깊지 않은 우물로 잠시 쉬어가기에 좋았다. '문재 고개 외딴 우물이 이렇게 고마움을 주네.' 하며 덥기도 하고 목도 말라 수양버들 아래 우물가로 가서 두레박을 내리고 물을 퍼 올리려고 고개를 숙였다. 그때 윗주머니에 넣어둔 100원짜리 동전 한 잎이 그대로 우물 속으로 떨어졌다. '아차 내 동전 100원' 당황하며, 한참을 우물 속을 보았다.

은색 빛을 반짝이면서 우물 속에 빠져 있는 동전이 보였다. 생각 끝에 잘하면 우물 속 동전을 건져 올릴 수 있을 것 같았다. 이 궁리 저 궁리를 하다가 우물 안으로 들어가기로 마음을 먹었다. 우물 안으로 첫 번째 내려갔지만, 실패하고 올라왔다. 고개를 좌우로 저으면서 '할 수 있을 것 같은데' 하는 생각이 들었다. 그리고 첫 번째 시도가 실패했지만, 나름 소득도 있었다. 촘촘한 우물 돌 사이 이끼가 많은 곳은 피하고 손잡을 곳, 발 디딜 자리를 정확히 파악할 수 있었던 것이다. 잠시 후 두 번째 우물 안으로 내려갈 때는 순식간에 빨리 내려가고 우물 속 동전도 바로 건져서 올라왔다. 같이 따라간 동생이 타잔 같다고 말을 해주었다. '형이 저렇게 빨리 우물 속에 빠진 동전을 건져서 올라오네' 하고 속으로 조금 놀랐다고 했다. 기본 행동을 했을 뿐인데 동생이 그렇게 봤다니까 머쓱하기도 했다. 그 당시에는 경제환경이 열악한 상황이라 돈의 소중함을 알고서 우물 속에 빠진 동전을 건졌다는 생각이 든다. 당시 동전은 가치가 있었고 5원 10원짜리 동전을 많이 사용할 때였다. 방어진에서 울산 시내 옥교동까지 버스비가 15원 정도 했다. 요즘으로 치면 만 원 정도의 가치가 있지 않았을까?

문제를 해결하고 두레박으로 물을 퍼 목을 축이니 그 물맛이 얼마나 좋았던지. 이것이 우물에 빠진 동전 이야기인데 현재 그 자리는 흔적도 없다. 다만 추정해 본다면 옛 해양사업부 위 대로변 현대오일뱅크 주유소 앞쪽이 아닌가 추정한다.

17

호박잎에 빡빡 장

● ●

밥맛없던 여름날 빡빡 장과 호박잎만 있으면 꽁보리밥 한 그릇 뚝딱했다. 여름이면 호박잎을 따서 살짝 쪄 놓고 빡빡 된장을 끓여서 호박잎 위에 꽁보리밥 얹고 장 얹고 한 입에 넣어 먹으면 그 맛이 일품이었다. 또 빡빡 장에 따끈한 꽁보리밥을 쓱쓱 비벼서 먹어도 맛이 너무 좋아 잘 넘어갔다.

빡빡 장과 호박잎은 바늘과 실처럼 서로 궁합이 맞고 짝꿍처럼 조화로웠다. 아무튼 여름날 쉽게 상차림 할 수 있었던 호박잎에 빡빡 장, 일부 지역에서는 그 장을 강된장이라고 불렀다. 열무김치와 빡빡 장도 궁합이 잘 맞았다. 고구마 밭고랑이나 콩밭에 드문드문 심어 놓은 열무를 솎아서 열무김치를 담갔다. 풋고추 듬뿍 넣어 끓인 빡빡 장과 열무김치를 비벼 먹어도 꿀맛이었다. 여름날 열 가지 반찬보다 나았던 것이 풋고추 넣은 빡빡 장이었다.

또 비슷한 음식은 콩잎 쌈에 빡빡 장이다. 연하고 부드러운 시기에 따서 콩잎으로 콩잎김치, 콩잎물김치, 콩잎쌈김치 등을 담가서 빡빡 장과 함께 먹으면 밥도둑이 따로 없다.

김치라 해서 일반 배추김치처럼 빨갛게 만드는 것이 아니고 된

빡빡장 저녁상

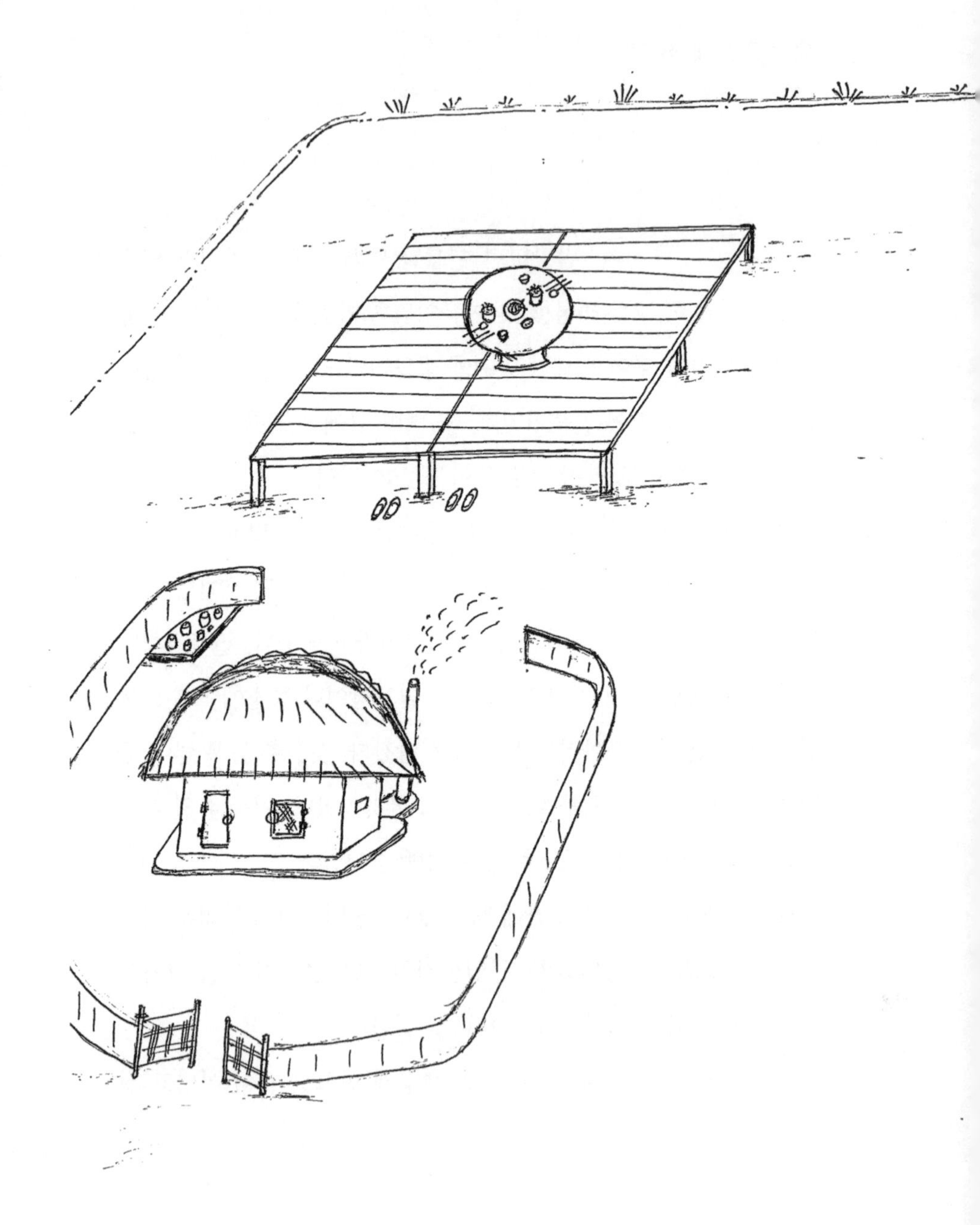

장 육수에 간단하게 절이듯 담가서 며칠 삭혀 빡빡 장에 쌈을 싸 먹는 것이 콩잎 쌈김치이다. 부드러워서 그냥 밥 얹고 장 얹고 한입 넣어 먹으면 이것 또한 꿀맛이다.

옛날 보리밥은 어려운 시절에 가난한 서민들이 먹는 밥이라서 보릿고개라는 단어가 생겼지만, 요즘엔 건강식으로 당뇨를 예방하고 골다공증 예방과 장운동에 도움을 주어 변비 개선에도 좋다고 한다. 그때는 미처 몰랐지만 보리밥이 이처럼 다양한 효능을 갖고 있었다. 보리 종류는 쌀보리, 겉보리, 늘보리가 있으며 어릴 적 많이 접한 것이 쌀보리이다.

한여름 해 질 무렵 뒷마당 평상에 둘러앉아서 먹었던 밥은 꽁보리밥에 호박잎과 빡빡 장인데 돈 안 들이고 쉽게 할 차릴 수 있었던 식단이며 요즘으로 치면 건강 식단이라 말할 수 있다.

18

설날 목욕탕

● ●

울산 동구 방어진은 100여 년 전 외국으로부터 근대 문물을 받아들인 곳으로, 일제강점기에 지어진 적산가옥과 5백 년 된 곰솔나무, 울산 최초 목욕탕 등 가치 있는 유산이 산재해 있다. 100여 년 역사의 방어진 공중목욕탕은 울산 최초 공중목욕탕으로 일본인이 설립했다. 방어진 연안에는 근대식 항구와 어선의 접안시설이 건설되고 어업에 필요한 여러 시설도 들어섰다. 뒤를 이어서 어구 상점, 조선소, 시장, 식당, 유흥가 등이 생겨났는데 이때 목욕탕이라는 대중의 전탕이 생겨났다. 전탕이란 돈을 내고 목욕을 하는 목욕탕을 말한다. 1915년 방어진에 설립된 하야시카네의 직원 전용 목욕탕으로 하리마야탕이라 불렀는데, 지금은 장수탕이란 이름으로 상호가 바뀌었다.

당시 울산 읍내에는 목욕탕 자체가 없었다. 방어진 사람들은 일본인이 경영하는 목욕탕이라도 갈 수 있었지만, 울산 읍내 사람들은 목욕탕 문화의 혜택을 누릴 수 없었다. 울산 읍내 목욕탕이 생긴 것은 1940년 이후의 일로 두 개의 목욕탕이 생겨났던 것으로 전해진다.

100년 된 목욕탕

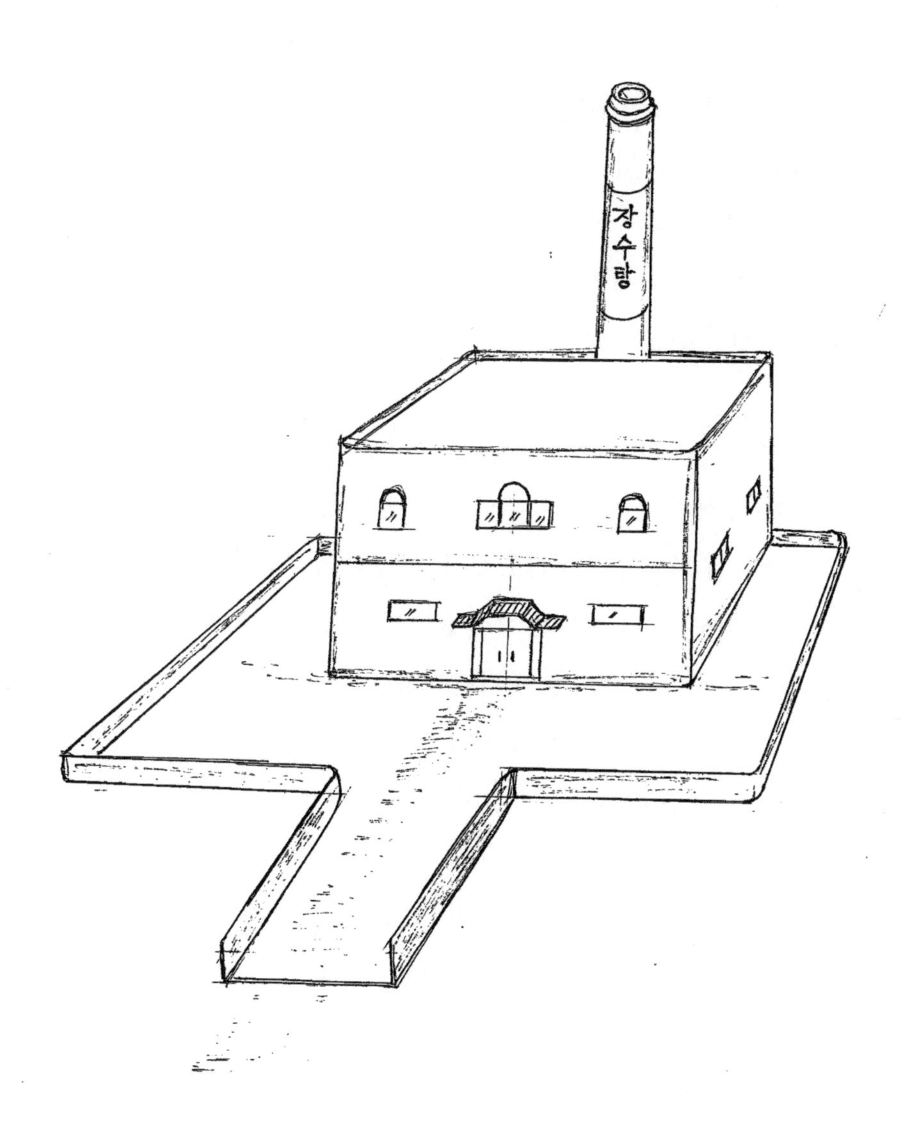

이렇게 다른 지역보다 일찍 근대 문물을 받아들이다 보니 방어진은 울산 최초의 목욕탕이 들어선 것 말고도 처음으로 전기가 들어온 곳이기도 했다. 그러나 승승장구하던 방어진은 일본이 2차 대전에서 패망하자 방어진에서 모든 사업을 중단하고 부동산을 매각하거나 그대로 두고 일본으로 떠날 수밖에 없었다.

그중에는 평소 영업을 돕던 사람이나 친하게 지낸 이웃 사람에게 관리권이나 소유권을 맡겨놓고 떠났다. 반세기가 넘은 세월이 흘렀지만, 지금도 방어진 시내에는 그 시절 이용했던 그 목욕탕이 그대로 남아있다.

필자가 어릴 적 이용했던 목욕탕도 장수탕이다. 1960년대 후반만 해도 방어진 읍내에는 목욕탕이 딱 한 곳밖에 없었다. 평상시에는 목욕탕에 가는 것을 생각도 못 했다. 집에서 무쇠솥에 물을 데워서 씻고 일상생활을 하다가 설 명절이 가까워지면, 설날 하루 이틀 전에야 부모님은 목욕비를 주시면서 방어진 읍내 목욕탕을 다녀오라고 보냈다. 즉 목욕탕은 잘 가야 1년에 딱 한 번 설 명절이 되어야 가는 것이 전부였다.

목욕비를 주고 목욕탕 출입구를 거쳐서 들어간 탈의실에는 개인 옷장에 열쇠가 꽂혀있는데 열쇠가 보이질 않는 빈 옷장을 찾기가 어려울 정도였다. 겨우 옷장 끝에서 빈 곳을 찾아 탈의한 옷을 사물함에 넣고 탕으로 들어갔다. 탕 내부에는 사람들로 가득 찼고 발 디딜 틈도 없었다. 뿐만 아니라 목욕탕 내부는 수증기 때문에 김이 서려 앞을 보는 것이 어렵고 바로 앞뒤에 있는 사람만 겨우 볼 수가 있었다. 정신을 가다듬고 한쪽 벽으로 바싹 다가가면 주변에는 많은 사람이 앉아서 몸을 씻었다. 바로 앞 벽에는 수도꼭지가 붙어있었다. 돌려서 열어보니 더운물이 나왔다. 이제야 자리를 잡았다고 생각할 때쯤 이미 필자의 몸은 내부 열기와 수증기로 인해서 반 목욕을 한 상태가 되었다. 때가 잔뜩 낀 손등과 발등은 씻기 좋게 퉁퉁 불어 있었다.

우리 몸의 몇 군데, 즉 손등과 발, 목덜미만 깨끗이 씻어도 부모님이 칭찬해 주었다. 필자는 더운물을 받아 때가 불어 있는 세 군데를 깨끗이 씻고 또 한 번 더 씻으니 손등과 목덜미가 빨갛게 되었다. 이 정도 씻으면 잘 씻었다고 해주시겠지 하며 일어나 옆을 보니 찬물을 퍼서 쓰는 곳이 있었다. 남탕과 여탕에서 각기 퍼 쓸 수 있게 중간 벽을 막지 않고 트여 있어 엉덩이를 쳐들고 트인 중간으로 머리를 숙여 보니 여탕 안이 보였다.

필자보다는 어린 초교 2학년쯤 되어 보이는 꼬마 녀석을 엉덩이를 내밀고 머리를 숙여 보려다 목욕 바가지로 뒤통수를 '탁' 맞았다. 옆에서 목욕하던 어른이 꿀밤과 바가지로 나무라고 야단을 친 것이다.

이런 광경과 모습이 1960년대 말부터 1970년대 초 장수탕 설날 대목 목욕탕 모습이다. 1972년 현대조선이 이곳 동구에 설립되고 점차 인구가 늘어나면서 70년대 중, 후반쯤 방어진 내진마을 쪽에 동해목욕탕이 건립되면서, 방어진 시내에는 두 개의 목욕탕이 쌍

벽을 이루면서 경쟁하는 체제로 변모했다.

목욕은 깨끗하지 않았다는 것을 느낄 때 청결을 추구했을 것이다. 나아가 몸을 청결하게 할 공간이 필요했는데 그 공간이 바로 목욕탕이다.

근대적 개혁을 급진적으로 추구한 개화파 박영효는 1888년 고종에게 건백서에 다른 개혁안과 함께 목욕탕 설치를 요청했다.

"근대에 접어들면서 목욕은 청결이라는 의미를 넘어 문명과 개화라는 사고와 연결되는데, 목욕은 위생을 실천하는 방법이고 문명을 성취하는 방법이다."라고 건백서에 적었다. 1800년대 구한말에 우리 목욕문화의 단면을 보여준다. 이제 목욕탕은 시대의 과제가 아닌 힐링과 피로 해소의 목적이 더 강하다. 아무튼 필자가 50여 년 전에 이용했던 장수탕이 아직도 남아있으니 이제는 울산 동구의 근대 문화유산으로 유지, 관리되길 바랄 뿐이다.

19

동네 이발소 풍경

어릴 적 이발소는 방어진 읍내에 있는 고급 이발소와 동네에서 하는 무허가 간이 이발소 두 군데를 이용했다. 평상시에는 동네 이웃에 있는 간이 이발소를 더 많이 이용했다. 이발 요금이 읍내 이발소에 비해 반값도 안 되니 부담 없었다. 그 당시 초등학생 머리 모양이라 해 봐야 남학생은 빡빡머리고 여학생은 바가지머리가 보통이었다. 그것도 집 뒤뜰에서 책상 의자 하나 달랑 놓고 나일론 보자기로 어깨를 감싸 덮어 앉히고는 간단하게 바리깡(이발기)으로 빡빡머리를 만들어 놓고 머리 뒤 면도를 하면 끝난다. 기다리는 손님도 없고 빨리 깎아 주면서 이발 요금이 싸기 때문에 자주 이용했다.

읍내에 있는 고급 이발소는 추석이나 설 명절이 되어야 갔다. 그곳은 방어진 구어판장 옆 삼화상회 앞 골목으로 들어서면 바로 우측 편에 자리하고 있었는데, 간판 이름은 대성이발관이었다. 꼬마, 학생, 신사, 노인 구분 없이 늘 손님으로 붐볐다. 이발소 내부 문을 열고 들어가면 큰 고급 가죽 의자 두 개와 대형 거울이 버티고 있었다. 바리깡이 종류별로 놓여 있는 것이 눈에 들어왔고 소가죽 면도

동네 이발소

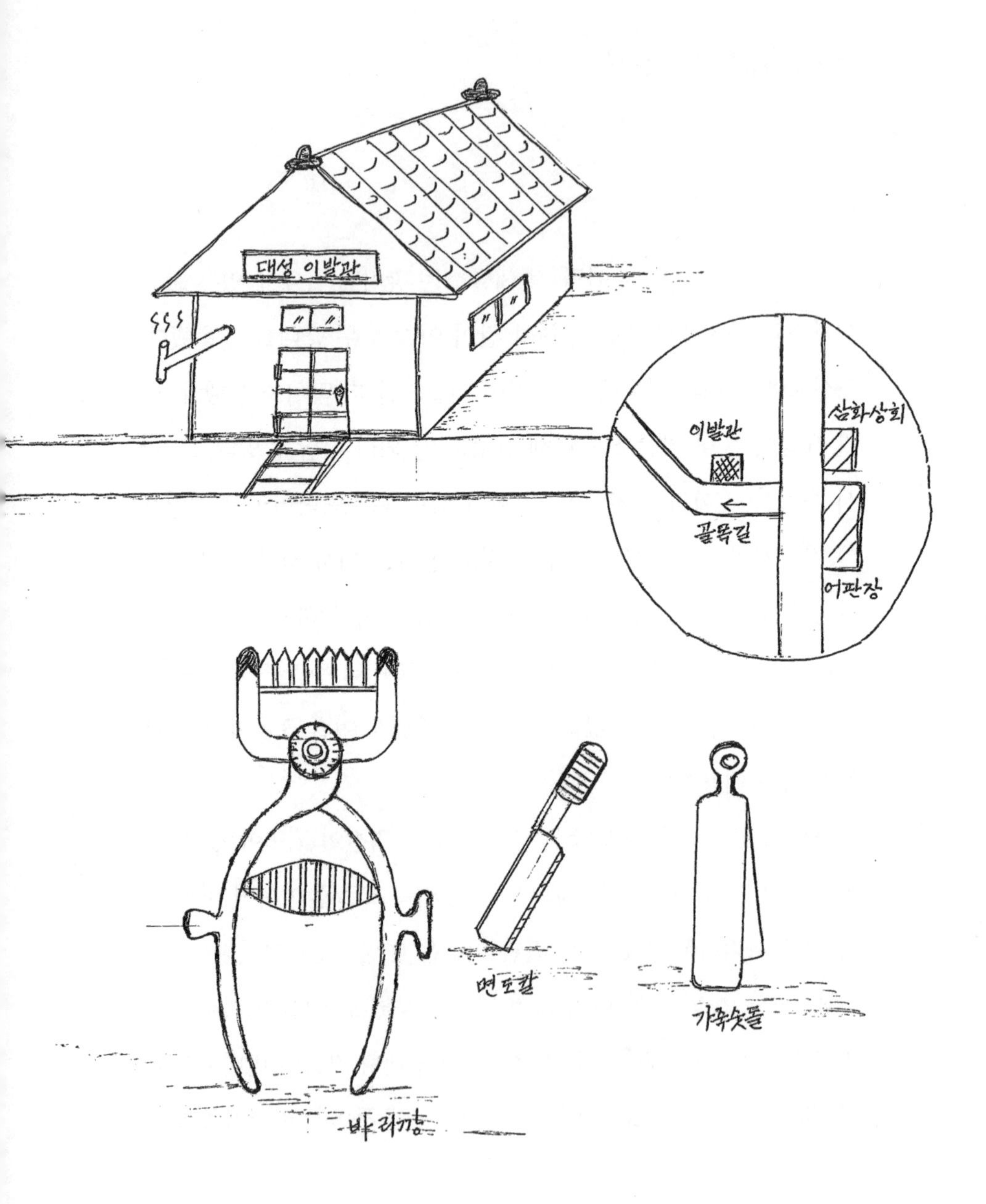

날 갈이와 가죽숫돌은 머리 감는 세면대 옆 기둥에 걸려 있었다. 중간에는 난로가 있었는데, 그 위에서 물을 데웠다. 그리고 물수건도 보였다. 우측 벽 쪽으로는 이발 대기자용 낡은 나무 의자가 길게 놓여 있었으며, 큰 고급 가죽 의자 앞 진열대 위에 있는 금성 라디오에서는 뉴스가 흘러나왔다. 이런 광경이 읍내에 있는 이발소의 모습이었다.

어느 날 어머니가 필자를 불렀다. 머리가 많이 길어 보이니까 우 씨 집에 가서 머리를 깎고 오라고 했다. 이발비를 받은 필자는 우 씨 아저씨 집으로 가서 "계시는교? 계시는교? 이발하러 왔심 데이" 하고 불렀다. 잠시 후 우 씨 아저씨는 엷은 미소를 지우며 방문을 열고 나왔다. 우 씨 아저씨 부인은 제주도 해녀 출신이라 낮에는 바다 물질하러 나가 우 씨 아저씨 혼자만 있었다. 아저씨도 제주도에서 동진마을로 온 제주 사람이었다. 원래는 작은 목선 댐마 배를 건조하는 목수 일을 오래 했는데 일감이 없어 집에서 동네 간이 이발소를 했다.

살짝 웃으면서 학생 왔냐고 물어보고는 예 하니 뒷마당으로 가자고 했다. 넓지 않은 작은 뒷마당 처마 안쪽에 보관해놓은 책상 의자를 내어놓고는 이발 준비를 하고 사각 나무통을 꺼내 와서는 뚜껑을 열었다. 은빛 바리깡(이발 기계), 목, 어깨를 감싸 덮는 나일론 보자기, 면도칼, 면도 거품 솔 등 우 씨 아저씨의 이발 도구가 사각 나무통 안에 보관되어 있었는데, 정리정돈이 잘 되어있었다. 허가 된 이발소는 아니지만 비슷하게 흉내 내는 간이 이발소였다. 따스한 햇볕이 들어와 있는 뒷마당 담장은 흙 담장이 아닌 대밭 울타리로 낮게 자란 대나무 잎이 햇살에 반사되어 빛이 나고 있었다. 뒷마당 여기저기에는 푸른 이끼가 있었는데, 우 씨 아저씨는 꼬마 손님이라고 정성을 다했다. 책상 의자도 한 번 더 닦고는 바르게 놓고 필자를 앉게 한 다음 나일론 보자기로 목과 어깨를 감싸 덮고는 은빛으로 반짝이는 바리깡으로 필자의 머리를 까까머리로 만들었다. 이것이 50여 년 전 동네 간이 이발소 풍경이다.

고급 이발소에는 여러 부류의 손님이 있었는데 필자는 최고도 중급도 아닌 하급에 속했다. 면도날을 가죽숫돌에 정성껏 간 후 매끄럽게 면도하는 것, 고급 가죽 의자에 편하게 누워 쉬게 하는 것, 따뜻한 물수건으로 얼굴을 부드럽게 하고 고급 골드 크림을 바르는 것 등 이런 서비스는 하급 손님에게는 제공되지 않았다. 단지 머리 깎은 후 뒷 면도와 머리를 감겨주는 것만 해주었다. 특히 머리를 감기고 할 때는 물벼락과 비누 거품이 예고 없이 동시에 같이 흘러내려 머리를 숙이고 있을 때 숨쉬기조차도 힘들 때가 있었다. 이때 눈치 빠른 주인 이발사는 얼른 수건으로 얼굴 전체를 한번 닦아 주었다. 당시 대성이발소는 머릴 감기고 면도를 하는 직원을 별도로 두지 않고 주인 이발사 혼자서 했다. 이발소 바깥에는 파랑, 빨강, 희색으로 구성된 삼색 등이 돌아갔다. 이것이 방어진 읍내 골목 이발소인 대성이발소 모습이다.

제 3 장

사회, 문화

사회문화의 단면을 통한 동구 주민의 삶의 모습을 담았다.

01

8 · 15 광복절 축구대회

동구 방어진에서는 해마다 8월 15일이면 8 · 15 기념 축구대회가 열린다. 동구청이 후원하고 동구축구협회가 주관한다. 1960년대 전후를 기억하는 방어진 사람들은 매년 8 · 15 광복절이 다가오면 울기등대 송림 속 방어진 중학교 대운동장에서 열린 광복기념 축구대회의 축제 분위기가 떠오를 것이다. 그때가 되면 방어진 읍내 자연부락 마을마다 청년들은 축구대회 준비에 바빴다.

대회에 참가하기 위해서는 선수 확보와 출전에 드는 일체의 비용을 마련해야 했다. 1960~70년대만 해도 동구 주민은 대체로 농어업에 종사하였으며, 인구가 얼마 되지 않았다. 당시 빈약한 생활 여건에서 일정 금액을 각출하는 것은 쉬운 일이 아니었다. 특별히 희사금을 낼 만한 독지가도 없었지만, 동네 전체의 명예가 걸린 대회이기에 출전을 포기할 수도 없었다. 소요 비용은 선수들의 유니폼과 축구화(지가다비 신발이라 부름) 출전 입회서, 연습, 대회 때 음료수, 당일 참석한 마을 주민을 위한 음식 준비하는 데 필요했다. 비용 마련을 위해 동네청년회장과 몇몇 회원들은 가가호호 방문하며

8 · 15 축구대회

동네를 한 바퀴를 돌아야 했다. 그렇게 해서 모은 돈으로 축구대회를 열었다.

당시 축구화는 턱없이 비싸거나 구하기 어려워 아예 농민용 초록색 농구화(지가다비)를 단체로 사서 신었다. 농구화를 신고서 뛰다 보면 바닥이 떨어져 나가는 일도 잦았다. 그래도 열심히 뛰는 선수를 응원하는 박수와 함성이 운동장에 울려 퍼졌다.

예선전은 광복절 하루 전부터 시작하는데 동진, 서진, 내진, 중진, 남진, 상진, 북진, 화진, 월봉, 대송, 일산, 번덕, 전하, 남목, 미포, 주전 등 15여 개 자연마을이 출전했으며, 숨은 이야기도 많았다.

당일은 준준결승부터 시작하는데 아침 일찍부터 게임을 시작하여 한두 팀의 경기가 끝나면 일단 게임을 중단하고 광복절 행사와 대회식을 거행했다. 읍장과 지역원로의 대회사 축사, 선수단과 심판진이 선서하고 중단한 게임을 다시 시작했다. 한편 며칠 전부터 8·15 기념 축구대회 준비를 하느라 동네가 떠들썩했는데, 제일 큰 준비가 선수들 식사 준비였다. 동진마을은 운동장 남쪽 소나무 아래에 진을 치고 음식 준비팀이 판을 벌였다. 동네 아줌마와 처녀들은 수박화채를 만들어 참석한 동네 주민에게 한 그릇씩 돌렸다.

다음은 어느 해 축구대회 풍경이다.

[참과 중식을 준비할 때쯤 운동장에서는 서진과 내진이 게임을 하고 있다.

"다음은 동진과 중진 부락의 게임을 시작하겠습니다."

라는 안내 방송이 나오고 선수들은 몸을 풀면서 하나둘씩 운동장으로 향해 걸어가고 있다. 매 게임이 다 중요하지만, 이번 게임은 준결승 게임이다. 결승 직전의 마지막 관문이고 고비다. 선수들을 따라 동네 처녀들이 운동장으로 나간다. 곧 있을 동진과 중진 부락의 게임을 응원하기 위해서다. 운동장 동쪽 중간쯤에 10여 명 정도 되는 동네 처녀들이 모여 응원을 시작한다. 이쯤 되니 동네 꼬마, 아저씨, 아줌마들도 합세해

"동진 이겨라."

라고 소리치며 야단이다. 10여 명의 처녀가 횡대로 서서 스크럼을 짜고 질러대는 소리가 대단하다. 이때 우리 동진 선수가 골문을 향해 강슛을 날리고 공은 골문을 향해서 가다 골 포스터를 맞고 튕겨 나온다. 처녀들의 합창 소리는 더욱 커진다. 스크럼을 짠 무리가 요란하게 물결치고 여성 특유의 꾀꼬리 같은 소리가 울려 퍼진다.]

이렇게 운동장 전체 분위기를 돋우고 응원하는 처녀응원단은 동진 부락이 유일했다. 이때가 70년대 초 8 · 15 기념 축구대회 전성기라고 할 수 있다. 이후 1970년대 후반부터는 현대 조선 설립과 동구 지역 인구 증가로 인해서 동구 순수 토박이 축구대회가 아닌 외지인 출신들과 혼합하여 행사를 계속했다.

울산 동구 8 · 15 기념 축구대회가 지금까지 이어진 데는 방어진 청년회의 공이 적지 않다. 1945년 광복 이듬해부터 한국전쟁이 발발하던 1950년 한 해를 제외하고는 지금까지 이어져 왔다. 8 · 15

기념 축구대회를 통해 동진 부락에서는 유명 축구 선수가 탄생하기도 했다. 당시 축구 명문 경신고교와 고려대를 나온 국가대표 충무팀의 오규상 선수다. 현대감독을 거쳐서 현재는 한국여자축구연맹 회장을 맡고 있다. 지금은 한국 축구계의 원로라 할 수 있다.

운동장을 떠나가라 응원했던 동진 처녀응원단은 이제 칠십 대 중반의 할머니가 되었지만, 스크럼을 짜고 물결치며 소리 내던 합창의 울림은 울기등대 송림은 아직 기억하고 있을 것이다.

그날 우승한 부락은 흑돼지 한 마리를 부상으로 받아 마을 잔치를 열어 동네 화합을 도모했다. 어제 같기만 한 일이 벌써 반세기가 지난 아득한 옛 기억으로 남았다.

02

공동우물 청소하는 날

한 우물의 물을 같이 먹는다면 가까운 이웃이다. 한솥밥을 먹은 형제자매 이상으로 이웃 정이 느껴진다. 과거 우리는 같은 우물의 물을 마시며 공동체 삶을 영위했다. 필자의 동네에도 여러 사람이 함께 이용하는 공동우물이 있었다. 순연 누나 집 바로 옆에 있었는데 동진마을 '공동새미' 라고 불렀다. 그 우물은 수량도 풍부하고 물맛도 좋았다. 남정네에게 사랑방이 있었다면 아낙네에겐 공동우물이 있었다. 양철로 만든 양동이로 물을 길으며 공동우물에서 이웃을 만나 서로 안부를 묻고 마음을 터놓고 실컷 사는 이야기를 나눌 수 있는 장소이기도 했다. 시원한 물 한 바가지로 나그네에게 인심을 쓰고 인연을 나눌 수 있는 장소였다.

다음은 어느 날의 공동새미 풍경이다.

[아침부터 동진마을 공동새미가 시끌벅적하다. '우물치기' 라는 공동새미 대청소하는 날이기 때문이다. 마을 책임자는 집집마다 다니면서 공동새미로 빨리 나오라고 재촉했다. 한 집에 한 사람만 나가면 되는데 우리 집은 필자가 나갔다. 우물가로 가니 벌써 많은

우물청소

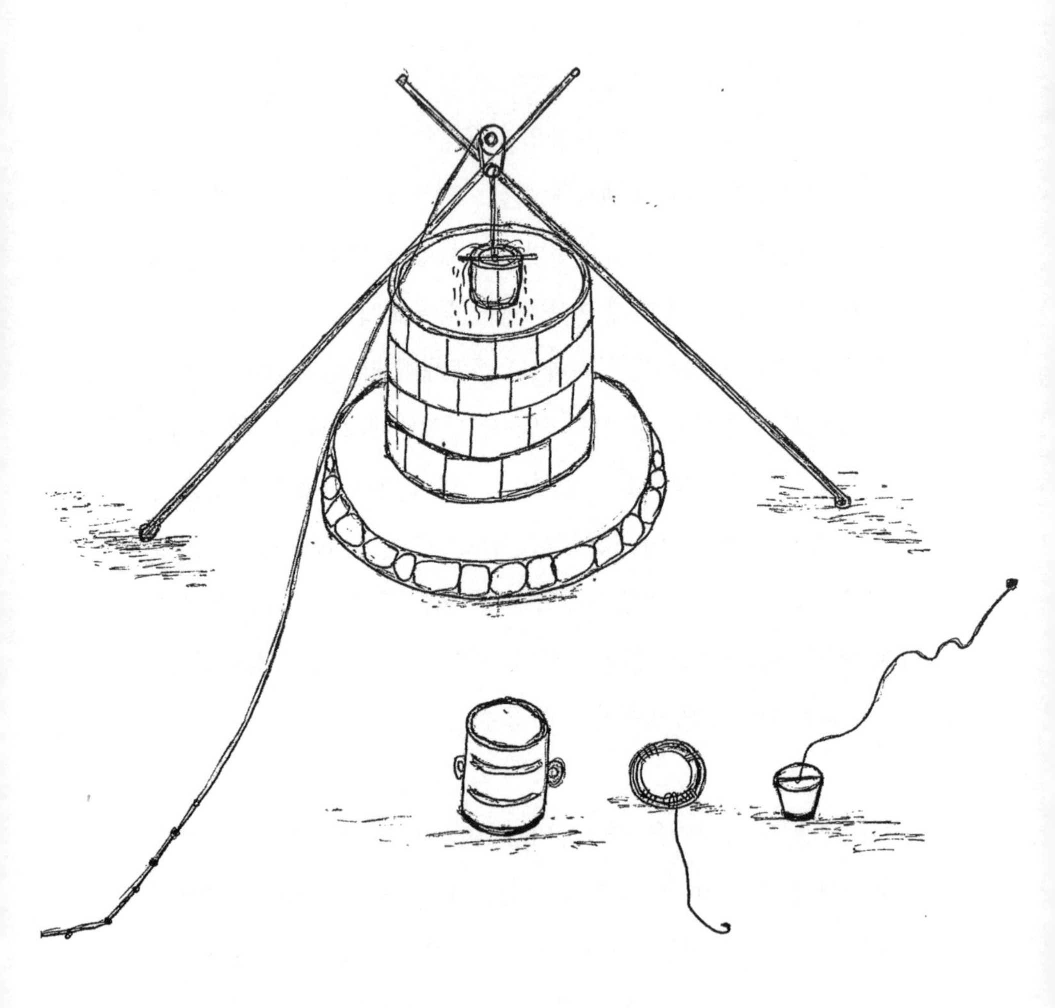

사람이 우물을 퍼 올릴 준비를 하는 것이 보였다.

일 년에 한 번 보통 초여름에 대청소를 하는데 우물물을 바닥까지 다 퍼내고 오물을 치웠다. 일 년 동안 우물 속에 떨어진 각종 잡동사니도 치우고 물이끼도 없애고 부유물도 제거했다.

먼저 큰 물통이 도르래를 타고 우물 바닥까지 내려간다. 물부터 먼저 퍼내고서 바닥이 드러나면 사람이 내려가 잡동사니를 담아 올리고 마지막으로 물이끼도 없애고 부유물도 제거해 큰 물통에 담아 올려보낸다. 그러한 작업 과정을 총지휘하는 사람이 있다. 우물에 바싹 붙어서 우물 안을 살피고 또 우물 바깥의 도르래와 큰 물통이 연결된 밧줄을 잡고 우물 안에 있는 사람과 소통한다. 소통을 잘해야 작업을 순조롭게 할 수 있다. 도르래와 연결된 밧줄을 잡는 사람이 많을수록 좋기에 동네 청년들이 많아야 쉽게 해낼 수 있다. 초여름이지만 날씨가 더워 총지휘하는 아저씨는 웃옷을 다 벗고 흰 러닝셔츠만 입고 일했다. 그의 목청이 크고 힘찼다.

다른 동네보다는 우물이 깊어 큰 물통이 수십 회 이상 오르락내리락해야 한다. 우물 청소가 끝나면 우물 뚜껑을 닫고 새끼줄을 쳐 공동새미 출입을 금지한다. 다음날 새벽이 되어야 물을 기를 수 있다.

청소가 끝난 다음 날 아침, 양동이에 물을 가득 담고 따뱅이를 받치고 머리에 이고 가는 윗동네 처녀 병숙이 누님을 보았다. 돌부리가 있는 비포장 길을 양동이에 달린 손잡이를 잡지도 않고 잘도 걸어갔다.

따뱅이는 짚으로 엮어 만들어 머리 위에 물동이 밑에 받침대로 사용한다. 동그랗고 납작한 모양에 끈을 달아서 입에 물어 고정한다. 따뱅이는 물동이의 무게 중심을 잡고 완충작용을 해준다.

우물과 관련한 이야기가 있다. 신라 명장 김유신의 집에는 가로, 세로가 1.5m 정도 되는 '자매정'이라는 사각형 우물이 있었다고 한다. 김유신 장군이 오랜 전쟁으로 집에 가지 못했을 때가 있었다. 마침 근처를 지나갔는데, 집에 들어가지 않고 병사에게 물을 떠 오라고 시켰다. 부하 병사들도 집에 가지 못하는데 장군인 자신만 집에 들어갈 수 없었기 때문이다. 떠온 물을 마시고 "우리 집 물맛이 아직도 옛날 그대로인 걸 보니 식구들이 별 탈 없겠구나."라고 하였다. 명장의 말에 모든 병사가 감탄하였다고 한다.

조선 인조 임금은 경기 화성 제부도를 지나다 목이 말라 우물에 있는 한 여인에게 물을 달라고 하였다. 그 여인은 바가지에 물을 떠서 버드나무 잎 몇 개를 띄어 주었다. 인조 임금이 그 사유를 물으니 숨도 차고 목이 마른 것 같아 급히 마시면 체할 것 같아 잎을 넣었고, 입으로 잎을 불어가며 천천히 마시라고 했다고 한다. 임금은 여인의 고운 마음과 물맛이 좋아 감동하였다는 설화가 있다.

냉장고가 없던 시절 더운 여름날 초저녁에 동네 상점에 가서 수박 한 덩이 사 와서 대청마루에 식구 수대로 둘러앉아 먹었다. 그때마다 필자는 공동새미에 가서 시원한 물을 길어 왔다. 숟가락으로 수박 속을 퍼내고 그 위에 삼양 설탕을 뿌려서 수박화채를 만들어 국자로 식구 수대로 한 그릇씩 퍼서 먹었다. 시원하고 달콤한 그 맛을 내 몸은 기억하고 있다. 세월이 흘러 마을이 개발되고 상수도가 보급되면서 동네 사람의 사랑을 받았던 동진 공동새미는 메워져 그 모습을 찾을 수가 없다.

03

새집과 토끼풀의 추억

늦은 봄날 방과 후 곧장 집으로 온 필자는 담장 밑에 나무판자로 만들어 놓은 토끼집 안을 보았다. 먹을 풀이 없어 토끼가 배고픈 표정으로 웅크리고 있는 것이 보였다. 망태기와 낫을 가지고 뒷산으로 토끼풀을 베러 갔다. 동네 뒤 밭두렁과 논두렁을 지나서 오르막 언덕에 있는 야산으로 갔는데 지천에 토끼풀이 보였다.

10여 미터를 더 걸어가 낫을 꺼내어 들고 무성하게 자란 토끼풀을 베려고 허리를 숙였다. 그때 새 한 마리가 발자국 소리와 인기척에 놀랐는지 바로 옆 작은 억새 숲에서 솟구쳐 하늘로 날아 올라갔다. 억새 숲 옆에는 소나무가 서너 그루가 서 있고 그 우측으로는 산소 하나가 있었다. 왜 그곳에서 새가 날아 올라갈까 궁금하여 작은 억새 숲으로 갔다. 그곳에는 둥글게 만든 새집이 있었고 새집 속에는 새알이 다섯 개나 있었다. 조금 당황스럽고 기쁘기도 했다. 주먹 정도 크기의 둥지는 정교했고 새알의 빛깔은 연회색 계통이었다. 새는 일반적으로 번식기에 둥지를 만들어 알을 낳고, 부화하여 새끼를 기르는 동안 계속해 둥지를 고치고 다듬는다. 새끼가 비행

새집

할 능력을 갖춰 독립하면 더는 둥지를 돌보지 않는다. 조류처럼 알을 낳는 동물들의 보금자리를 둥지라고 부르는데 알이나 새끼가 떨어지거나 추위와 천적으로부터 보호하는 새집이다.

새집을 보다가 다시 낫을 꺼내어 토끼풀을 베기 시작했다. 순식간에 망태기에는 토끼풀이 가득했다. 초록 초록 건강하게 자란 토끼풀을 보니 집에 있는 토끼가 생각나서 오래 머물러 있을 수가 없었다. 참고로 토끼풀은 우리가 클로버라 부르는데, 4개의 잎은 행운을 상징하며, 세 잎 클로버는 행복이라는 꽃말을 가지고 있다. 치통이 심할 때 입에 넣고 씹으면 통증이 덜 하다. 또 몸에 열이 날 때 말린 토끼풀을 차로 우려 마시면 열을 내리는 효과도 있다. 토끼풀을 따뜻하게 덥힌 후 상처 부위에 찜질하면 지혈과 염증을 완화해 준다. 토끼풀을 가지고 꽃반지와 팔찌도 만들어 놀기도 했다.

망태기에 가득 찬 토끼풀을 어깨에 걸치고는 집으로 향했다. 도착하자마자 토끼집에 토끼풀을 푸짐하게 넣어주고는 대청마루에 앉아 쉬려고 하는데 아까 산에서 풀 베다 보았던 새집이 자꾸 생각이 났다. 내일 또 가서 새집을 몽땅 가져올까 아니면 그냥 두고 새집을 관찰할까 생각하다 그냥 두고 관찰하기로 했다.

며칠 동안 관찰하니 마침내 새끼가 알을 깨고 나왔다. 또 며칠이 지나자 빨간 알궁뎅이 새끼들이 어미가 물어준 먹이를 열심히 받아먹고 자라서 어느새 깃털이 생겼다. 필자가 가서 "와아~~ 많이 컸다."라고 소리쳐주면 사람 소리인지 알아듣지 못하고 새끼들은 입만 크게 벌리고 꾸물거렸다. 그 다음번에 가보니 빈 둥지만 남아

있었다. 날개에 힘이 생긴 새끼 새들이 날아간 것이다. '녀석들이 커서 내년 이맘때 어미 새가 되어 다시 찾아올지도 모르겠네.' 라는 생각이 들었다. 당시 들판에서 흔히 있는 일이지만, 많은 세월이 흐른 지금은 새집을 찾기가 쉽지 않고 과도한 개발로 자연이 파괴되었다. 자연은 보존되고 보호되어야만, 인간은 살아갈 수 있다. 자연이 파괴되면 그 피해를 입는 것은 바로 인간이다.

04

소바위 산 토끼몰이

● ●

겨울방학이 되자 마을 뒤 소바위산 토끼몰이에 참여하라고 했다. 토기몰이 인원은 보통 초보 대원과 한두 번 참여해 본 경험이 있는 대원을 합하여 8명 정도, 총책 1명을 포함하여 총 9명으로 구성한다.

마을에서 뒷산 현장까지는 약 1km 거리인데 도보로 1개 분대가 이동하고 움직이는 꼴이다. 출발 전에 간식으로 건빵을 준다. 총책임자가 직접 건빵 배급을 했는데 한 사람당 딱 2개씩만 배급해 주었다. 건빵을 얻어먹기 위해 모여든 꼬마들은 모두 동네의 꼬마 녀석들이다.

그중에서 덩치가 있고 힘이 센 아이를 뽑아서 토끼몰이용 그물을 들게 한다. 토끼몰이용 그물은 원래는 고기 잡던 그물인데 터지고 찢어진 중고 그물을 수리해서 토끼몰이용으로 만든 것이다. 일명 따닥 그물이라고 불렀다. 소바위산 현장에 도착하자 먼저 총책은 가지고 온 그물을 어깨에 멜 힘센 녀석과 거물 칠 곳을 정했다. 이때 바로 직진해서 그물 칠 곳을 가지 않고 빙 둘러서 간다. 또 그물을 치고 올 때도 최대한 많이 떨어져 빙 둘러서 원을 그리면서 돌

토끼몰이

아온다. 토끼가 눈치채지 못하게 하기 위해서다.

그다음은 ①②③ 그룹을 정하고 각 그룹은 출발 위치로 가서 총책의 출발신호를 기다린다. 이때 신호가 떨어지면 토끼몰이가 시작되는데 ①번 그룹 3명이 합창으로 소리친다. "위이여, 위이여." 하며 복창하고 1, 2초 후 ②번 그룹 3명이 또 합창하며 "위이여, 위이여." 복창하며 1, 2초 후 ③번 그룹이 또 합창으로 "위이여, 위이여." 복창한다. 다음에는 ①②③그룹 전체가 동시에 처음처럼 똑같이 반복하여 구호를 외친다. 그룹 전체가 동시에 반복 구호를 외칠 때는 1, 2초 쉬는 타임 없이 연속으로 계속 외치는데 10회 정도 반복 구호를 외치면 토끼몰이는 종료된다.

토끼를 모는 쪽과 그물까지의 거리는 100m 정도로 비교적 짧다. 다시 원래 위치로 가서 각 그룹은 출발 위치에 선다. 위치로 갈 때도 살금살금 조용히 하며 약간의 원을 그리면서 압박해 들어갈 준비를 하고 잠시 기다린다. 전방에 쳐 놓은 그물도 약간 반원 모양으로 쳐 놓고 돌아온다. 이제는 마지막 총책의 신호만 남겨둔 상태이다. 잠시 후 총책의 신호가 떨어진다 "훌기라, 훌기라."라고 하면 조용했던 소바위산은 토끼몰이 합성으로 변하고 토끼몰이 대원들은 원을 그리며 포위망을 좁히며 들어가는데 함성 소리에 놀란 산토끼는 그물 쪽으로 도망간다. 그러다 쳐 놓은 그물에 걸린다. 움직이면 움직일수록 점점 꼼짝 못 하게 된다. 순식간에 생포된 산토끼는 놀란 눈으로 대원들을 쳐다보면서 몸부림을 치지만 소용없는 일이다.

이렇게 소 바위산 토끼몰이 함성은 멈춰지고 토끼몰이도 종료된다. 총책은 힘센 아이의 어깨 위에 잡은 토끼를 묶어서 걸치게 하고 총책의 집으로 향한다. 이것이 그 시절 방어진 동진 소바위산 토끼몰이 광경이다. 이제는 더 이상 볼 수 없는 광경이지만 그 시절 그 함성은 아직도 귓가에 생생하다.

05

새총과 참새

● ●

초등학교 시절 우리는 새총을 만들기 위해서 며칠 동안 재료감을 찾아 발품을 팔았다. 마음에 드는 Y자 모양의 나뭇가지를 찾지만, 구하기가 쉽지 않다. 외딴집 울타리 속에 한두 그루 보이는 깨똥나무가 좋은데 이곳 동진마을에서는 보기가 어렵다.

가장 쉬운 방법은 바로 동네 뒤 야산에 지천으로 있는 소나무인데 성능은 좀 못하지만, 바로 구할 수가 있어 좋다. 적당한 크기와 모양을 가진 소나무를 잘라 껍질을 벗기고 Y자 형태로 틀을 잡아 오므려 줄을 묶어서 하루 이틀 밤을 지내게 했다.

그다음 공정은 고무줄과 가죽 판을 구하는 일이다. 좋은 질의 고무줄과 가죽을 사용해야 하는데, 구하기가 쉽지 않다. 크게 재단해서 만들어야 새총의 성능이 좋다. 이방 저방 굴러다니는 검정 고무줄이나 아니면 아기들 천 기저귀 입힐 때 채우는 노란 고무줄을 어렵게 구해서 새 총 나뭇가지 끝에 매어서 사용했다.

길을 걷다가도 Y자 모양의 나뭇가지를 보면 "와아~~ 저 나뭇가지로 새총을 만들면 좋겠다." 또 질 좋은 고무줄을 보면 "와~~ 새

새총

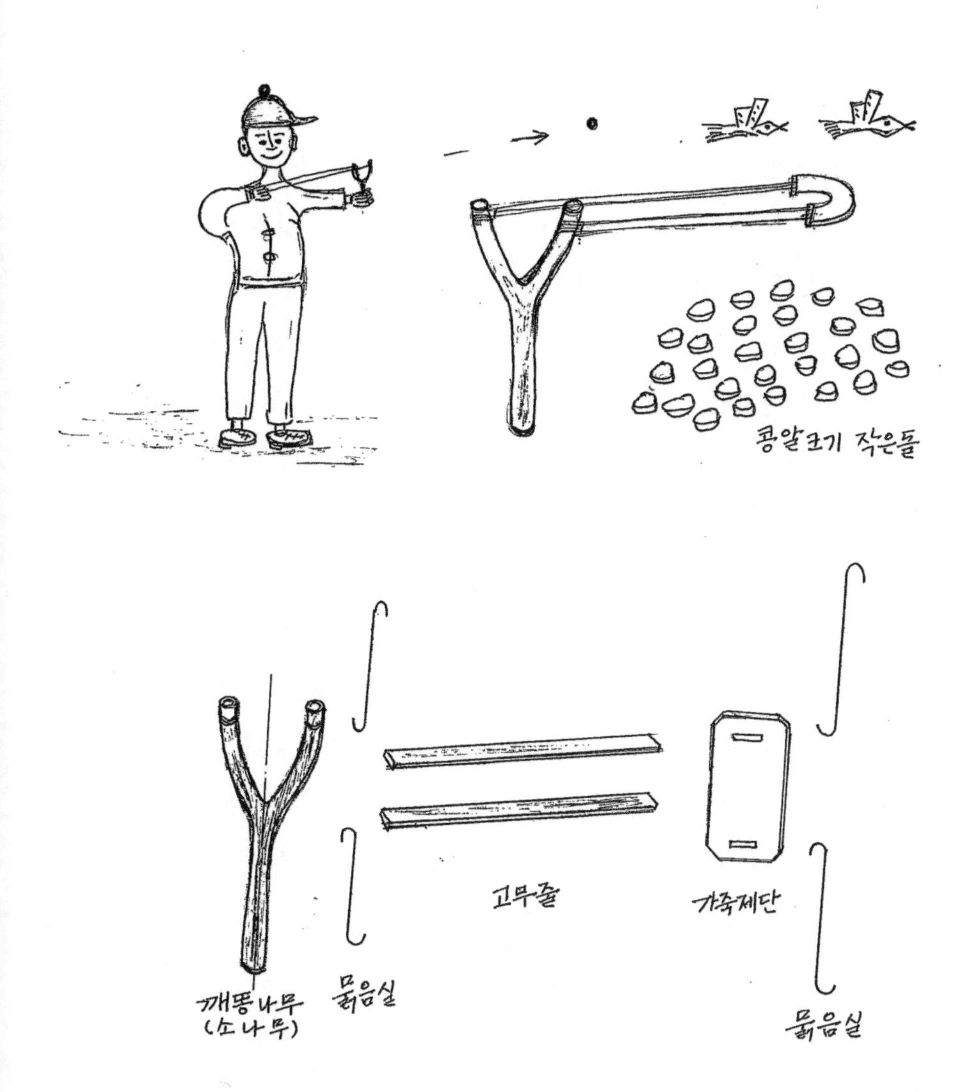

총을 만들 때 쓰면 좋겠다."라고 말하기도 했다. 그런 날들이 엊그제 같은데 많은 시간이 지났다. 그 시절 기억을 펼쳐보니 그때가 새총의 인기가 최고일 때라는 생각이 든다.

새총이 완성되는 동안 준비해야 할 것은 총알이다. 당시 동네 길가에 널린 것이 돌멩이였다. 요즘처럼 포장도로가 아니어서 이 골목 저 골목 신작로를 다니면서 콩알 크기 정도의 돌을 주웠다. 새총을 다 만들면, 미비점은 없는지 추가로 준비할 것은 없는지 점검하고 새총 쏘기 연습을 했다. 못 쓰는 깡통이나 못 쓰는 병을 찾아 표적으로 삼았다. 연습하며 고무줄의 탄력성, 가죽의 유연성 등을 함께 점검했다. 그리고 녹슨 깡통에 여러 군데 구멍이 나 망가질 때까지 연습했다. 실력 배양과 자신감은 당일 출정에 적잖은 도움이 된다.

초등 6학년 초겨울, 그렇게 준비한 새총을 지니고 친구와 함께 출정했다. 외투 잠바의 양쪽 호주머니에는 작은 돌을 잔뜩 넣고 소바위산으로 향했다. 현장 도착을 앞에 두고 함께 간 친구에게 조금 떨어져 구경만 하라고 했다. 같이 숲에 들어가면 참새는 금방 인기척을 느끼고 도망가버리기 때문이다. 숨을 죽이며 숲 속으로 접근했다. 높이 2m쯤 되는 작은 소나무가 빽빽하게 서 있는 숲. 소나무 가지에는 수십 마리의 참새가 짹짹거리고 있었다. 일발을 장진하고 또 숨죽이고 살금살금 접근하는데 갑자기 참새 소리가 아주 작게 들렸다. 인기척을 느낀 일부 참새가 도망을 간 것이다. 하지만 몇 마리는 남아있었다. 숨을 죽이고 새총을 들고 한 마리를 조준해 발사했다. 바로 명중했다. 참새 한 마리가 떨어지는 것을 보았다. 다시 숨소리를 죽이고 가만히 있었다. 처음보다는 작은 수의 참새 떼가 또 모여들었다. 얼른 발사했지만, 이번에는 헛방이었다. 이렇게 여러 번을 반복한 결과 총 3마리를 잡았다. 큰 수확이었고 참새를 맛나게 먹는 일만 남았다. 지금껏 멀리 떨어져서 참새 사냥하던 모습을 보던 친구를 불러 함께 바싹 마른 솔방울을 30~40개 정도 주웠다. 비교적 바람이 없는 양지바른 곳으로 이동해 솔방울에 불을 붙였다. 솔방울의 화력은 정말 대단했는데 그 불로 참새구이를 해 먹었다. 그 맛은 달고 고소했다. 옆에 같이 간 친구도 맛있다고 좋아했다. 이것이 바로 동구 방어진 동진 소바위산 참새 생구이 맛이 깃든 추억이다.

06

달집과 소바위산 달구경

어린 시절 정월 대보름날 저녁에 동네 뒷산으로 달구경을 간 추억이 있다. 헉헉거리며 산 정상으로 걸어가고 있는데 아래 동네에 사는 형이 빠른 걸음으로 필자를 추월해 가며 했던 말이 생각난다. "와아, 와아. 하늘을 쳐다봐."라고 했다. 하늘을 쳐다보는 순간 정말 달이 크고 밝아 감탄사가 절로 나오며 입이 다물어지지 않았다. 달이 유난히 밝게 보였는데 산 정상을 행해 8부 능선을 지날 때였다. 날씨가 청명해서인지 아니면 필자의 마음이 밝아서인지 그때까지 본 달 중에 가장 크고 밝았다.

산 정상을 향해서 마지막 속도를 내며 걸어갔다. 정상에 이르자, 여기저기에서 "달집에 불이여, 달집에 불이여." 하는 함성 소리가 요란하게 들려왔다. 좌측에서도, 우측에서도 필자의 이름을 부르며, 왔느냐고, 또 반갑다고 말했다. 그곳 분위기는 한 마디로 야단법석이었다. 꼭 아프리카 어느 마을 부족 집단이 지휘자가 없는데도 일사불란하게 노래를 부르며 흥겹게 노는 것이 연상되었다, 누군지 궁금해서 달빛에 가만히 보니 필자의 집 뒤 소바위산과 가까이에 살고 있는 형들, 누나들, 몇몇 아우들이었다. 필자도 그 무리

달구경

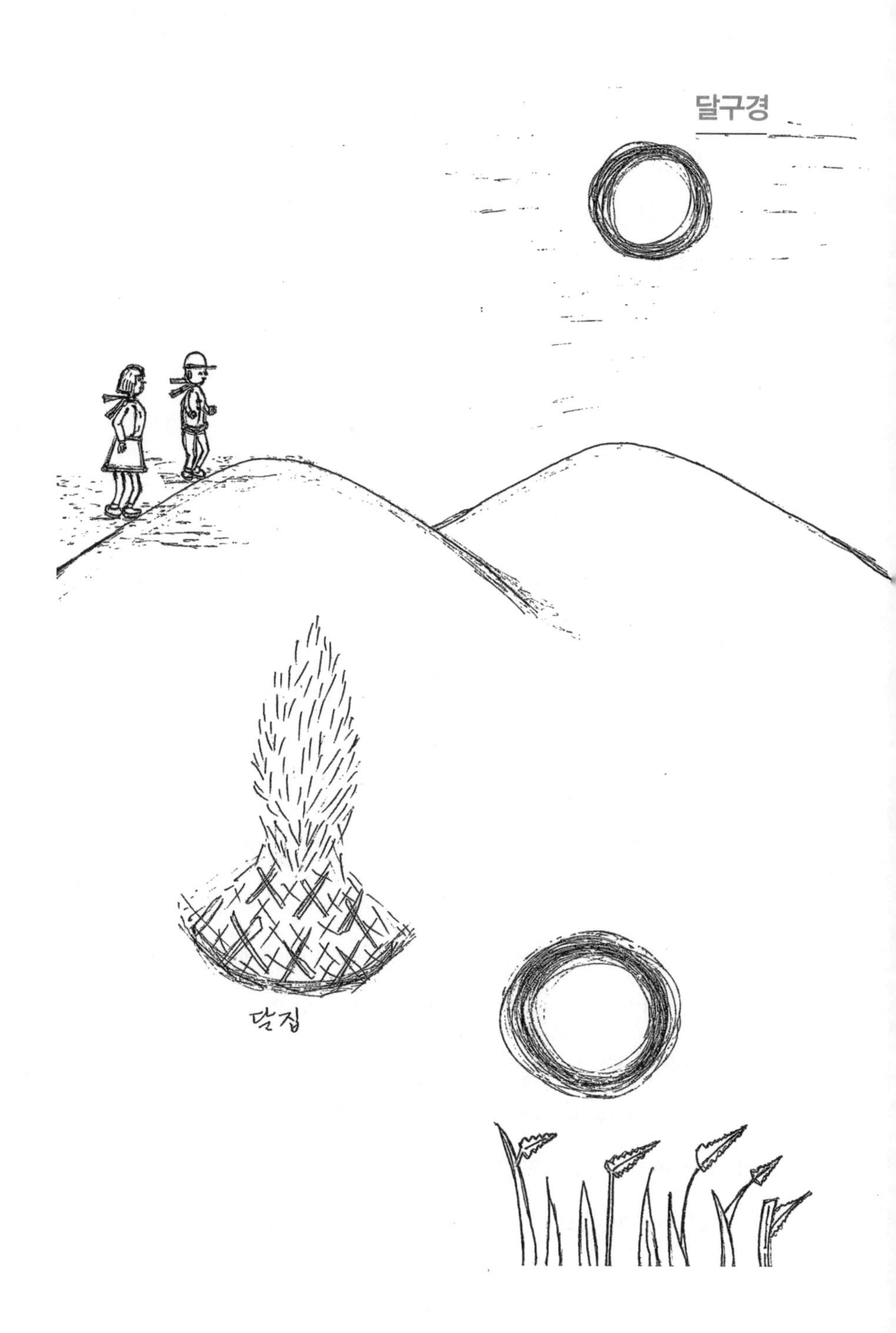

속에서 휘영청 밝은 달밤에 즐겁게 시간을 보냈다.

그 후 세월이 지나 1970년대 중, 후반쯤 이곳 소바위산 정상에는 군부대가 들어서고 민간인 출입통제 구역으로 변했고, 지금도 그 군부대시설이 그대로 남아있다. 풀피리 불고 물새도 노래했던 지난 시절을 소바위산은 기억하고 있겠지.

예로부터 달은 여성과 함께 생산을 상징했는데 새해 들어 처음 만월이 되는 정월대보름의 달집 태우기는 말 그대로 달집을 태우는 것이다. 달집은 나뭇가지 등으로 움막과 비슷하게 만든다. 달이 달집 위로 뜨면 그 집을 불로 태움으로써 모든 부정과 근심을 태워 없애 버린다는 의미가 있다. 달집이 얼마나 타는지 혹은 어느 방향으로 넘어져서 타는지에 따라 마을의 길흉과 풍년을 점치기도 했다. 달집 주위를 돌면서 소원을 비는데 달집이 타면서 소원이 이루어진다고 믿었다.

달집 하니 생각나는 추억이 하나 더 있다. 들판 한가운데 오줌, 똥을 모아서 저장하던 곳이 있다. 볏짚으로 지붕을 만들어 놓은 움막으로 들판의 간이 화장실 격이다. 움막 지붕에 불을 놓아 완전히 전소시켜 버린 일도 있다. 뒤늦게 주인어른이 알고는 불을 놓은 자들을 향해서 쫓아가면 청년과 꼬마들은 삼십육계 도망을 쳤다. 이제 막 땅에서 올라온 푸른 보리 새싹들을 마구 밟으면서 도망을 가면 주인 영감이 젊은 청년과 아이들을 따라오지 못했다.

많은 시간이 훌쩍 지나버린 지금 생각하니 왜 그런 행동을 했는지, 요즘 같으면 있을 수 없는 일이다. 그 당시에는 대보름날 들판에 있는 움막 또는 정낭(간이 화장실)을 태우는 것이 유행처럼 아니면 전통처럼 여겼다. 방어진 동진마을에는 그런 일들이 아주 강하게 자리 잡고 있었다.

아무튼 불타는 들판 움막 정낭(간이 화장실)을 보면서 동네 청년과 꼬마들은 희열을 느끼면서 놀았다. 보리밭이 있었던 그곳은 동진마을에서 대왕암공원으로 가다 좌측 부근인데 지금은 구획정리가 되어 아파트가 들어서 옛 모습의 흔적은 찾을 수가 없다.

정월대보름이 다시 찾아와도 그때 그 자리에서 달집 태우기와 움막 태우기는 더는 할 수 없다. 그 시절 다시 돌아갈 수 없어 아쉬움에, 옛 기억을 더듬어 본다.

07

쥐틀과 쥐잡기(쥐덫)

● ●

쥐는 풍요와 다산, 부지런함과 영리함을 의미하는 동물로 강한 생명력과 생존력을 가진 먹을 복을 지닌 동물이다. 50여 년 전 전국적인 쥐잡기 운동을 할 때가 있었다. 쥐약을 무상으로 배급해 주면서 쥐약을 놓는 방법까지 상세하게 교육했다. 1990년대 들어와서는 쥐잡기 운동이 사라지고 없어졌다. 급속한 도시화와 일상생활에서 쥐를 접할 기회가 적어지고 양곡관리도 이전과 다르게 제대로 된 시설에서 철저하게 관리하기 때문이다.

쥐가 곡식을 축내는 것도 아깝지만, 까먹은 껍질이 방을 어지럽히기도 했다. 가마니 쪽에서 부스럭거리는 소리가 나면 쥐잡기가 시작되었다. 당시 잡은 쥐의 꼬리를 잘라 학교에 가지고 갈 때도 있었다. 쥐잡는 날을 정해 같은 날 같은 시간에 쥐약을 놓기도 했다. 애써 농사를 지은 것을 쥐가 먹어 없애니 식량안보 차원에서 범 국민운동으로 추진되었다.

쥐를 잡다가 어떨 때는 쥐에게 손가락을 물리면, 할머니는 "아야!" 하고 고함치지 말고 "천석!"하고 외치면 천석꾼 부자가 된다고 하셨다. 그런데 필자는 쥐에게 한 번도 물린 적이 없어 "천석"이라

쥐잡기(쥐덫)

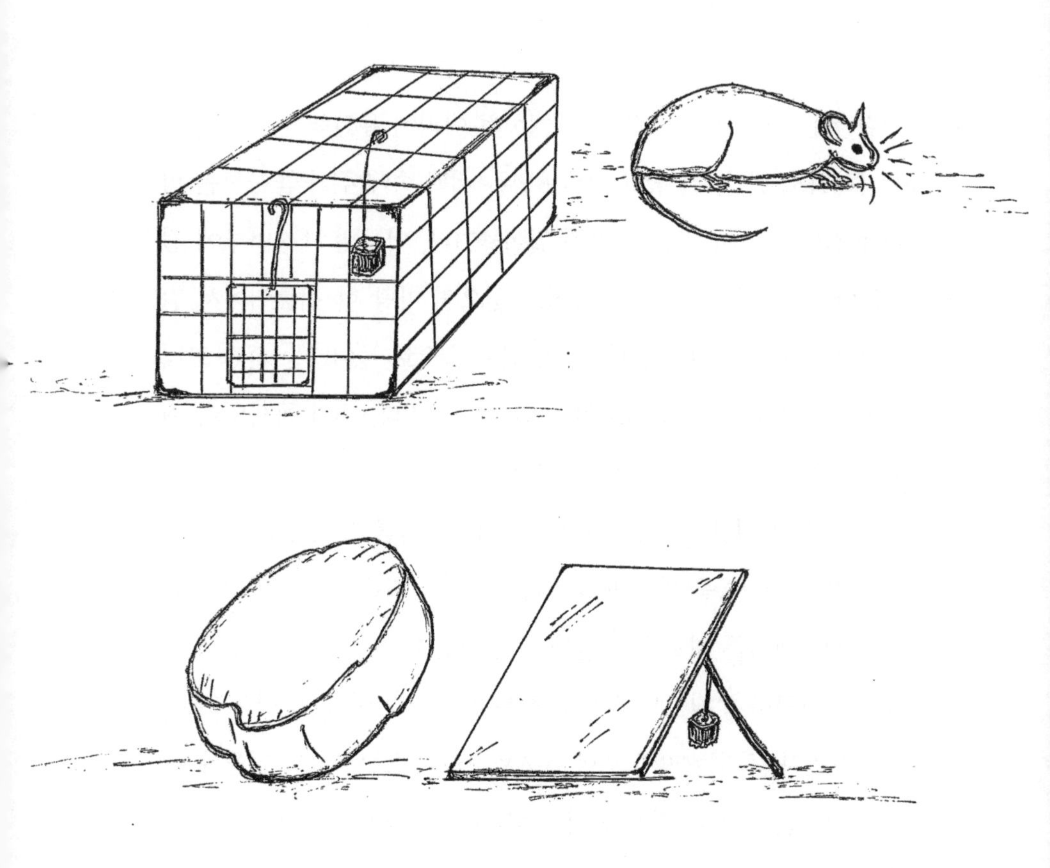

고 외쳐보지 못했다. 그래서 그런지 지금까지 부자 소리를 못 듣고 살고 있다.

"소 뒷걸음치다 쥐 잡는다."라는 속담이 있는데 소발에 쥐 잡기다. 소가 의도치 않게 뒷걸음을 치다가 쥐를 잡게 된 것처럼 우연히 한 일이 잘됐을 때 쓰는 말로 아주 운 좋게 잘 되거나 행운이 찾아왔을 때 쓰는 말이다.

쥐 잡는 방법으로는 쥐약을 놓는 것 이외에 유인책을 이용해 쥐잡기하기도 했다. 철사로 엮어서 만든 쥐덫 속에 쥐가 좋아하는 먹이를 걸어 두고서 방문을 반쯤 열어놓거나, 아니면 대청마루에 걸터앉아서 부채를 흔들며 기다리고 있으면 마당 한 귀퉁이에서 철커덕하고 하는 소리가 난다. 쥐가 쥐덫 속으로 들어가는 순간 고리가 터치되면서 작은 고리문이 내려가는 소리다. 쥐가 꼼짝없이 쥐덫에 갇혀서 생포되는 상황이 연출된다.

쥐덫 속에 매달아 놓은 먹잇감은 생고구마를 씻어 칼로 썰어서 한 조각만 참기름을 약간만 묻혀 걸어 둔다. 단순하면서 완벽한 유인책으로 생쥐를 생포했던 철사 쥐덫이다. 다른 방법도 있다. 투박하면서 화끈하게 경상도 식으로 하는 쥐덫 놓기이다. 방식은 가로, 세로 1~2자쯤 되는 판자 밑에 손가락 크기 정도의 나무 기둥에 쥐가 좋아하는 먹이를 걸고 판자는 약 50도 각도로 기울게 하고, 판자 위에는 무거운 돌을 놓아두는 것이다. 냄새를 맡고 온 쥐가 매달린 음식물을 터치하는 순간 나무 기둥과 함께 동시에 판자가 "와당

탕탕" 소리를 내면서 바닥으로 떨어진다. 쥐덫 놓아둔 곳에 가보면 50도로 세워놓은 판자는 엎어져 있고 판자 밑에는 쥐가 납작 깔려 있다. 조금 전에 음식물을 보고 기둥을 터치하던 생쥐가 압사한 것이다. 동진마을에서는 이런 방법으로 쥐잡기를 했다. 단순하면서 화끈하게 한판승으로 끝나는 판자 쥐덫이다.

마지막으로 방어진 동진마을 해안가에는 낡고 오래된 폐선이 뒤집어져 방치되고 있었다. 흔히 사용하던 노 젓는 댐마 배다. 해가 지고 밤이 되면 동네 꼬마 녀석들 여러 명이 뒤집어 놓은 댐마 배에 올라타고 좌우로 흔들면 이때 그 속에 있던 쥐가 놀라서 뒤집어 놓은 배 밖으로 도망쳐 나온다. 보통 1~4마리 정도가 밖으로 뛰쳐나오는데 손전등으로 눈을 비추면 도망가지 못한다. 이때 쥐잡기 선수가 걸채로 덮쳐 생포하는 방식인데 야간 쥐잡기다.

08

항구 내 헤엄치기

● ●

초등학교 5학년 때, 동진마을에서 방어진 방파제까지 헤엄쳐 다녀오는 도전을 했다. 동진마을에서 항구 안을 가로질러 방어진 방파제까지 직선거리는 0.5km 정도이다. 거리는 멀지 않지만, 크고 작은 선박이 드나드는 뱃길이라서 헤엄쳐 갔다 오기에는 조금 위험했다. 하지만 어선들은 매년 5월 하순부터 8월 중순까지는 고기를 잡지 않고 도크에 배를 올려 엔진 점검 등 수리를 하고 어구 손질도 하기에 항구 안은 대체로 조용한 편이었다.

날씨가 좋고 파도가 없는 8월 초 어느 날, 그동안 생각만 했던 도전을 실행하기로 했다. 준비운동을 한 후, 바닷물에 발을 담그고 상체도 바닷물로 적셨다. 준비라고는 조그만 판자 달랑 1개뿐이었다.

지금 생각해 보면 겁 없이 행동했던 것 같다. 아니면 때를 잘 맞춰서 갔다 왔다는 생각도 드는 등 행운이 뒤따른 것 같다. 동진마을에서 나름 준비를 하고 출발했다. 가는 도중에 수심이 깊은 것을 깨달았고 수시로 고깃배가 왔다 갔다 하여 조금 겁이 났다. 막상 도착하니 방파제 콘크리트 구조가 높아 올라가기가 어려워서 당황했

방어진 항

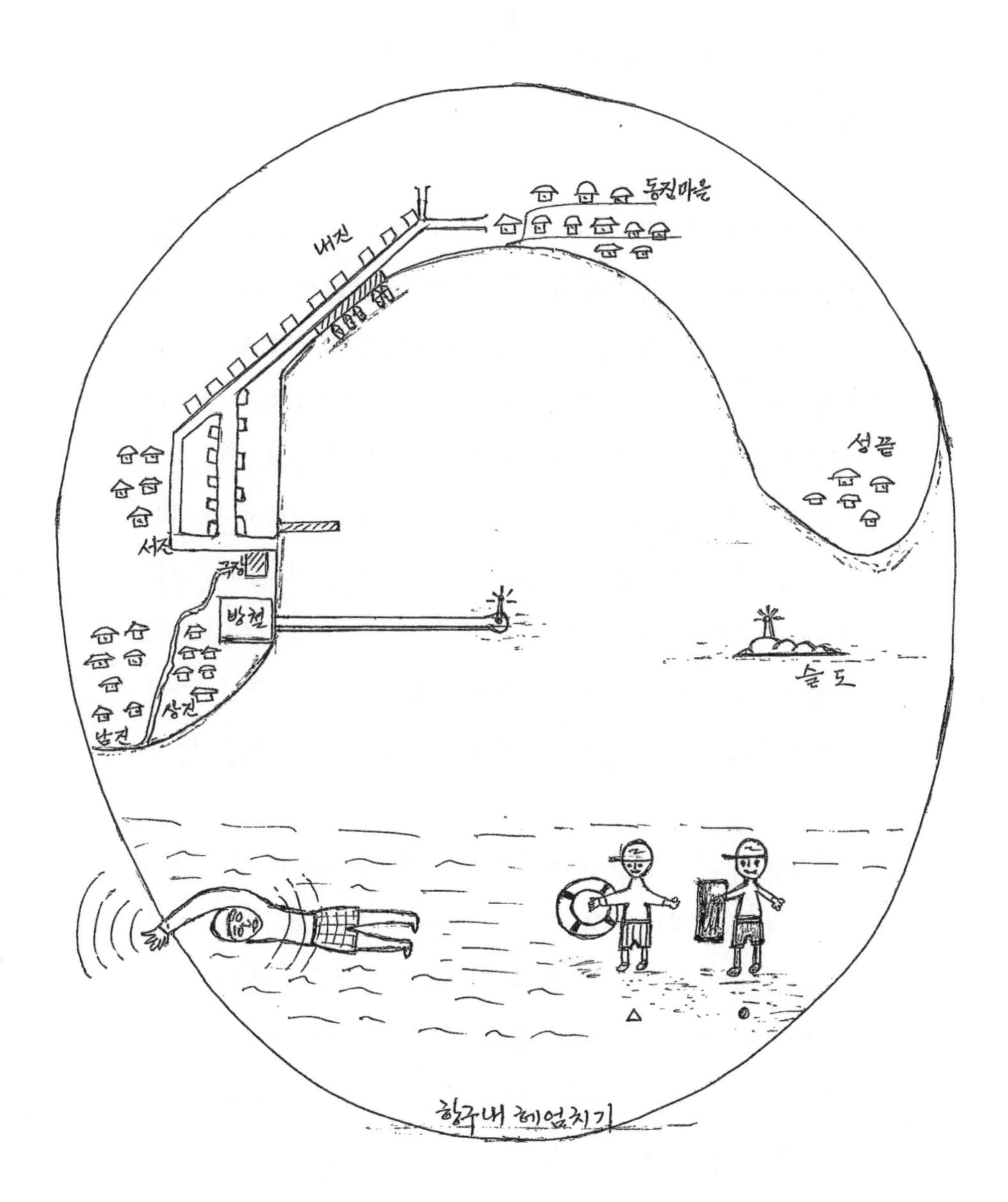

다. 숨도 차고 몸도 무거웠지만, 겨우겨우 방파제로 올라갔다. 그런데 이번에는 다리가 빳빳하게 굳어 몇 걸음을 채 걸을 수 없었다. 이상하다고 생각했지만, 긴장한 상태에서 쉬지 않고 방파제까지 헤엄쳐 왔으니 당연한 일이었다.

잠시 후 몸이 풀리고 안도의 한숨을 쉬었다. 쉴 곳을 찾았지만, 마땅한 곳이 없어 방파제 끝에 있는 등탑 바로 밑으로 갔다 잠시 앉아 쉬면서 동진마을과 성끝마을을 바라보니 멀리 헤엄쳐 왔다는 생각이 들었다. 그리고 다시 동진마을로 헤엄쳐서 돌아가야 한다는 생각에 아득했다. 8월의 강렬한 햇볕에 빳빳한 몸이 어느 정도 풀리자 방파제 아래 바닷가로 내려갔다. 마음의 준비를 하고 다시 바다로 첨벙 뛰어들어 헤엄을 쳤다. 조금 가고 있는데 아니나 다를까 큰 배 한 척이 엔진 소리를 내고 물살을 가르며 필자 쪽으로 오고 있었다. 깜짝 놀랐다. 순간 다시 돌아가야 하나, 그냥 직진해야 하나 망설이다 천천히 가기로 생각하고 물에서 헤엄치며 잠시 쉬었다.

입항하는 배의 선장은 꼬마인 필자를 봤는지 30m쯤 앞쪽에서 엔진소리를 내며 방향을 틀어서 항구로 들어갔다. 소리가 나는 쪽으로 쓱 한 번 바라보니 선미 쪽에 물살이 돌고 있었다. 만약, 그 물살에 몸이 휩쓸렸다면, 생각만 해도 아찔했다. '아이구, 이제 살았다.' 하는 안도의 한숨이 절로 나왔다. 동진마을로 헤엄쳐서 돌아오니 처음처럼 빳빳했던 몸도 그러한 느낌도 없어졌다. 그리고 도전에 성공했다는 자신감으로 가슴이 벅찼다. 동진 포구는 방파제처럼 콘크리트 구조물이 높지 않아 편히 걸어서 육지로 나올 수가 있어 좋았다.

먼 길을 헤엄쳐 갔다 오는데 바다 가까이 사는 한 해 후배가 보였다. 도착해 육지로 올라오는데 후배가 물었다.

"어디 갔다 오는데?"

"방어진 축항까지 헤엄쳐 갔다가 막 왔어."

그러자 후배는 놀라서 멍하니 필자를 쳐다봤다. 그 후배는 동네에서 부르는 이름은 민복이고 학교에서 정식으로 부르는 이름은 인열이다. 그 후배는 그날 그 광경을 기억하고 있는지 모르겠지만, 필자는 아직도 그날 방어진 방파제까지 헤엄쳐 갔다 돌아오는 마지막 END LINE을 너무나 생생하게 기억하고 있다. 그리고 멀리서 지켜본 사람이 한 명 더 있었다. 바다 가까이 사는 필자보다 3년 정도 어린 여자 후배였는데, 친구의 동생으로 늘 엷은 미소를 짓는 조용한 아이였다. 힘든 순간이었지만, 그래도 2명의 후배가 필자를 보고 반겨주니 힘이 되고 피로도 풀리는 것 같았다. 또 말없이 반겨주는 것이 있었다. 갈 때나 올 때나 그대로 밧줄에 묶여 있던 포구의 댐마 배다.

출발 파이팅도 도착 환호도 없이 오직 자신의 한계를 측정하는 홀로 수영인데, 대회를 하는 것처럼 빠른 속도로 헤엄쳤다. 준비물이 풍족했으면 그것을 믿고 속도를 내지 않을 수도 있었으리라. 하지만 물안경, 물 모자, 오리발, 귀마개, 구명조끼, 튜브 하나 없이 에너지 소모가 많은 바다 수영을 했기에 힘이 빠지기 전에 목적지에 도착해야 한다고 생각했다. 바람 불고 거센 파도가 있었다면 엄두를 못 내고 포기했겠지만, 다행히 잔잔한 바다 덕분에 큰 준비 없이 다녀와서는 파이팅과 환호 없이도 만족했다.

방어진항 바다를 가로질러 헤엄치던 날의 동진 포구는 지금 흔적 없이 사라져 방어진 어판장 초입 길로 변해있다. 동네 후배 여자아이는 시집을 가 지금은 할머니가 되었고 남자 후배는 고향을 떠나 할아버지가 되었다. 그러나 아직 남아있는 것이 있다. 바로 방어진 항구다.

항구는 그때 그 시절 포구의 모습을 기억하고 있겠지. 8월의 땡볕에서 꼬마 아이가 동진 포구에서 방어진 축항까지 오고 가며 헤엄친 풍경을.

09

동구 해녀

울산 동구 방어진에는 많은 해녀가 정착해 살고 있는데, 특히 상진, 남진마을에 많으며 북동 해안 쪽으로는 동진, 일산지, 주전마을 등에 많이 살고 있다. 해녀 1세대는 1920년대와 1930년대에 출생해 지금은 80대 후반, 90대 할머니가 된 분들이다.

산소 공급장치 없이 바다에 들어가 각종 해산물을 채취하는 여성으로 정부에서는 해녀를 2017년 5월 국가 무형문화재로 등록하기도 했다.

제1종 공동어장인 수심 10m 이내의 얕은 바다에서 소라, 전복, 해삼, 미역 따위를 채취하는 것을 주업으로 삼는 여성을 이곳 울산 동구 방어진에서는 잠수 또는 해녀라고 부른다. 해녀는 하군, 중군, 상군, 대상군으로 나누며 등급에 따라 들어갈 수 있는 바다의 깊이가 정해져 있다. 해녀는 세계에서 우리나라와 일본 밖에는 없는 직업이다. 우리나라 해녀들은 거의 모두가 제주 출신으로 전국으로 퍼져나갔다.

물질을 하기 위해 입는 해녀 작업복을 물옷이라 하는데 하의에

해녀

해당하는 물소중이와 상의에 해당하는 물적삼, 머리카락을 정돈하는 물수건이 기본이다. 물소중이는 면으로 만들어 물의 저항을 최소화해 물속에서 활동하기 좋게 디자인되었다. 옆트임이 있어 체형의 변화에도 구애받지 않고 신체를 드러내지 않고 갈아입을 수가 있다. 1970년대 중반부터는 속칭 고무 옷이라고 부르는 잠수복을 입었다. 고무 옷을 입고 물질하면 장시간 작업이 가능하고 작업능률도 기존의 옷을 입고 작업하는 것 보다 더 좋았다. 그것은 소득증대로 이어져 고무 옷은 급속도로 보급이 되었다.

물질 도구로는 물안경, 테톱망사리, 작살, 까꾸리(갈퀴) 등이 있는데 테톱망사리는 부력을 이용한 도구로 해녀들이 그 위에 가슴을 얹고 작업장으로 이동할 때 사용했다. 그리고 그물망이 부착되어 있어 작업 도중 채취한 해산물을 넣었다. 까꾸리는 바위틈 해산물을 채취할 때, 돌멩이를 뒤집을 때 사용했다.

해녀들이 바다에서 한창 물질을 할 때는 숨소리가 여기저기서 난다. 물속에서 꾹 참았던 숨을 물 밖으로 나오면서 토해내는데, 그 소리가 휘파람 소리와 비슷하며 '숨비소리'라고 하는데 짧지만 강렬하다. 약 1분에서 길게는 3분가량 잠수하여 생긴 몸속의 이산화탄소를 한꺼번에 내뿜고 산소를 들이마시는 과정에서 "휴유우우, 휴유우우" 하는 소리를 낸다. 물질은 한 번 할 때 3~4시간 정도 하며, 물질이 끝나면 각종 해산물을 담은 망사리를 어깨에 메고서 해안으로 나온다. 특히 미역을 채취할 때에 물에 젖은 미역은 성인 남성이 들기에도 버거운 무게다. 이때는 배를 이용하는데 해녀들은 배에 걸쳐있는 사다리를 타고 바다로 내려가고 올라온다.

1960년대 말에서 1970년대 초까지만 해도 동진, 성끝마을 해안가에는 길이가 2m쯤 되는 높지 않은 ㄱ자 돌담이 있었다. 그 돌담 안에서 해녀들은 옷을 갈아입고 바다에 들어갈 준비를 했다. 또한, 작업 중 휴식하는 장소, 불을 피워 몸을 데우고 사는 이야기를 나누는 장소 등으로 활용했다. 제주도에서는 이곳을 '불턱'이라 불렀다.

필자의 집은 본채와 별채가 있었다. 별채는 방 1개, 부엌, 마루가 있어 혼자 또는 신혼부부가 살림하기는 딱 좋은 구조였다. 필자가 초등학교 5학년쯤 되었을 무렵 제주도에서 이곳 방어진 동진마을로 이주해온 해녀가 몇 분 있었는데 해녀 1세대 중 비교적 젊은 1930년대생 분들이었다. 그중에 한 분이 필자의 집 별채에 이삿짐을 갖고 들어왔다. 제주 출신 해녀였다. 이삿짐은 많지 않았으며 단출했다. 필자의 눈에 띄는 것이 있었다. 해녀들이 물질 갈 때 두 어깨에 메고 다니는 물구덕, 물질 까꾸리, 해녀 수경, 물옷 등이었다. 필자의 집에는 없는 물건이고 도구들이라 그날 이후 이사 온 해녀의 생활 모습을 유심히 보았다. 하루도 빠지지 않고 물질을 나갔는데, 1년 내내 아프다고 약국 가는 일이 없었다. 인정 많고 마음씨도 고운 제주 해녀였는데, 언젠가부터 방어진 동진 해녀로 이름이 바뀌었다. 동진 해녀들과 함께 돌담을 만들고 성끝마을 슬도 부근에서 물질을 했다.

여름 어느 날 필자는 그 돌담 옆을 지나가게 되었다. 당시 유행하던 노래가 돌담 안쪽에서 라디오를 통해 흘러나왔다. 다름 아닌 이미자 노래 '흑산도 아가씨' 와 조미미 노래 '바다가 육지라면' 이었다. 이곳 성끝마을 바닷가와 노래 가사 말이 너무 잘 맞았다. 필자는 잠시 걸음을 멈추고서 라디오에 귀를 기울이면서 감상했던 기억이 있다. 흑산도가 주는 검은 이미지와 그리움에 애가 타서 검게 된 마음이 잘 어울린다는 생각이 들었다.

"남몰래 서러운 세월은 가고 물결은 천 번 만 번 밀려오는데, 못 견디게 그리운 아득한 저 육지를 바라보다 검게 타버린 검게 타버린 흑산도 아가씨"

이미자는 흑산도 아가씨의 히트로 1966년 MBC 10대 가수로 선정되었다. 이후 흑산도 아가씨는 이미자의 베스트 앨범에 빠지지 않고 수록되고 흑산도 아가씨를 만들고 나서서부터는 정두수 작사, 박춘석 작곡, 이미자 세 사람의 황금 트리오 시대의 서막이 열렸다. 또한 이 노래를 주제곡 삼아서 1969년 영화 '흑산도 아가씨(권혁진 감독)' 가 개봉되기까지 했다. 한편 조미미 노래 '바다가 육지라면' 이 1970년에 발표되었으며 노래 가사 일부는

"어제 온 연락선은 육지로 가는데 파도가 길을 막아 가고 파도가 못 갑니다"

이며, 바다 저 멀리 떠나 있는 임이 그리워 부르는 노래다. 정귀문 작사, 이인권 작곡, 조미미 노래인데 이외에도 그때 라디오를 통해 흘러나온 노래는 '서귀포를 아시나요', '먼 데서 오신 손님' 등이 있었다.

당시 유행가 가사에서도 알 수 있듯이 바닷가 마을이나 섬마을에서는 육지를 동경하고 임을 그리워하던 순수함이 살아 있었다. 바다를 접해 삶을 살아가는 사람들의 공통된 모습이 아닐까. 잔잔한 바다 물결 위로 선명하게 흐른 유행가 곡조는 돌담 넘어 입수 준비를 하던 해녀들의 마음과도 같지 않았을까.

당시 동구 방어진 해녀들이 잡았던 해산물들은 전복, 소라, 해삼, 미역, 성게, 앙장구, 청각과 천초, 우뭇가사리, 도박, 깐도바리 등이었다. 특히 성게와 앙장구는 일일이 사람 손으로 칼로 쪼개서 속에 있는 알을 채취했다. 이때는 장갑을 끼고 작업을 해야만 성게, 앙장구의 가시에 찔리지 않고 작업을 할 수가 있었다. 채취한 알은 성게는 성게대로 앙장구는 앙장구대로 용기에 따로 담아서 동네에 있는 도매상 집에 가지고 가서 저울에 달아서 팔았다.

또한, 해산물 채취는 영이 내려야 할 수 있었다. 영이 내리면 일제히 공동으로 해산물을 채취했는데, 지역과 항목, 기간을 정해두고 실행했다. 천초 채취 금지제도가 있었다. 공식적으로 언급한 지역에서는 일정 기간 천초 재취를 할 수 없게 한 제도인데 어촌계와 해녀들이 천초를 관리하는 주체였다. 바다 해산물을 보존하면서 공생, 공존하기 위한 제도로 계속 이어져야 할 제도라고 생각한다.

이러한 제도 때문에 필자는 그 당시 금지 구역을 피해서 멀리 떨어져 있던 옛 방어진 중학교 밑이나 고동섬 주변에까지 가서 채취한 적이 몇 번 있었다.

특히 동구 해녀들은 질 좋고 풍성한 해조류를 먹고 자라는 전복, 소라 등을 많이 채취했는데 성끝마을 슬도 부근에는 질 좋은 우뭇가사리가 널려있을 정도로 많아 물질하는데 많은 도움이 되었다.

아무튼 열악한 환경에 놓여 있던 동구 방어진 해녀들은 억센 생활력과 강한 근면성을 무기로 삼아 살아왔다. 그런 삶을 살아온 1세대 해녀가 존경스럽다. 많은 세월이 흐른 지금 이젠 울산 동구 방어진 해녀들의 생활상과 근면성을 볼 수는 없지만, 필자는 이렇게라도 기억해 두고자 한다.

10

아궁이와 장작 패기

옛 재래식 부엌의 문을 열고 들어가면 가장 먼저 눈에 띄는 것이 조선 무쇠솥이다. 2개가 걸려 있는데 그중 한 개는 큰 무쇠솥이고 그 옆의 하나는 양은 가마솥이다. 또 왼쪽 부뚜막 가장자리에는 옹기 항아리가 있다. 우물물을 길어와 여러 번을 부어야 항아리에 물이 가득 찬다. 이곳 방어진 동진마을에서는 물두무 항아리라고 불렀다. 어렸을 때 우리네 부뚜막이 다 저랬다. 그 외벽에는 취사도구가 걸려 있고 솥이 걸린 아궁이 맞은편에는 땔감을 쌓아두었다.

평상시 밥을 짓거나 고구마를 삶을 때는 주로 솔갑(솔잎)을 사용했다. 그 외에도 솔가지, 솔방울, 썩은 나무뿌리, 북띠기 등 여러 땔감이 있지만, 그중 가장 질이 좋은 땔감은 솔갑이었다. 이것 역시 아궁이 맞은편에 쌓아두고 불을 지피는데 사람 키보다 높게 쌓아두고 있으면 부엌 안이 꽉 차 부자 같은 느낌이 들었다. 아궁이에 불을 지필 때 질 좋은 솔갑을 사용한다. 화력이 좋은 편인데 부지깽이를 잘 이용해서 불을 때면 화력을 좀 더 효율적으로 낼 수가 있다. 관건은 땔감 조달인데 동구 중에서도 방어진 일대는 땔감 구하

아궁이와 장작

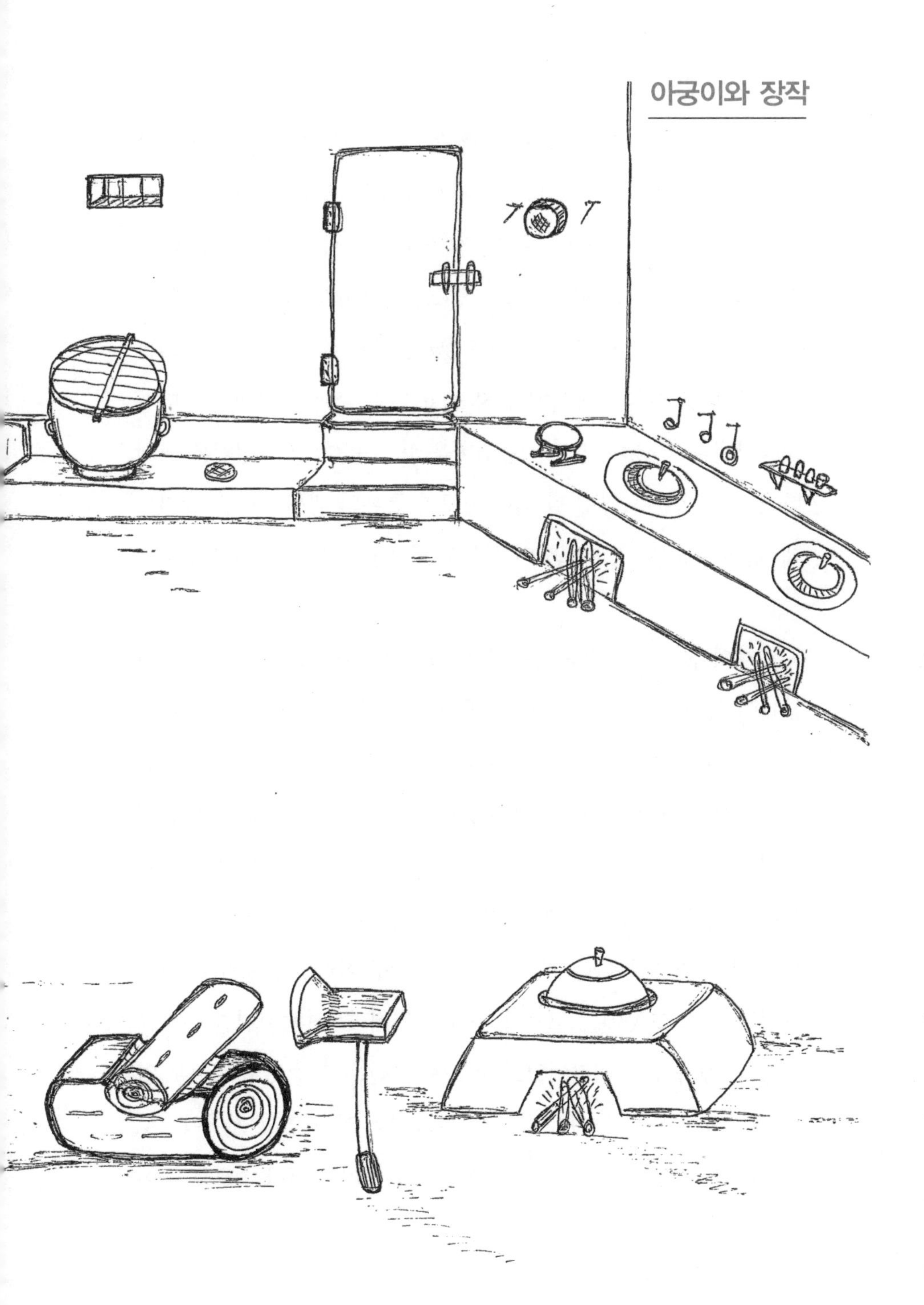

기가 쉽지 않았다.

이 나무 저 나무에서 떨어진 솔깝을 까꾸리로 긁어모아 솔가지로 엮어 새끼줄로 잡아매고 요령껏 지게에 얹는 것도 기술이었다. 짧은 겨울 해를 뒤로 하고 나무 한 짐을 지고 산에서 내려와 부엌 한 쪽에 쌓아두었다. 그 나무로 밥도 짓고, 아궁이 앞에 쭈그리고 앉아 큰 방에 군불도 깊이 밀어서 때고 했다. 이때 주먹 크기 정도 되는 생고구마 몇 개를 아궁이에 던져 놓고 한참 후에 부지깽이로 다시 끄집어낸다. 이것이 방어진 동진마을 표 고구마이다. 껍질은 검게 타 있어도 속은 노랗게 잘 익어 고구마 특유의 냄새가 솔솔 풍기는데 "휴우~ 휴우" 입으로 불어 식혀서 먹으면 그 맛이 일품이었다.

필자의 집은 평소에도 손님이 좀 있는 편인데 어느 날 잘 안 오던 누님이 왔다. 이웃 마을 읍내 초입에 있는 내진마을에 사는 이종 4촌 누님이다. 필자 집 부근을 지나다 들렀다고 했다. 필자는 때마침 부엌에서 고구마를 삶는다고 아궁이 앞에 앉아 불을 때고 있는데 부엌 안으로 들어왔다. 오랜만에 봤다고 반갑다고 함박웃음을 보여주었다. 조금 있으면 고구마가 다 삶아지니 맛보고 가라고 했더니 좋다고 했다. 누나는 내진마을 방어진 구 어판장 앞에 있는 마을에 살았는데 그곳에는 고구마 농사가 없어 고구마는 귀한 농작물이었다. 배가 고픈 시간이었고 맛도 보고 싶은 것 같아서 필자는 일어나서 잠시 뜸을 들이다 무거운 무쇠 솥뚜껑을 열고 젓가락으로 고구마를 찔러 보았는데, 폭 하고 젓가락 끝이 고구마 속으로 들어갔다. 우선 네다섯 개 정도만 꺼내서 작은 쟁반에 담아서 맛을 보라고 내어 주었다. 이때 필자는 중학교 2학년, 이종 4촌 누님은 필자와 5년 터울이라 20대 처녀였다. 성격도 쾌활하고 키도 늘씬한 처녀였다. 방금 꺼낸 고구마를 바라보던 누님은 잠시 고구마를 식힌 후에 껍질을 조금 벗겨서 한입 먹어보고는 맛이 좋다고 극찬해 주었다. 이때 시장 간 어머니가 돌아오셨다. 고구마를 맛있게 먹으며 어머니는 조카를 보고는 왔냐고? 반갑다고 하고는 나에게 "저녁에 부산에 사는 친척 이모가 오니 군불을 때서 방을 따끈하게 해라." 라고 했다.

때는 겨울 저녁 무렵이었다. 필자는 평소 장작을 패서 부엌 한쪽과 뒷마당 굴뚝 옆에 공간이 있어 쌓아 두었는데, 아직 패지 않은 통장작이 있어 얼른 몇 덩어리를 마당으로 옮겨 장작 패기 준비를 했다. 당시 이웃집에 놀러 가면 두 집 중 한 집은 마당 한쪽에는 장작을 패는 곳이 있었다. 필자는 가끔 통장작을 꺼내서 그곳에서 연습한 적도 있다. 장작을 패는 일은 요령이 있어야만 도끼로 통나무를 반으로 쪼갤 수 있다. 처음에는 마음먹은 대로 잘되지 않는다. 몇 번을 반복해서 해보고 또 해봐야만 조금씩 실력이 느는데, 평소 쌓은 실력을 누님 앞에서 발휘할 수 있는 기회였다. 장작 패기의 기본 순서는 먼저 통 장작을 정확히 가운데에 안정감 있게 놓는다. 도낏자루를 들고 몸을 약간 낮추는 자세가 필요하다. 마지막으로 도낏자루를 들고 집중력과 정확도로 통장작 중심부를 내리친다. 자세가 좋으면 정확도는 자연스럽게 나온다.

마당에 옮겨놓은 장작을 다 패고 나니 등줄기에 땀이 흐르는 느낌이 왔다. 이를 지켜본 누님은 언제 배웠냐고 잘한다고 몇 번이나 칭찬했다. 그리고는 자기도 집에 가서 부산 이모가 온다는 소식을 어머니에게 알린다고 다급히 필자의 집을 나섰다. 이것이 동진마을 장작 패기의 한 모습이고 부엌 아궁이 앞에서 불을 지피던 풍경이다. 지금은 그 시절 초가집도, 힘차게 내리치던 도낏자루도 흔적이 없다. 지난 시절이 문득 그리워질 때는 도낏자루에 얽힌 설화가 생각난다.

"신선놀음에 도낏자루 썩는 줄 모른다."라는 속담의 근원 설화가 전해지고 있다. 황해도 평산읍 가마골 부동이라는 마을이 있었는데 이곳에는 선암과 난가정이라는 정자가 있다. 옛날 신선들이 이곳에서 바둑을 두었다고 전한다. 옛날 한 나무꾼이 나무를 하러 산속 깊이 들어갔다가 우연히 동굴을 발견했다. 동굴 안으로 들어가니 길이 점점 넓어지고 환해지면서 눈앞에 두 백발노인이 바둑을 두고 있는 것이 보였다. 나무꾼은 무심코 서서 바둑 두는 것을 한참을 보고 있다가 문득 돌아갈 시간이 되었다는 생각이 들어 옆에 세워둔 도끼를 잡으려 했는데 도낏자루가 바싹 썩어 잡을 수가 없었다. 이상하게 생각하면서 마을로 내려와 보니 마을의 모습은 완전히 바뀌어 있었다. 한 노인을 만나 자기 이름을 말하자 그 노인은 "말씀하신 그분은 저의 증조부 어른입니다."라고 대답하더라는 것이다. 이같이 신선놀음은 예나 지금이나 권장되어서는 안 된다는 교훈을 주는 속담인 것 같다.

11

물지게와 물두무

"부엌 물두무에 물이 없다."

라고 노래하는 어머니.

"알았어요, 물 길어 올게요."

라고 대답하는 필자. 어린 시절의 어느 아침 풍경이다.

필자는 창고로 가서 물지게를 꺼내어 나왔다. 집에서 동네 공동 우물까지는 다른 집보다 비교적 가까이 있는 편이지만, 그래도 정지(부엌)에 있는 큰 항아리 물두무에 물을 가득 채우려면 7~8번 정도는 갔다 왔다 했다. 우물은 둘레도 크고 깊이도 깊어 두레박을 끌어올리려면 대 여섯 번을 손을 반복하며 줄을 잡고 올려야만 했다. 두레박은 줄을 달아 우물물을 퍼 올리는 그릇이다.

물지게 지는 데에도 요령이 필요하다. 먼저 혼자가 아닌 둘이서 한다고 생각해야 한다. 지게와 물통이 같이 놀게 그 박자를 맞춰 가면서 물지게를 지고 걸어가야만 물이 떨어지지 않는다. 물지게를 지는 핵심은 무게의 중심을 잡고 물통과 균형을 맞춰 같은 박자로 걸어가는 것이다. 균형이 맞지 않고 지게와 물통이 따로따로 놀고

물지게와 물두무

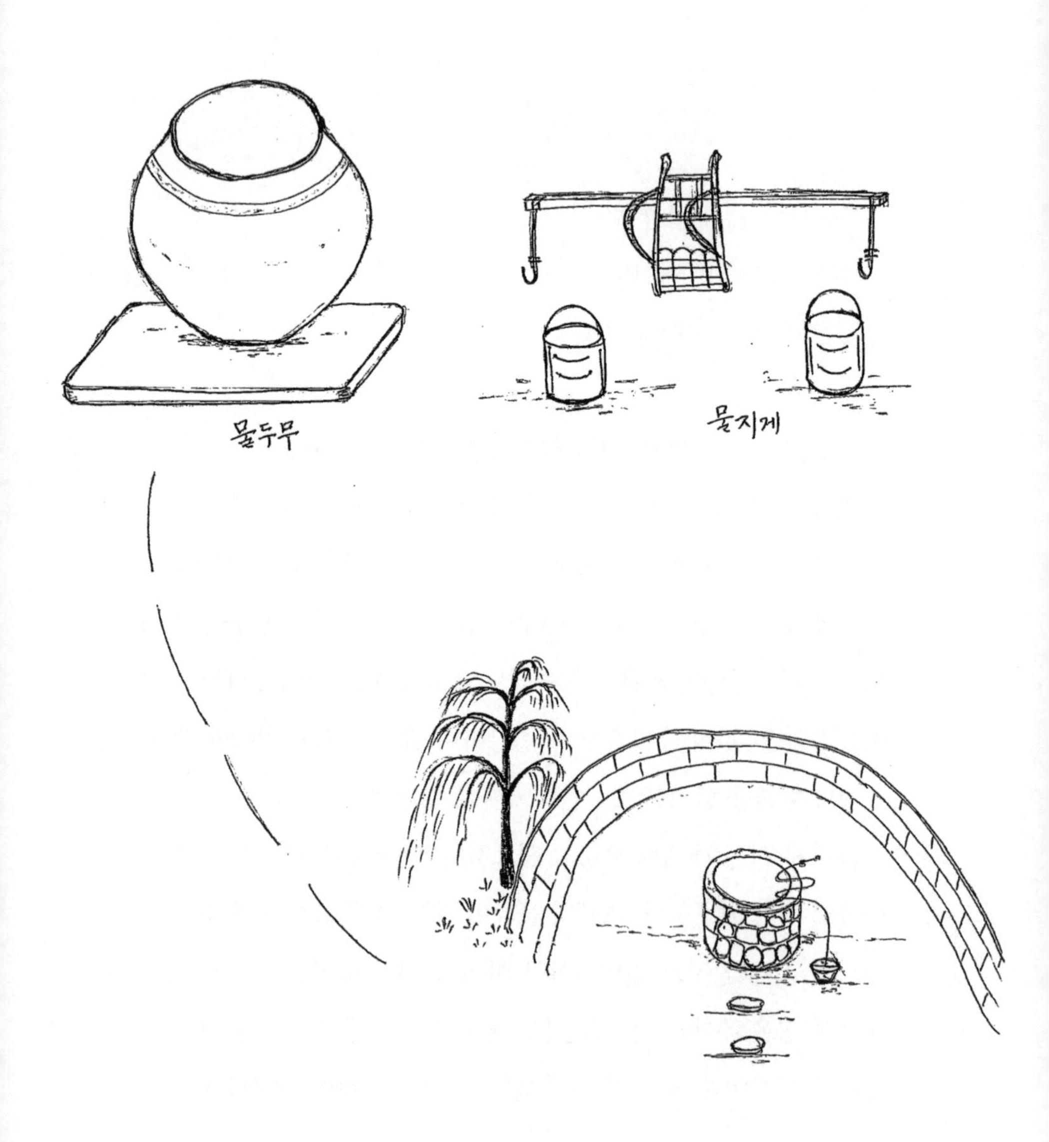

엇박자가 생기면 물통에 담긴 물은 출렁거리면서 철철 넘치고 목적지에 도착하면 애써 담아 놓은 물통에 물은 반 통만 남는다.

까까머리 학생이 물지게를 지고서 우물가에 왔다 갔다 하니 동네 아줌마들이 보고서는

"이제 저 집 아들 총각이 다 되었네."

하며 웅성거렸다. 이때 필자는 중학교 3학년 시절이었다. 마지막 지고 온 물통을 독이 넘칠까 봐 천천히 부었는데 넘치지 않고 딱 맞게 물이 가득 찼다. 다 채웠다는 기쁨과 다했다는 성취감이 합쳐지는 기분은 이루 말할 수 없을 정도로 좋았다. 마지막 마무리는 물두무 뚜껑을 덮어두는 일인데 뚜껑을 들고서 막 덮으려고 하는데 필자의 얼굴이 가득 찬 물속에 비쳤다. 순간 뇌리에 스치는 것은 동진마을에 우물이 물맛도 있지만, 물이 맑고 깨끗하다는 것을 그때 또 한 번 느꼈다. 또한, 한여름에 우물가를 지나다 목이 마를 때 한 두레박 퍼서 마시면 그 물맛은 너무 좋았다. 맑은 물을 나르던 물지게, 물을 가득 차게 담았던 물두무, 이제 언제 볼 수 있을까.

12

옆집 무화과나무

어릴 적 필자가 살았던 집과 담장을 같이 쓰던 옆집은 당시 흔하지 않던 기와집이었다. 비교적 넓은 마당과 별도의 텃밭을 갖고 있었는데 같이 쓰던 담장 바로 옆에 무화과가 있었다. 필자의 집 대청마루에서 보면 조망이 최고인 자리를 차지하고 있었던 것이다. 수령도 오래되고 나뭇가지가 많아서 초여름 열매가 달릴 때부터 초가을 열매가 익을 때까지 볼 때마다 푸른 잎에 반했다. 전체적으로 풍성하고 잘생긴 나뭇가지에 열매가 달렸는데, 마음만 먹으면 손을 뻗어 잡히는 열매를 따서 먹을 수가 있었다.

해마다 무화과가 씨알 좋게 누런 황색으로 잘 익을 때면 장독대 옆 담장 밑으로 가서는 옆집 주인 할머니 몰래 머리를 숙이고 손을 뻗어서 잘 익은 것만 골라 몰래 따먹곤 했다. 그것을 본 바로 밑 여동생은

"오빠야, 오빠야, 저기, 저기, 잘 익은 열매 좀 따줘!"

옆집 무화과나무

그러면 몰래 따주곤 했다. 옆집 무화과 열매의 25%는 필자의 집 담장 쪽으로 나뭇가지가 늘어져 있었다. 옆집 주인 할머니는 무화과가 크게 자라 옆집 담장으로 제법 많이 넘어간 것을 아는지 모르는지 무관심했다. 그 열매를 따 먹어도 한 번도 말썽이 된 적은 없었다. 그래서 무화과와 담장 주변은 항상 평온하게 보였다. 그러나 가끔은 옆집 상황이 보였다. 할머니는 외아들과 단둘이 살았는데 아들은 20대 후반으로 당시로서는 노총각이었다.

무화과나무가 없던 필자의 집에 평소 꽃과 유실수를 좋아하던 아버지께서는 어느 해 무화과나무를 꺾꽂이해 뒷마당 대나무밭 옆에 심었다. 무화과는 쑥쑥 자라서 3년이 지나자 열매를 가지마다 달았다. 해가 갈수록 자라서 어느덧 필자의 키보다 더 자랐다. 하지만 키만 크고 나뭇가지는 약해 보여서 그냥 보는 것으로 만족해야 했다. 자주 눈이 가지 않는 뒷마당 대밭 옆이라 일정 시간이 지난 후에 다시 보니 무화과에 달려 있던 열매가 높은 곳에 달린 것 몇 개만 있고 거의 다 없어졌다. 담장 끝 지점과 대나무밭이 만나는 지점에 심어둔 무화과는 사람 왕래가 잦은 골목길과 접해 있어, 오가던 꼬마들이 익기도 전에 잡히는 놈은 다 따 버린 것이다.

무화과가 한창 익어 갈 때는 3~4일만 따지 않고 두면 꿀 같은 진물이 열매 끝에 맺히고, 열매 끝이 열십자로 변할 때는 보기만 해도 군침이 흘렀다. 무화과 열매는 위장에 좋은 과일로 알려져 있으며 피부미용에도 탁월한 효능이 있고 단백질 분해 효소가 풍부해 육고기를 먹은 후 후식으로 먹으면 소화를 도와 장을 편안하게 해 주며 변비 예방에도 좋다고 한다.

무화과를 뒷마당에 심어 오가는 사람에게 따 먹게 했던 일과 옆집 무화과가 필자의 담장 너머로 뻗어 무화과 맛을 보게 한 일은 추억으로 남았다. 이제는 옆집도 필자가 살던 집도 도시 계획 정비로 인해 구획정리 되어 그 흔적을 찾을 수 없다.

13

아침 거름 한 짐

거름을 지려면 지게가 있어야 한다. 아버지는 필자를 농사꾼으로 만들려고 했는지 지게를 만들어 주었는데, 그 시절 지게는 훌륭한 운송 도구였다. 지게를 갖게 된 필자는 일손이 부족한 집에 임시 일꾼이 되었다.

좁고 험한 곳에서도 균형을 잃지 않는 구조를 갖춰 산이 많은 우리나라에 적합한 농기구였다. 지게는 작대기와 바지게라는 짐을 넣는 곳이 하나의 세트다. 지게 작대기는 끝부분이 대부분 Y자로 되어있다. 길을 걸어갈 때는 중심을 잡아주고, 휴식할 때나 지게를 세울 때는 지게를 받쳐준다. 지게는 우리나라에만 있는 운반 도구이며 사용자의 체형에 맞게 만든다. 지게에 짐을 싣고는 쪼그리고 앉아 있다가 한 번에 착 일어선다. 이때 지게 작대기는 무게 중심을 잡아준다.

아직도 지게의 역사와 전통을 잇고 있는 지게마을이 있다. 바로 강원도 양구 팔랑리인데 그 지명 유래에 대해 재미있는 전설이 있다. 조선 시대 함경도에 살던 관리가 지금의 강원도 양구 팔랑리에서 한 여인을 맞아 부부의 연을 맺었다. 결혼해 보니 아내의 가슴이

거름 한 짐

네 개였다. 이를 몹시 괴이하게 생각했는데 얼마 후 네 쌍둥이가 태어나자 그 이유를 알게 되었다. 네 아기에게 젖을 하나씩 물리게 하기 위함이란 걸.

부부는 이후에 또 네 쌍둥이를 낳아 총 여덟 명의 아이를 키웠다. 이들 모두 훌륭하게 자랐고 여덟 명이기에 마을 이름이 팔랑리가 되었다는 이야기다. 강원도 양구 팔랑리는 지게마을이라는 이름으로도 불린다. 40여 명의 나무꾼이 지게를 지고 산을 오르며 편을 갈라 싸움을 하거나 상여를 매는 놀이를 한 것에서 지게마을이란 지명을 갖게 된 것이다. 지금은 지게 체험 마을로 탈바꿈되었다. 그곳에 가면 지게 만들기, 곰취 찐빵 만들기 등을 체험할 수 있다.

지게로 하는 중요한 일 중에 '거름내기'가 있다. 거름내기는 일년 농사의 풍년을 기약하며 하는 중요한 행위이다. 농사를 준비하는 정월달에 땅의 지력을 높여 농작물을 잘 자랄 수 있도록 논밭에 거름을 내는 일이다. 거름을 지게에 져 나르는 일은 단조로운 일이며, 많은 시일을 요구하는 작업이 아니다. 필자의 집은 돼지를 키우고 있어 막사가 있었으며 주기적으로 막사를 치워 마당 구석에 거름을 쌓아두었다. 아버지는

"밭에 거름 한 짐 지고 갔다 붓고 오너라"

단순 명료하게 말했다. 하지만 약 600m 거리를 왕복하는 일은 쉽지 않은 일이었다. 아버지는 밭 좌측 하단부에 밭 높이보다 조금

낮게 하여 거름 밭을 만들어 놓았다. 평수로 친다면 10평 정도 크기였으며, 보통 지게로 10회 이상 날라야 했다. 부모님의 주업은 농사가 아니지만, 농사 준비를 미리미리 해 놓는 것을 보며 농사가 쉬운 일이 아님을 느낄 수 있었다.

그렇게 준비한 거름을 초봄에 밭 전체에 골고루 뿌렸다. 그리고 빈 거름 밭에는 마늘을 심었다. 늦봄에 가보면 거름 밭은 마늘밭으로 변해있고 마늘은 튼튼하게 잘 자라서 씨알 좋은 마늘로 변신해 있었다.

농사는 거짓이 없다. 노력한 만큼 땀 흘린 만큼 수확을 한다. 거름을 주는 것도 시기가 있는데 씨를 뿌리기에 앞서 주는 거름은 밑거름이라 하며 씨를 뿌린 뒤에 주는 거름을 웃거름이라 한다. 밑거름은 땅속에 있어 뿌리를 키우고 웃거름은 땅 위에 있어 싹을 키운다.

이렇게 거름을 주는 시기와 방법이 있는데, 당시 필자의 집에서는 보리농사와 고구마 농사를 이모작으로 했다. 5월 중순 보리를 베고 타작을 하고 난 후 바로 밭을 갈아 5월 하순에는 고구마를 심었다. 가을 고구마 수확이 끝나면 늦가을에서 초겨울쯤 보리 파종을 해 겨울을 지냈다. 50여 년의 세월이 흐른 지금 울산 동구 지역에서 밭농사는 보기가 쉽지 않다. 농지가 거의 다 사라지고 없어 거름 지고 밭에 가는 풍경을 보기가 쉽지 않다. 또한 눈을 씻고 봐도 지게를 찾아볼 수가 없다. 그 옛날 그 시절 필자가 지고 다녔던 그 지게. 아침 일찍 거름을 한 짐 져다 붓던 그곳 그 자리도 지금은 볼 수가 없다.

당시 지게는 필수품으로 없는 집이 없었다. 등에 착 달라붙는 지게만 있으면 무엇이든 짊어지고 다닐 수 있었다. 거름은 척박한 땅을 비옥하게 만드는 과정이지만, 수확할 때가 되면 풍성하게 거둘 수 있었다. 시대의 흐름은 농부를 가만히 두지 않았다. 공장을 짓고 주택을 짓고 도로를 내다보니 농지는 자연히 사라졌다. 많은 시간이 흘렀지만, 필자가 지고 갔던 지게와 거름은 아직도 눈앞에 어른거린다.

14

가을 무와 쇠똥

가을 하면 떠오르는 것이 뭘까? 아름답게 물든 가을 단풍이 아닐까? 결실의 계절이라 가을 추수일까? 아니면 국화, 코스모스가 생각날까? 필자는 가을 하면 먼저 떠 오르는 게 가을무다.

가을무의 파종부터 수확까지의 과정은 중부지방과 남부 지방이 조금 차이는 있으나 보통 다음과 같다. 가을무 파종은 보통 8월 중순에 하는데, 파종 후 20일 정도는 생육에 중요한 시기이므로 물을 충분히 줘야 한다. 또한 파종 후 20일경에는 웃거름을 주어야 하며, 그다음에는 15일 간격으로 웃거름을 주면 생육에 많은 도움이 된다.

무는 역시 가을무가 최고다. 비타민 C 함유량이 사과의 3배 이상이며, 뿌리부터 무청까지 하나 버릴 것이 없다.

씨앗을 심을 때 뿌리가 잘 커지게 하기 위해서는 밭을 깊이 갈아서 흙을 부드럽게 해주는 것이 중요하다. 파종 후 일주일 안에 싹이 올라오는데 이후 2~3회 정도는 모양이 좋지 않다거나 발육이 부진해 보이거나 병해충을 입은 무를 솎아주어야 한다. 적당히 자란 무

쇠똥과 가을 무

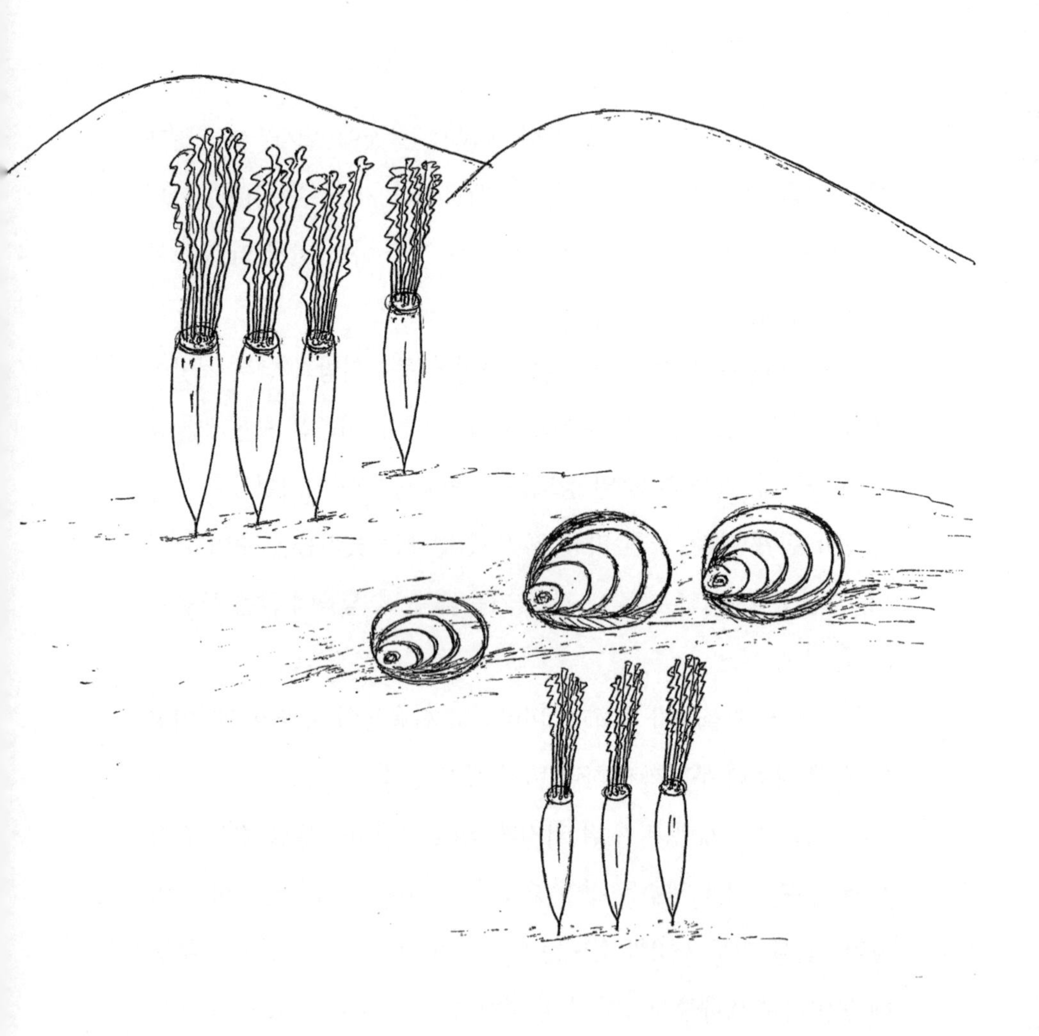

가 흙 밖으로 나올 때면 흙을 무 주위로 모아서 덮어주어야 한다. 수확시기는 10월 말 전후인데 기온이 영하로 내려가기 전에 수확해야 한다. 무 머리가 얼면 버리게 되고 수확시기가 늦어지면 바람이 들기 때문에 주의를 해야 한다.

사계절 중 하늘이 최고 아름다운 계절이 가을이다. 초등 4학년 가을 초, 해가 서산마루로 넘어갈 때 들판을 지나는데 배가 고팠다. 어디 먹을 것이 없을까 하고 주변 들판을 살펴보니 밭에 무가 보였다. 가까이 가서 보니 무 머리가 녹색이고 바로 아래는 흰색이 흙 바깥에 나와서 선명히 보였다. 무 머리는 잎이 싱싱해 보이고 새파랬다. 가을무다. 하나 뽑을까 말까 망설이다가 하나를 뽑아 들었다. 순간 흙냄새와 무향이 필자의 코끝을 스쳤다. 무 잎을 떼어서 무밭에 버리고 몸통만 남았는데 모양을 보니 잘빠진 가을무였다. 무 껍질을 살살 벗겨보니 잘도 벗겨졌다. 한입 깨물어 씹어보니 맛이 기가 막혔다. 약간 단맛에 수분도 조금 있어 허기를 달래기는 그만이었다. 그런데 갑자기 주인 할머니가 오고 있는 것이 보였다. 조금 전까지만 해도 주변에 아무도 없었는데 언제 왔는지 가까이 온 주인 할머니의 첫마디는

"이놈, 어디서 남의 밭 무시를 뽑아 먹고 있노!"

야단을 치면서 필자의 앞에 와서는 허리를 굽히더니 풀숲에 반

쯤 자연 건조된 소똥을 집어서 필자의 입에서 넣었다. 놀라서 줄행랑을 치다 보니 소똥 냄새가 입 안에서 진동했고 가까운 연못에 가서 입을 헹궜다. 집에 와서 어머니에게 소상히 말했더니 어머니는 곧바로 그 할머니 집에 찾아가서 한바탕 싸우고 오셨다.

"아가 잘못했으니 잘못했다고 하면 될 텐데, 어린애가 뭘 안다고 그렇게 고약하게 하는교?"

필자는 고개만 숙이고 가만있었는데 엄마는

"와 그래 있노, 얼른 손발 씻고 저녁 먹을 준비해야지"

하시면서 내 마음을 감싸주었다. 저녁밥도 못 먹고 야단만 맞을 줄로 예상했는데 의외였다. 그 일 이후 절대 남의 밭에는 손도 대지 않았다. 울산 동구 동진마을 소바위산 아래 대왕암공원 내에 있던 그 무밭은 도시 계획상 공원 조성이 완료되면 어떤 모습이 될까? 많은 세월이 흘렀지만 지금도 가을 무라고 하면 소똥과 할머니가 떠올라 어릴 적 그 시절이 그리워진다.

15

고구마 수확하는 날

고구마를 수확하기 하루 전날부터 지게, 낫, 호미 등 필요한 도구와 준비물을 챙긴다고 필자의 집은 평소보다 바쁘다. 그동안 안 쓰던 낫은 윤이 나고 날이 서도록 숫돌에 간다. 그래야 작업 능률이 오른다. 고구마를 담아 보관할 드럼통은 깨끗이 씻어 건조까지 마쳐야 한다. 늦은 봄 심은 고구마밭은 여름 내내 햇살을 먹고 무성하게 자라 가을에 수확한다. 수확하는 날은 아침 일찍부터 바쁘게 움직여야 한다.

필자가 중학교 1학년일 때다. 아침에 일어나자마자 어머니는 지게 지고 낫 가지고 고구마밭에 가서 고구마 줄기치기 작업을 하라고 했다. 고구마를 심을 때 만든 밭고랑과 두둑이 10줄 정도에 두둑 길이가 30m 정도 되었다. 혼자 고구마밭 줄기치기 작업을 하기에는 면적이 너무 크고 힘에 부쳤다. 하지만 어쩔 도리가 없었다. 일손이 없기에 서툴지만, 천천히 했다. 땀을 흘리면서 한참 줄기치기 작업을 하고 있는데 어머니가 왔다.

머리에 이고 온 대야 속에는 삶은 계란과 물 주전자, 수건, 호미 등이 보였다. 와서는

고구마 수확

"오늘 고구마를 다 캐야 된다."

고 하면서 시간별 작업 범위를 일러 주었다.

"그렇게 빨리 일이 되겠능교?"

고 반문하니 된다고 했다. 또한 점심을 먹은 후에는 캐 놓은 고구마를 집으로 옮겨야 한다고 작업공정을 추가로 일러주셨다. 낫과 호미로 어머니와 함께 고구마를 캤다. 줄기치기는 그나마 할 수 있었는데 고구마 캐는 것은 힘들 거라는 생각이 들었다. 고구마 껍질 표면에 상처가 안 나도록 캐려면 호미를 조심스럽게 다루어야 하는데 그 부분에 자신이 서질 않은 것이다. 오전 새참 때를 조금 지나서 고구마 줄기치기 작업을 마쳤다.

밭고랑과 두둑이 선명하게 드러났고 고구마 윗부분이 군데군데 흙 속에서 얼굴을 내밀고 있었다. 고구마를 캐기 전에 또 한 번의 공정이 남아있는데 밭고랑 사이사이에 줄기치기가 끝난 고구마순을 모아서 밭 언덕으로 옮겨 여기저기에 걸쳐 늘어놓는 일이다. 보름 정도 자연 건조하여 겨울에 염소 먹이로 이용한다. 당시 필자의 집에는 염소 2마리, 토끼 2마리를 키우고 있었기에 겨울 양식을 미리 준비하는 것이다. 남았던 고구마 줄기 정리 작업이 끝이 나니 고구마밭 전체가 보였다.

이제부터는 고구마를 빨리 캐야 하는데 하고 생각하는 순간 어머니는 또 한마디 일러 주었다.

"캔 고구마는 밭고랑에 그대로 죽 놓아두어라."

어머니는 벌써 한 고랑을 끝내고 둘째 고랑을 캐고 있는데 필자는 일손이 없어 도와주고는 있어도 진도가 늦고 서툴렀다. 그래도 두세 고랑은 할 것 같았다. 이렇게 쉴 틈 없이 하다 보니 점심때가 지나니 고구마를 다 캤다.

점심을 먹고는 잠시 쉴 틈도 없이 어머니는 오후 해야 할 작업 내용을 말했다. 선별 작업 후 수송이다. 당시에는 모두 이고 지고 도보로 옮겨야 했는데 보통 일이 아니었다. 고구마 상품과 상처 나고 씨알이 작은 하품 고구마를 구분해 놓고 옮기는 일이다. 상품은 엄마가 고무 대야에 짚을 얇게 깔고 담아서 머리에 이고서 옮겼다. 필자는 지게로 씨알 작고 상처 난 하품만 담아서 옮겼다.

안방구석에는 전날 깨끗이 씻고 건조해 놓은 드럼통 2개가 있었다. 그곳에 씨알 좋은 상품 고구마를 담아 보관했다. 상처 나고 씨알이 작은 하품 고구마는 대청마루 밑에 저장했다. 물론 전날 대청마루 밑도 깨끗하게 청소했다. 캔 고구마 짐을 서너 번 지고 나니 힘이 빠지고 지쳤다.

매년 심었던 고구마는 밤고구마, 호박고구마, 물고구마가 대표적인데 심을 때 각각의 고구마순을 준비해 심으면 된다. 처음 캘 땐 고구마 껍질 부위에 상처를 내었지만 캐다 보니 요령이 생겨 상처도 덜 내고 캐는 재미도 느낄 수가 있었다. 가끔 아주 큰 놈, 쌍둥이 놈, 휜 바나나 고구마가 땅속에 나올 때는 한바탕 소리를 쳤다.

"와아~ 너무 크다. 와아~ 너무 이상하게 생겼다."

그런데 생각만큼은 수확량이 많지 않았다. 그래도 식구들 먹기에는 부족하지 않았다. 고구마는 식이섬유가 풍부해 장 활동을 개선해주며, 체내 나트륨 배출을 돕고 다이어트용으로 인기가 높다. 추운 겨울에 서민들의 배고픔을 해결해주던 고구마. 저녁 무쇠솥에 삶아서 바구니에 담아둔 고구마는 새벽에 일어나 먼저 보는 사람이 임자였다. 손끝으로 여기저기 눌러보면 홍시처럼 물렁거렸던 물렁 고구마는 겨울 새벽에만 맛볼 수 있는 꿀고구마였다.

식사 대용으로 많이 먹었는데 씨알 작고 상처 난 하품부터 먼저 꺼내 먹고 시간이 지나 다 떨어지면 안방에 보관 중인 질 좋은 상품 고구마를 조금씩 꺼내서 먹었다. 질 좋은 고구마는 두 개의 드럼통에 보관했는데, 한 개가 바닥을 보일 때가 되면 음력설이 되었다. 동지섣달이 가고 정월이다.

그때쯤 하나 남은 드럼통의 고구마에는 군데군데 새순이 올라오는데, 입춘이 지나고 초봄에 종자용으로 사용한다. 새순이 난 고구마를 집 마당 텃밭에 심고 키우면 순이 무성하게 자란다. 그러면 심기 편하게 잘라 고구마밭에 옮겨 심었다. 이때 주의할 점은 새순은 마디가 많고 긴 것이 좋다. 마디마디에 고구마가 열리므로 두둑 위에 길게 눕힌 것처럼 묻고 윗부분만 고개를 내밀 정도로 심으면 된다. 또한 새순을 심고 물을 충분히 뿌려주면 좋다. 이렇게 심어둔 고구마는 한창 자랄 때 땅에 기어 다니는 칡 순처럼 3m 이상의 길이까지 자란다. 원뿌리에서 고구마가 자라기 때문에 줄기에서 뿌리내리지 못하게 한 번씩 들춰주는 것이 좋고 수확에 도움이 된다.

울산 동구 방어진에서도 동진마을 가을걷이는 집집마다 고구마 농사다. 앞집 가도 고구마, 뒷집에 가도 고구마가 있었고 마당에도, 장독대에도 생고구마를 썰어서 건조를 시켜 간식으로 먹는 빈때기가 있었다. 고구마 빈때기 맛은 늦가을과 겨울에만 맛볼 수가 있는 그 시절 최고의 간식이었다. 이제 그 고구마 빈때기를 먹어 본 지도 오래되어 기억이 가물가물하다.

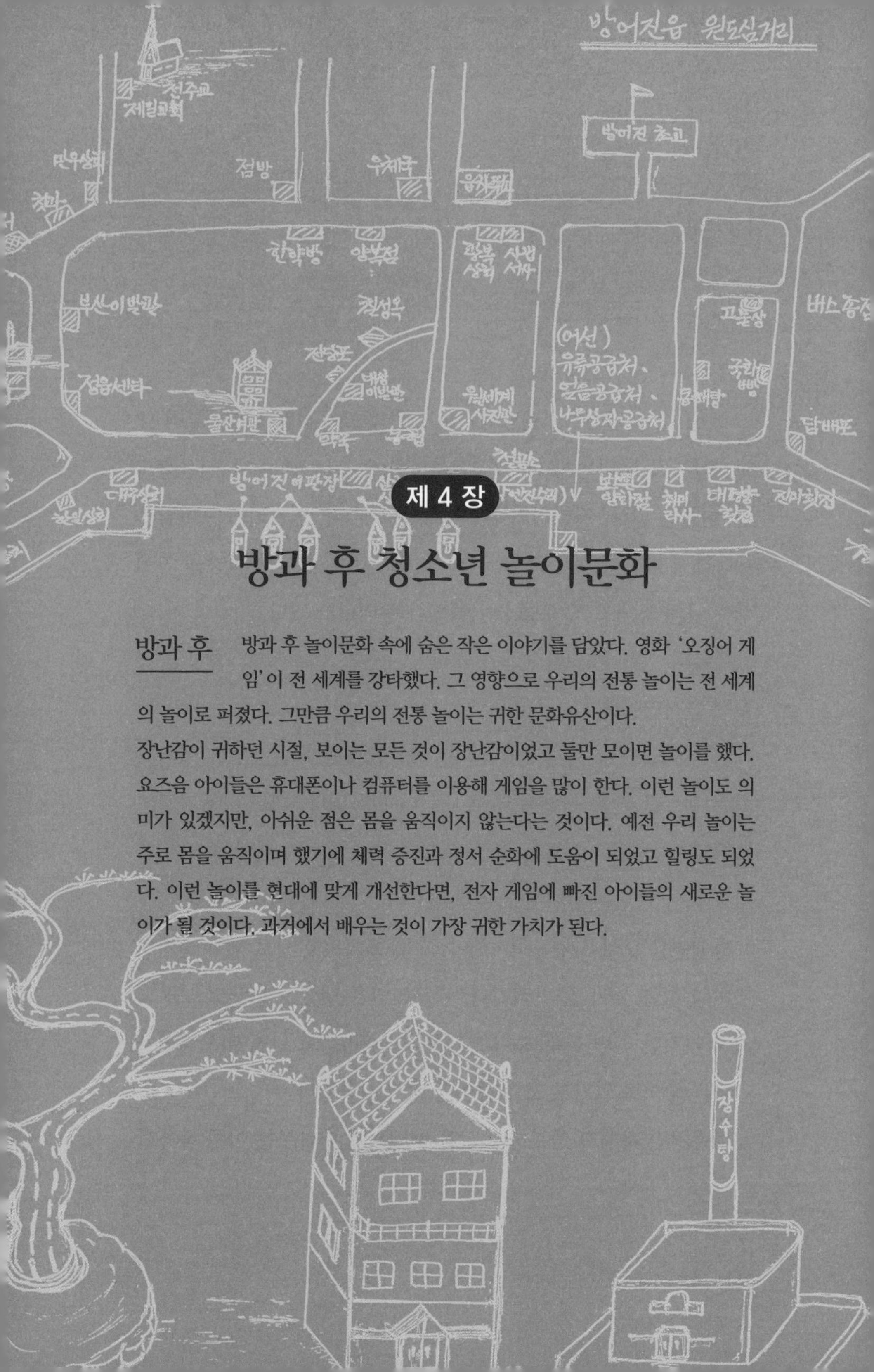

제 4 장

방과 후 청소년 놀이문화

방과 후

방과 후 놀이문화 속에 숨은 작은 이야기를 담았다. 영화 '오징어 게임'이 전 세계를 강타했다. 그 영향으로 우리의 전통 놀이는 전 세계의 놀이로 퍼졌다. 그만큼 우리의 전통 놀이는 귀한 문화유산이다.

장난감이 귀하던 시절, 보이는 모든 것이 장난감이었고 둘만 모이면 놀이를 했다. 요즈음 아이들은 휴대폰이나 컴퓨터를 이용해 게임을 많이 한다. 이런 놀이도 의미가 있겠지만, 아쉬운 점은 몸을 움직이지 않는다는 것이다. 예전 우리 놀이는 주로 몸을 움직이며 했기에 체력 증진과 정서 순화에 도움이 되었고 힐링도 되었다. 이런 놀이를 현대에 맞게 개선한다면, 전자 게임에 빠진 아이들의 새로운 놀이가 될 것이다. 과거에서 배우는 것이 가장 귀한 가치가 된다.

01

연 만들어 날리기

연날리기는 일반적으로 정월 초하루부터 대보름날까지 날리는데 매서운 고추바람이 부는 날은 날씨는 춥지만, 하늘은 맑다. 연날리기에는 딱 좋은 날이다. 연날리기는 바람을 이용해서 하늘에 띄우고 노는 놀이인데, 그해의 온갖 재앙을 연에 실어 날려 보내고 또 복을 맞아들인다는 의미가 있다.

한국의 연은 가오리연과 방패연이 주종을 이루지만, 중국의 경우는 솔개연이다.

연은 지금처럼 문방구에서 재료를 사서 제작하는 것이 아니고 모든 재료를 손수 구해서 깎고 다듬어 만들었다. 대나무를 자르고 쪼개고 다듬고 하는 모든 일은 손으로 직접 했으며 연의 종류에 따라 재료나 만드는 방법이 조금씩 다르다.

방패연은 댓살 6개를 준비해야 하며, 종이는 한지로 해야 질기고 가벼워 하늘 높이 잘 올라간다. 가오리연은 댓살 2개만 있으면 되고 질기기만 하면 아무 종이나 사용해도 된다. 그 당시 가오리연을 만드는 종이로 밀가루 포대 종이를 많이 사용했다.

지금처럼 자재가 풍부하지 않을 때였기에 대나무는 아주 훌륭한

연날리기

자재였다. 울타리, 벽 등을 대나무를 이용하여 만드는 등 집을 지을 때 필수 자재였다. 또한, 대나무로 많은 걸 만들었는데 젓가락에서부터 죽순 요리까지 다양했다.

댓살을 만들기 위해서는 먼저 동네 대나무밭이 있는 집으로 가서 바람이 불 때까지 기다려야 했다. 작은 바람이라도 불면 댓잎 스치는 소리에 주변 소리는 모두 묻혀버린다. 바람이 불면 주인 몰래 울타리를 넘어 들어가 쓸 만한 대나무 하나를 베어서 쏜살같이 내뺐다.

대나무를 조금 건조시켜서 사용해야 하지만, 급하게 연을 만들어야 할 때는 생대나무를 그대로 사용했다. 생대나무를 다듬고 길이를 재단하여 자른 후 댓살을 만든다. 그 후 댓살을 종이에 붙이는데 방패연은 만들기도 힘들고 연줄 맞추기도 어렵다. 그래서 가오리연을 많이 만들었는데, 가오리연은 중간 살과 날개 살 2개만 붙이면 되었다. 이때 잘 붙이려면 만들어 놓은 댓살에 풀을 잔뜩 묻히면 된다. 풀이 흔하지 않을 때라 주로 밥풀을 사용했는데, 한 숟가락 정도 되는 양의 밥 속에 댓살을 넣어 밀었다 당겼다 여러분 반복한다. 그러면 댓살에 밥풀이 잔뜩 묻어있는 것이 육안으로도 보인다. 이때 빨리 댓살을 종이에 붙여야 한다. 댓살이 종이에 잘 붙었는지 확인한 후 연 꼬리를 붙인다. 가운데 꼬리는 길게 붙이고 양쪽 날개는 짧게 붙이면 된다. 그러고 나서는 얼레에 감긴 연줄을 조금 풀어서 연에 묶는 일인데 그전에 제일 중요한 것이 연줄 맞추기다.

가오리연은 중간 뼈대살과 날개 살이 만나는 지점에서 두 살을 같이 한 번 묶고 중간 살 하단 지점에서 또 한 번 묶은 다음 두 지점을 묶어 위로 당기면 삼각 형태가 만들어진다. 그렇게 되면 연줄 맞추기 작업은 끝난다. 연줄을 정확히 잘 맞춰야만 연이 균형 있게 하늘 높이 날 수가 있다. 연은 날리는 사람에 의해 가끔 재주를 부리기도 한다. 얼레로 실을 크게 풀었다 감았다 하거나 실을 잡고 당겼다 놓았다 하거나, 실을 순간적으로 풀어주면 흐물거리며 뒤로 날아가기도 한다. 또 연을 같이 날리는 친구가 옆에 있으면 연싸움을 하기도 하는데 연줄이 서로 교차하게 걸어, 당기거나 풀어주면서 상대 연을 더 높이 날지 못하게 한다. 이때 연줄이 끊어진 쪽이 패하게 된다. 연을 날리다가 연실이 끊어지면 연은 좌우로 흔들거리면서 떨어진다.

필자가 살던 동네에서 연을 날리려면 마을과 좀 떨어진 동네 뒤쪽 논밭이나 아니면 좀 더 높은 언덕 위로 가야 했다. 바람이 많이 부는 날은 아무 곳이나 별 상관이 없지만, 바람이 없을 때는 멀리 언덕에까지 가야만 연을 띄울 수 있었다.

처음 연을 날릴 때는 연 꼬리가 땅에 닿아 질질 끌리는데, 하늘 높이 올라간 연은 줄이 탱탱하다. 시간 가는 줄도 모르고 언덕 위에서 신나게 연 날리던 꼬마 녀석은 해가 질 무렵에야 집에 갈 시간임을 알아차린다.

얼레를 힘차게 감고 또 감으면 높이 떴던 연이 필자의 코앞에까지 온다. 그때 재빨리 서너 발자국 앞으로 나가면 조금 전까지 힘차게 날았던 연은 힘없이 땅바닥에 내려앉는다. 연을 다시 만나게 되면 반갑다. 손에 들어온 연을 여기저기 살핀 후 얼레와 연을 가지런히 정돈해 그대로 집에 가져가서는 구석진 곳에 두고 생각한다. 다음 날은 논밭에서 날릴지, 언덕 위에서 날리면서 연줄 싸움을 할 것인지. 그러다 연 꼬리를 추가로 길게 만들어 이어 붙여 꼬리가 최고 긴 연이라는 말을 듣기로 했다. 준비가 미흡하면 금방 연줄이 끊어질 때도 있다. 연 꼬리를 다른 연보다 2~3배 길게 만들어 날리려면 얼레도, 연줄도 질 좋은 것으로 사용해야 한다. 좋은 연줄 없이는 긴 꼬리 가오리연을 마음껏 날릴 수 없다.

연줄은 읍내에 있는 구 방어진 어판장 옆 삼화상회에 가면 살 수가 있었는데 아무나 구매할 수 없었다. 부자 집 아들이나 아니면 외동아들쯤 돼야만 부모님의 도움으로 사서 사용할 수가 있었다.

친구와 같이 연을 날리면 더 높이 더 멀리 서로 경쟁하면서 연을 날렸다. 연줄이 끊어지면 연이 하늘 높이 바람 타고 일본까지 날아간다는 말이 당시에 유행했다. 지금 생각하면 대부분 연은 바다에 떨어졌을 것이다. 바람이 세게 불어 운이 좋으면 일본 대마도까지는 날아갈 것 같은데, 당시는 연줄이 끊어지면 무조건 일본 본토까지 날아간다고 야단을 떨었다. 이제 동구 동진마을에서는 연을 만드는 사람도, 연을 날리는 꼬마도 찾아볼 수가 없다.

하지만 필자는 재료만 있으면 가오리연만은 아직은 만들 수가 있다.

02

팽이 만들어 치기

팽이치기는 겨울철 놀이로 혼자 하는 것보다 여럿이 모여 하면 더욱 신이 나고 재미가 있다. 주로 동네의 넓은 공터나 아니면 겨울방학 전쯤에는 학교 운동장 여기저기에서 팽이치기 놀이를 했던 기억이 있다. 또 연못이 꽁꽁 얼어붙어 있을 때 얼음판 위에서 나무를 원뿔 모양으로 깎아 만든 팽이를 가지고 놀았다. 동네에서는 팽이치기 놀이하는 인원수가 적어 이 골목 저 공터에서 2명 정도가 놀았다. 팽이 싸움은 하지 않고 주로 시합하거나 아니면 구멍가게에서 산 팽이를 시연(테스트)하는 정도였다. 팽이 종류도 팽이를 돌리는 팽이채도 다양하지 못해도 그 나름은 재미는 있었다.

가령 줄팽이는 각자 일정 간격을 두고 동시에 던져서 돌렸는데 오래 돌아가는 팽이가 이기는 게임이다. 시합을 시켜 놓고는 팽이가 돌고 있는 자리에 바싹 가까이 가서 힘차게 잘 돌고 있는지 확인했는데 귀를 가까이 대보고 눈으로 봐서 이길 수 있는지를 미리 짐작했다. 또 줄팽이로 묘기를 부리기도 했다. 그 기술은 던진 줄팽이가 땅바닥에 있지 않고 손바닥 위에서 돌게 하는 것이다.

팽이치기

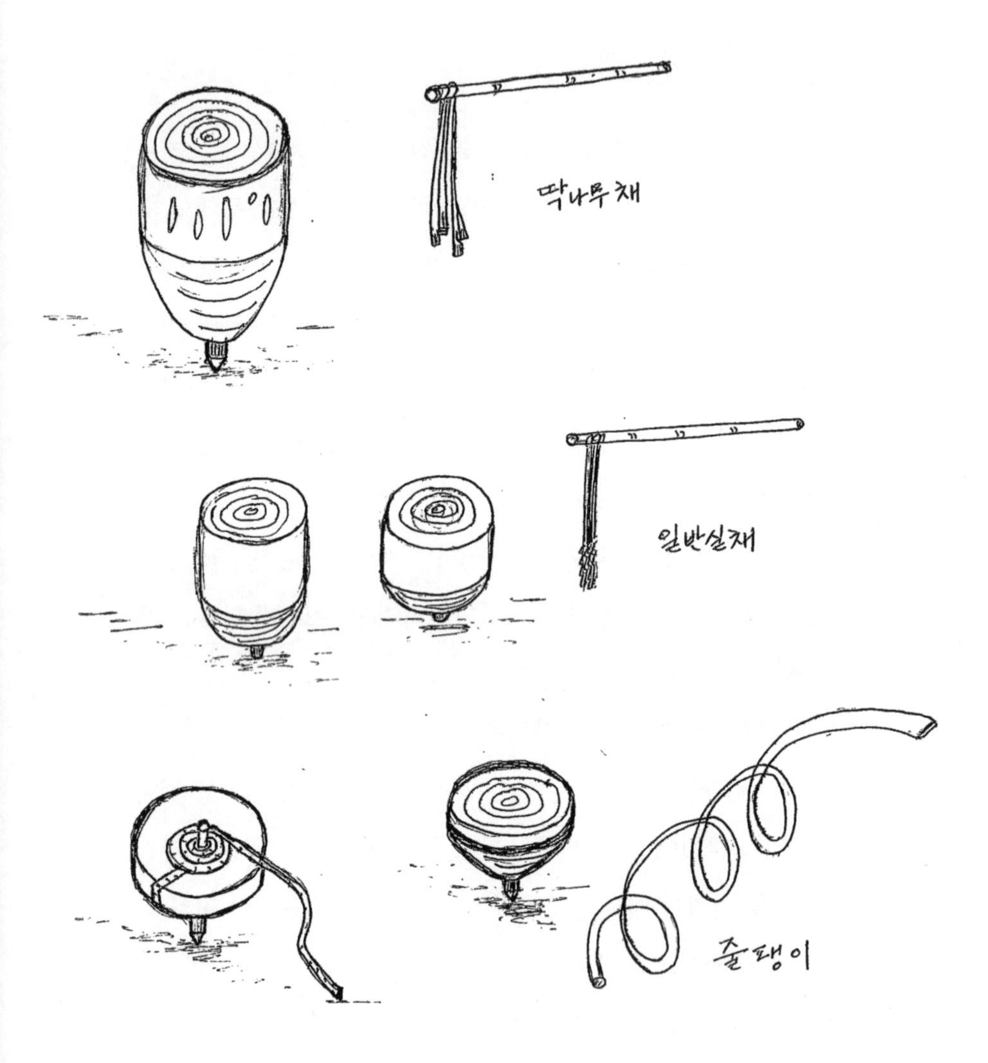

채 팽이 또는 말 팽이도 각자 돌려서 살려놓고 3번만 채찍으로 치고는 채를 놓고 어느 팽이가 오랫동안 돌아가는지 보는 게임으로 줄팽이와 비슷한 놀이다. 동네에서 하는 팽이치기 놀이는 단조롭지만, 학교에 가면 다르다. 여러 자연부락에서 직접 만든 팽이는 크기도, 모양도 제각각이며 팽이를 치는 팽이채도 다양하여, 평소 동네에서는 못 보던 팽이채를 볼 수 있다. 바로 닥나무껍질로 만든 팽이채인데 질기며 오래 쓸 수 있다. 닥나무 채로 팽이를 치면 흐물흐물하던 팽이도 비실비실하던 팽이도 힘 있게 살아 돌아간다. 팽이는 좀 크게 만들고 팽이채는 닥나무껍질로 만들어 팽이를 돌리면 십중팔구는 팽이 싸움에서 이길 수가 있었다.

나무 팽이는 둥근 나무토막의 한쪽 끝을 처음에는 작은 도끼로 다듬고 다음에는 낫이나 칼로 다듬어서 뾰족하게 깎아서 만든다. 채로 치거나 끈을 팽이 몸통에 감았다가 풀면서 돌리면 돌아갔는데 경상도에서는 핑딩이, 전라도에서는 뺑돌이, 제주도에서는 도래기라 불렀다. 이처럼 지역에 따라 다른 명칭이 있었지만, 오늘날은 일반적으로 팽이라는 말이 통용되고 있다.

팽이는 주로 소나무, 박달나무, 향나무, 팽나무 등 무겁고 단단한 나무로 만들지만, 이곳 동구 방어진 쪽에서는 구하기 쉬운 소나무, 오리나무 일명 산태목을 깎아서 좌우대칭이 되게 만들었다. 또 팽이 끝에는 못이나 총알을 박아서 만들었는데 가끔은 고급 둥근 차랑(쇠 구슬)을 구해서 박아놓으면 더 오래 돌아가는 팽이로 만들어졌다. 팽이를 치는 채는 40~50cm 정도 되는 끈을 달아서 만들었는데 팽이가 도는 방향으로 내려쳐 때리면 빠른 속도로 오래 돈다. 채에 달린 끈은 여러 가닥의 굵은 실, 헝겊, 닥나무껍질 등을 이용했는데 단연 최고의 팽이채는 닥나무껍질로 만든 것이다. 필자가 살았던 동진마을에서는 닥나무 구하기가 쉬운 일이 아니었다. 일산진 마을과 동진마을은 바다를 끼고 있는 어촌 마을이라서 당시 닥나무 구경을 할 수가 없었다. 농촌, 산골 마을인 월봉, 대송, 번덕 지금의 화정동에 살았던 친구는 대부분 닥나무 팽이채를 가지고 놀았던 것 같다.

당시 학교 운동장은 놀기 좋은 팽이치기 무대였다. 여러 군데에서 무리를 지어 팽이를 치고 놀았는데 그중 한 팽이가 눈에 띄었다. 덩치가 있고 돌기도 잘도 돌아서 잠시 보았는데 닥나무껍질로 만든 팽이채를 들고 있는 6학년쯤 되는 형이 소나무로 만든 팽이를 힘 있게 때렸다. 그 덩치 큰 팽이는 아프다고 소리 내고 야단이었다. 윙~ 윙윙, 윙윙~윙윙하고 나는 소리가 제법 크게 들렸다. 약간은 좌우로 기울더니 금세 꼿꼿이 일어서서 돌아가는 팽이는 대송, 번덕 마을에서 직접 만들어온 팽이인 것 같았다. 필자는 처음 목격한 이 광경을 보고는 "와, 와" 하는 감탄사가 절로 터져 나왔다. 그 당시 산골 마을에서 흔했던 소나무와 닥나무가 만나서 만들어 낸 하모니 합작품이었다.

어촌 마을인 동진과 일산진 마을 아이들은 동네 구멍가게에서 산 팽이를 가지고 놀았는데 집 주변 환경의 차이가 팽이의 종류를 결정한 것 같다. 그 당시 있었던 초등학교는 3곳(방어진 초교, 동부 초교, 남목 초교)이 있었는데 아마도 비슷한 풍경을 연출하지 않았을까? 이제는 맨땅으로 된 운동장도, 팽이도, 팽이를 돌리던 팽이채도 볼 수가 없다. 지난 시절 놀이문화가 반세기의 세월에 묻혀서 사라져 가니 어쩔 수가 없다.

03

스케이트 만들기

어릴 적 겨울이면 우리에겐 소중한 놀이 수단인 스케이트가 있었다. 손쉽게 탈 수 있는 앉은뱅이 스케이트와 타는 요령이 필요한 일어서서 타는 발 스케이트가 그것이다. 고학년 아이들은 서서 타는 발 스케이트를, 저학년 아이들은 앉은뱅이 스케이트를 주로 탔다.

추운 날씨에 손이 얼어 터져서 손등에 피가 나기도 했고 스케이트를 타다 옆 사람의 송곳 스틱에 찍히기도 했지만, 거의 매일 연못에서 스케이트를 탔다.

어느 날 같은 마을에 사는 동네 형이 꽁꽁 얼어붙은 얼음 판 위에 송곳과 큰 돌을 가지고 구멍을 내기 시작했다. 잠시 후에는 구멍 난 얼음판에 물이 고였는데 아직은 구멍이 작은지 계속해 얼음구멍을 크게 만들었다. 뒤쪽에서 "잠깐"하고 소리치면서 얼음구멍이 있는 쪽으로 윗동네 형이 걸어왔다.

"얼음구멍은 그 정도면 적당하니 되었어."

스케이트

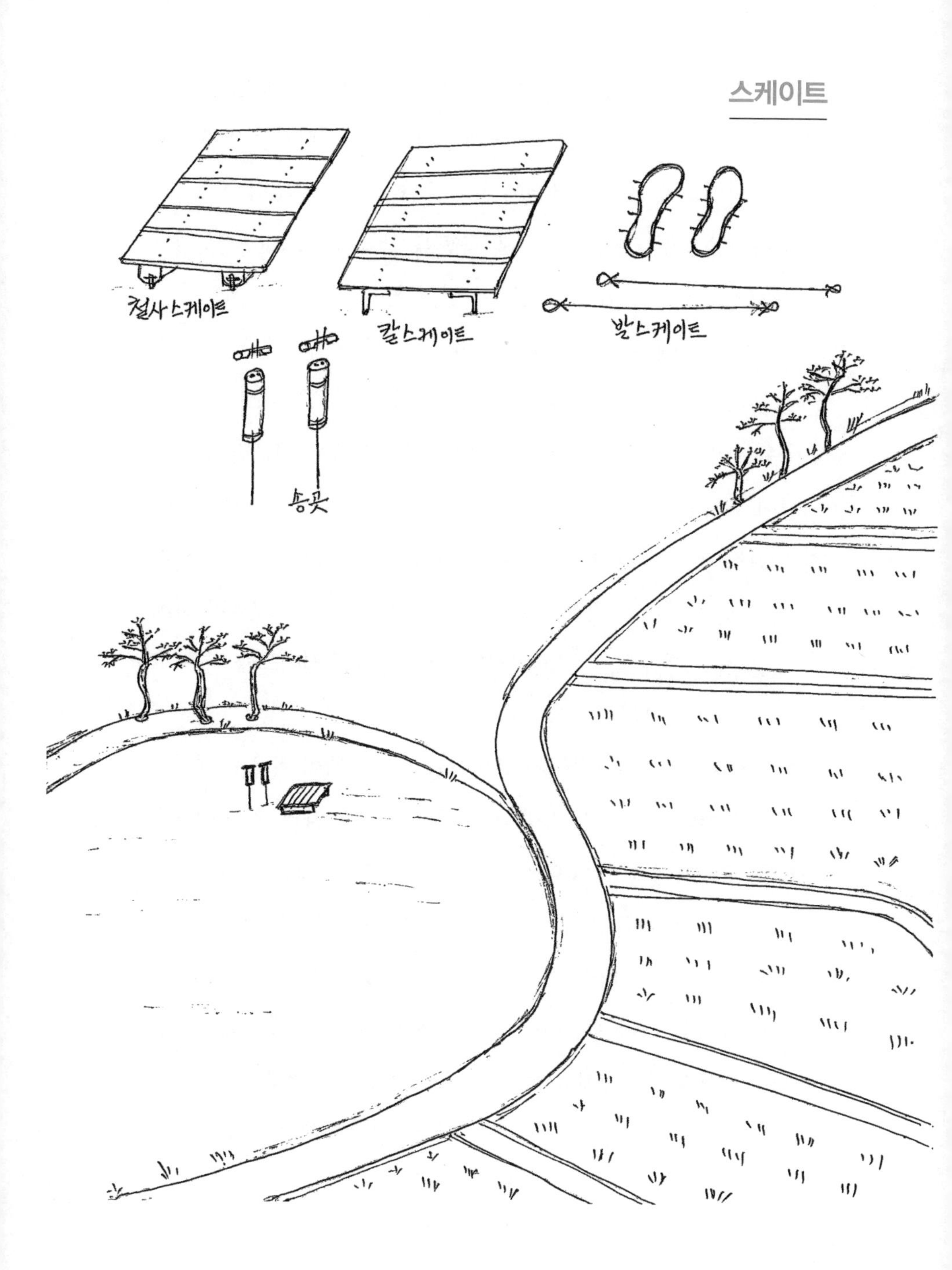

라고 말하고는 구멍 주변으로 4~5명 정도 모이게 해 뜀을 뛰게 했다. 얼음판이 금이 가도록 만들고는 한 번 더 뜀뛰기를 반복해서 하니 이번에는 얼음판 일부분이 꿀렁꿀렁 탄력이 생겼다. 일명 고무 얼음판을 만든 것이다. 고무 얼음판을 만들어 놓고 노는 스케이트 타기 놀이는 스릴이 있고 재미가 있었다.

그런데 오전에는 위험도가 낮지만, 점심시간이 지나고 차츰 기온이 올라가면 얼음이 녹아 위험도가 높아진다. 스케이트 타러 온 아이들도 많아지니 얼음판이 녹으면서 육안으로도 얼음판의 꿀렁거림이 보이고 구멍 난 얼음판 주변은 많은 물이 나와 고인다. 높이가 비교적 높은 앉은뱅이 스케이트가 지날 때는 물 파도를 일으키지만, 바로 뒤따라간 작은 앉은뱅이 스케이트는 물이 차올라 바지가 젖는다. 그때 규칙이 만들어진다. 앉은뱅이 스케이트를 타고 고무 얼음 위를 1명씩 통과하는 것이다.

이러한 광경은 동구 방어진 동진마을의 개구쟁이 겨울 스케이트 놀이 풍경이다. 결국에는 늦은 시간에 스케이트 타러 온 아이들은 사정을 모르기에 물에 옷이 젖거나, 스케이트도 얼음구멍에 걸려서 넘어진다. 한겨울 스케이트 타기는 어쩌면 형들이 만든 유도작전에 넘어가느냐 아니면 그 작전을 미리 알고 넘어가지 않느냐 하는 보이지 않는 눈치 게임이라 할 수 있었다. 각자 판단할 몫이지만 형들의 익살과 아이들의 참여가 함께 뒤섞여 만든 겨울 놀이다. 모르면 당하고 알면 당하지 않는 어른들의 치열한 삶의 현장과도 비슷했다.

아무튼 만든 스케이트는 현장에서 타봐야 성능을 알 수 있으며, 스케이트 만드는 과정을 알면 노는 데 많은 도움이 된다. 앉은뱅이와 발 스케이트를 만드는 방법을 대략 설명하면 다음과 같다. 앉은뱅이 스케이트는 하부바닥용 기둥 2개를 만들고 나서 철사로 바닥 기둥 가운데 고정한다. 양쪽 좌우의 간격을 적당히 맞추어 바닥 기둥 2개를 밑에 놓고 상판에 고정하면 완성된다. 송곳은 적당 크기의 둥근 나무 2개를 준비하여 두고, 못 머리는 망치로 뾰족하게 만들어 둥근 나무에 박고 반대 못 끝은 뾰족하게 갈아주면 된다.

서서 타는 발 스케이트는 좌, 우 양발 크기와 비슷하게 나무판을 재단해 실톱이나 가느다란 톱으로 잘라낸다. 그다음 하부바닥용 기둥을 좌우 2개를 만들고 나서 철사로 기둥 가운데를 고정하고, 재단한 발 모양 상판을 덮어 고정한다. 그다음 상판 좌우 측면에 못 머리가 보이게 못을 박아준다. 준비한 고무줄 양 끝은 구멍이 있게 묶어 돌출된 못 머리에 걸고 지그재그로 양발을 묶으면 발 스케이트가 완성된다. 여기서 추가한다면 좌우 양 판 밑 부분에 못 머리가 살짝 보이게 서너 개 정도 박아놓는다. 그것은 스케이트를 타다 앞으로 숙여 얼음판에 닿게 하면 브레이크 역할을 해 준다. 또한, 얼음판을 회전할 때도 나름 역할을 하는 안전장치이다. 이렇게 완성된 스케이트를 가지고 필자는 주로 동네 뒤 얼어붙은 연못에서 놀았는데 가는 연못마다 동네 아이들이 벌써 와서 스케이트를 신나게 타고 놀고 있었다. 누가 피웠는지 모닥불이 타고 있고 한두 명은 손을 호호 불면서 모닥불을 쬐고 있었다. 연못 가운데는 또 누가 얼음구멍을 뚫었는지 구멍과 함께 물이 보였다.

어느 날 학교에 다니지 않은 7살 어린 동생과 함께 스케이트를 타러 갔다. 동생은 앉은뱅이 스케이트도 못 탔다. 필자는 초등학교 6학년 때라 손수 만든 앉은뱅이 스케이트를 갖고서 연못 몇 바퀴를 돌았다. 그런데 필자의 스케이트가 얼음구멍에 걸려 넘어지면서 그만 상의 잠바가 물에 젖고 말았다. 할 수 없이 얼음구멍에 걸려 넘어진 앉은뱅이 스케이트와 송곳을 양손에 들고서 얼음판 밖으로 걸어 나갔다. 그리고 모닥불에 가서 옷을 말려야겠다고 생각했다.

상의 잠바를 벗어 말리려고 할 때 주변을 둘러보니 동생이 보이지 않았다. 옆에 있던 친구에게 물어보니 조금 전 집에 너의 엄마에게 일러준다며 갔다고 했다. 집에 일러주러 갔다는 말에 황급히 몇 발자국을 뛰어가서 언덕 아래를 보니 동생은 벌써 저만치 집으로 가고 있었다. 언덕 위에서 동생이 있는 곳까지의 거리는 얼핏 보아도 100~200m 이상 되는 거리였다. 동생의 이름을 두 번 세 번 힘껏 소리쳐 불렀다. 동생은 발걸음을 멈추고 뒤를 돌아보며 필자의 말에 귀를 기울이는 듯했다. 손짓으로 집에 가지 말고 돌아오라고 했다.

지금 생각하니 동생은 얼음판 밖에서 모든 상황을 다 보고 있었으며 끝내는 집에 알려야겠다고 생각해 행동으로 옮기는 중이었다. 필자는 동생이 안 보여 찾았으며 집에 알리면 어머니에게 야단을 맞을 것 같아 알리지 말라고 막았는데, 결국은 집에서 알게 되고 말았다.

잠바를 말리는 과정에서 잠바에 불구멍이 나고 말았다. 당시 잠바는 나일론 섬유가 많이 들어간 재질이며 그 속에는 얇은 스펀지가 들어있었는데 불똥이 튀면 바로 구멍이 났다. 열악한 의류를 생산하던 시절이었다. 동생은 너무 어려서 기억이 있을지 모르지만, 필자는 어제 일처럼 생생하게 기억한다.

세월은 흘러 주변 환경이 많이 변했다. 연못이 있던 그 자리는 현재 울산 동구 대왕암공원 부지에 편입되어 새로운 모습으로 선보일 예정인데, 연못이 있던 위치는 대략 짐작한다. 다시 그때 그 자리를 찾아 아이처럼 놀고 싶은데, 그날이 언제 올지 기약이 없다.

04

굴렁쇠 굴리기

● ●

88 서울올림픽 개막식 행사에 어린이가 굴렁쇠를 굴리면서 등장해 이 놀이가 세계적으로 널리 알려지게 되었다. 굴렁쇠는 굴리는 요령이 필요하다. 둥글게 만든 굵은 철사나 둥근 통의 테 등을 채로 만들어 굴리면서 노는 놀이기구인데 크기는 일정하지 않으며 놀이하는 사람이 어리면 작게 만들지만, 크면은 또 크게 만들 수 있다.

테의 크기와 재질은 처음에는 나무 테도 있었지만, 후에 주로 금속을 많이 사용했다. 굴렁쇠 굴리기는 전신운동으로 체력증진에 좋고 굴렁쇠를 조정하는 능력과 집중력, 몸의 유연성을 향상할 수 있다. 그 밖에도 가는 길을 선택하고 또 장애물을 피해야 하므로 상황판단 능력을 기를 수가 있어 좋다.

이렇게 굴리고 노는 굴렁쇠는 처음에는 둥근 통을 매는 대나무 테로 만들다가 점점 두레박, 양동이 등 쇠로 된 테로 굴렁쇠를 만들었다. 주로 봄, 가을 해 질 무렵 굴렁쇠를 굴리며 마을을 돌고 했는데, 요즘 그 모습을 찾아보기가 힘들어 아쉽다. 당시 동구 방어진 동진마을에서는 굴렁쇠를 동테라고도 불렀다.

굴렁쇠 굴리기

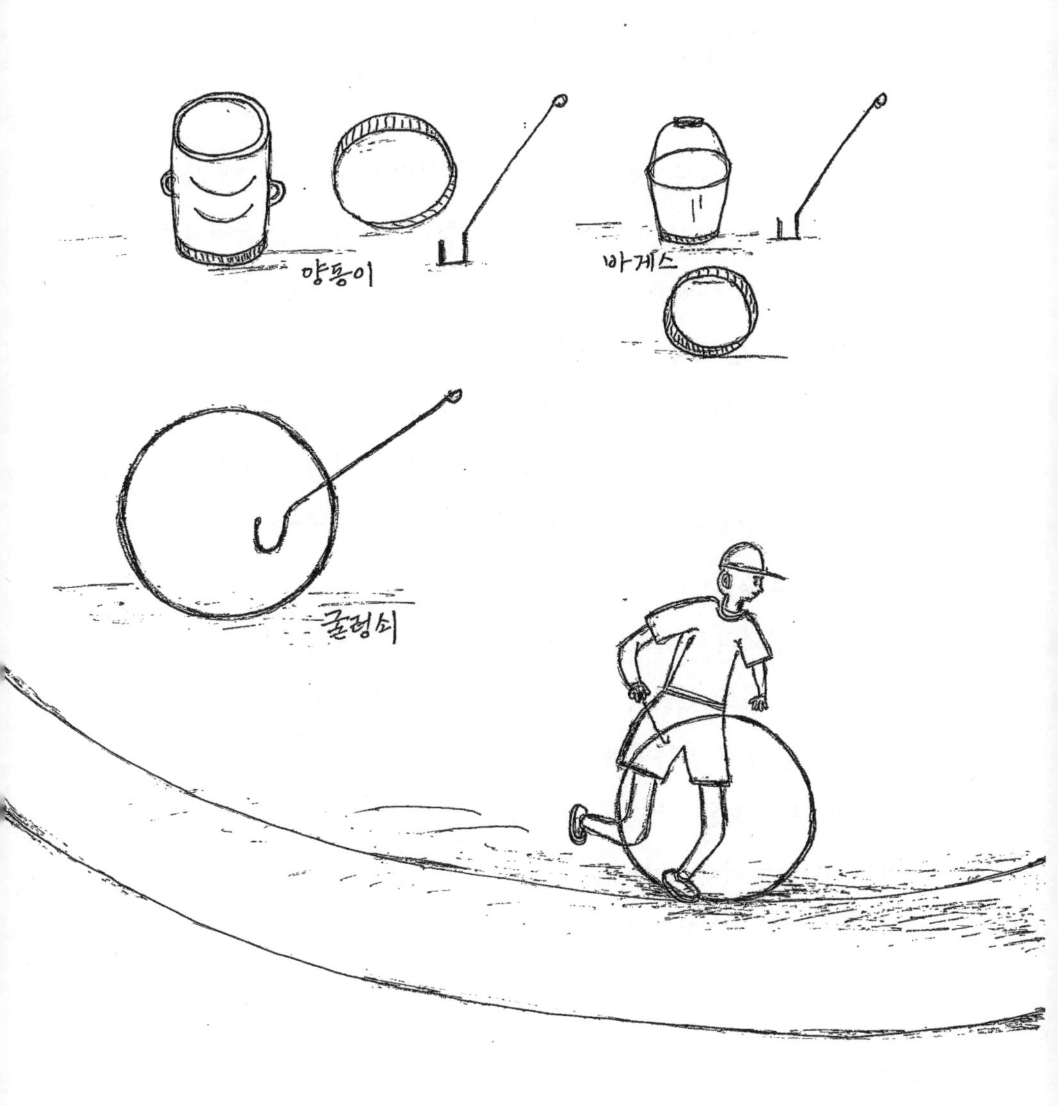

굴렁쇠를 굴리는 굴렁대 크기는 보통 50cm 정도로 굵은 철사 한 쪽 끝을 U자 모양과 ⊔ 으로 굽혀 만들었다. 굵은 철사 구하기가 쉽지 않았지만, 발품을 팔아 방어진 철공 조선에 가보면 굴렁쇠 만들 철사 정도는 구할 수가 있었다.

U자 굴렁대는 둥근 봉으로 만든 강철 굴렁쇠를 굴리는 데 사용하면 딱 맞는다. ⊔모양의 굴렁대는 양철 물통 테두리를 굴렁쇠로 사용할 때 많이 사용했는데 직각으로 굽혀 만든 이 굴렁대가 딱 맞춤이다. 못 쓰는 바케쓰(양동이), 양철 물동이가 고물로 나오면 창고에 보관해 두었다가 굴렁쇠로 사용했지만, 동네 한 바퀴도 못 돌고 멈추어버렸다. 가볍고 넓어 앞으로 나가는 추진력이 약해서 힘이 들었는데 당시에는 동네 전체가 비포장 길이고 울퉁불퉁한 돌부리에 장애물도 많았다.

고급 굴렁쇠라고 불렸던 둥근 강철봉으로 만든 굴렁쇠는 한 동네에 한 개 정도 있을까 말까 했는데 부자 집 아들만이 가질 수 있었다. 온 동네 골목골목을 소리 내고 구석구석을 누비고 다닌 성능이 아주 좋은 '전천후 굴렁쇠' 는 동네 형이 가지고 놀았다. 처음 본 굴렁쇠라 당시에는 멋있다고 부러워했던 기억이 있다. 앞으로 나가는 추진력이 좋아서 멈추는 일은 아예 없고 멈추려면 굴렁쇠를 손으로 잡아야만 했다. 한 번쯤 갖고 싶었지만, 쉽게 구할 수도 없고 그냥 보는 것으로 만족해야 했다. 요즘 아이들이 굴렁쇠 굴리는 모습을 보기 쉽지 않다. 학교나 공공기관에서 준비해 두었다가 놀이 기회를 자주 제공할 필요가 있지 않을까 생각해 본다.

05

토끼와 염소는 내 동무

• •

큰 귀를 가진 토끼는 성격은 온순하지만, 땅을 파는 습성이 있어 사육장을 준비할 때는 하부 판이 튼튼한 것으로 선택해야 한다. 점프력이 좋으며 작고 귀여운 동물이라 정감이 간다. 앞다리는 짧고 뒷다리는 길다. 또 꼬리는 짧지만, 귀는 매우 커 작은 소리도 잘 들을 수 있다. 귀를 안테나처럼 쫑긋 세우고 주변 소리를 들으며 방향을 전환해 움직인다.

야생토끼와 집토끼가 있는데 집토끼를 한 번 키워볼 생각으로 먼저 암컷 한 마리를 샀다. 염소는 머리에 뿔이 있고 수염이 난 우제류 짐승인데 야생염소와 가축 염소가 있다. 때마침 윗동네에서 암염소 한 마리를 분양한다는 얘기를 들었다. 다 큰 염소라서 어려움이 없다며 부모님을 설득하여 샀다. 색상이 흰 토끼 한 마리와 흑염소 한 마리가 나의 동무가 되었다.

마루 밑에서 안 쓰는 나무 상자를 찾아 이쪽저쪽 조금 보강해서 토끼집을 만들었다. 다음은 염소 집인데 혼자서는 만들 수가 없었다. 그래서 며칠 동안 염소 집이 없는 상태에서 집 대문 옆에 두고서 키웠다. 닷새 만에 고기를 잡으러 갔다 돌아온 아버지는 반나절

토끼와 염소

만에 뚝딱뚝딱 염소 집을 넓고 멋있게 지었다. 바닥에는 마른 짚을 깔아 염소가 편하게 쉬고 잠잘 수 있게 해 두고 염소우리까지 근사하게 만들었다.

필자는 들판에 말뚝 박아 매어둔 염소를 데리고 와야 한다는 생각에 토끼풀 담을 망태기만 들고 집을 나서 들판으로 향했다. 가벼워진 발걸음으로 단숨에 들판 공동묘지 가까이에 갔다. 들판 주변에는 벌써 아이들이 와서 놀고 있었고 한쪽에서는 소 꼴 풀치기, 또 한쪽은 공기놀이가 한창이었다. 이곳에서 조금 떨어진 공동묘지 끝자락에는 7~8마리의 소들이 풀을 뜯고 있었다.

얼른 토끼풀을 베고 염소와 같이 집에 갈 생각에 풀치기, 공기놀이를 하는 곳에는 가보지도 않고 곧장 염소 말뚝이 있는 곳으로 다가갔다. 그런데 이게 웬일인가! 염소 새끼가 두 마리나 보였다. 어미가 새끼를 낳은 모양이다. 주위를 살펴보니 우리 염소는 아니고 후배 영관이네 염소였다.

영관이는 암, 수 한 마리씩 키웠는데 새끼 두 마리가 늘어서 총 4마리가 되었다. 식구도 늘어나고 키우는 재미도 있을 것 같다는 생각이 들었다. 암염소 한 마리만 키우고 있는 필자는 처음 염소를 사 올 때 임신 된 지 한 달이 지났다는 말을 들었다. 그럼 서너 달 있으면 염소 새끼를 볼 수 있을까 하면서 말뚝을 뽑으려고 하는데 새끼 염소 한 마리가 내 앞에서 귀엽게 놀고 있고 또 한 마리는 어미 옆에 가서 젖을 물고 있었다. 이때 후배 영관이가 왔다.

"와아, 와아, 우리 염소가 새끼 2마리를 낳았네..!"

새끼 2마리를 낳아서 기뻐하고는 처음 보는 염소 새끼를 보듬어 안아주는 후배의 행동이 부러웠다.

더 놀고 싶고 같이 있고 싶어도 내 코가 석 자라서 공동묘지 주변에서 아이들이 놀고 있는 광경과 염소를 안아주는 모습을 뒤로 하고서 염소를 데리고 집으로 향했다. 좋은 집을 지어 놓고 염소에게 빨리 보여주고 싶어서였다. 마음은 급하지만 가던 길에 풀이 무성하게 자라 있는 곳이 보여 발걸음을 멈추고 토끼풀이 가득 찬 망사리도 손에서 내려놓았다. 그리고 염소의 목줄을 당겨 싱싱한 풀을 뜯어 먹게 해 주고는 염소를 관찰했는데 평소보다는 배가 조금 더 부른 것 같기도 했다. '아직은 몇 달을 기다려야 염소 새끼를 볼 수가 있겠지' 하는 생각이 들었다.

토끼와 염소를 키우고 있는데 어느 날 친구가 찾아왔다. 자기도 토끼를 기르고 싶다며 어떻게 기르느냐고 물어보고는 토끼풀 베러 갈 때 같이 가자고 했다. 흔쾌히 좋다고 그렇게 하자고 대답을 해주었는데 친구는 기분이 좋은지 자기 집에 놀러 가자고 했다.

친구는 방어진 초등학교에 다녔고 필자는 화진 초등학교에 다녔다. 이때가 중학교 1학년 봄이었는데 새 학기 시작된 지 얼마 되지 않을 때라서 둘은 금세 친해졌다. 들판에는 온통 푸른색이 물결칠 무렵이라서 토끼, 염소 키우기에는 안성맞춤의 계절이었지만, 주변을 둘러보면 가축을 키우는 친구는 많지 않았다. 동진 친구 10명

중 소가 있는 집이 두 곳, 염소와 토끼를 함께 기르는 집도 딱 두 집뿐이었다.

바다 가까이 있는 동네보다 산과 들판 가까이 있는 동네가 가축을 더 많이 길렀다. 필자가 살았던 방어진 동진마을은 바다와 가까이 있었으며, 산과 들판 가까이 있는 동네가 아니라서 주어진 환경 속에서 가축을 잘 키우려면 큰 노력이 필요했다.

토끼와 염소를 키우며 특별히 기억에 남는 추억이 있다. 그날은 일요일이라 토끼에게 줄 풀을 뜯으러 가기로 했다. 집에서 좀 먼 거리였지만, 그냥 풀이 아닌 최고급 풀이 많이 있다고 암암리에 소문난 소바위산 정상 부근으로 갈 참이었다. 우리는 당시 이 풀을 인삼풀이라 불렀다. 줄기든 잎이든 잘라 보면 우유 같은 하얀 진물이 나왔는데 왜 하얀 물이 나올까? 평소 궁금증이 든 풀이었다.

소바위산 정상은 가파른 곳이 없고 대부분 평평했다. 필자는 별 생각 없이 토끼풀을 조금 베어 망태기에 넣고 숲 속으로 걸어갔는데 5~6m 앞에서 갑자기 "퍼드덕퍼드덕"하면서 암꿩 까투리가 하늘로 날아 올라가는 것이 보였다. 이때 새끼 꿩인 꺼병이가 2~3m 높이 공중에서 일곱, 여덟 마리 정도가 "뚜두둑" 하고 떨어졌다. 어미 날개 밑에 품고 있던 새끼들이 인기척에 놀란 어미가 날아오르면서 새끼들이 공중에서 떨어지는 것이었는데, 대단해 보였다. 그런데 눈 깜박할 사이 꿩 새끼들이 하나도 보이지 않았다. 나뭇잎을 하나씩 품고 자기 몸을 보호하기 위해 위장해 숨어버린 것이다. 순식간에 일어난 일인데 놀랍기도 하고 신기하기도 했다. 꿩 새끼인 이들에게도 자기 보호본능이 있다는 것을 생생히 목격한 것이다. 당시 소바위산 정상 주변 숲에는 가끔 꿩이 날아오르고 내리는 광경을 볼 수 있었지만, 그날처럼 가까이 보는 것은 처음이었다. 자연이 살아있는 숲이고 식물과 동물이 공생 공존했던 소바위산 모습이었다.

어미 날개 밑에 품고 있던 새끼들이 인기척에 놀란 어미가 날아오르면서 새끼들이 궁중에서 떨어지는 것이었는데, 대단해 보였다. 그런데 눈 깜박할 사이 꿩 새끼들이 하나도 보이지 않았다. 나뭇잎을 하나씩 품고 자기 몸을 보호하기 위해 위장해 숨어버린 것이다. 순식간에 일어난 일인데 놀랍기도 하고 신기하기도 했다. 꿩 새끼인 이들에게도 자기 보호본능이 있다는 것을 생생히 목격한 것이다. 당시 소바위산 정상 주변 숲에는 가끔 꿩이 날아오르고 내리는 광경을 볼 수 있었지만, 그날처럼 가까이 보는 것은 처음이었다. 자연이 살아있는 숲이고 식물과 동물이 공생 공존했던 소바위산 모습이었다.

염소목줄을 말뚝에 묶어두고 들판 주변에서 동무들과 공기놀이, 풀치기, 소싸움을 하기도 했다. 그렇게 놀다가 시간이 흐르면 염소를 조금 옆으로 옮겨 풀을 먹게 했다. 해가 떨어질 때까지 아이들은 놀다가 염소를 조금 옮기다가를 반복했다.

공기놀이는 망자의 집 묘지 앞 좌판 비석 위에서 새알 크기의 둥근 돌멩이 5개를 가지고 하는 놀이다. 다섯 알을 가지고 한 알 집기, 두 알 집기, 세 알과 나머지 한 알 집기, 네 알 집기, 마지막으로 한 알과 세 알을 바닥에 깔아놓고 다시 한 개를 공중에 띄우고 집는다. 이번에는 솥걸이를 해야 한다. 3개를 오목하게 삼각형으로 모으고 한 개는 공중에 띄우고 바닥에 있는 한 개를 세 개가 모여 있는 삼각 틀 위에 올려놓는다. 이렇게 알까기부터 솥걸이까지 실수 없이 마쳐야 1축이 된다. 이 놀이는 보통 3축을 먼저 하는 쪽이 이기는 게임인데 필자가 즐겼던 놀이였다.

이번에는 풀치기 게임이다. 주로 소먹이는 아이들이 많이 했던 놀이인데 소 먹일 풀(소 꼴)을 베어놓고 한 무더기씩 가져와서 게임에 이기는 사람이 전부 다 가져간다. 4명이 참가하면 소 꼴 무더기는 4무더기가 되는데 한 무더기 걸어서 이기면 세 무더기를 다 가져가니 이 정도면 재미가 쏠쏠했다.

가끔 소싸움도 시켰는데 암소끼리 뿔 떠받기 싸움으로 각자 자기 소가 최고라고 우기다 소끼리 싸움을 붙이는 것이다. 이때 가만히 두면 소는 서로 싸우지 않는다. 서로 마주 보게 줄을 당겨 살살 약을 올리면 그때 서로 떠받는다. 이때 도망가면 지는 소가 된다. 토끼와 염소가 있어 이런 광경을 볼 수가 있었고 또 즐기고 느낄 수 있었다. 지난 어릴 적 추억은 이제 흘러간 옛이야기로 남아있다.

06

구슬과 딱지

• •

일제강점기에 유리 사용이 많아지면서 그 찌꺼기로 만든 유리구슬이 대량으로 유통됨으로써 전국적으로 널리 퍼졌다. 한국전쟁 때 망가진 자동차나 탱크의 베어링에서 쇠 구슬이 나와 유리구슬과 같이 가지고 놀았는데 쇠 구슬은 흔치 않았으며 이곳 방어진 동진마을에서는 쇠 구슬을 차랑 구슬이라 불렀다. 차랑은 귀한 구슬로 가지고 노는 아이들도 드물었다. 구슬치기는 유리나 자기로 된 구슬을 가지고 구멍에 넣거나 목표물을 맞히거나 상대방의 주먹 쥔 손안에 있는 구슬 숫자가 홀수인지, 짝수인지 또는 몇 개인가 맞춰서 구슬을 따먹는 놀이이다.

1960년대 말과 70년대 초 겨울철 대표 놀이였는데 요즘은 거의 하지 않는다. 구슬의 가치가 평가절하되고 또 다른 놀잇거리가 많고, 게다가 놀 수 있는 땅이 없어진 것도 한 요인이라고 할 수 있다.

구슬치기 놀이 방법은 상대의 구슬을 맞추는 놀이인데 가장 단순하고 쉬운 방법으로 순서를 정해 일정한 거리에 구슬을 놓고 맞추면 상대방 구슬을 따는 놀이이다. 또 다른 방법은 땅에 삼각형을 그리고 놀이하는 사람 수만큼 구슬 개수를 넣는데, 구슬의 개수는

구슬과 딱지

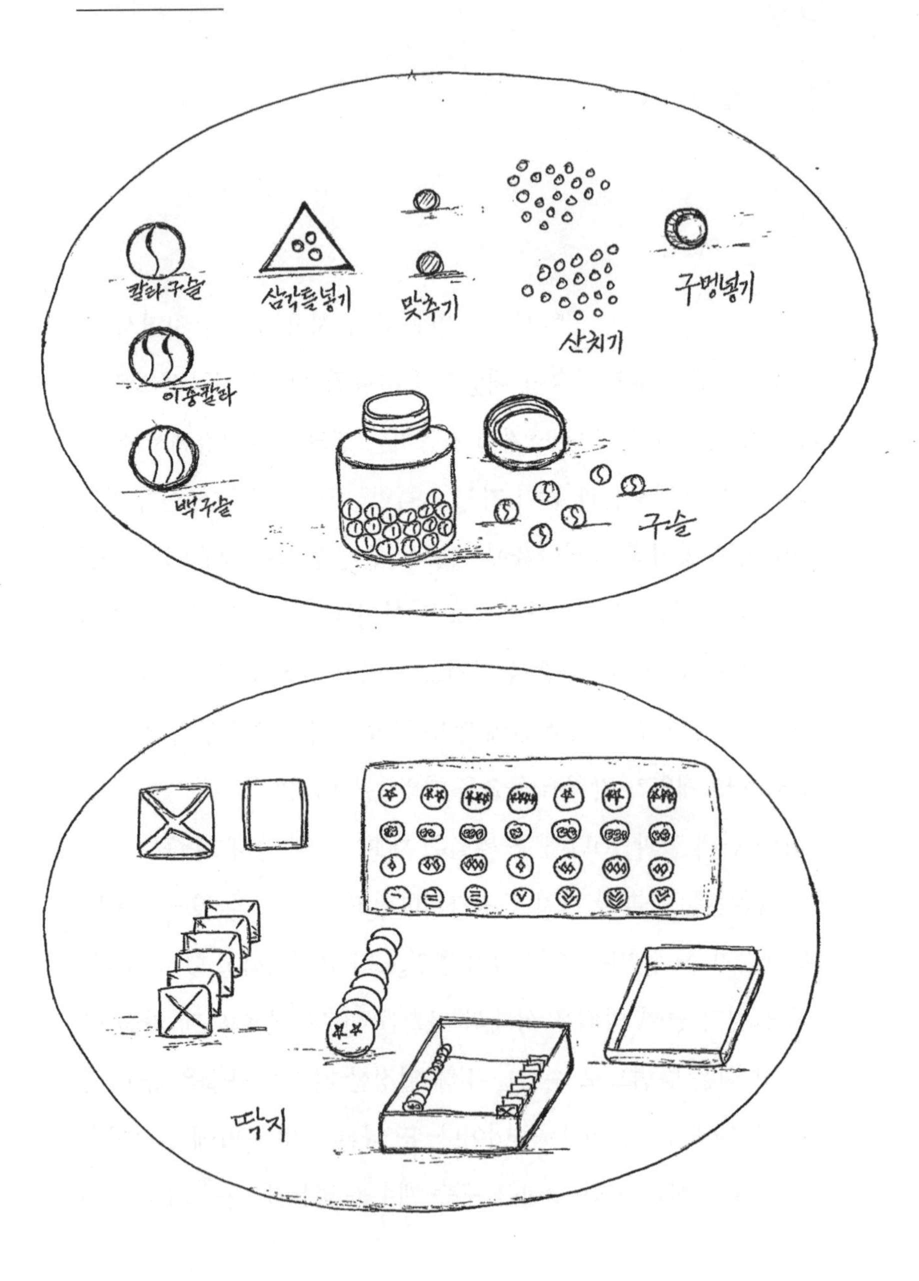

2개, 3개 정하기 나름이다. 순서를 정해 구슬을 던져 삼각형 안에 있는 구슬을 삼각형 밖으로 내보내면 따는 것으로 가장 많이 했던 놀이이다. 만약 삼각형 안의 구슬을 맞추다가 또는 빼내려다가 그 안에 들어가거나 삼각형 선에 닿으면 지금까지 따먹은 구슬을 삼각형 안에 다 내놓고 죽어야 한다.

반대로 땅 위에 삼각형을 그려놓고 삼각형 안에 구슬을 넣는 게임인데 서서 던져도 엎드려 굴려서 넣어도 무방하며 두 명이든 세 명이 하든 상관없다. 구슬 개수를 각자 적당히 걸어 이기는 사람이 가져간다. 비슷한 게임으로 구멍을 파놓고 구멍에 넣는 사람이 이기고 게임에 걸었던 수만큼의 구슬을 가져가는 게임도 있었다.

또한, 단순히 2명이 하고 노는 게임인데 한 명이 구슬을 주먹 손 안에 감추고 다른 한 명은 그 안의 숫자가 홀수인가 짝수인가를 맞추는 놀이로 우리는 홀짝 놀이라고 불렀다. 맞추면 걸은 개수만큼 줘야 하고 못 맞추면 걸은 구슬을 가지는 방식으로 게임을 했다.

마지막으로 최고 재미있고 스릴이 있었던 게임은 뭐니 뭐니 해도 구슬 삼치기[34] 놀이다. 요즘으로 치면 카드 포커와도 비슷하다고 할 수 있다. 상대가 양손으로 많은 구슬을 소리 내어 흔들면서 주먹 안에 구슬을 비밀스럽게 움켜쥐고서 주먹손을 내밀면 구슬을 걸고 맞추는 게임이다. 만약 1, 2에 걸고 3이면 먹으라고 소리치면,

34) 표준말은 '삼치기' 이지만, 우리는 '산치기' 라 불렀다.

3의 배수(3, 6, 9~)가 손안에 들어있으면 이기는 게임이다. 만약 주먹 손안에 구슬이 7개가 있으면 3으로 나누고 남는 숫자(7 / 3=2+1)가 1이다. 그러면 1에 걸은 개수만큼 주먹 쥔 사람은 구슬을 건 사람에게 줘야 한다.

이렇게 구슬치기 놀이는 여러 가지 방법이 있는데 그중에서 남자다운 구슬 따먹기는 일명 삼치기 게임이다. 어느 날, 윗동네로 구슬 삼치기를 하러 원정을 갔다. 보통 때는 구슬 10~20개 정도를 갖고 노는데 그날은 제법 큰 게임이 벌어졌다. 윗동네 형과 맞붙었는데 내 밑천은 50~60개 정도 갖고 있었는데 윤씨 성을 가진 형은 100개 이상을 갖고 있었다. 서로 엎치락뒤치락하면서 게임이 진행되었다. 상대는 마지막으로 나에게 가진 구슬을 몽땅 걸어왔다.

1, 3에 걸고 2면 먹으라고 큰소리쳤다. 내 손에 쥐고 있는 구슬 개수는 정확히 8개였다. 3을 빼고 또 3을 빼니 2개가 남는다. 딱 떨어지는 개수에 꼼짝없이 그 형이 당하는 순간이었다. 갖고 있던 구슬이 몽땅 나에게로 넘어왔다. 그 형은 머쓱해진 표정으로 나를 바라보았지만, 삼치기 게임은 깨끗하게 끝이 났다. 구슬을 모두 땄기에 대략 150개 정도가 되었다. 상의 잠바 좌우 주머니에 넣고 남은 구슬은 또 하의 바지 주머니에 넣고서 집으로 돌아온 나는 비밀장소인 뒷마당에 보관했다. 또 다음날 게임을 기다리면서 다음은 어느 상대가 나와 한판 붙을 건지 설레기도 했는데 이때가 초등학교 6학년일 때다. 아마 그때가 구슬치기 최절정기가 아닐까 생각한다.

또 다른 게임은 일명 '때기치기' 이다. 종이로 만든 딱지를 땅바닥에 놓고 다른 딱지로 그 옆이나 위를 쳐서 땅바닥의 딱지를 뒤집으면 따먹는 놀이이다. 가위바위보를 해 진 아이가 딱지를 땅바닥에 놓으면 이긴 아이가 자기 딱지로 그 딱지를 쳐서 뒤집히게 하는 놀이다. 이 게임에서 이기려면 기본이 팔 힘이 좋아야 하고 딱지도 좀 무겁고 두꺼운 종이로 만들어서 사용해야 한다. 어떤 딱지는 하도 많이 쳐서 딱지 뒷면 바닥이 너덜너덜했는데 그래도 그 딱지가 게임에 나가면 이길 수 있는 확률이 높았다.

상대 딱지를 제압할 수 있는 좋은 딱지만 가지고 있으면 이길 확률이 높다. 요령이 있다면 두꺼운 종이를 사용해서 만들거나 물기가 조금 있는 축축하고 무거운 딱지로 하면 이길 승산이 높아진다. 넓고 크게 만든 딱지는 바로 치지 않고 옆으로 들어가서 밑으로 파고들어 바람을 일으켜 뒤집으면 좋다. 다시 말해 상대가 좀 얇은 딱지를 갖고 나올 때는 바람을 넣어 딱지를 뒤집는 것이 기술이다.

요령을 알고 게임에 들어가면 기선제압을 할 수 있다. 이런 방법으로 손수 만든 딱지로 서로의 딱지를 요령껏 내리쳐 뒤집어 따먹던 것이 때기치기 놀이다. 또한, '딱지치기' 놀이가 있다. 이름은 때기치기와 비슷한데, 구멍가게에서 산 동그란 딱지로 하는 게임이다. 힘으로 내리치는 방식이 아닌 동그란 딱지에 그려진 군인의 계급이 높고 낮음이나 글자나 숫자, 딱지에 그려진 별의 수로 승패를 결정했다. 일명 그림 딱지인데 화투치기처럼 고루 섞어 보이지 않게 두 손에 쥐고 상대방에게 내민다. 그러면 상대는 왼 주먹, 오른 주먹 중 1개를 선택하며 선택한 주먹의 딱지 계급과 선택하지 않는 주먹 안의 계급을 비교해서 높은 쪽이 이기는 게임 놀이다. 이 놀이는 특별한 기술이 있어 이기는 게임이 아니고 그날 컨디션과 운에 따라 이기고 지고가 결정되었다.

이 딱지치기 게임도 어릴 적에 많이 했다. 그 이후 중, 고교 시절에는 게임할 시간이 없었는지 아니면 이러한 게임문화가 한풀 꺾인 것인지는 정확히 알 수 없으나 해본 기억이 없다. 그때는 동네 골목 여기저기서 딱지치기를 했는데 이제는 잘 볼 수 없는 풍경이 되었다. 딱지는 한국 민속촌에 가면 혹시 볼 수 있으려나.

07

동전으로 돈치기

동전 던지기 놀이는 평소는 못 하고, 명절 전후에 많이 했던 놀이로 기억이 된다. 돌부리가 없는 골목 입구 평탄한 곳을 골라서 놀이 장소로 정했는데 맨땅 위에 선을 그은 다음 일정한 거리를 정해두고 작은 구멍을 파놓고 구멍에 가장 가까이 동전을 던지는 사람이 이기는 게임이다. 보통 인원 제한은 없지만 4, 5명 정도의 인원이 참여했다.

동전은 그 당시에 1원짜리와 5원짜리를 사용했지만, 좀 가벼워서 파놓은 구멍에 던져 넣는 일이 쉽지 않았다. 반면에 10원짜리 동전으로 던지면 무게도 크기도 딱 맞아 사전에 준비해 두었다가 게임 때 사용하면 나름 승률이 높았다.

게임 규칙은 참가한 사람끼리 그때그때 협의해서 정했는데 한 판에 주로 1원, 2원 크게는 5원 정도의 금액을 걸고서 게임에 들어갔다. 게임에서 일등이 되어야만 판돈을 몽땅 가질 수가 있지만, 큰 돈이 오가는 일은 없었다. 잠깐 정도 게임을 하고는 끝이 나고 마쳤는데 당시 가지고 있는 밑천이 다들 좋은 편이 아니어서 오랫동안 게임을 못 했다. 명절이라서 부모님에게 받은 용돈이 전부라서 명

동전던지기

절 전후에 잠깐 했던 놀이였지만, 매우 신중하게 임했던 것 같다.

골목골목이 맨땅바닥이던 때라서 동전 한 닢을 땅바닥에 놓고서 검정 고무신 밑창 바닥으로 문질러 한 바퀴 뺑 돌면 검게 보였던 동전이 반짝 빛이 났다. 한 번 더 문질러 돌면 점점 더 빛나던 그 동전으로 동전 던지기 게임에 출전하면 승률이 높았다. 반짝거리게 닦은 새 돈으로 던지면 우선 선명해서 목표물에 그대로 내리꽂히고, 던진 그대로 실력으로 증명되었다. 그것은 기본자세와 흔들림 없는 정확도를 요구되며 손가락 끝과 동전이 하나 되어 목표 지점을 집중하여 공략하면 승산이 있었다. 그것이야말로 동전 던지기의 묘미가 아닐까. 1960년대 말 1970년대 초까지만 해도 동네 꼬마들의 소액 동전 돈이 오고 갔던 놀이문화였다.

필자도 어느 해에는 집 마당에서 작은 구멍을 파놓고 동전 던지는 연습을 했는데 처음 던질 때는 구멍과는 멀리 떨어졌지만, 계속 연습을 거듭할수록 동전은 파놓은 구멍 가까이에 떨어졌다. 이렇게 연습하고 게임에 임하면 훨씬 이길 확률이 높았다. 낮게 던지거나 포물선을 그리면서 던지는 방법이 유리했다. 연습을 하면서 나름 터득한 것이다.

곧바로 실전에 써먹었던 때가 어제와 같이 생생하다. 그렇게 동전 던지기에 이용했던 10원짜리 동전은 1966년 첫 발행되었다. 많은 세월이 훌쩍 지나가고, 전반적인 물가상승으로 10원의 가치가 떨어지면서 거스름돈으로 10원을 받더라도 이를 소지하지 않고 서

랍이나 저금통에 넣어두는 꼴이 되었다. 시장 상인들도 안 쓰는 10원짜리 동전은 이제 역사 속으로 사라질까. 그 옛날 10원짜리 동전, 우리가 가지고 놀던 동전. 그 시대는 온 동네가 땅바닥이었는데 이제 시멘트와 아스팔트로 덮어버려 그 시절 동전 던지기 했던 그 자리도 찾아볼 수가 없다.

08

병 딱기와 깡통 차기

병뚜껑은 우리들의 놀잇거리였다. 그런데 그 뚜껑은 귀하신 몸으로 집안에서도 동네에서도 구하기가 쉽지 않았고, 읍내시장 통에 가서 찾아도 서너 개만 있지, 더는 보이지 않았다. 병뚜껑을 구하기 위해 이런저런 생각 끝에 동네 형과 누나에게 물어보았다. 그러자 병뚜껑이 많은 곳을 알려주었는데 그곳은 다름 아닌 울기등대가 있는 대왕암공원이었다.

동네에서 약 1.5km 정도 떨어진 그곳까지 단숨에 뛰어갔다. 공원 입구부터 병뚜껑이 하나둘씩 보이더니 공원 안쪽으로 조금 더 들어가 보니 넓은 공터가 보이고 그곳 주변에는 병뚜껑이 널려있을 정도로 여기저기 흩어져 있었다. 소나무 숲이 없는 넓은 공터인 이곳에 상춘객들이 버리고 간 병뚜껑들이 지천으로 떨어져 있었다. 병뚜껑을 주워 담을 용기가 없으니까 방법은 딱 한 가지, 입고 있는 하의 바지 양쪽 주머니에 넣어서 오는 수밖에 없었다. 겨울철이면 입고 있던 상의 잠바 주머니라도 있을 텐데 늦은 봄이라 달랑 바지만 입고 있어 어쩔 도리가 없었다. 이렇게 주웠던 병뚜껑을 동구 방어진 동진마을 아이들은 병딱기라고 불렸다. 한참을

병딱기 치기

허리 굽혀 주운 병뚜껑은 양주머니에 가득했고 밖으로 튀어나올 정도였다.

이렇게 울기등대에서 주워온 병뚜껑은 대략 보아도 7~80개는 되었고 그때 주워온 뚜껑들을 보면 음료수병의 종류를 알 수가 있었다. 보통 콜라병, 환타 병, 사이다병 등이다. 당시 환타는 오렌지 맛이 나서 인기가 높았다. 칠성사이다는 인기가 좋았는데 당시 '소풍삼합'이 유행했다. 그것은 김밥, 삶은 달걀, 그리고 칠성사이다의 조합이다. 마음 설레는 소풍과 먼 길 떠나는 기차여행에 칠성사이다가 빠지지 않는 필수품이었다.

주워온 병뚜껑을 널찍한 큰 평돌 위에 두고 망치나 둥근 돌로 내리쳐서 병뚜껑을 폈다. 다 펴진 뚜껑은 딱지치기하듯 내리쳐 뒤집히면 따먹는 게임에 사용하고 때로는 구슬로 삼치기 놀이하듯이 게임에도 사용을 했는데, 이것이 바로 병딱기 치기 놀이다. 뚜껑을 펴다 보면 망가짐 없이 둥근 원이 잘살아있고 아주 잘 펴진 것이 있는데 몇 개 골라서 송곳으로 단춧구멍 내듯이 구멍을 내고 실을 끼워서 돌리면 날카로운 칼로 변신을 해서 가끔 종이도 자르곤 했다. 이렇게 여러 용도로 가지고 놀았던 금속류의 병뚜껑은 거의 없어지고 요즈음은 플라스틱, 알루미늄 뚜껑, 얇은 랩 같은 것이 뚜껑으로 사용하는데, 뚜껑의 재질과 디자인이 완전히 변했다. 용기의 다양성, 뚜껑의 편리성이 만든 결과이다.

시대 변화에 따르는 것이 순리라면 어쩔 도리가 없지만, 그 시절은 병뚜껑까지도 우리들의 놀잇거리로 즐거움을 안겨주었는데 이제 그 모습을 볼 수가 없다.

이번에는 깡통 차기 놀이인데 동진마을에서는 당시 캔또바씨라고 불렀다. 우선 깡통이 있어야만 놀이를 할 수 있는데 깡통 구하기가 쉽지 않았다. 너무 크고 또 너무 작아도 놀기에 불편하며 적당한 크기가 좋은데 눈에 잘 보이지 않았다. 어떻게 구해보면 썩은 깡통이고 조금 쓰면 구멍이 생겨 못 쓰는 일도 있었다. 어쩌다 백도 통조림 깡통 하나 얻으면 그날은 최고의 놀잇거리가 되곤 했다.

여러 명이 먼저 술래를 정한 후 땅 위에 동그라미를 그려놓고 그 안에 깡통을 놓는다. 여러 명 중 한 명이 깡통을 발로 차고 도망을 가 꼭꼭 숨는다. 이때 깡통을 최대한 멀리 가게 차야만 숨는 사람들이 숨을 시간적 여유를 가질 수 있다. 방금 찬 깡통을 가져와서는 땅 위에 그려놓은 동그라미 안에 다시 놓아야만 술래는 숨은 사람을 찾으러 갈 수 있다. 도망간 아이들은 마땅히 숨을 곳이 없으면 가까운 곳에서 가마니를 덮어쓰고 숨소리도 내지 않고 있으면 술래가 모르고 그냥 지나갈 때도 있다. 여러 명 중 한 아이가 술래가 되어 숨은 사람을 찾아내는 것인데 술래에게 들킨 아이가 다음번 술래가 되며 하룻밤 두세 명의 술래가 바뀌면서 놀았다. 그런데 술래가 숨은 아이를 찾으러 갈 때, 숨었던 아이가 술래 몰래 살금살금 깡통 있는 곳으로 가서 차버리면, 게임은 다시 시작되고 술래는 다시 술래가 된다.

한 번은 초가집 마당에서 깡통이 없어 못 쓰는 두레박을 두고 놀았는데 발로 차면 멀리 가지 않고 가까이에 떨어졌다. 그때 필자가 술래였는데, 얼른 주워 동그라미에 넣으니 도망가는 아이들이 다 보였다. 모르는 척하고는 한 명을 잡아 올 수가 있었다. 이렇게 놀던 캔또바씨 깡통 차기 놀이, 지금은 동네에서 사라지고 없는 놀이로 이제 그 광경을 볼 수가 없다. 이와 비슷한 놀이로 숨바꼭질이 있었다. 이 놀이는 깡통이 없을 때 하던 놀이였다.

09

제기 만들어 차기

제기는 구멍 뚫린 엽전이나 쇠붙이에 한지나 습자지 또는 얇고 질긴 종이나 천을 접어 싼 다음 끝을 여러 갈래로 찢어 너풀거리게 술을 만들어서 발로 차는 놀이기구다. 주로 겨울에서 정초까지 걸쳐 노는 놀이인데 제기를 차면서 재주를 부리거나 누가 몇 개를 차느냐를 겨루는 남자아이들의 놀이로 근대 이후에는 쇠붙이에 플라스틱을 합쳐서 만든 제품이 사용되고 있다. 당시 동네 가게에서 샀던 제기는 플라스틱 제품으로 무게가 가볍고 작아서 많이 찰 수 없었다. 그 때문에 제기를 좀 차는 애들은 직접 만들어 사용했다. 그때는 엽전 구하기가 쉽지 않을 때였다. 발품을 팔아 방어진 철공소나 청구 조선에 가보면 한두 개 정도 구할 수가 있었는데 좀 두꺼운 엽전은 한 개만 넣고 얇은 엽전은 두 개를 겹쳐 넣어 만들면 무게도 적당하고 차기에도 딱 알맞았다.

또 어떨 때는 녹슨 엽전을 주워서 닦아 쓰는 때도 있으며 엽전이 없을 때는 적당한 크기의 돌을 주워서 당시 과자 라면땅 봉지로 싸서 고무줄로 감아놓고 술을 만들었는데 칼로 몇 조각내서 아쉬운 대로 차고 놀던 때도 있었다.

제기 차기

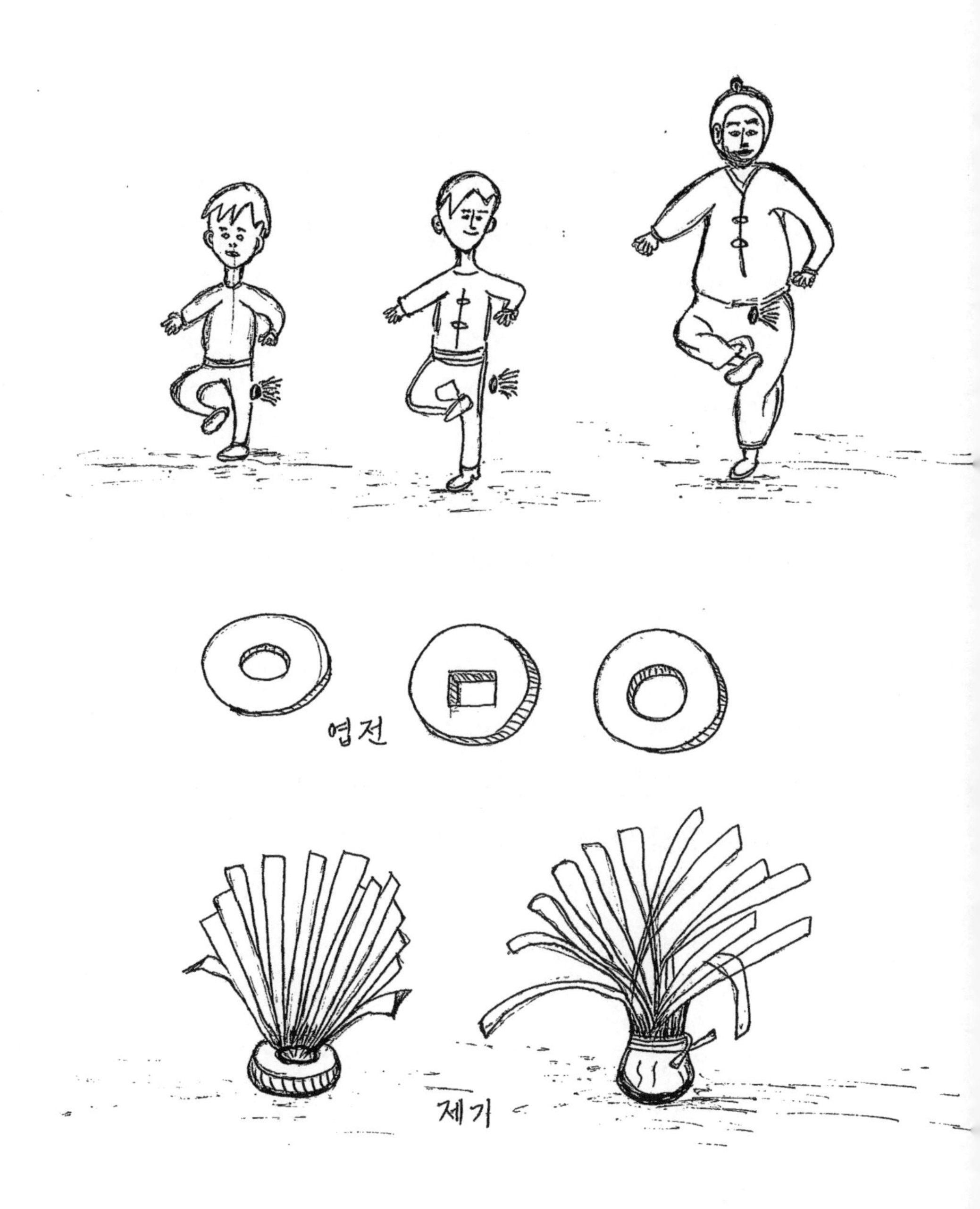

제기를 잘 차기 위해서는 어떤 제기로 차느냐도 중요하다. 제기심의 무게, 술의 종류, 술의 길이에 따라 제기를 차는 결과가 달라질 수가 있다. 물론 제기를 능숙하게 잘 차는 경우라면 상황은 다르겠지만, 능숙하지 못하거나 당장 운동회나 야유회에서 제기차기 시합을 앞두고 있을 때는 제기 종류를 달리해 보면 결과도 달라질 수가 있다. 자기에 잘 맞는 제기를 갖고 찬다면 더 많은 개수의 제기를 찰 수 있었다.

제기 차는 방법

개칙구 차기 : 한 발은 땅을 딛고 다른 발은 땅에 대었다 떼었다 하면서 발 안쪽 모서리로 차는 방법으로 제기차기의 가장 기본 방법이다.

발 들고 차기 또는 힐랭이차기 : 한 발은 땅을 딛고 다른 발은 땅에 닿지 않게 든 상태에서 까불어 찬다.

양발 차기 : 오른발 왼발 번갈아 가며 차는 방법으로 양발 안쪽을 차거나 한 발은 안쪽 한 발은 바깥쪽을 찬다.

뒷발차기 : 뒷발로 제기차기

키 지기 : 키 높이보다 높게 차기

제기를 땅에 떨어뜨리지 않고 많이 차는 사람이 이기는 놀이인데 나름 잘 차려면 다음 내용을 참고하면 도움이 된다.

첫째 양발로 제기를 차야 한다.

둘째 매일 반복 훈련으로 체력을 길러야 한다.

셋째 제기의 선택과 가벼운 운동화 선택도 중요하고 어느 정도 체력이 길러지면 제기가 없어도 되며 제기를 차는 동작만 해도 된다.

운동하고 싶은데 시간이 없는 사람, 같이할 사람이 없는 사람, 준비물 등이 없는 사람 등 당장 어디에서나 흉내만 내어도 훈련이 된다. 또 제기는 운동 효과도 있어 그 시절에 많이 찼던 것이 체력에 도움이 되었다. 다음은 제기를 차면 좋은 점이다.

첫째 제기차기는 오래 차는 것이 기본이므로 지구력과 집중력을 길러준다.

둘째 제기차기는 유연성과 순발력을 발달시킨다.

셋째 몸의 중심을 잡아야 오래 찰 수 있으므로 균형 감각을 길러준다.

넷째 고관절을 유연하게 튼튼하게 만든다.

다섯째 눈과 발의 협응성을 발달시킨다.

여섯째 하체의 움직임이 많은 놀이로 다리와 허리 근력 강화에 도움을 준다.

이렇게 제기차기 놀이는 다양한 운동 효과도 있는데 우리가 만들어 놀던 제기는 그다지 질 좋은 제기는 못 되었다. 그 당시 윗동네에는 제기를 잘 찬다고 소문난 형이 있었다. 그 형은 보통 사람보다는 키가 큰 편이고 몸매는 날씬한 체격이었다. 아마 제기차기에는 좋은 조건의 체격이 아니었나 생각된다.

제기차기하는 광경을 보고 있으면 너무 쉽게 또 가볍게, 한마디로 제기를 잘도 가지고 논다는 느낌을 받았다. 제기차기의 가장 기본인 개칙구 차기는 하지 않고 주로 양발 차기를 했다. 슬쩍 우리가 놀고 있는 곳에 와서 보고는 제기 한 번 차 볼 수 있냐고 묻고는 제기를 주면 그대로 받아서 바로 양발 차기를 보여줬는데, 보통 한 번에 2~30개를 차고는 떨어뜨리지도 않고 손으로 잡아서 제기를 다시 돌려주었다. 그때 우리는 초등학교 5학년이었는데 잘한다고 이구동성으로 형을 부러워했다. 제기를 유별나게 잘 차던 윗동네 형 이름을 우리는 정길이 형이라고 불렀고 당시 20세 전후 나이로 윗동네 총각으로 통했다. 그다음 해 설날부터는 얼굴을 보지 못했는데 나이가 차서 입대했는지 경제 사정이 열악한 시절이라 타관 객지로 돈벌이를 갔는지는 알 수 없다.

울산 동구 방어진에 현대조선이 들어오기 전의 모습인데 그렇게 만들어 찼던 제기차기 놀이는 요즘은 볼 수가 없고 제기 차고 노는 아이들도 보기가 힘들다. 그 옛날 방어진 동진마을 제기차기의 명수 정길이 형은 할아버지가 되어있겠지. 요즘도 제기차기 놀이라는 말만 들어도 그때 시절이 생각이 난다.

10

연못에 배 띄우기

필자 동네 뒤쪽 들판 가운데에는 육상 트랙처럼 생긴 직사각형 모양의 긴 연못이 있었다. 오고 가며 보던 곳이었는데, 초봄이 되면 겨우내 얼어붙었던 얼음이 녹고 못 주변에는 파릇파릇한 새싹들이 돋아서 올라왔다. 아직 완연한 봄은 아니지만, 한낮 봄바람은 부드럽다 못해 잔잔한 물결을 만들고 연못의 물은 반짝이는데, 누군가 손짓을 하는 것 같았다.

이때부터는 배를 만들어 연못에서 띄워보고 싶은 마음이 자꾸만 요동쳤다. 종이로 접은 종이배를 세숫대야에서 띄워는 보았지만 만족하지 못했고, 작은 나무배를 직접 깎아 만들어 연못에 띄우고 싶었다. 며칠 궁리 끝에 나무배를 만들어보기로 했다. 우선 재료를 사서 준비해야 하는데 배 본체를 만들 재료는 큰 소나무 껍질로 정했는데 다행히 가까운 곳에서 구할 수가 있었다. 바로 초등학교 가는 길목 토탄 못과 붙은 동뫼산에는 아름드리 큰 소나무가 수십 그루가 자라고 있었다. 그곳에 가면 소나무 껍질을 구할 수가 있는데 폭 5~6cm 정도에 길이는 16~17cm 정도 크기의 두꺼운 소나무 껍질을 구해야 했다. 여기저기 여러 군데를 둘러보다 비슷한 크기의

배만들기

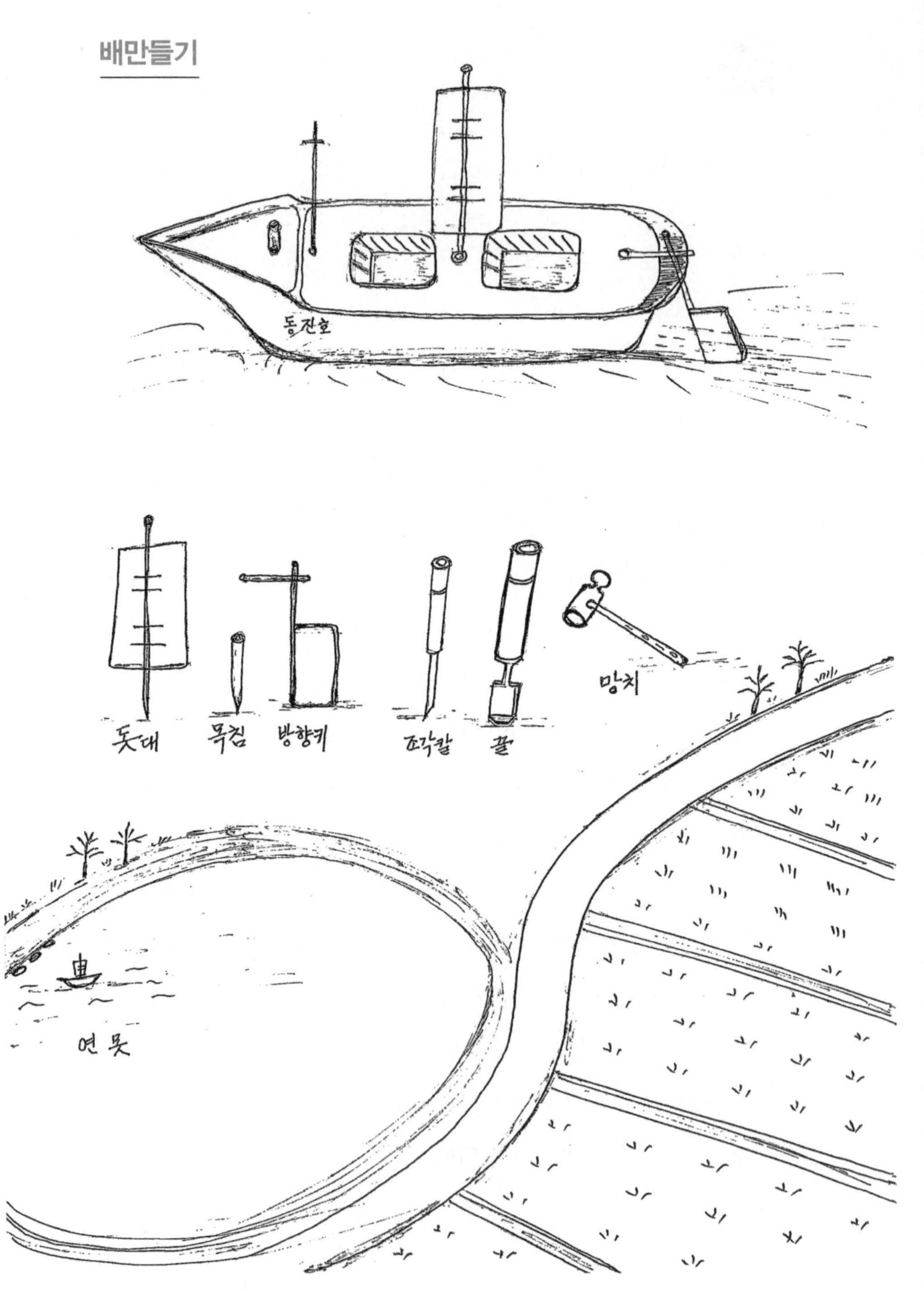

소나무 껍질을 발견했다. 바로 떼서 오지 못하고 다음 날 공구를 갖고 가야만 될 것 같았다. 준비할 공구는 망치와 끌이다. 조심히 상처 없이 캐려면 눈짐작으로 그림을 그리고 망치와 끌로 떼어내야 한다. 그 방법은 적중했고 두꺼운 소나무 껍질은 멋지게 떨어졌다. 소나무 껍질로 배 형태의 본을 뜨고 그다음은 가지고 있는 공구들을 총동원했다.

당시 나무 조각배를 만들 때 설계도면은 생각지도 못하고 그냥 생각나는 대로 만들었는데 크기는 폭이 6cm 내외이고 길이는 16cm 내외 크기로 성인 손바닥 정도 크기였다. 자르고, 홈을 파고, 다듬고 해서 배의 형태를 갖추고 돛대와 방향키, 목침을 달고서 마지막 배 이름을 새기고 종이로 만든 돛을 끼우면 나무배는 완성이 된다.

이렇게 사나흘 정도 준비해서 만들고 완성된 배는 최종 진수식만 남았다. 문제는 바람이다. 강한 바람이 있을 때는 피해야 하기 때문이다. 바깥 날씨 상태가 괜찮을 때를 골라 곧장 들판 연못으로 신이 나서 만든 배를 가지고 달려갔다. 단숨에 연못에 도착해 잠시 생각했다. 어디에서 배를 띄울까 하고 가만히 주변을 둘러보고 연못의 물결을 보니 북서쪽에서 동남쪽으로 바람이 불고 있었다.

연못 북서쪽으로 가서 살짝 연못 가까이 내려가니 빨래하던 큰 넓적 돌이 보였다. 아마도 연못과 가까이 있는 집에서 조금 전에 빨래를 막 끝내고 간 것 같았다. 그동안 만들었던 배를 띄워야 할 시간이 되었다. 손에 쥐고 있던 배를 살짝 연못에 띄우니 배는 움직이지 않고 가만히 있었다. 팔을 뻗어서 조금 멀리 놓았더니 속력을 내면서 멋있게 물살을 가르고 가다가 그만 넘어져 침몰하고 말았다.

"아이꾸야아, 배가 넘어졌네, 넘어졌어."

순간적으로 일어난 일이라서 기분이 좋았다가 말았다. 할 수 없이 연못 동남쪽 끝으로 가서 기다리는 수밖에 없었다. 한참을 쪼그리고 앉아서 넘어진 배가 떠밀려 오기를 기다리며 생각했다. '왜 멋있게 물살을 가르고 가던 배가 넘어졌을까? 원인이 뭘까?' 원인은 바람이고 돛의 크기라는 결론을 내렸다. 돛을 너무 크게 만든 것이다. 넘어져 침몰했던 배가 눈앞에까지 떠밀려 내려왔다. 손을 뻗어 배를 잡고 건졌다. 기분이 조금은 풀린 것 같았다. 물에 흠뻑 젖은 작은 꼬마 배, 만들면서 정이 들어 친해진 배, 내가 만든 배가 내 손에 다시 들어오는 순간 조금은 미안한 마음도 들었다. 집으로 가져가서 돛을 새로 만들어서 시험을 해봐야겠다고 마음먹었다. 고쳐서 작게 만든 돛은 배와는 어울려 보였고 더 근사해 보였다. 다시 연못으로 가서 그대로 재연했더니 이번에는 속도는 좀 느렸지만 넘어지는 일은 없었다.

그렇게 아련히 생각이 나는 그 연못, 50여 년의 세월이 훌쩍 지나갔다. 이제 그 연못은 형태도 변해버렸고 물도 말라서 옛 모습을 찾아볼 수가 없다. 그 당시로 돌아갈 수는 없지만, 그때는 연못도, 계절도 작은 조각배를 만들어 띄울 수 있는 환경과 조건이 필자를 기다려주고 있었는데, 이제 흐르는 세월에 함께 묻혀 떠나가고 없다. 그래도 어릴 적 옛 추억을 이렇게라도 남길 수 있다니 다행이다. 아이러니하게도 그 옛날 조각배를 만들어 띄우던 연못과 불과 반경 5km 이내에 세계적인 조선사가 한 개도 아닌 두 개씩이나 자리하고 있다. 울산 동구는 배와는 인연이 확실히 있는 것 같다. 아무쪼록 두 조선사의 승승장구와 무한한 발전을 기원할 뿐이다.

11

작살 만들어 바다에 입수하는 날

작살을 만들어 방어진 동진산 밑 바닷속으로 들어갔다. 풍성하게 자란 해초와 붉은 산호가 바위 여기저기에 붙어 잔뜩 멋을 부리며, 그 자태를 필자에게 보여주었다. 눈앞에 펼쳐진 바닷속의 경관에 매료되어 감탄사를 연발하며 보느라고 눈이 바쁘고 정신이 없었다. 바닷속 2~3m 전방에 있는 큰 바위는 해초 모자를 덮어쓰고 검붉게 보였다. 바로 그때 그 바윗돌 우측으로 망상어 고기가 지나가고 있었다.

필자는 작살을 들고 물속을 구경하던 중이라 미처 준비가 안 되어 뒤쫓아 가면 못 따라잡을 것 같았다. 방향을 바꿔 바위 돌 좌측으로 돌아가서 작살 쏠 준비를 하고 잠시 기다리니 우측으로 도망갔던 망상어가 바위 뒤쪽 좌측으로 나오고 있었다. 작살 고무줄 방아쇠를 당기고 있다가 조준 발사하니 명중이었다. 작살 끝부분에 찔린 물고기를 물 밖으로 쳐들어 올리고는 물 밖으로 고개를 내밀고 잡힌 고기를 보니 씨알이 좋았다.

준비해 간 고기 '낀데기' 에 처음 잡은 물고기를 끼워 넣었다. 물속에서 작살로 잡은 고기를 끈에 매달아서 다니는 도구를 고기 낀

작살 만들기

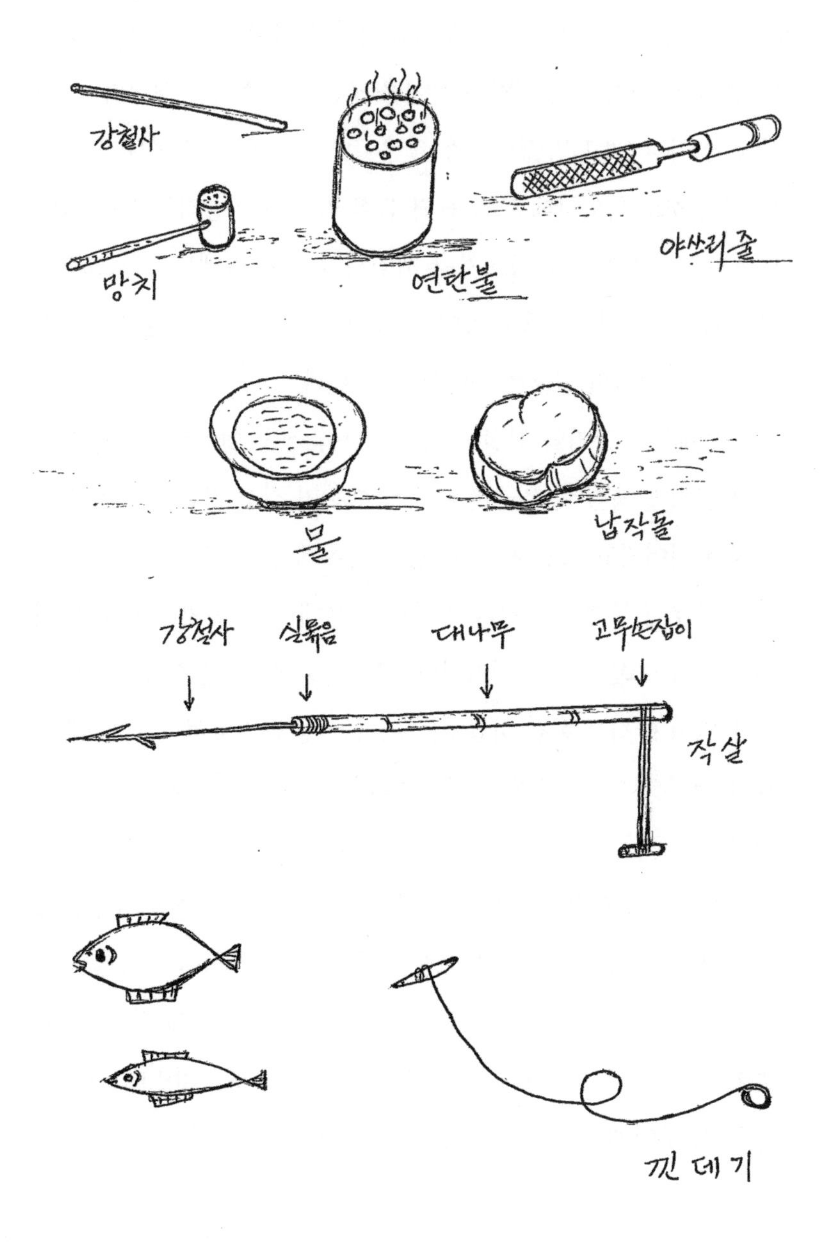

데기라고 했다. 잠시 자세를 가다듬고는 다시 물속으로 잠수해 제2탄 발사를 위해서 반대 방향으로 헤엄쳐 다니다 이번에는 쥐치를 보았다. 녀석은 가까이 다가왔고 도망갈 생각이 없어 보였다. 하지만 방심할 수 없었다. 재빨리 작살을 조준해서 쥐치를 찔렀다. 이번에도 놓치지 않고 명중시키며 찔린 쥐치를 작살에서 빼내려고 보니 생긴 것도 특이한데 고기 표면 껍질 또한 타 어종과는 아주 달랐다. 손으로 잡아보니 사포처럼 까칠까칠했다. 그래도 쥐치고기를 추가로 잡으니 두 번째 수확이다. 못생긴 쥐치고기는 껍질을 벗기고 횟감으로 하면 괜찮은 자연산 회가 된다.

물속에서 물고기와 작살의 숨바꼭질이 계속 이어지다가 예상치 못한 일이 발생했다. 조금은 무리를 했는지 작살 창끝이 바위와 부딪혀서 휘어지고 말았다. 작살 창끝을 손에 잡고 자세히 보니 뾰족한 끝부분이 무뎌지고 강철 몸통의 가운데 부분도 약간 휘어진 것이 보였다. 그만하기 다행이었다. 조금 보수하면 될 것으로 판단했는데 역시 아직은 한참 하급 실력이라는 생각이 들었다. 작살에 문제가 생겼으니 바닷속에서 물고기와의 숨바꼭질을 종료하고 철수했다.

바닷속으로 재입수를 하기 위해서는 망가진 작살을 수리해야 했다. 단단히 꽁꽁 묶은 화살 강철을 풀고서 먼저 휘어진 강철을 직선으로 때려주니 휘어진 강철 화살은 직선으로 바르게 원모습으로 돌아왔다. 창끝이 망가져 있는 것을 다시 가공하는 일인데 우선 필자의 집 부엌에 연탄불 상태를 확인해보니 바로 작업을 해도 될 것 같았다. 강철 화살을 집게로 집어 연탄불 구멍 속으로 깊이 넣고 기다렸다 다시 들어보니 벌겋게 달아있었다. 바로 담장 밑에 있는 평평한 큰 돌 위로 가져가 망치로 때려 원상태 비슷하게 만들었다. 다시 강철 화살을 연탄불 구멍 속으로 가져가 벌겋게 달게 만들어 이번에는 찬물에 담가서 급랭시켰다. 일종의 담금질인데 이렇게라도 해두어야만 강철 화살 끝이 나름 단단하게 제 역할을 하기 때문이다.

끝으로 마무리 작업이 하나 더 남았는데 강철 화살 끝을 줄로 갈아 더욱 뾰족하고 날카롭게 만드는 작업이다. 나름 순조롭게 잘 된 것 같았다. 최종조립을 하면 망가진 작살 수리 작업은 마무리가 되는데 최종조립을 하기 전에 중요한 공정이 또 하나 있다. 바로 강철 화살 끝 반대편(강철의 굵기가 선명히 보이는 끝부분)을 못 쓰는 헝겊으로 두툼하게 감싸서 헝겊이 풀리지 않게 실로 칭칭 묶어 작살 몸통 대나무 속에 넣는 일이다. 작살이 바위에 부딪힐 때 완충 역할을 하기 때문이다.

수리 완료된 작살을 가지고 다시 바닷속으로 들어가서 물고기와 숨바꼭질을 하게 된다. '어제보다는 더 많은 물고기를 찌를 수가 있을까 아니면 또 다른 어종의 고기를 만날 수도 찌를 수도 있겠지.' 조금은 긴장된 마음으로 다음 날, 서둘러 채비하고는 바닷가로 향했다.

오늘은 그저께 입수했던 곳이 아닌 다른 곳으로 들어가자고 생각하고는 동진산 밑이 아닌 성끝마을과 가까운 산 밑 끝자락으로 갔다. 입수할 바다 쪽을 한 번 살펴보니 벌써 동진마을에 사는 형이 물속에 들어가 물고기를 찌르고 있었다. 춘호 형이다. 몇 해 전에 제주도에서 이곳 동구 동진마을로 이사와 홀어머니와 함께 사는 제주도 총각이다. 소문에는 작살로 물고기 찌르는 솜씨가 프로급이라고 하던데 그렇게 소문난 형이 작살을 갖고 물속에서 물고기와 숨바꼭질을 하고 있었다. 어쩔 수가 없다. 형이 우측 바다에 있으면 나는 좌측 바다, 형이 좌측 바다에 있으면 나는 우측 바다로 들어가는 방법밖에. 넓은 바다라지만 같은 장소에서의 작살 물질은 서로 다른 방향에서 하면 별문제는 없을 것 같았다. 그런데 바다에 들어갈 준비를 마치고 일어서는데 형이 바다에서 밖으로 나오고 있었다.

얼핏 본 춘호 형의 고기 낀데기에는 대여섯 마리 정도의 물고기가 끼어있었다. 들어가고 나오고 바통 터치를 우연히 한 것이다. 이틀 만에 다시 들어간 바닷속은 또 다른 광경으로 다가왔다. 먼저 물고기들의 움직임이 빠르다는 것을 느낄 수가 있었다. 제일 처음 본 고기는 고급 어종인 감성돔이었다. 보는 순간 저 멀리 도망쳐버린 감성돔, 그다음은 게르치와 떡찌가 보였지만, 고무줄 방아쇠를 한 번 당겨 보지도 못했다. 물고기가 워낙 빨라서 손 쓸 시간이 없었다. 안 되겠다 싶어 고무줄 방아쇠를 당겨 잡고는 정신을 집중해 보았는데 이때 다가오는 물고기가 있었는데 또 망상어였다. 정면을 피해서 약간 옆으로 가 기다리다 머리 뒤쪽 상부를 조준해서 발사했다. 바로 명중이었다. 녀석의 씨알은 보통이었지만, 다른 망상어

보다는 좀 빠르다는 느낌을 받았다. 나중에 알았지만 먼저 들어가 작살 물질을 하고 나온 제주 출신 춘호 형이 물고기들을 훈련시킨 것이다. 두 번째 들어간 사람이 훈련된 고기를 찌르니 그만큼 힘이 든 것이다. 여기저기 물고기를 찾아서 헤집고 다녀보았지만 큰 성과는 없었다.

안될 때는 잠시 쉬는 것도 상책이다. 이것도 나중에 알았지만, 작살을 갖고 물속에 물고기를 찌를 때는 가장 먼저 들어가는 사람이 유리하고 성과를 더 낼 수가 있고 쉽게 찌를 수가 있다는 것이다. 이때 필자는 고등학교 1학년 때라 한창 체력이 좋은 시기였다. 그렇지만 이래저래 훈련병 수준의 하급 아마추어였다. 하지만 거듭된 바닷물 속 입수로 인해 작살 사용의 기본과 작살 만드는 과정은 나름대로 터득하고 있었다.

많은 세월이 흐른 지금 아쉽게도 그 바닷속 풍경을 볼 수 없다. 동진산 밑, 성끝마을과 가까운 바다는 매립이 되고 변해 현재 선박이 정박하는 안벽이 되었다. 그 시절 맑은 바다 숨바꼭질하던 고기들 해초와 붉은 산호가 눈앞에 어른거린다.

12

골목길의 위장술

울산 동구 방어진 동진마을에서는 당시 골목길 위장술이란 말이 있었다. 장난을 좋아했던 동네 형은 필자에게 자기 집 마당 채소밭에 있는 수군푸(삽)를 좀 가져와 달라고 요청했다.

어디에 쓰려고 하는지도 모르고 가져다주었다. 형은 골목길 여기저기를 살피더니 골목길 가운데 돌부리가 없는 곳, 맨눈으로 보아도 흙이 연한 곳을 골라서 구덩이를 팠다. 그리고 그 위에 흙이 묻은 녹이 잔뜩 낀 쇳덩어리를 옆에 놓아두고서는 골목길 오고 가는 사람에게는 땅속에 쇳덩어리가 있다며 속임수를 썼다. 구덩이 크기는 대략 40cm 정도 깊이는 25cm 내외 크기였다.

이것이 골목길 위장 구덩이인데 첫 번째 적당한 크기의 구덩이를 다른 사람이 오기 전에 빨리 팠다. 두 번째 파놓은 구덩이에 재래식 변소에 가서 퍼온 똥 한두 바가지를 얼른 넣었다. 그다음에는 물을 또 한두 바가지를 부어 넣는다. 이렇게 채워주면 땅 높이보다 조금 낮게 액체가 가득 채워진다. 마지막으로 구덩이를 판 곳 위에 주변과 비슷한 색의 흙으로 덮어 위장한다. 그러면 그곳은 다시 맨

골목길 위장

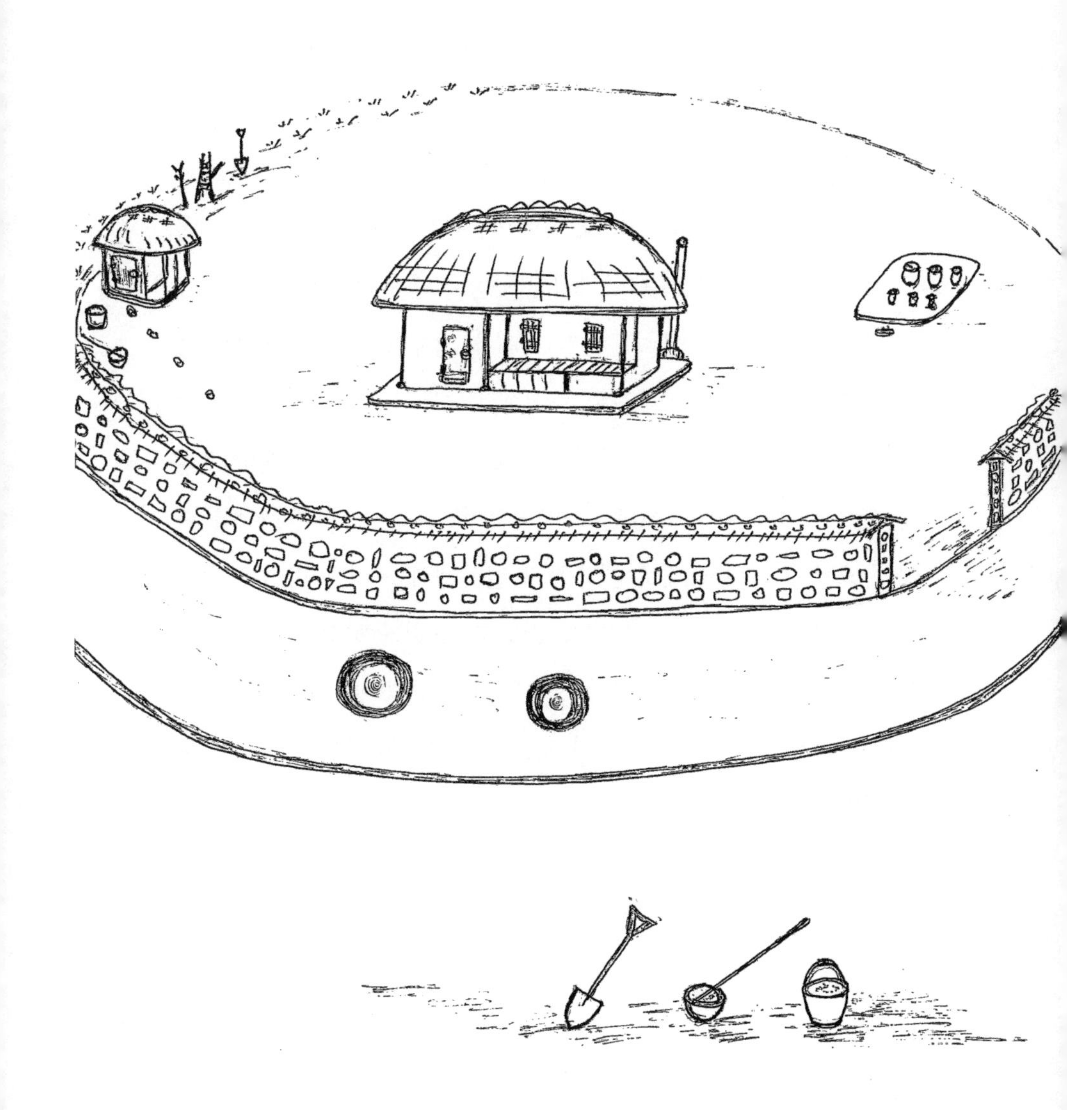

땅으로 변해버린다. 이제 완벽하게 골목길 똥구덩이 위장이 완료되었다. 다음 차례는 잘 놀고 있는 친구를 유인해 빠뜨리는 것이다. 그날은 두 명의 친구가 골목길 위장에 당했는데, 신발이고 바짓가랑이고 다 빠져버렸다.

장난친 형은 낄낄대며 도망갔다가 잠시 후에 나타났다. 먼저 빠진 아이는 새 고무신을 신었다. 새 고무신이 너무 좋아 끌어안고 자기도 하고, 새 고무신의 냄새가 너무 좋아 처음에는 들고 다니기도 했는데, 그런 귀한 고무신이 그만 똥구덩이에 빠지고 만 것이다.

두 번째로 빠진 아이는 다 떨어진 구멍이 난 난 헌 고무신을 신었다. 신발 타령은 하지 않고 자기 바지에 냄새가 난다고 난리를 쳤다. 어릴 적에 우리는 흑 고무신을 검정 고무신이라 했고 아무것이나 묻히더라도, 비틀어도, 뒤집어도 물로 씻으면 다시 본래의 모양을 찾았다. 복원력이 좋았던 놀잇거리이기도 했는데 물놀이를 할 때는 도랑에 띄워서 배로 이용하고 연못에서 보리밥 미끼로 작은 붕어 새끼를 잡으면 간이 어항도 되었다. 그렇게 하고 놀았던 검정 고무신이 골목길 위장 똥구덩이에 빠져 고약한 냄새가 나게끔 해버린 장난기 많던 동네 형, 그냥 웃고 넘어갈 일이라고는 너무 심했던 어릴 적 골목길 위장술 놀이, 이제는 할 수도 하지도 못하는 세월이 되었다.

13

돼지 오줌보는 축구공

명품 축구공을 동네 점방에서는 살 수 없었다. 동네에 잔치가 있어 돼지를 잡게 되면 공짜로 얻어올 수 있는 명품 축구공이 있었다. 동네가 떠나갈 듯한 돼지 울음소리가 들려왔다. "꽤애액 꽤액 꽤애액" 네다리가 묶인 돼지가 잔칫집 마당에서 발버둥 치며 소리를 지르며 울어대었다.

돼지를 잡으면 오줌보를 얻어 축구할 생각에 신이 날 때쯤, 오줌통을 누구한테 줄까 요걸 구워서 술 안주하면 맛이 좋은데 하면서 동네 아이들을 놀려대던 동네 아저씨도 있었다. 그때는 혹시나 먹으면 어떡하나 걱정도 했다. 돼지 오줌보는 오줌을 조금 남겨놓은 채 바람을 넣으면 무게감이 생겨 동네 축구를 할 때 드리블이나 패스할 수 있으므로 항시 오줌을 남겨두었는데 문제는 터질 때다. 질겨서 잘 터지지 않지만 어쩌다 터지면 지독한 냄새가 났다. 각오를 하고 가지고 놀아야 한다. 축구공은커녕 운동화와 잔디 구장도 없었던 시절이었다.

동네 작은 공터에서 공기가 가득 찬 돼지 오줌보를 검정 고무신을 신고차면서 축구 놀이에 빠졌던 시간은 아이들의 체력단련에는

돼지 오줌보는 축구공

최고의 훈련 시간이 아니었을까. 넓은 축구장에 11명이 모여야만 축구를 할 수 있었던 것은 아니다. 작은 공터에서도 3명씩 또는 4명씩 편을 짜서 골키퍼도 없이 축구를 했다. 동네 미니 축구를 신나게 할 때는 모든 것을 약식으로 정했다. 선수는 전원공격에 전원 수비 형태다. 정식골문도 없다. 작은 막대기를 꽂아놓고 골문이라고 했다. 공을 차다가 간이골대 가까이 있는 사람이 골키퍼 역할을 대신했다. 축구보다 오히려 풋살 경기에 더 가까울 것 같다고 해야 할까? 쉬는 선수도 없었다. 모두가 많이 움직이면서 축구 놀이를 했는데 돼지 오줌보 축구공은 탄력성도 좋아 유명선수처럼 다이내믹하게 패스를 하고 킥을 날렸다.

얼핏 보면 그냥 풍선이고 또 자세히 보면 냄새가 나는 풍선이었다. 당시 축구공은 귀해 보기가 힘들었으며, 일 년에 한 번 있는 큰 축구 행사 때가 되어야만, 가죽 축구공을 볼 수 있었다. 평상시 학교 운동장에는 작은 고무 축구공을 가지고 놀았으며 그 고무공도 점방에 가서 돈을 주고 사야 했는데 꼬마 학생이 돈을 주고 살 형편이 못 되었다.

가장 쉬운 것이 공짜로 돼지 오줌보를 얻어서 축구 놀이하는 것이었다. 아무것도 모르고 그저 한두 명의 리더에 의해 그때그때 상황을 정해서 놀았던 시절. 이것이 1960년대 말 동구 방어진 동진마을의 공터에서 놀던 돼지 오줌보 축구 놀이다. 당시 축구 놀이하던 공터 주변은 여기, 저기 돼지 축사들이 들어서 있어 가까이 가면 꿀꿀대는 돼지와 또 막사 바닥에서 나는 고약한 거름 냄새가 진동했다. 아랑곳하지 않고 돼지 오줌보 축구 놀이에만 열중했던 동네 아이들, 코 흘리고 땀 흘리던 아마추어 꼬마 선수들. 지금은 모두 할아버지가 되어있겠지. 그렇게 놀던 그 자리 지금은 흔적도 없으며 현대식 주택이 들어서 있다.

14

벼슬 진급 놀이

주로 겨울밤에 많이 했던 벼슬 진급 놀이는 먼저 1등급에서 5등급까지 구분을 해서 자리 배치 즉 서열 배치를 한다. 최고 높은 벼슬 등급이 1등급이고 최하위 벼슬 등급은 5등급이다. 전체 참여 인원이 5명이며 지루하지 않으려면 5명 정도가 적당하다. 먼저 5명이 동시에 가시게, 바신도야, 울 몽치(가위바위보)를 해서 첫 번째 탈락자가 5등급이 된다. 두 번째 탈락자가 4등급, 세 번째 탈락자 3등급이 된다. 남은 두 명 중 먼저 탈락하는 자가 2등급이고 최종으로 남은 승자가 1등급이 된다. 또한 1등급은 최고 따뜻한 아랫목 자리에 5등급은 방 안에서 최고 추운 자리로 배치된다. 서열 구분과 자리 배치가 완료되면 바로 첫 번째 게임에 들어간다. 최말단 5등급 벼슬이 4등급에 도전장을 내밀고서 정식 게임을 요청한다. 그러면 4등급이 한마디를 한다.

"그동안 열심히 도를 닦고 공부를 했느냐?"

라고 물으면 도전자 5등급은

벼슬 진급 놀이

"예 열심히 했다고 나름 자평해 지금 막 하산하여 곧장 달려와 도전 하기로 마음먹고 찾아왔습니다."

라고 한다. 열심히 도 닦은 그 실력을 한번 보자고 하고는 4등급과 도전자 5등급의 불꽃 튀는 벼슬 진급 싸움을 시작한다. 짧은 시간 눈싸움을 대충 하고는 가위바위보로 벼슬 진급 싸움을 한다.

울산 방어진 동진마을 사투리 말로 가시개, 바신도야, 울몽치(가위바위보)로 싸웠다. 진급 싸움에서 이기면 4등급으로 올라 진급이 되고 지면 바로 탈락하여 최말단 5등급의 서러움을 받는다.

싸움에서 지면 1년 공부 후 다시 도전하라고 통지해 주고 벼슬 진급 싸움에서 이기면 바로 3등급과 또 진급 싸움이 시작된다.

어떤 날에는 벼슬 진급 놀이 싸움에서 늘 져서 탈락만 했는데, 또 어떤 날 밤은 진급 놀이 싸움에서 승승장구하여 마침내 최고등급인 1등급 벼슬에까지 올라갈 때도 있었다. 그때는 손바닥에 땀이 나고 기쁨의 한숨을 쉬기도 했는데 그 기분은 이루 말할 수가 없었다.

최말단 등급이 최고등급까지 올라온 막내쯤 되는 꼬마 녀석, 당시 벼슬 진급 놀이에 참여했던 구성원은 10대 초반에서 10대 후반까지로 구성이 되었다. 어느 날은 앞집에 저녁 마실 나갔다가 중학교에 다니던 누나가 벼슬 진급 놀이하자고 제안했다. 인원 구성이 맞아떨어져 바로 놀이를 했는데 차가운 겨울 저녁이었는데도 미리 넣어둔 군불 덕분에 마실 나온 집의 작은방에는 훈기가 돌았다. 바가지 정도 크기의 양푼에는 군불을 때어 조선 무쇠솥에 삶은 고구마가 맛나 보이게 놓여 있었다. 그 집은 전기가 아직 들어오지 않아서 호롱불을 켜고 놀았으며, 그다음 해쯤에 전기가 들어왔던 초가집이었다.

놀이에 참여한 구성원 면면을 보면 12세는 동네 동생, 13세는 필자, 15세는 주인집 아들, 16세는 동네 누나, 19세 주인집 누나로 구성되었으며 초등생 2명, 중학생 2명, 동네 처녀 1명 이렇게 5명은 긴긴 겨울밤을 가족처럼 지내면서 승자와 패자, 기쁨과 서러움을 서로 만끽하며 웃음꽃을 피웠다. 1960년대 말 울산 동구 방어진 동진마을의 겨울밤 벼슬 진급 놀이 광경은 많은 세월이 흘러갔지만, 아름다운 추억이라고 이름 붙어주고 싶다.

15

미니 돌 축구 놀이

● ●

미니 돌 축구 놀이는 언제부터 유래가 되었는지는 알 수는 없지만, 이곳 방어진 동진마을에서는 초여름 더위가 시작할 때부터 방학이 끝나는 8월 하순까지 주로 어린 학생들이 많이 했던 놀이다. 당시 초가집 뒷마당은 길이는 좀 있었지만, 골목은 대부분 좁은 편이었다. 우리가 게임하고 놀았던 앞집 뒷마당의 폭은 약 1.5m 정도인데 우측에는 손을 뻗으면 흙 담장이 손에 닿고 좌측은 굴뚝 지붕 처마가 있었다. 특히 뒷마당은 그늘도 있어 시원하기까지 해 둘이서 미니 축구 하기는 딱 좋은 공간이었다. 길이 1m 내외 폭 0.6m 내외 크기의 금을 그어놓으면 준비 완료다. 맨땅에서 하는 미니 돌 축구 놀이 게임 전 광경은 누가 보아도 한 판 시합하기에는 힘이 솟게끔 보였다.

또 금 그어놓은 맨땅을 평평하게 손질해 게임 놀이를 원활하게 하려는 그 열정도 대단하다는 것을 느끼게끔 만들어 놓은 게임장. 그물은 또 어디에서 구해 왔는지 골문 전체를 감싸 덮어 놓았는데 제법 실전처럼 생동감 있게 만든 공간은 어린 초등학생이 했다고 하기에는 대단한 기획력이 아닐 수 없었다.

돌 축구 놀이

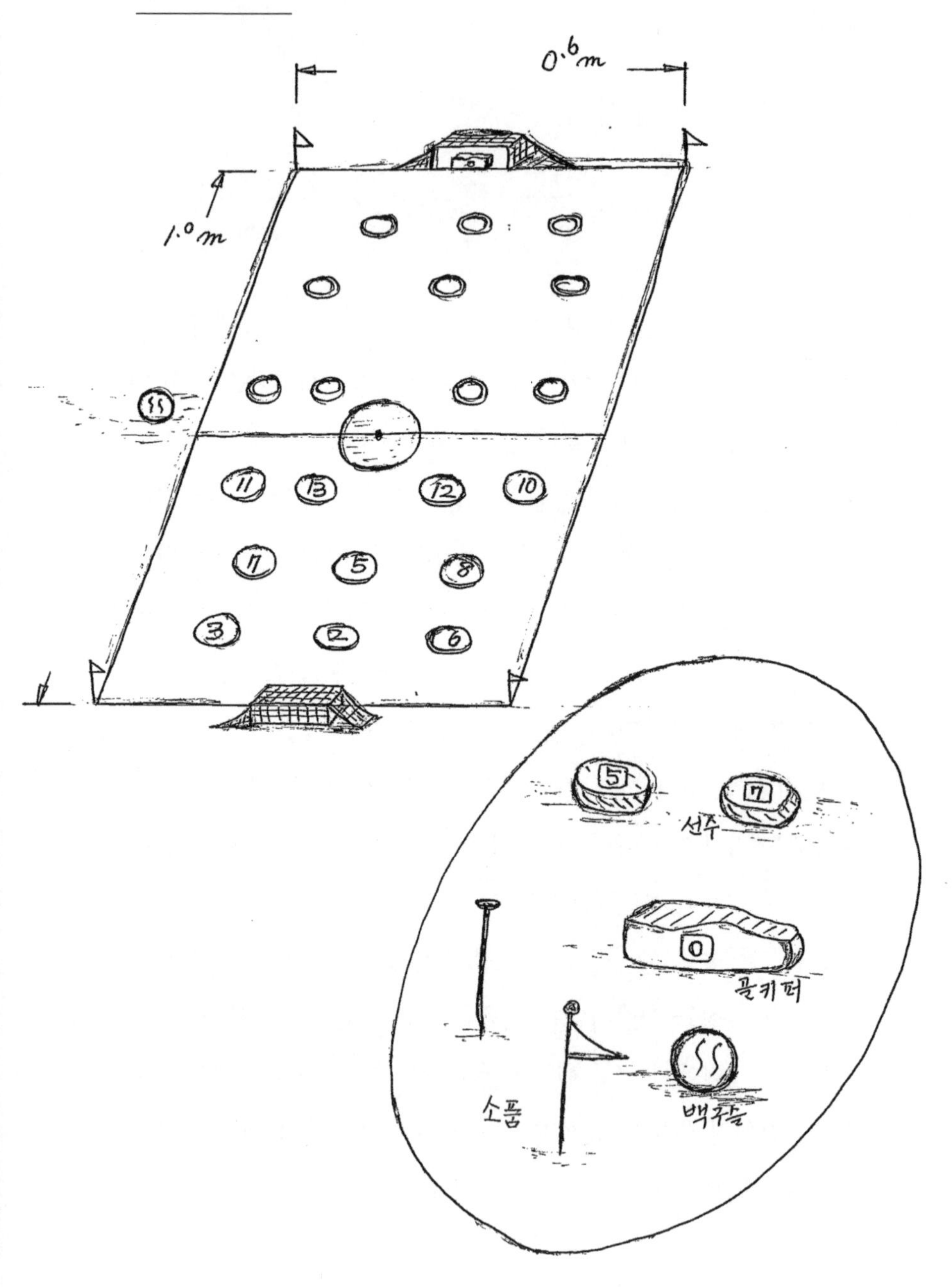

당시 60년대 말 70년대 초 동구 방어진의 축구 열기는 높은 편으로 기억이 되는데 현대 조선이 들어오기 전으로 울산 동구는 그야말로 어촌과 농촌이 합쳐놓은 비교적 조용한 10여 개의 자연부락으로 형성되어 있었다. 해마다 8 · 15 광복절 기념 축구대회가 울기등대 지금의 대왕암공원에서 개최되었는데 당시 최고 인기 선수의 등번호는 5번이었다. 마을마다 최고 선수는 대부분 등번호를 5번을 달고 출전했다.

그래서 미니 돌 축구 놀이에서도 10개의 작고 둥근 돌 중 최고 잘생기고 바닥 밑이 평평한 놈이 킥을 잘할 것 같아서 우리도 그 돌에 5번 넘버를 붙이고 출전시켰는데 나름 기대를 해도 되는 선수였다.

이렇게 앞집에 형은 어느 정도 준비를 해놓고 필자를 찾아오는데 필자가 없으면 옆집에 가서 노크했던 모양이다. 옆집의 형은 앞집 형보다 한 살이 많아서 그런지 잘 부르지 않고 항상 나를 찾았다. 출전할 선수용으로 둥글고 작은 돌 10개와 골키퍼용으로는 직사각형 모양의 돌 1개 등 총 11개의 돌을 한 팀으로 구성했다. 똑같은 방법으로 한 번 더 준비하면, 합계 22개의 돌이 양 팀으로 구성이 완료된다.

그리고 킥을 날리는 공은 구슬 1개를 금 그어놓은 선 안에 두고 사용했는데 아웃이 되면 다시 공을 정중앙 가운데로 가져와 순서대로 킥을 날렸다. 이때는 정중앙에 놓은 구슬과 가장 가까이 있는 선수를 이용해 또 킥을 날렸다. 아니면 약간 패스를 하든지 했다. 다음은 네 군데 코너에 작은 깃발을 세워놓았는데 볼펜 길이보다는 적은 좀 큰 못을 맨땅에 박았는데 넘어지지 않고 오랫동안 사용했다. 그다음을 양쪽 골문에 그물망을 덮어주는 일인데 코가 작고 촘촘한 그물을 덮고 모서리 네 군데 부분까지 바싹 당겨 작은 못을 박았는데 튼튼해 보였다.

미니 돌 축구 놀이 게임에 들어가기 직전에 양 팀 대표를 정했는데 통상 연장자가 홍팀을 연소자가 청팀을 맡아 진행했다. 각자 골키퍼가 있는 골대 쪽에 가서 엉거주춤 엉덩이를 들고 앉아서는 최종 점검했다. 선수 인원과 유니폼 칼라인데 홍팀은 빨간색의 등번호를 붙인 작은 돌이 10개, 청팀은 청색의 등번호를 붙인 작은 돌이 10개, 또 양 팀의 골키퍼에게도 등번호를 붙이는데 청, 홍색으로 구분해 당시는 대부분 0번을 달아 출전시켰다.

양 팀 선수에게 등번호를 멋있게 붙여야 하는데 좋은 방법이 없어 그냥 흰 종이를 사각형으로 작게 오려서 붙이고 숫자만 색상으로 구분해 주었다. 홍팀은 빨간색 숫자로, 청팀은 청색으로 숫자를 써서 부착했는데 양 팀의 구분이 명확했다. 이제 게임에 사용할 공인데 공은 구술로 했다. 일반 구슬이 아닌 맨땅에서 잘 보이는 백구슬을 구해 사용했다. 당시로는 좀 귀한 백 구슬이 게임을 하는 데는 시각적으로는 아주 좋았다.

선수와 등번호 공까지 점검을 다 마쳤으니 구슬 공을 중앙선에 놓고 게임을 시작했다. 누가 먼저 킥할 것인가는 정해진 것이 없어 형 먼저 아우 먼저 하다가 게임은 시작이 되었다. 잠시 후부터는 게임에 열기를 뿜고서 엎치락뒤치락, 밀고 당기고를 반복하다 1골이

터졌다. 백 구슬 공이 청팀 골문 그물을 흔들었다. 등번호 5번을 붙인 작은 돌을 손가락으로 튕겨서 구슬을 맞추면 작은 돌에 맞은 백 구슬은 골키퍼를 살짝 피해 골문으로 들어가고 1점이 올라간다. 약간 납작하고 작은 돌 선수는 밑바닥이 평평하면 게임을 하기에 좋고 손가락으로 튕기면 구슬 공에 잘 맞아 골 넣기가 납작하지 못한 돌에 비해 한결 수월하다. 그래서 공격수들은 바닥이 평평한 돌을 구해 사용했고 수비수들은 덩치가 좀 있는 작은 둥근 돌을 구해 사용했다.

쓸 만한 돌은 발품을 팔아 하천이나 도랑 바닥 동진마을 바닷가 해변에 가서 구했다. 지금 그곳은 매립이 되고 흔적도 없다. 아무튼 이렇게 미니 돌 축구 놀이는 맨땅바닥을 뿔뿔 기어 다니면서 구슬을 튕겼는데 자세를 바싹 엎드려야만 좋은 킥을 할 수 있었다. 엄지는 주로 패스에 중지는 강슛을 날릴 때 사용을 하면서 놀다 보면 시간은 훌쩍 1시간이 넘어가고 무릎과 손바닥은 흙투성이로 변하며 손톱 밑에는 흙이 가득했다. 하지만 게임의 결과는 필자가 졌다.

한 번도 이겨본 적이 없었다. 이유는 여러 가지가 있겠지만, 상대는 우선 연습을 많이 하고 나를 부른다. 게임할 맨땅바닥 상황을 다 파악하고 있으며 나보다는 두 살이나 많은 초등학교 6학년, 나는 초등학교 4학년이었다. 여러 면에서 부족했던 나를 못 이길 이유가 없었다. 그러나 필자도 근성이 있어 많은 점수로 지지는 않았다. 미니 돌 축구 놀이 점수는 4:2 아니면 4:3으로, 우승은 한 번도 못 했어도 3:0, 4:0 같은 완패는 없었다. 모든 경기는 훈련과 연습이 필수인데 형처럼 어린 필자도 많은 연습을 하고 게임에 들어갔으면 어떤 결과 나왔을지 모르는 일이다. 환호하는 관중도 이겨라고 외치는 응원단도 없는 초가집 뒷마당 미니 돌 축구, 경기장에 단둘이서 공격과 수비, 수비와 공격을 주고받으며 놀았던 옛 시절, 이제 다시 돌아갈 수가 없다.

현재 그 장소는 헐리고 도로가 생겨 옛 모습을 볼 수가 없다.

방어진읍 원도심거리
천주교
제일교회
점방
우체국
방어진 초교
한약방
양복점
부산이발관
칠성옥
전당포
울산여관
약국
(어선)
유류공급처,
얼음공급처,
나무상자공급처
고물상
버스종점
담배포
방어진 어판장
장수탕

부록

동구 방어진 12경

제1경 화암만조

태백산맥의 산자락이 동해로 뻗어 마지막 굽이쳐 꼬리를 감춘 곳이 바로 꽃바위 화암이다. 방어진 서편에 자리한 해안마을 바위에는 아름다운 꽃무늬가 떠올라 사람들은 이를 꽃바위라 했다. 이 마을 주변에는 크고 작은 바위들이 많은데 아침 해가 떠오를 무렵 바닷물이 만조를 이루었을 때 출렁이는 물결에 나타나는 꽃무늬는 절경이다. 검회색 바탕 표면에는 하얗게 핀 매화 송이 같은 무늬가 물결 따라 출렁이고 바다 위에는 갈매기가 짝을 지어 평화롭게 날아다닌다. 이 풍경을 많은 시인 묵객이 예찬했으나, 토지구획정리사업으로 모두 사라져 지금은 볼 수 없어 아쉽다.

제2경 슬도명파

방어진 외항에 거센 파도를 막아주는 바위섬 전체가 구멍이 숭숭 뚫린 바위로 되어있다. 파도가 치는 날 바위구멍 사이로 드나드는 파도의 울림소리가 거문고 소리처럼 구슬프게 들린다. 최근에는 예술의 섬으로 재탄생하여 많은 관광객이 찾고 있다. 수십 년 전만 해도 동진마을 성끝 쪽에서 배를 타고 들어갔으나, 1980년대 말 항만청에서 방파제를 막아서 손쉽게 걸어서 슬도를 들어갈 수 있게 되었다.

제3경 마성방초

조선 초기 동구 방어진 울기등대 입구 동진마을에서 남목과 미포 일원은 대부분 목장이었다. 넓은 지역에서 방목하던 말을 몰아 방어진 등대산 입구에 있는 말몰이 성에 가두었다. 이곳에서 키운 말은 기마, 경비마로 쓰기 위해 다른 지역으로 배를 태워 보냈다. 목장은 조선 말기까지 이어져 오다가 시대 변천에 따라 폐쇄되었다. 말의 분뇨로 인해 비옥해진 토양에서 자란 온갖 꽃들이 지천으로 피어나 이 일대에 꽃동산을 이루었는데, 그 아름다운 풍경을 보고 읊은 것이 바로 마성방초이다.

제4경 용추모우

방어진 등대산 동쪽에 깊숙이 뚫린 자연 동굴이 벼랑 아래 입을 벌리고 있다. 검푸른 바닷물이 출렁거리고 물결이 깊숙이 들어간다. 동굴 속으로 들어갔던 물이 빠져나올 때 "그르릉"하는 소리가 나는데 수압 차이 때문이다. 파도가 사나울 때는 그 속이 "쿵쿵" 울릴 만큼 소리가 심하고 접근하기도 어렵다. 용굴로 알려진 이곳을 조금 지나 등대산 맨 끝머리 쪽에 용의 형상을 한 바위가 있다. 이 바위와 용굴 쪽 두 곳을 용추라고 하나 양쪽 중 한 곳이 용추임이 틀림없다.

용추암은 대왕암의 또 다른 이름이다. 호국의 염원으로 용신이 되어 바닷속에 잠겼다는 이야기를 품고 있다. 석양 노을에 이슬비라도 내리면 그 풍광을 바라보는 멋은 천하에 비할 바 없이 아름답다.

제5경 어풍귀범

일산동의 동쪽 끝에 바다로 돌출된 바위 언덕 어풍대를 향해 고기잡이 갔던 어부들이 저녁 황혼 녘에 만선의 꿈을 안고 돌아오는 범선을 묘사한 것으로 한 폭의 진경산수화를 연상케 한다. 어풍대는 울산 바닷가에 있는데 남쪽 최고운의 해운대 북쪽 이목은의 관어대와 함께 경승을 겨루어 고금에는 유람하는 자가 많았다. 그런데 이곳은 이름이 없으니 어찌 크게 잘못된 일이 아니겠는가. 이에 이름하여 어풍대라 하니 감히 최고운, 이목은과 비교하려는 것은 아니고 그 뜻을 따를 뿐이라고 고서는 적고 있다.

제6경 안헌창송

제6경 안헌창송, 제7경 유정만선, 제8경 촉산낙조, 제9경 섬암모운, 제10경 옥동청류, 제11경 승동청화, 제12경 망양조하는 모두 남목과 미포, 염포를 중심을 읊어진 것이다. 읊은 시대와 사람에 따라서 몇 가지 차이점이 있다. 안헌창송은 동면 8경의 안산망해와 같은 곳. 안산에서 낙화암 쪽을 바라보면서 눈부신 백사장과 검푸른 동해의 출렁이는 모습을 읊은 것이 안산망해이고 안산의 울창하게 자란 송림의 짙푸른 모습을 읊은 것이 안헌창송이다.

제7경 유정만선

남목 옥류천과 제기천이 합류하는 동천가에는 미루나무가 숲을 이루고 그 사이에는 참외밭, 수박밭을 가꾸고 지키던 원두막이 드문드문 정자를 이루고 있었는데, 그곳에서 듣는 저녁녘 매미 소리는 선남선녀의 합창으로 들렸다. 지금은 없어진 풍경이다. 굳이 장소를 짚어보면 옥류천이 안산 밑으로 합수하는 지점인데 지금의 한국프랜지 공장이 들어서 있는 부근이라 여겨진다.

제8경 촉산낙조

촉산은 남목 동부동 감나무골 옥류천변에 자리하고 있다. 동축사 뒤 관일대에서 내려다보면 발아래 잡힐 듯 솟아있는 산이 바로 촉산이다. 촉산은 팽이를 뒤집어 놓은 것 같이 사면이 가파르게 생겨서 정상까지 오르기도 어려운 산이다. 뾰족하게 생긴 작은 촉산은 해발 150m에 불과한 낮은 산이지만 송림은 늘 수려했고 저녁노을이 질 무렵이면 석양이 촉산에 걸려 내려앉은 모습은 가히 절경이다. 산이 높고 골짜기가 깊다 하여 모든 산자수명을 한 것은 아니다. 산이 낮고 골짜기가 깊지 않아도 산세가 갖는 형상과 지세가 더없는 풍광을 이루는 곳이라면 그곳이 바로 요산요수의 절경지인 것이다. 촉산이 바로 그런 곳이다. 또한 촉산은 정수리 부분에 군데군데 이 고장 특유의 규사 질이 풍부한 하얀 암석을 거느리고 있어 맑게 흐르는 옥류천 물속에 구름인 듯 아름답게 비친다. 이렇게 촉산의 바위들은 시인묵객의 풍류를 돋웠으니 어찌 동면 8경에서 빠뜨릴 수 있겠는가.

제9경 섬암모운

섬암모운은 동축사 뒤쪽의 관일대를 이르는 말로 옛사람들은 두꺼비 바위라 불렀다. 여기서 바라보는 석양에 물든 구름은 환상의 그림이었을 것이다. 황혼에 잠겨 드는 은은하고 낭만적인 풍광을 읊었다.

제10경 옥동청류

동축사가 자리 잡은 마골산과 쇠평 마을을 잇는 동대산 골짜기를 흐르는 물은 옥류라 할 만큼 맑고 시원하며 물맛 또한 일품이다. 한겨울이 지나고 봄이 오면 골짜기의 얼었던 시냇물도 녹아 흐른다. 바위 사이를 돌아 끝없이 흘러 미포만에 이르는 시냇물을 마치 옥구슬이 구르는 것 같다 하여 옥류라 부르지만, 지금은 산골짜기의 상류만 옛 모습을 간직하고 있을 뿐 하류 쪽은 공장건물이 들어서 맑은 물이 흐르던 옥류천은 볼 수가 없다.

옥동이란 남목의 별칭인 남옥을 옥류란 남옥을 흐르는 내를 의미한다. 마을의 토질이 마사토여서 옥류천을 흐르는 물은 맑고 청아한 소리를 내며 흐른다고 옛사람은 적고 있다.

제11경 승동청화

남목에서 염포로 넘어가는 고갯마루를 승동이라 불렀는데 이곳은 산이 병풍처럼 북쪽을 가리고 있어서 웬만한 겨울에도 혹한이 없는 곳이다. 이 고갯마루 주변 골짜기에는 기화요초가 피고 지는 천수백화의 서식지이다. 모든 풀과 나무들이 잘 자라며 이곳에 피어나는 꽃은 유난히 싱싱하고 아름답다. 특히 이 지역은 예로부터 산도화가 많이 피어서 행인의 발길을 멈추게 했다. 전해오는 이야기로는 임진왜란 때 염포만을 끼고 침입해 오던 왜병들이 승동에 붉게 핀 복숭아꽃을 바라보고는 관군이 불그레한 옷을 입고 요소마다 매복해 있는 것으로 착각해 염포 쪽으로 오지도 않고 퇴각했다는 일설도 있다. 이곳을 이 지방 사람들은 당고개, 혹은 비석골, 불당골이라고도 부른다.

제12경 망양조하

망양조하는 태화강 하류 염포의 풍경을 이르는 말로 건너편에 매암동과 태화강 하류의 삼산평야가 펼쳐져 있다. 염포만은 공업단지 조성 이전에는 무성한 갈대밭이 끝없이 뻗어있어 여기서 피어나는 수증기는 아침햇살이 투영되어 아름다운 풍광을 연출했다. 지금은 사라지고 없으나 염포만 바다는 그대로 있다. 지금은 동쪽으로 현대자동차, KCC, 미포조선이 차지하고 있으며 서쪽은 영남화학, 삼양사, 대한 알루미늄 등이 있다. 마지막 남아있던 성내마을도 1990년 이후 철거되어 산 아래쪽으로 이주했다. 이곳을 성내 앞바다 또는 염포강이라 부르기도 했다.

주요 관광 명소

울산 팔경

전국적으로 지방마다 팔경들이 있다. 관동팔경, 단양팔경, 양산팔경, 하동팔경 등이 그것이다. 울산에도 팔경이 있다. 울산 팔경은 ①학성새우 ②태화어간 ③무룡산조 ④백양효종 ⑤삼산낙안 ⑥문수낙조 ⑦염포귀범 ⑧서생몰설 이다. 1970년 초까지는 울산 동구에 들어서면 삼면의 해안을 따라 기암괴석이 절경을 이루면서 자연의 의미를 거스르지 않고 생긴 그대로 그림처럼 펼쳐져 있었다. 동구의 자연환경은 산지가 53%로 절반 이상을 차지하고 산에서 바다까지의 거리도 짧다. 가장 높은 산이 마골산으로 해발 297m, 마골산을 중심으로 동쪽으로 봉대산 해발 183m, 명자산 190m가 있으며 남서쪽으로 염포산 203m가 있다. 이러한 높이가 비슷한 봉들은 동구의 서쪽과 북쪽을 병풍처럼 두르면서 방어진 반도를 이루고 동해로 침몰하는 형상을 하고 있다.

울산 12경

태화강 대공원과 십리대숲, 대왕암공원, 가지산 사계, 신불산 억새평원, 간절곶 일출, 울주 대곡리 반구대 암각화와 천전리 각석, 강동해변, 주전해변의 몽돌해변, 울산대공원, 울산대교, 장생포 고래문화마을, 외고산 옹기마을, 대운산 내원암 계곡

동구 9경

동축사 새벽 종소리, 마골산 숲 바람 소리, 옥류천 물소리, 현대중공업 엔진소리, 신조선 출항 뱃고동 소리, 울기등대 무산소리, 대왕암 몽돌 물 흐르는 소리, 주전 해변 몽돌 파도 소리, 슬도명파

낱말 풀이

방 언	표준말	방 언	표준말
철배이	잠자리	댕구리 배	저인망 어선
꺼시	지렁이	솔밭소깝	솔밭솔잎
혼마치	번화가	아부라사시	말단 기관원
갱물	바닷물	남방	2등 기관원
싸끼도리	외상	깜바구	개볼락
시꼬미	충분한 준비	낚시 니깝	낚시 미끼
요비끼	밤샘 (뜬 눈으로 날밤 지내기)	몰째피	녹색 바다 해초
병딱기	병뚜껑	진저리	갈색 바다 해초
수케토	스케이트	던진발이	던지기
빼다지	서랍	리뿐줄이	내리고 올리고
이바구	이야기	창거	혼무씨(참갯지렁이)
뵤돌	낚시추(봉돌)	감거	개무씨(청갯지렁이)
복지	복어	정지	부엌
빵구	방귀	꿩삐깽이	새끼 꿩
목거랑	목거랑천	캔또바씨	깡통 차기
뗏마배	노 젓는 작은 목선	야쓰리줄	쇠줄
떡지	황놀래기	바지주붕	바지
수들뱅이	용치놀래기	수군푸	삽
따배이	물동이밑 받침대	변소간	화장실
억수로 많다	대단히 많다	가시개, 다신도야, 울몽치	가위바위보

Epilogue
마치는 글

"이 책이 묵은장 역할을 하여 누군가에게 큰 의미로 다가간다면 더 바랄 나위가 없을 것이다"

일찍이 고향을 떠나 도시에서 살았다. 고향인 울산광역시 동구를 떠올릴 여유도 없이 살았던 세월. 언제부터인가 어릴 적 살던 초가집이 떠올라 스케치를 했다. 그러자 시곗바늘이 50년 전으로 돌아갔다. 그동안 숨겨진 기억을 더듬어 쓴 이야기를 모으고 쌓아서 기록 곳간에 가득 차게 만들었다.

글을 쓰고 그림을 그리다 보니 책으로 만들었으면 좋겠다고 생각했다. 그 이유는 필자의 경험이 자라나는 아이들을 비롯한 청소년, 동구를 찾는 관광객, 우리나라 어촌을 연구하는 사람, 나아가서는 울산시민을 비롯한 우리나라 독자들과 공유하면 사회적으로도 큰 의미가 있겠다고 생각한 까닭이다.

이 책에는 산업화 이전 울산 동구의 이야기가 담겨 있다. 은밀하게 말하면 현대조선(현, 현대중공업) 공장이 들어서기 직전인 1960년대 말부터 1970년대 초반의 이야기다. 당시 필자는 10대였다. 그리고 이 책에는 당시 10대의 생활 모습을 엿볼 수 있다. 현재 청소년들은 자신의 모습을 생각해 볼 틈도 없이 경쟁에 내몰려있다. 생명

공학, 인공지능, 우주공학도 중요하지만, 현실을 잠시 내려놓고 자신을 돌아보는 것도 중요하다. 이 책을 보고 여유를 가지게 되길 기대한다. 또한, 울산광역시 동구를 찾는 관광객이라면, 현재의 모습만 볼 것이 아니라 과거가 어떠했는지를 알면 훨씬 알찬 여행이 될 것이다. 일반 독자도 50년 전의 어촌의 모습이 어떠했는지와 당시 아이들이 어떤 놀이를 하며 놀았는지를 경험해 보는 것도 재미있고 의미 있는 일이 될 것이다.

이 책에는 50년 전 울산 동구 이야기가 쓰여있다. 하지만 50년 전 울산 동구의 모든 것을 담은 유일한 책은 아니다. 이 책을 뼈대로 누군가는 살을 보탰으면 좋겠고, 누군가는 소설을 쓰고 누군가는 시를 쓰고 누군가는 연극을 만드는 것도 의미가 있을 거로 생각한다.

역사는 꼭 왕조 중심으로 기술되라는 법은 없다. 개인의 삶의 기록도 역사의 한 부분이 되리라 믿는다. 어쩌면 그 시대의 속살을 보는 것이라 더욱 생생하게 와닿을 수 있을 것이다.

세상은 무서운 속도로 변한다. 하지만 오래된 것이 더 좋은 것도 있다. 묵은장으로 요리하면 깊은 맛이 나듯이 이 책이 묵은장 역할을 하여 누군가에게 큰 의미로 다가간다면 더 바랄 나위가 없을 것이다. 또한, 이 책이 울산 동구의 문화발전에 작은 보탬이라도 되었으면 하는 바람이다.

저자 **김광열**

저자 소개

김광열

- 울산 방어진 중학교 졸업
- 울산공업고등학교 졸업
- 현대산업단기대학 수료
- 현대중전기 배전반 설계부 근무
- 현대자동차 부품본부 근무
- 전) 금호주택 대표
- 전) 일성 컨설팅 대표
- 전) 미호 햇볕농장대표
- 현) 주택 임대업

- E-mail_ kt33075619@gmail.com

슬도

50년 전 울산 동구 방어진은 어땠을까?

초판인쇄 2023년 02월 15일
초판발행 2023년 02월 28일

글 · 그림 김광열
기획 이야기 꿃이는 주전자(주) 박미향, 윤창영, 김현정
발행인 조현수
펴낸곳 도서출판 더로드
마케팅 최관호 최문섭
IT 마케팅 조용재
교정교열 이승득
디자인 디렉터 오종국 Design CREO

ADD 경기도 고양시 일산동구 백석2동 1301-2
넥스빌오피스텔 704호
전화 031-925-5366~7
팩스 031-925-5368
이메일 provence70@naver.com
등록번호 제2015-000135호
등록 2015년 06월 18일

정가 28,000원
ISBN 979-11-6338-354-3 03810

이 책이 50년 전
동구 전체를
표현했다고 말할 수는 없지만,
많은 부분 필자가 직접
경험한 내용임을 밝힌다.